U0118045

國家社科基金重大招標項目
國家古籍整理出版專項資助項目
北京師範大學中華文化研究與傳播學科交叉平臺項目

杜桂萍 主編

清代詩人別集叢刊

張雋集

王洪軍 輯校

人民文学出版社

圖書在版編目（CIP）數據

張雋集/杜桂萍主編；王洪軍輯校. —北京：人民文學出版社，2023
（清代詩人别集叢刊）
ISBN 978-7-02-017832-2

Ⅰ.①張… Ⅱ.①杜…②王… Ⅲ.①古典詩歌—詩集—中國—清代
Ⅳ.①I222.749

中國國家版本館CIP數據核字(2023)第057966號

責任編輯 杜廣學
裝幀設計 黄雲香
責任印製 張 娜

出版發行 人民文學出版社
社 址 北京市朝内大街166號
郵政編碼 100705

印 刷 三河市中晟雅豪印務有限公司
經 銷 全國新華書店等

字 數 350千字
開 本 880毫米×1230毫米 1/32
印 張 15 插頁2
印 數 1—1500
版 次 2023年5月北京第1版
印 次 2023年5月第1次印刷

書 號 978-7-02-017832-2
定 價 108.00圓

清代詩人別集叢刊總序

昔人謂『文以興教，武以宅功』。古時國家以興學崇教爲首務，議禮以定制度，考文以興禮樂，乃有文治彬彬稱盛。於今『文化强國』，亟需傳承弘揚中華優秀傳統文化。古籍整理作爲其中關鍵之一環，具有極爲重要的意義。近三十年來，古籍整理日趨興盛，已經成爲學術研究的時代熱點和文化傳承的日常内容。各類型的整理工作可圈可點，各維度的文獻整合則又增添了別樣的景觀。新世紀以來，明清文獻整理和研究異軍突起，引人注目，如今已成爲古籍整理領域的重頭戲。

相比於清代戲曲、小説文獻的整理，清詩文獻的整理工作開始並不算晚，幾乎與清詞文獻的整理同步啓動。可惜的是，儘管有好古敏求之士多次倡導，皆因時機不夠成熟而没有形成規模和氣候。其中主要的因素，當與清詩數量巨大直接相關。據估算，清人各種著述總約有二十萬種，其中詩文集超過七萬種，存世約四萬種，有作品傳世的詩人約十萬家，有詩文集存世的作家當在萬人以上，詩歌作品近千萬首。皮藏情況尚需進一步調查，大量文獻尚散存於民間，以及相關文獻狀態駁雜不易辨析等，也是很多工作推進困難的重要原因。總之，難以一時彙爲全璧，始終是《全清詩》文獻整理不能全面展開的歷史與現實之惑。

儘管如此，相關的學術準備始終在進行著，且日見規模。譬如，上世紀开始由上海古籍出版社出版的《中國古典文學叢書》、中華書局出版的《中國古典文學基本叢書》（以別集論，前者約收一百二十種，後者約收九十種），都包含了一定數量的清代詩人別集（至二〇一六年，前者共收九種，後者共收四種）。新推出者新意頗多，如陳永正《屈大均詩詞編年輯校》（上海古籍出版社二〇一七年版），而一些修訂重版者則顯爲精進，如俞國林《呂留良詩箋釋》（中華書局二〇一五年初版，二〇一八年再版），皆以不同面相爲清代別集文獻的整理和研究提供了新的理念和視野。其他出版機構也在留意清人別集的整理和研究，如國家圖書館出版社影印出版《清代家集叢刊》（徐雁平、張劍主編）、鳳凰出版社陸續推出《中國近現代稀見史料叢刊》（張劍、徐雁平、彭國忠主編）等。人民文學出版社也在高度關注這一重要領域，先後出版《明清別集叢刊》、《乾嘉詩文名家叢刊》等，集中力量於明清文人別集的整理和研究，實有後來居上之勢。凡此也表明，學界和出版界皆已體現出高度的學術自覺，意識到清代詩文文獻的重要性。尤其是人民文學出版社，已不僅僅著眼於名家之作，對那些於文學史、文學生態結構中發生重要影響或特殊作用的文人及其文獻遺存也予以關注，這既符合文獻整理的基本原則，又有利於彰顯文學研究的開放性視角，進行多面向的學術路徑的拓展。

正是在這樣的學術語境中，由我擔任首席專家的國家社科基金重大招標項目《清代詩人別集叢刊》於二〇一四年獲批，有計劃的系統性的清代詩人別集整理工作得以展開。相關成果陸續成編，彙爲《清代詩人別集叢刊》，以奉獻給學界。

我們並沒有選擇原書影印的整理方式，而是奉行『深度整理』的基本原則。以影印方式整理，固然可以使研究者得窺作品之原貌，也有利於及時呈現和保護一些珍稀古籍版本，如上海古籍出版社出版的《清代詩文集彙編》、國家圖書館出版社出版的《清代詩文集珍本叢刊》等，都具有重要的學術價值。

不過，點校、注釋、輯佚等整理方式無疑更能體現出古籍整理的學術深度。事實上，隨著文化語境的改變和學術研究的深入，文獻整理的功能也在不斷拓展，不僅應提供基礎性的文獻閲讀，還應具有學術研究的諸多要素，即在學術史的視野中呈現文獻生成的複雜過程和創作主體的生命形態，而這正是《清代詩人别集叢刊》選擇『深度整理』方式的理念和前提。

『深度整理』指向和强調『整理卽研究』的古籍整理思想與學術精神。以窮盡文獻爲原則，以服務於學術研究爲目的，於整理過程中注入更明確、豐富且具有問題意識的科研内涵，使古籍整理進一步參與當代學術發展。也就是説，在一般性整理的基礎上，借助於多種方法的綜合運用，爬梳文獻，考證辨析，去僞存真，推敲叩問，完成既收羅完備、編排合理，又在借鑒以往成果基礎上推進已有研究、表達最具前沿性的科研創獲的詩人别集整理本。這既是古籍整理基本要義的延伸和拓展，也符合與時俱進的學術發展訴求，應是整理工作之旨歸所在。

如是，《清代詩人别集叢刊》突出了以下幾個方面的整理工作。

一、前言。『前言』的撰寫，不泛泛介紹作者生平和創作的一般狀況，而注重於文獻、文學、文化等視角，對著者生平進行考述，對著述版本源流加以梳理，對别集的文學價值、影響進行具有文學史意義的判斷。『前言』應是一篇具有較强學理性、權威性和前沿性的導讀佳作。

二、版本。别集刊刻與存世情況往往因人而異，或版本複雜，或傳本稀少。『必先定其底本之是非，而後可斷其立説之是非。』（段玉裁《與諸同志書論校書之難》）本叢刊堅持廣備衆本，謹慎比對，選出最佳的工作底本和主要校本，力爭使新的整理本成爲清詩研究的新善本和定本，爲學界放心使用。

三、輯佚。清代文獻去今未遠，除大量别集、總集外，清人手稿、手札、書畫題跋等近年時有發現，散存於方志、家譜的各類佚文亦在不斷披露中。故以求全爲目的，盡力輯佚，期成完帙，並合理編纂。務使每一種整理本成爲該詩人别集的全本，這也是提升整理本學術含量的重要舉措。

四、附録。附録豐富與否是新整理本學術含量高低的重要標志，實爲另一種形式的研究。如年譜簡編以及從族譜方志、碑傳志銘、評論雜記中勾稽出的相關研究資料等，對全景式展現詩人生命歷程、深入探究詩人乃至其時代的文學創作十分必要。有時文獻繁雜，需精心淘擇和判斷，强化『編纂』意識，避免文獻堆積，充分體現深度整理的學術含量。

古籍文本生成於歷史，負載了豐富的歷史文化信息。對於整理者而言，不僅應使古籍文本能夠被有效閲讀，還應借助閲讀活動等促其進入公共和現實視域，成爲當下文化結構的有機組成部分。也就是説，整理活動本身應始終處於在場的文化狀態，立足於學術史，並直面其所處之研究領域的一些難點、疑點和熱點問題，進而通過整理過程中的辨析、考論解决文學演進中的某一方面或幾個方面的問題，形成專題性研究，這是深度整理應達成的重要目的。所以，整理活動其實是一個思維創新的過程，指向的是知識和觀念整合的結果。考訂史實，發現文本之間的各種意義和多層面内涵，使之成爲當代人可閲讀的文學文本，並參與歷史與現實文化建設，其實也是在回答我們進入歷史的方式。

總之，以窮盡文獻、審慎校勘爲路徑，以堅實、充分的文獻史實研究爲基礎，通過對文獻的慎用和智用，借助歷史的、邏輯的思路甚至心靈的啓迪，系統、全面地收集、篩選史料，勾連、啓動其内在聯繫，從而將古籍整理與史實探析深度結合，强化了整理性學術著作的研究内涵，是一種真正包含了主體自由性的學術實踐活動。這種由專門研究完善古籍整理、由古籍整理深化專門研究的深度整理方式，對整理者的研究意識和整理本的學術含量都提出了更高的要求，不僅標示了整理觀念和方法上的更新，更是當代學術發展的必然訴求。我們願努力嘗試之，並推出一系列具有較高水準和重要學術意義的整理成果。

杜桂萍　二〇一八年十二月十六日

總目録

前　言

張雋（一六〇二——一六六三），字文通，號西廬，又號僧願。世居吴江涤溪，曾祖父張正入贅吴漊之儒林里馬氏，遂家焉。少卽穎悟，倪元珙督學南畿，拔爲吴郡第一，目爲大器。屢試不第，棄諸生，研味濂、洛、關、閩之學。所與遊者皆爲名彦，如孫淳、楊維斗、章拙生、朱鶴齡、陳三島、魏耕輩，皆訂道義交。與董二酉、吴炎、潘檉章被稱爲『吴江四子』，又與閔聲、張道岸、沈皇玉被譽爲『苕溪四隱』。藏書甚富，手録者千餘卷。順治後期，遷居浙江南潯，爲莊氏所招，作有明理學諸人傳。明史案發後，與其三子張任、張伸、張儼俱坐獄。著述頗豐，皆未刊行，存世者有《象曆》、《賣菜言》、《與斯録》、《易序測象》、《古今經傳序略》等。

一、張雋家世生平及相關文獻考訂

相關地方志中，關於張雋生平的記載大多語焉不詳，如汪曰楨《南潯鎮志》、陳和志《震澤縣志》、李銘皖等《蘇州府志》、民國陳去病《五石脂》以及今人鄭偉章的《文獻家通考》等，所作傳記相互徵引，各自因循，令人難以瞭解真相。與張雋同里的潘檉章撰有《松陵文獻》一書，康熙三十二年（一六九三），其從弟潘耒續補付梓。《松陵文獻》卷十《人物志》關於張雋的記述成爲諸家文獻記載之源：

張雋，字文通，少有學行。倪元珙督學南畿，拔第一，益厲志聖賢之學。操行方嚴，繩趨矩步，學者翕然宗之，有經師、人師之目。著述甚富。綜括帝堯以來至明代事，跡年排月，次爲《三蔀略》，每蔀有二十紀。又以三蔀之年配之《易》卦，以興衰治亂，協爻象吉凶，作《象曆》；以五緯二十八宿分直卦爻，作《測象》。敘次理學諸儒，列爲八門，一一考其行事，著書作《與斯錄》，凡數百卷。居湖濱之吴漊，去南潯最近。莊氏刻史，羅列諸名士，置諸簡端，不問知與不知，雋亦廁名其間，遂坐死，年六十餘矣。〔一〕

同治時，傅以禮取《恭庵筆記》、《榴龕隨筆》等關於莊氏史案的記載，輯錄《莊氏史案本末》。其中，關於張雋的傳記，是總結性的，更多地爲他書所援引：

張非仲，雋，一名僧願，一字文通，爲博士弟子員。於經史百家，無不得其旨趣，所與遊皆名彦。樓居積書甚富，手錄者千餘卷，擁列左右，已則坐臥其中。後爲莊氏所招，作有明理學諸人傳。其稿另錄出，名曰《與斯集》。禍未發時，已知其非，逃於僧舍，年已七十餘。丁母憂，煢然縞素。有詩云：『空樓獨夜雨淋淋，卻把平生細較量。災異日新憂患短，悲歌不足寤思長。曾無入巷哀王烈，徒有拋娘學范滂。好個《與斯》題目在，輕謳緩板赴排場。』就逮時談笑自若，與潘、吴諸人同死。所著有《西廬詩草》四卷。

〔一〕潘檉章：《松陵文獻》卷十《隱逸門》，《四庫禁燬叢書》史部第七集，北京出版社二〇一〇年版，第一〇一—一〇二頁。

清末民初扶輪社所刊佈的古籍，有張雋《西廬文集》。時人王文濡爲之作序，該序對於張雋的介紹最爲簡要：

> 憶丁亥歲，館於湖濱張氏，其族人廉伯孝廉爲余道其族祖西廬先生事甚悉。先生諱雋，字非仲，一字文通，別號西廬。世居吴江洚溪。其曾祖贅湖濱吴漊馬氏，因家吴漊之儒林里。生而有文在左股，曰『楊慎』。少卽穎悟，弱冠卽見賞於元璐（應爲『珙』）倪公，目爲大器。一時名賢，如張天如、楊維斗、章拙生輩，皆訂道義交。

二〇一五年三月二十五日，潛心研究『明史案』的孫譽研究員發出了一篇博文，卽《一封書信引出『明史案』張雋佚作重要綫索》。文中載有張雋後裔的兩封書信，有助於我們揭開張雋生卒年及其家事之謎。其一曰：

> 張非仲，諱雋，一字文通，別號西廬，世居吴江之洚溪。其曾祖聽濤，諱正，以孝友聞。贅吴漊馬氏，因家吴漊之儒林里。聽濤生慕椿，諱滋，鄉飲賓。慕椿生五嶽，諱鴻逵，擅文名，爲世碩儒。五嶽生西廬……西廬早獲令子：長曰子亶，次曰子宜，三曰子安。

其二曰：

> 有關西廬公史料摘鈔亦仔細看過，其中有兩處與家譜所載有出入。其一，鈔件所載『莊氏明史案』決獄在癸卯之秋。決獄者是否指判決，還是指行刑？但家譜載：西廬公卒於癸卯五月二十六日，三子長任（子亶）、次伸（子宜）、三儼（子安）均卒於是日。由此可見，癸卯五月二十六日（康熙二年）卽行刑之日。兄可查閱明福兄所留家譜。其二，西廬公出生於明萬曆三十年壬寅十

月十八日(即西元一六〇二年),卒於癸卯(西元一六六三年,終年該是六十二。而鈔件載:逃於僧舍,年已七十餘,『丁母憂』。西廬公母許氏卒於壬寅(康熙元年)。如果鈔件中『七十餘』系『六十餘』之誤寫,則與家譜所載吻合也。[一]

由此可知,張雋曾祖父入贅吳漊儒林里,全家從吳江洚溪遷入這裏。張雋一門以詩書傳家,爲鄉里所推重。張雋曾祖張正,字聽濤;祖父張滋,字慕椿;父張鴻逵,字五嶽。張雋生三子,長子張任,字子亶;次子張伸,字子宜;三子張儼,字子安。張雋生於萬曆三十年壬寅(一六〇二)十月十八日,卒於癸卯(康熙二年,一六六三),享年六十二歲。據《儒林六都志》記載:『張鴻逵,字公儀。吳江庠生。』[二]『張思任,字子亶,西廬長子。吳江庠生,以父史案受刑。張思伸,字子儀,西廬次子。烏程庠生,以父史案受刑。』[三]此與張氏家譜記載存在著明顯的差異,我們權且以家譜爲準,因其錯亂的可能性較小,亦可補正地方志之闕漏訛誤。張氏家譜記載張雋享年六十二,與潘耒《松陵文獻》的補記相符,而《恭庵筆記》、《榴龕隨筆》舛錯,導致《莊氏史案本末》記載的錯誤。

《石船詩稿》第三集有《悼佶兒三首》。其三曰:『六年旅食使親疎,汝略知人更異居。一歲不過

[一] 孫譽:《一封書信引出『明史案』張雋佚作重要線索》,http://blog.sina.com.cn/s/blog_c99b60e60102vbec.html。

[二] 孫陽顧、曹吳霞:《儒林六都志》卷下,江蘇古籍出版社一九九二年版,第七四八頁。

[三] 孫陽顧、曹吳霞:《儒林六都志》卷下,江蘇古籍出版社一九九二年版,第七四九頁。

三四見，人言汝頗耐飢虛。』顯然，張雋還有一個兒子，大概在六歲左右因飢餓而病卒。張雋尚有一女或者兩女，《石船詩稿》第三集有《鈔小詩課女》：『且欣學語似雛鶯，莫笑童頭老伏生。紙筆自關天運在，泉明責子不須賡。』而《石船詩稿》第四集有《象卦詩四十九首》，張雋於詩後自題曰：『余所著《象曆》，成己丑五月，不以示人，只錄此數詩，令幼女習之。儼等不可責，京生恐亡身，是皆不可以相累，安知他日不有問濟南故業者？』漢代京房修習象數《易》學，因爲陰陽災異而亡其身。張雋所著《象曆》，應爲象數《易》學一類，只教其幼女，而不使其子張儼等人學，一個睿智慈父的形象躍然紙上。

《石船詩稿》第一集《鵬先得孫》詩前小序曰：『憶庚申七月，男任初生，有示內詩：「予亦抱子不覺寂，爾非丈夫胡爲愁。」』庚申年爲明光宗泰昌元年（一六二〇），張雋長子任降生，至明亡時，已經二十四歲。康熙二年（一六六三），明史獄決，張任年僅四十四歲，卽被處以極刑。《石船詩稿》第一集有詩題爲《孫慜始讀大學適錄朱子經筵講義感賦》；《西廬文集》卷二《與斯錄自題》曾說，自己以筆墨致勞，『孫斅不忍予勞，時或代之』。此孫是否彼孫，無材料證明，不敢妄判。張慜二十二歲病故，張雋作《用舊韻哭孫四首》以哀之。

張雋三赴場屋而不售，而盡棄舉子業，以教授生徒爲業，『館震澤沈氏』[一]、『館於莊氏』[二]，往往爲貧困所累，然而窮而不改其貞堅操守。

[一] 張雋：《西廬文集》卷一《震澤楊氏族譜圖跋》，國學扶輪社宣統二年（一九一〇）鉛印本。

[二] 汪曰楨：《南潯鎮志》卷三十七《志餘五》，同治二年（一八六三）刻本。

根據張雋《外舅祖聽烏孫先生小像記》及《儒林六都志》所載，張雋妻爲孫氏，卽儒林望族南孫氏。南孫氏長兄孫世瞻（字南衡，又作南行）、次弟孫世庸（字皛江），皛江之子卽爲像主孫聽烏，聽烏生枝茂（字行素），就是張雋的岳父。張雋的内弟孫黄初，著《人事歲編》。黄初子孫偀、孫珪。孫偀從張雋遊。『請其遺縑，以叩永暉。坐稍定，永暉卽伸紙振筆爲之，翕然神肖，與予兒童時瞻拜者，丰采鬚眉，至巾舄衫袂，一無今昔之異。』[二]孫偀從張雋遊，欽服張雋的學問人品。張雋寫給孫偀以及與其相關的詩歌見於《石船詩稿》，第二集有《與商聲》、《和孝章與商聲研石圖詩三首》，第三集有《又用韻與商聲》，第四集有《商聲篋中二詩二首》、《次商聲韻二首》，第五集有《詠楊花和商聲六首》。張雋《徐田畢氏靜室引》（《西廬文集》卷一）亦提到孫偀，『適與諸生講《孟子》「德慧」章，商聲從徐田來』。孫偀爲張雋講述了畢氏養老姑、撫稚子、讀佛經之事。張雋於是就此事教導諸生，並作《徐田畢氏靜室引》以記其事。孫偀《商聲詩選》僅有十四題十七首詩，其中有《和西廬先生》以及《葡萄篇奉慰西廬先生同嚴榮蔡溽作》詩。由此可見，二人往來頗爲頻繁，感情也較爲篤厚。

清初文人鈕琇（一六四四—一七〇四）與孫偀同里，其《觚賸·吳觚·憤僧投池》記載：『孫偀，字商聲，張西廬先生高弟也。詩古文簡潔有法度。性孤冷，不喜諧俗。自康熙癸卯西廬遭變後，嘗謂：「斯文既喪，世無可交者。乃與此齷齪輩同其食息，不如無生。」故有「一生不得文章力，百里曾無

[二] 張雋：《西廬文集》卷一《外舅祖聽烏孫先生小像記》，國學扶輪社宣統二年（一九一〇）鉛印本。

臭味人」之句。』〔二〕後館於蘇州承天寺，因不滿寺僧酗酒，大怒，竟投池而死。順治十六年（一六五九），孫倓與紀鎬選評詩文爲《蘇文近》一卷，又編有《韓文近》，序刻《亦山詩集》，撰有《海棠緣》傳奇。鈕琇《與畢西臨》謂：『孫商生《海棠緣》借題寫照，悲豔紛集。弟已爲作序，在商老緘中，乞索正之。』〔三〕又曰：『孫子商聲，擅清綺之才，稟孤峭之性，所著《海棠緣》傳奇，蓋自道也。予在京師，寄索弁言，遂敘而歸之。聞其每讀一過，輒拍案稱「知我」者。未幾，竟以抱憤溺死。元伯之遇無期，中散之調已絕，念之不禁潸然。』〔三〕孫倓才高調孤，不與流俗同汙，竟然抱憤自沉，深爲鈕琇等鄉賢高士扼腕嘆息。

嚴辰《（光緒）桐鄉縣志》卷十九《藝文志》載：『《韓文近》一編，孫倓撰。倓，字商聲，邑庠生，從吳江張雋學詩文，於昌黎頗恣探討。以窮憤無聊卒。』張履祥《楊園先生文集》卷八分別收錄了庚戌（康熙九年，一六七〇）、辛亥（康熙十年，一六七一）、癸丑（康熙十二年，一六七三）的三封書信，討論理學之事以及記錄友朋之間的規誡。在庚戌年寫給徐重威的信中說：『孫商聲兄，湖濱之秀傑也。素館潯溪，有令望矣。』〔四〕楊園先生與孫倓過從較密，不僅交流理學心得，亦有朋友之間的諄諄告誡，『同聲相應，同氣相求』，二人之間的相互誡勉，可謂一段理學士人之佳話。

〔二〕鈕琇：《觚賸》卷一《吳觚》，上海古籍出版社一九八六年版，第二四—二五頁。
〔三〕鈕琇：《臨野堂尺牘》卷一，清康熙刻本。
〔三〕鈕琇：《海棠緣序》，《臨野堂文集》卷四，清康熙刻本。
〔四〕張履祥：《楊園先生全集》卷十四，中華書局二〇〇二年版，第五〇五頁。

徐崧、張大純《百城烟水・吳江》〔一〕，以及《（道光）震澤鎮志》卷六《祠廟》〔二〕，載有董二酉《禮三賢祠懷文通表兄》詩：『舊祠當大路，幾度拜階前。老樹頹垣倚，空壕蔓草連。行人馳負擔，吾輩守遺編。幸有西廬在，儒宗未失傳。』〔三〕《松陵文獻》卷十《張雋傳》後附董二酉小傳，亦曰：『雋之表弟董二酉，字誦孫，亦居吳溇。』可知，董二酉與張雋乃爲表兄弟。董二酉，字誦孫，（《（光緒）震澤鎮志》作『仲孫』），系梅林董氏吳溇支，爲『吳江四子』之一。个性穎異，過目成誦，少年卽有神童之譽，十二歲賦《采芹詩》，下筆千言立就。『郡試《太湖賦》得名，以從張雋先生研味濂洛書。』〔四〕其人『踐履真純，天懷粹白』；胷羅全史，貫穿古今。書法亦精妙。清初尚志不出，以詩文自娛，莊氏史案未發時便已去世。著有《尚書集解》、《四書集解》，皆已佚。唯與張拱乾、顧有孝合輯《吳江詩略》十卷尚存。《石船詩稿》第一集載有《與誦孫》，第二集有《戲答誦孫》、《誦孫樓集聯句用韋江州韻二首》、《柬誦孫》等詩，第三集有《和誦孫三月十九日通暉樓作》，第五集有《哭誦孫二首》。其一曰：『眼枯惟對小山青，又料霜風撼夕庭。化馬忽乘歸大冶，法幢全倒痛遺經。予方祈死來宗祝，弟乃尊生困朮苓。四十九年碑板在，不須爭咎計都星。』其二曰：『受命如松得獨青，故應常保歲寒庭。人間無地容三

〔一〕徐崧、張大純：《百城烟水》，江蘇古籍出版社一九九九年版，第三四三頁。

〔二〕吳江市檔案局編：《震澤鎮志續稿》，廣陵書社二〇〇九年版，第一二七頁。

〔三〕徐崧與張雋有詩歌唱和之作，故本詩選擇以《百城烟水》記載爲依據。《（光緒）震澤鎮志》『拜』作『謁』，『壕』作『濠』，『馳』作『弛』。

〔四〕董熜：《董氏詩萃》，清乾隆十年（一七四五）刻本。

策，天上虛堂俟五經。許汝獨沽西社酒，更誰分采北山苓。戴公自昔獨慳死，今日明徵處士星。』沉痛鬱鬱，哀傷孤悼之情充滿詩間，除表親之外，更有對於董二酉才華孤特的褒揚和肯定。

需要指出的是，張慧劍根據同治元年（一八六二）進士平步青所著《霞外攟屑》，將董二酉卒年定爲一六六〇年[一]，即順治十七年庚子。楊鳳苞《秋室集》卷五《記莊廷鑨史案本末》云：『順治十七年冬刊成，頗行於世。』《費恭庵日記》云：『順治十八年辛丑十二月，湖州逆書案起。』[二]此與節庵《莊氏史案本末》記載相同。《莊氏史案本末》卷上曰：『事在辛丑之春，決獄在癸卯之秋。』卷下曰：『明史之獄，決於康熙二年之五月二十六日。』如果忽略月份的差異，明史案決於康熙二年癸卯（一六六三）是公認的年份。

《（同治）蘇州府志·雜事》記載：『二酉死二歲，未葬。』汪曰楨《南潯鎮志·志餘》、翁廣平《平望志·雜錄》認同此說，其文獻來源爲《貫齋遺集》，作者爲殳丹生。據《平望志》載：殳丹生（一六〇九—一六七八），字山夫，號貫齋，浙江嘉善人。工詞曲。崇禎二年（一六二九），補邑諸生。甲申難後，亡入閩。順治十二年（一六六五），移居吳江之震澤。康熙元年（一六六二），寓平望。卒後，吳江周廷諤輯錄遺稿，爲《貫齋遺集》三十卷，又輯有《唐詩凌雲》、《杜詩引莛》、《左馬班三氏敘事略》等。[三]顯

[一] 張慧劍：《明清江蘇文人年表》，人民文學出版社二〇〇八年版，第六九八頁。

[二] 汪曰楨：《南潯鎮志》卷三十七《志餘五》，同治二年（一八六三）刻本。

[三] 吳江市檔案局編：《平望志（三種）》上，廣陵書社二〇一一年版，第二〇五頁。

然，殳丹生是歷史事件的親聞者，甚或是見證者，故諸家史志均採用《貫齋遺集》的歷史記載。平步青《霞外攟屑》卷一亦作『事發時，已兩年』。唯有《莊氏史案本末》曰：『史事發時，歿已三年矣。』[一]莊氏史案未結案，既沒有定性，就不會剖棺剉屍，卒二歲而史案具結，才會有如此慘絕人寰的事情發生，故以爲董二酉卒於順治十八年（一六六一），生於萬曆四十年（一六一三），享年四十九歲。張雋《哭誦孫》詩曰：『四十九年碑板在，不須爭咎計都星』，知董二酉四十九歲病亡。古人享年以虛歲計，知生於萬曆四十年。

綜上可知，張雋兄弟行三，董斯張有詩題曰《先王父手評漢史二書向在家仲所逸之數年遍求不可獲張三文通忽覓取見歸深喜爲作歌》《石船詩稿》第三集《念四弟病》：『奇方傳麥斡，水腫近應瘳。與菊關生死，無人共喜憂。未能親抱甕，徒有責乾餱。謀食方羈旅，星星爲汝愁。』四弟生病，適值張雋在外坐館，感傷之餘寫下此詩。張雋生四子，其中佶兒早亡，孫子張慭也不幸早逝。張雋生有一女或兩女，皆教以詩書。張雋母計氏，九月十六日出生。據《石船詩稿》第一集記載，一次社集與計氏生日同時，同社諸人爲計氏作詩以示祝賀，張雋以詩相酬答，詩題爲《九月十六家慈生日同社以詩見祝次謝二首》。第四集有《母生日》一詩。父親早亡，母親計氏卒於康熙元年（一六六二），時張雋六十一歲，『丁母憂，煢然縞素』。

史志及相關記載中，關於張雋的家世生平，無出上述所引材料。平生以理學家自居的張雋，因參

[一] 節庵：《莊氏史案本末》卷上，上海古籍書店一九八三年影印版，第四三頁。

與莊氏修史之役，雖有『經師、人師』之謂，其事跡常被人爲地遮掩。

距張雋生活時代較近的張鑒，在《蠅鬚館詩話》裏就已經說：『潯溪莊氏史案自《亭林文集》載吳、潘二君之外，或言張非仲實與斯禍，然不見載紀。』〔一〕道光時期的汪曰楨作《南潯鎮志》更是語焉不詳。但是，無意間《南潯鎮志》卷三十七《志餘五》卻給了我們一條線索：

> 淨孝……《枯木吟》一卷，附《和枯木吟》三卷。西廬僧願跋。和者正巖、南潛、張淨願……吳智明……凡二十三人。其中，張淨願，字夢誓；吳智明，字雪普。二人名字皆經刊改，蓋卽張雋、吳炎也。

在相關典籍中，張雋的名字被塗掉，或是被剜補，應是時有發生的事。范鍇《潯溪紀事詩》記載：『初，潯溪有董若雨先生，老於佛，自稱寶雲、南潛。具區之賓有張拳石先生，並閎通博洽，白雲親炙其門，爲入室弟子，又有詩僧香谷者，亦兩先生門下。』〔二〕這裏張拳石卽爲張雋。沈登瀛《南潯詩文匯錄》載：『（沈玉汝）國初寓居於潯之墨溪，與張閑鶴先生輩爲石交，蓋亦明之遺老也。』〔三〕這個張閑鶴亦是張雋。

〔一〕陳力主編：《中國野史集粹》第三冊，巴蜀書社二〇〇〇年版，第三一五頁。

〔二〕范鍇：《潯溪紀事詩》卷下，南林叢刻本，一九三六年。

〔三〕汪曰楨：《南潯鎮志》卷三十六《志餘四》，同治二年（一八六三）刻本。

李靈年、楊忠主編《清人別集總目》記載：『（張雋）傳　徐枋撰　居易堂集十二。』〔一〕其文獻來源即爲陳乃乾輯錄的《清代碑傳文通檢》，而陳乃乾明確告知張雋傳載於《居易堂集》。檢閱徐枋《居易堂集》卷十二，確有一張雋傳，名爲《張英甫傳》：『張英甫，名雋，晚號蒼眉，吴郡長洲人。』據此傳可知，此張雋是一個商人，素來『心計纖悉，利析秋毫』，家富資產；自慳吝，而周人之急難，慷慨有聲。又喜歡遊俠、圍棋、飲酒，詼諧，滑稽，精音律。與徐枋交，爲徐枋還官欠，伴遊太湖，交深契厚。然此張雋非彼張雋也。陳乃乾的著錄是正確的，編撰《清人別集總目》『張雋』條目者不察，故有魯魚亥豕之誤。

王蘧常輯注顧炎武詩集，於《汾州祭吴炎潘檉章二節士》『露下空林百草殘』句後加按語曰：『考《榴龕隨筆》，同時文人受禍除吴、潘外，可考者尚有蔣麟徵、張文通、張雋、董二酉、茅元銘、黎元寬、吴心一諸人。』〔二〕將張雋、張文通視爲二人，顯然是錯誤的。《五桂山房藏古書畫題跋選》收錄了《蔣溥〈綠玉芝圖冊〉》，圖冊中有張雋的題跋：『琪花瑤草漫稱奇，會是君家綠玉芝。秀結靈根霞采煥，翠凝仙掌露華滋。祥徵不自商山采，清玩新從竇砌移。堂上椿萱還共茂，同人齊賦萬年枝。卓亭學長兄問月園產芝屬題，賦此應命並正。青蘭弟張雋。鈐印：張雋、犇卿。』〔三〕《綠玉芝圖冊》爲清人蔣溥所

〔一〕李靈年、楊忠主編《清人別集總目》，安徽教育出版社二〇〇〇年版，第一〇九一頁。

〔二〕顧炎武：《顧亭林詩集彙注》，王蘧常輯注，吴丕績標校，上海古籍出版社二〇〇六年版，第八三六頁。

〔三〕葉耀才：《五桂山房藏古書畫題跋選》，嶺南美術出版社二〇〇三年版，第一五二頁。

繪。蔣溥（一七〇八—一七六一），字質甫，號恆軒，江蘇常熟人。內廷供奉畫家大學士蔣廷錫之子，亦善書畫。生於康熙四十七年（一七〇八），乾隆二十六年（一七六一）卒。雍正八年（一七三〇）進士。歷官至湖南巡撫，協辦大學士兼禮部尚書和吏部尚書，東閣大學士兼領戶部。此冊頁名家題跋衆多，其中『青蘭弟張雋』，編者寫道：『張雋（一五九三—一六六三）名僧願，字非仲，又字文通，江南吳江人。明諸生，復社名彥，入清後修明史。著有《西廬文鈔》、《西廬詩草》四卷。』這裏存在明顯的錯誤：編者作傳的張雋，涉明史一案，康熙二年（一六六三）已經被殺。蔣溥生於康熙四十七年（一七〇八），其生也晚，作《綠玉芝圖冊》則更晚。『青蘭弟張雋』非張文通無疑。另外，張雋年齡有誤，非七十一歲，而是上文考證的六十二歲。『青蘭弟張雋』其人暫無考。

另外，現藏上海博物館《趙孟頫十劄卷》（致民瞻十劄卷）有張雋題跋。趙孟頫此十劄，合爲一卷。其中九劄爲致民瞻之書，只有《翡翠石劄》爲致仁清。均無紀年，紙本，行草書。十劄卷末之題跋甚多，較早的爲明成化二年（一四六六）無名氏，另有嘉靖四十四年（一五六五）張雋跋記。從張雋之跋文來看，成化二年一跋，應是其五世祖『西莊』（張黼）所書。此卷原爲石民瞻珍藏，臨歿時贈與友人戴氏，後由張家傳遞了五代，入清後爲王鴻緒所得，後又經潘延齡、羅天池、裴景福、伍元惠等收藏。然而此張雋，生之又早，非明史案張雋也。

二　參與莊氏著史及相關交遊

稽考張雋生平經歷，探索張雋著述及藏書散逸情況，發生在南潯的『莊氏史案』，是一個無法回避的話題，我們簡略梳理如下：

烏程南潯鎮朱國禎（一五五八—一六三二），字文寧，號平涵。明萬曆十七年（一五八九）進士，歷仕至禮部尚書。萬曆二十五年（一五九七）入史館，是明代官階最高的史家。天啓四年（一六二四）冬，以建極殿大學士身份短暫任職首輔。朱氏一生喜歡讀史、撰史，時值朝廷撰修正史活動失敗，便決定獨力修一部皇明信史《皇明史概》。其書計劃分爲『五記』：《大政記》、《大訓記》、《大因記》、《大志記》、《大事記》；『五傳』：《開國臣傳》、《遜國臣傳》、《列朝臣傳》、《類臣傳》、《外臣傳》。這是一種用實訓體、紀事本末體、損益傳和統紀傳體結合而成的新綜合體，葉向高稱之爲『兼諸家之體，各開門戶，成一家之言』[一]。到崇禎初年，纔完成《大政記》、《大訓記》、《大事記》、《開國臣傳》、《遜國臣傳》五部分。在親友們的資助下，招工鏤刻，至崇禎五年（一六三二）朱氏臨歿前八天，半部《皇明史概》刻成，同時留下了不少成稿和半成稿。朱國禎卒後，家道中落，書稿被子孫賣給同里莊廷鑨。

富甲一方的南潯莊氏，素以詩書傳家。家主爲莊允城，字君維，明季歲貢生，爲復社遺老。允城與

[一] 鄭偉章：《文獻家通考》，中華書局一九九九年版，第九頁。

其弟允增、堂弟允坤及允城之子廷鑨、廷鉞，允增之子廷鏕、廷鎏、廷鏡、廷鐘，俱以才學聞名，湖人比附於『荀氏八龍』，稱之爲『莊氏九龍』。莊廷鑨因有目疾，欲效『左丘失明，乃著《國語》』而治明史。據查繼佐記載，莊廷鑨『延三數知己，窮日夜之力，纂次磨對，苦浩繁無所制。且負至性，生無所嗜好，必手求此書。久之因勞失明，就醫數百里外，猶閉目引史學充左右，令人口誦不休也』〔一〕。朱國禎未刊遺稿，子孫售價壹仟元，被莊廷鑨購得，於是莊廷鑨聘請吴江、南潯一帶的鴻儒耆宿編撰明史。明史編撰未訖，順治十二年（一六五五）莊廷鑨卒。爲完成兒子遺願，其父莊允城繼續修書。明史草成，莊允城在南潯鎮北圓通庵雇工刻書，順治十七年（一六六〇）冬刊行於世。這部書包括了《皇明史概》及莊氏續寫部分。《皇明史概》經過莊氏刪潤裁斷，增益修飾，篇幅大爲增加，名之曰《明史紀略》（亦稱《明史輯略》等）。

明史刊印之後，卻遭到了曾爲歸安知縣吴之榮的告發。吴之榮本是墨吏，已被罷官。《明史紀略》畢竟爲多人編撰而成，而編撰者所持立場不同，語多忌諱〔二〕。吴之榮認爲抓到了把柄，欲挾書行訛詐事，被莊允城拒絕，於是告到官府。莊允城買通官府，將吴之榮驅逐出烏程縣，並且刪掉了《明史紀略》有關忌諱內容，出了修訂本。吴之榮購得初版，摘出書中忌諱之語，上告四輔政大臣。康熙二年（一六

〔一〕沈起、陳敬璋撰，汪茂和點校：《東山外紀》、《查繼佐年譜　查慎行年譜》附録一，中華書局一九九二年版，第一一五頁。

〔二〕詳參錢茂偉：《莊廷鑨修史考論》，《寧波大學學報（人文科學版）》，一九九八年第三期。

六三）五月五日（一說五月二十六日）獄決，莊廷鑨被戮屍，其父莊允誠被捕。其弟莊廷鉞及莊氏子孫年十五歲以上者均斬，其女發配瀋陽爲奴。凡刻書、作序、列名參訂者，一應具斬。是書李令皙作序，所有曾經襄助其事的儒學名士也都列名其上，有歸安茅元銘、吴之銘、吴之鎔、李礽燾、茅次萊，烏程吴楚、唐元樓、嚴雲起、蔣麟徵、韋全祉、韋全祐（一說是全祐子一園），吴江張雋、董二酉、吴炎、潘檉章，仁和陸圻，海寧查繼佐、范驤等。其中，陸圻、范驤、查繼佐首告得脱，董二酉（兩年前去世）被剖棺剉屍，其餘諸人均戮於弼教坊。『名士伏法者二二一人。莊、朱皆富人，卷端多列諸名士，蓋欲藉以自重。故老相傳，二百餘人中，多半不與編纂之役。』[二]史案之慘烈，前所未有，東南文人的士氣被打擊殆盡，一度形成沉寂之勢。

汪曰楨《南潯鎮志》卷三十七《志餘五》輯録了陳寅清《榴龕隨筆》有關莊氏史案的相關文獻，其中說：『張文通館於莊氏，草稿皆作細楷。時子相已死矣，張以有明一代理學諸儒無人作傳，故勉應之，亦不虞其至是也。聞其膝上有淡墨痕「成都楊慎」四字。』『成都楊慎』云云，系贊其博學多聞，學究天人而言，自是神聖其人罷了。張雋本以坐館課徒爲生，此時正在莊氏宅中教授生徒，遇有編撰明史之事，自然在編撰之列。翁廣平所撰《平望志》載：『淩肇登，字開先，諸生。少穎悟，一目數行，工屬文。鼎革後，坐臥一樓，人罕見其面。少與張雋、潘檉章友善。時南潯莊氏私作明史，欲聘江浙名士爲參訂。肇登夫婦同夢盤盛西瓜十枚，共相嗟異。明日，雋等九人至，欲肇登列名，力卻之。後禍發，不及

〔二〕陳康祺：《郎潛紀聞初筆》卷十一，中華書局一九九七年版，第二三六頁。

於難。』[一]張雋不僅主動爲有明理學諸人作傳，甚至憑藉自身在儒林中的聲望，聘請當地名士碩儒來共襄此事，其對故國拳拳之心可見一斑。

李令晳爲之作序，列名《明史紀略》的茅元銘、吴之銘等大多是張雋的朋友，甚或像淩肇登一樣，是被張雋邀請來的，只是淩肇登未參與，僥倖躲過一次大難。其中，同被史難的張雋、董二酉、吴炎、潘檉章被稱爲『吴江四子』。

吴炎（一六二四—一六六三），字赤溟，又字如晦，號愧庵，吴宗潛、吴宗漢從子。明諸生。明亡後，爲示不忘故國，遂改號赤民，隱居散授，不仕於清。初以詩文自豪，後專治史學，尤留意明代故實，與潘檉章相約共撰《明史記》，書未成。因莊氏修明史，列其名於書上，無故被牽連，遂被難。顧炎武扼腕嘆息說：『一代文章亡左馬，千秋仁義在吴潘。』[二]著有《古樂府解題》三卷，與潘檉章合著《今樂府》。

潘檉章（一六二六—一六六三），字更生，又字力田，一字聖木。廣西參政潘志伊曾孫。其父潘凱，工詩文，聞名復社。潘檉章九歲受文，十五歲補諸生，入清後隱居韭溪，肆力於學。家藏書籍千卷，通曉百家、天文、地理、皇極、太乙之書，尤長於考訂之學。與吴炎友善，會明史獄起，雖不曾參與撰修，因其名重於時，故列其名於簡端，遂被難。顧炎武曾記曰：『當鞫訊時，或有改辭以求脱者，吴子獨慷慨

[一] 翁廣平等撰：《平望志（三種）》上，廣陵書社二〇一一年版，第二一〇頁。

[二] 顧炎武：《汾州祭吴炎潘檉章二節士》，《顧亭林詩文集·亭林詩集》卷四，中華書局一九八三年版，第三六三頁。

大罵，官不能堪，至拳踢仆地。潘子以有母故，不罵亦不辨。其平居孝友篤厚，以古人自處，則兩人同也。予之適越，過潘子時，余甥徐公肅新狀元及第，潘子規余慎無以甥貴稍貶其節，余謝不敢。二子少余十餘歲，而予視爲畏友，以此也。』〔二〕對二人遭厄惋惜不已。潘檉章著有《力田餘稿》、《壬林韭溪集》、《國史考異》、《松陵文獻》等，與吳炎合著《今樂府》。《石船詩稿》第四集《題潘力田吳赤溟今樂府》：『鐵笛無聲近百年，西涯百一亦蒼然。尊經閣後憑誰續，東瀑吞山見兩賢。』對吳炎、潘檉章的《今樂府》盛讚有加。

吳楚，字敬夫，號西溪。浙江烏程人。明諸生。爲詩宗竟陵詩派，曾受董說讚賞。以莊氏史案被累。及下獄，仍與被逮諸名士慷慨賦詩，相互酬答，皆無困苦乞憐語，後免歸，輯合諸家詩鈔爲《圜扉鼓吹編》。曾與閔聲批選唐詩，名《嶺雲集》，張雋爲之作序。張序載《西廬文集》卷一：『敬夫氏《嶺雲》選成，一日過余，縱談及此。其所選者，未必不同濟南，而有異於濟南；未必不同竟陵，而有異於竟陵。豎亞一目，非常目也，炳炳然有不肯自欺，以欺古人者，所以不至於爲古人所欺，而還以欺今人也。』對於吳楚的選詩標準、詩歌理念，張雋是有深入的理解的。

上海圖書館藏鈔本《二西遺詩》，即張雋《西廬詩集》和吳楚《西谿詩集》，均爲選本。在《西谿詩集》中，收有多首與張雋的唱和詩，這說明二人往來頻繁，頗有交誼。這一點更反映在《石船詩稿》中，如第三集載《落葉和敬夫》、《首夏即事和敬夫》、《柬敬夫》、《敬夫字其子曰且愚》，第四集載《重和敬

〔二〕顧炎武：《書吳潘二子事》，《亭林詩文集·亭林文集》卷五，中華書局一九八三年版，第一一五—一一六頁。

夫首夏》二首，第五集載《題吳敬夫》四首、《柬敬夫次韻》等詩。

陳寅清《榴龕隨筆》載：『韋元介全祉，一字真長；弟次申全祐，進士青岑明傑之子也。祖鏡臺先生，精岐黃之術。元介先卒，次申被難。』[二]陳氏介紹了韋家三代人：崇禎進士韋明傑（號青岑），其父韋鏡臺，精通醫道；明傑二子，兄韋全祉（元介，一字真長），弟韋全祐（次申），兩人都被卷入了明史案。據《萬載縣志·宦跡》卷八載：韋明傑，字叔萬，別號青岑，浙江烏程人。崇禎元年（一六二八）進士。崇禎二年任萬載知縣。著有《籲天四議》、《康樂民隱》、《聽雨齋集》等。張雋《石船詩稿》留下了與韋明傑、韋全祉父子交往的痕跡。如第一集的《蘆圖和真長》，第二集的《酬韋青岑見贈》、《同季襄訪孟樸於青岑先生齋讀夏五詩季襄歸予止宿次韻》、《追和吳清老田園雜興二首同真長》。

又，陳寅清《榴龕隨筆》載：『蔣西宿麟徵，一字轅文，爲蔣儀仲之子，姬載先生之猶子也。詩文敏妙，風儀秀穎，莊氏招之，初不願就，爲貧所累，不得已而赴。命之作文，不容留稿，恐其竊歸也，並禁其出入，苦不可言，痛哭辭去，後竟及難。』《石船詩稿》第三集存有《題蔣西宿白玉樓曲》一詩。

吳之銘、吳之鎔、唐元樓、嚴雲起無考，其他諸人如茅元銘、茅次萊父子，李令皙、李礽燾父子，以及陸圻、查繼佐、范驤，名聲甚著，現有資料皆未言及與張雋的關係。張雋坐館於莊氏，爲明代理學諸人作傳，又遊走於四方，協助莊氏延攬名士編撰《明史紀略》。史案坐刑的諸名士，如董二酉、吳炎、潘檉章、吳楚、蔣麟徵、韋全祉都是張雋的故舊親朋，《石船詩稿》爲我們留下了斑斑之跡。

[二] 汪曰楨：《南潯鎮志》卷三十七《志餘五》，同治二年（一八六三）刻本。

三、張雋詩文集版本考述

張雋著述甚豐，僅見諸記載者就有十餘種，然因涉莊氏『明史案』，其著作鮮有人藏之，即使收藏，亦不敢以之示人（朱彝尊藏《古今經傳序略》，即未見諸文字記載），遑論刊佈流傳。經筆者梳理，張雋《三部略》、《與斯錄》、《象曆》、《九洛序》、《賣菜言》、《四三韻略》均佚，《易序測象》未見，《古今經傳序略》存。（詳見拙文《張雋交遊與創作考》，《北方論叢》二〇〇四年第三期）茲就其詩文集版本情況考述如下。

（一）《西廬詩草》四卷

據《南潯鎮志》記載，張雋著有《西廬詩草》四卷，《蘇州府志·藝文志》卷一百三十八、平步青《霞外攟屑》卷一、《江蘇藝文志·蘇州卷》均有著錄。張雋後人有藏本。

（二）《西廬集》

范鍇所作《潯溪紀事詩》引用書目，其中就有《西廬集》[一]。朱彝尊《明詩綜》徵引張雋《讀白太傅集》詩出於《西廬集》，該詩又見於《石船詩稿》第二集；周慶雲輯《潯溪詩徵》卷三十八，錄張雋詩，其來源亦是《西廬集》。然而在周氏所選詩中，《同王玄趾集若雨齋執盞言別聯句爲贈》七律三首，亦見

〔一〕范鍇：《潯溪紀事詩》，浙江古籍出版社二〇一四年版。

於《石船詩稿》第一集。此《西廬集》當爲詩集，可視爲張雋友朋所輯，但也不排除後人輯錄的可能。

（三）《西廬文鈔》一冊

《南潯鎮志》引《蠅鬚館詩話》曰：『《西廬文鈔》一冊，文僅四十餘首。所紀遺聞逸事亦少，今擇稍明晰者，著於篇。』[一]。張雋後人有藏本，『《文集》序、記、贊、跋、雜文，弟處所藏爲鈔本』[二]。疑此即《西廬文鈔》。

（四）《西廬文集》四卷，附《補遺》一卷

我們比較容易見到的版本是王文濡序本，即宣統二年（一九一〇）國學扶輪社鉛印本《西廬文集》。許多圖書館都藏有此本，南京圖書館藏《西廬文集》附《補遺》一卷，四川圖書館藏有劉咸炘評點本《西廬文集》。

檢閱王文濡所序四卷本《西廬文集》，卷一收有《歲交詩序》、《跋刻證人譜》兩文，而卷一載文有四十六篇之多。因此，筆者懷疑《西廬文集》卷一即是上文提到的『文僅四十餘首』的《西廬文鈔》。而卷二至卷四的七十八篇文章，有六十四篇是人物的小傳，即從明初宋濂始，至晚明王少湖結束。此极可能是張雋爲莊氏《明史紀略》所作，另錄出的『有明理學諸人傳』的一部分，亦可能是全部。清末民初，王文濡將《西廬文鈔》與其合刊，就變成了今天我們所見到的四卷本《西廬文集》。

〔一〕 汪曰楨：《南潯鎮志》卷三十八《志餘六》，清同治二年（一八六三）刻本。

〔二〕 孫譽：《一封信引出『明史案』張雋佚作重要線索》。

美國威斯康辛大學漢學家倪策先生遺贈山東大學易學研究中心張雋之文十篇，即《跋易林元篇》、《測象序言》、《古易六十四卦圖序》、《象曆序》、《跋玄珠密語》、《古今經傳序略後五集小引》、《古今經傳序略目錄序》、《詩序卦說》、《宋趙復齋先生易說跋》、《左氏四經傳後》。此十文均見於王文濡序本《西廬文集》卷一。

（五）《西廬詩集》

上海圖書館藏《二西遺詩》附李向榮《浣愁草》（一名《雲門詩集》）一冊，鈔本，雁蕩山人陳忱輯錄。《清人詩文集總目提要》載：『《西廬文集》四卷，張雋撰。』『所撰《西廬文集》四卷，輯入《二西遺書》，鈔本，上海圖書館藏。』[二]此記載有誤。上海圖書館藏《二西遺詩》是詩集，而非文集。張雋號西廬，吴楚號西溪，二人友善，又同被『莊氏史案』之禍，唯恐詩文著述湮沒不彰，陳忱輯錄亡友詩作，命名爲《二西遺詩》。

由陳忱敘中的『庚子夏』『時歲在柔兆敦牂蕤賓之月下澣三日，雁蕩山人題』兩句可知，《二西遺詩》輯錄於康熙五年丙午（一六六六）五月下旬。詩集封面鈐有『鍾賢祿印』、『丰瞻』藏書章。首爲張雋《西廬詩集》，無目次，收錄三十五題五十九首詩。其中十四題二十首在《石船詩稿》第二集，十六題三十二首在《石船詩稿》第三集，五題七首在《石船詩稿》第四集。

次爲吴楚《西谿詩集》，無目次，收錄二十六題三十首詩。附錄《浣愁草》，又作《雲門詩集》。雲門

〔二〕柯愈春：《清人詩文集總目提要》（上冊），北京古籍出版社二〇〇一年版，第一九頁。

系明遺民李向榮的號，向榮，字欣父，一字晉美。國家圖書館藏鈔本《東池詩集》，是張雋、陳忱詩友集會之作，其中便有李晉美其人其詩，陳忱將《浣愁草》附於《二西遺詩》之後，是有其道理的。

（六）《石船詩稿》（兼及《石船存草》）

上海圖書館藏有兩部《石船詩稿》，均是鈔本。其中一部是五集本附補遺，另一部是二集本。中國社會科學院圖書館藏有五集本附補遺《石船詩稿》一部。董說《豐草菴詩集》之《西臺編》有《讀非翁石船存草有感》：『千秋歷落人，一二不能數。吾家有石船，逸事嗟未補。推窗讀君詩，嚼蘗心自苦。張墩續釣盟，忘年定餘許。』在《石船詩稿》第一集前面，張雋略道其首尾：『予詩自半巢後，有孟樸削本，名《石船存草》。石船在霞霧之麓，嘗寄跡焉，故以志之。此本爲友人失去，遂闕首編。向與孟樸、鵬先和高不諱等作，皆亡之矣。茲所存，則門人孫倎搜輯，得之簡端、僧壁者爲多，感其用心之劬，因復次爲若干首。拂跡跡生，無乃重揚其醜乎！石船主人誌。』

五集本附補遺的《石船詩稿》封面題爲『吳江張西廬先生雋遺著』，『南社叢刻』紅格稿紙謄鈔。書末有陳去病跋語，簡單敘述了書稿的傳鈔過程：『庚戌客杭州，沈思淵毅得此冊於張念貽明良，因舉以見貽，合誌之，以拜嘉貺。垂虹亭長陳去病識。』庚戌爲宣統二年（一九一〇）。這一年，王文濡序本《西廬文集》四卷，附《補遺》一卷，由上海國學扶輪社出版發行。跋語告訴我們，陳氏所藏《詩稿》獲贈於沈毅，沈毅從張明良處鈔錄。

五集本《石船詩稿》分上下兩部分。上部二集，即第一集、第二集；下部三集，即第三集、第四集、第五集，以及《補遺》一卷。從內容上看，二集本《詩稿》系五集本《詩稿》的上半部分。

上部之第一集存詩六十九題一百二十首。張傿在給金俊明的信中曾談到了詩作梓行之事：『拙集妄付梓，自去歲已成。中二集，因首集失去，遂無意竟其事。』（《與孝章》）張傿當有刻板印行詩稿的舉動，首編爲朋友遺失，所以其事未竟，殊爲遺憾。

上部第二集七十六題一百三十首。在前面有西廬《自誌》：『自《讀白太傅》以前，亦舊《石船草》也，爲亡友削定，不忍置之。此後則丙戌、丁亥作，多悲悼傷往之辭。其間稍爲信眉，惟孝章巢頭一覺爾，特錄之《續湖上聯句》後。又有掇拾故紙，非此兩年之作，亦漫附焉。紇梯紇榻，殊不足觀，聊爲知我一哂。』由此可知，張傿詩集《石船存草》，或曰《石船草》，系好友孫孟樸删訂，而最初的《石船存草》應該是兩集。《石船存草》大部分詩篇已佚失，卽首集（首編）遺失，孫倎搜集剩餘詩篇，加之張傿續作，新舊夾雜，再成兩集詩，這就是我們今天所見到的《石船詩稿》上部的兩集詩。

下部第三集收錄一百〇二題一百六十九首，第四集收錄五十八題一百三十七首，第五集收錄五十一題一百一十四首，《附錄》收錄五題八首。

單行的二集本《石船詩稿》，半頁九行，每行二十一字，分第一、第二兩集。詩自乙亥年（崇禎八年，一六三五），迄丁亥年（順治四年，一六四七）。卷末有黃鈞作於一九一八年的長篇跋語：『右《石船詩集》二集，吳江張西廬先生所著。先生字文通，又字非仲。明蘇州府學生。邃於理學，所著書甚多。余所見者，此書外，有吾師錄《西廬文集》若干卷。晚罹莊氏史稿禍，其書遂無人敢爲流傳。庚戌之春，肄業法校。有同學張君明良者，先生之裔孫也，覓得此集鈔本，欲倩人錄副。余遂浼同門曹君子釗任其事。曹君應張求外，復寫得此本藏於家。朱竹垞《明詩綜》只錄《讀白太傅集》一首，且不敢言其得禍事，不足以愜讀者之心。培孫先生有選録明季諸老遺詩之舉，因屬曹君出其所藏，以供采摭，而書其梗概於此。戊午春日，長洲黃鈞。』

從跋語我們可以得到這樣的線索：張明良藏有先祖張雋《石船詩稿》，欲請人謄録副本，黃鈞推薦了同學曹子釗。曹子釗完成其事，又録副本藏於家。王植善（字培蓀，後改爲培孫）編選明遺民詩，黃鈞屬曹子釗捐出所藏《詩稿》，並作長篇題跋以志其事。二集本第一集卷首鈐有『王培孫珍玩物』藏書印章一枚。

中國社會科學院圖書館所藏《石船詩稿》，系陳去病從張雋後裔張明良處得到的再傳本；上海圖書館所藏五卷本附補遺的《石船詩稿》是柳亞子從陳去病本再過録的，即三傳本。

（七）《西廬詩選》一卷

鈔本。扉頁有柳亞子跋，曰：『《西廬詩選》一卷，從吴陵陽維《漊上詩鈔》録出。西廬詩，余藏舊有《石船詩稿》五卷，《補遺》一卷，此本則吴氏所摘選也，存之以備一格。中華民國十三年雙五節後一月，邑後學柳棄疾記。』

題爲吴江張雋非仲著，吴興吴維陵陽選。共選詩三十八題四十五首，又附沈石墩《非仲藏宋溫日觀葡萄卷失去歌以慰之》一首。

（八）《東池詩集》一册

該詩集爲清初鈔本，共分爲五集。其扉頁鈐有『鍾賢祿印』、『丰瞻』兩枚藏書章，《東池雅集後序》末鈐有『長樂鄭氏藏書之印』，《東池初集敘》後鈐有『半逸堂』章，《東池初集·唱和》旁鈐有『長樂鄭振鐸西諦藏書』一方印章，知該書曾爲鄭振鐸所藏。據陳忱《東池初集敍》、楊文熺《東池雅集後序》可知：東池是一泓方池，環境優美，湯海林築堂池上，於此隱居，與知交好友，在此宴飲唱和，從庚子（順治十七年，一六六〇）三月到壬寅（康熙元年，一六六二）七月，持續了兩年多時間，裒詩爲五集，即今本《東池詩集》。

莊氏史案發生後，張雋被逮、受戮，書籍散佚，今天我們見到的或是後人的鈔本，或是輯錄本，已經很難窺其詩文著述的本來面貌。潘耒在《格軒遺書序》中寫道：『吾邑固多人材，然有明三百年，其卓然可列於儒林文學者，蓋亦無幾，則科舉之學，驅之使然。滄桑以還，士之有才志者，多伏而不出，盡棄帖括家言，而肆力於學，於是學問文章彬彬可觀。一時隱君子，自先兄力田而外，若先師戴耘野、吳赤溟，及徐介白、張文通、王寅旭輩，皆以實學真品著聞。』[一] 這是迄今爲止，我們所能見到對於張雋最爲恰切公允的評價。作爲有志於學的晚明諸生張雋，在故國板蕩丘墟之際，並沒有被時代的大潮裹挾著行進，而是保持了一個士人的操守和責任，爲保存文獻而輯錄《古今經傳序略》，爲表彰明代理學大儒而作明代理學諸人傳，友朋之間的詩歌唱和漫衍成詩文，而經學著作，如《象曆》、《易序測象》幾乎是絕學，『皆戛戛獨造，發古人所未發』。我們今天研究張雋，不僅要知悉張雋所保存的故國文獻，瞭解張雋所做出的學術貢獻，還要體察那個時代士人的價值觀念以及個體操守，這也正是我們需要接受和傳承的。

[一] 潘耒：《遂初堂文集》卷六，清康熙刻本。

凡例

一、本書全面輯錄張雋詩文作品，收錄《石船詩稿》、《西廬文集》。《石船詩稿》五卷附《補遺》一卷，以上海圖書館藏鈔本爲底本，校以上海圖書館藏鈔本二集本（簡稱『二集本』）、陳忱選錄《二西遺詩》（即《西廬詩集》、《西谿詩集》）、吳維選《西廬詩選》。《西廬文集》四卷附《補遺》一卷，以宣統二年（一九一〇）國學扶輪社鉛印本爲底本。同時參校部分總集、別集、方志中收錄的張雋詩文。

一、附錄包括《東池詩集》、《二西遺詩　附浣愁草》、《張雋資料彙編》。凡與正文有重複者，删之，仍保留其篇目，庶原書之舊式，亦可考見。

一、底本的衍、訛、脱、倒處，一律出校；對底本有參考價值的異文，一律出校；底本正确，校本錯誤，不出校；凡形近致訛者，如己、已、巳之類，徑改本字，不出校；凡異體、古今字，除生僻者外，徑改，不出校；避諱字亦改回本字；凡字迹漫漶不清、空缺而無法校定者，用缺字符（□）標示。

目錄

石船詩稿第二集

石船詩稿下

石船詩稿第三集

張　雋

石船詩稿第四集

石船詩稿第五集

目　錄

石船詩稿補遺

西廬文集

西廬文集卷一

西廬文集卷三

西廬文集卷四

西廬文集補録

附録

附録一　東池詩集

東池初集　倡和

西廬詩集

張　傕

西谿詩集　吳楚

附　浣愁草　李向榮

附録三　張僖資料彙編

石船詩稿

石船詩稿自誌

張　雋

予詩自半巢後，有孟樸削本，名《石船存草》。石船在霞霧之麓，嘗寄跡焉，故以志之。此本爲友人失去，遂闕首編。向與孟樸、鵬先和高不諱等作，皆亡之矣。茲所存，則門人孫僎搜輯，得之簡端、僧壁者爲多，感其用心之劬，因復次爲若干首。拂跡跡生，無乃重揚其醜乎！石船主人誌。

石船詩稿上

石船詩稿　第一集

鈔朱子詩四首　乙亥

六經之後無刪述，力挽斯文欲喪天。妙響不隨追蠡絕，初心只欲奉遺編。

妙旨存存藹足初，喚回冰凍詠歸餘。西林從有風雩跡〔一〕，東渚無勞恨索居。

三聲崇壽哀鵑句，九曲武夷寒櫂歌。鶴怨猿愁緣底事，卻勞蒼峽泛浮鵝。

建安淡漠成收拾，開善岑蕭似有功〔二〕。栗棘家風幸無恙，當年不是欠羅龍。

【校記】

〔一〕『從』，二集本作『縱』。

〔二〕『善』，二集本作『喜』。

曾子

雖然啓手無餘事，還似芸爪捫痛時。一生履薄臨深意，只有持櫱童子知。

讀世説四首

伯鸞從小事孤清，滅竈重燃太不情。童子自來應泛愛，莫於冷煖見分明。

除書醫俗別無方，厭見雞羣入鷺行。自恨平生不解賭，無緣燒卻紫羅囊。

胷次須教著九流，耐他喚馬與呼牛。由來卞急推王述，半日看牆不轉頭。

愍度何心倍舊經，救飢聊欲借豨苓。何因更向來傖道，無義江南亦厭聽。

題讀史述九章

志不舍好，時不尚容。悲愉者私，振濯者同。嘆息高言，不止俗胷。唯子陶子，則知史公。

與誦孫

江墅初寒試絮衣，菊花深冷讀書扉。高枝脫葉如君句，一望蒼霞散夕暉。

感君送我過溪橋，卻望疎籬沒半腰。草屋雞棲猶對爾，竹燈薺杖自頻挑。

次韻答周安期八首

逃禪有得返求儒，三戒嚴如五戒無。口不可言猶可飲，似聞花外喚提壺。

威儀入寺曾興歎，久雨齋居亦誦經。賴是程朱遺榜樣，維摩丈室子雲亭。以上二首，原來詩。

幸自無緣喚作儒，不勞重勘會禪無。鴟夷只合常噇酒，慚愧王遺五石壺。

儒林賴可修僧史，緇客翻教讀道經。擔板禪和應不會，春風已過望州亭。

誰云學佛後知儒，擬議之間落有無。薦得儒門真淡泊，元同秋月與冰壺。

放教禮樂歸三代，敢道《華嚴》似六經。卻笑諸儒徒有口，幾如漢武禪云亭。

覯面曾分佛與儒，可憐宣子說將無。裹頭白布吾猶爾，快飲終教盡百壺。

山高泗北真吾仰，路折蔥西恨未經。何用圖韓兼失魏，平原奪志在馮亭。

子夏原來是小儒，養成田漆誦虛無。何如稼圃全吾好，八月涼颸可斷壺。

儒遭秦漢無完禮〔一〕，佛越梁隋有僞經。是處一般風物好，行人不必戀郵亭。

【校記】

〔一〕『禮』，二集本作『體』。

酬崔漸子

恆從費公房，粘壁得麗句。諤諤蒼崖風，點畫如有護。傳響今希聲，追蠡典型具。故家數人物，當枉孝標注。六經如貫珠，黽董參以駙。大根與小莖，滲灑以一雨。子亦束蟲魚，茗粥寄竊屨。無術變黃金，恧彼烏鵲乳。道逢陳元方，如與太丘遇。几席有同心，君子窮可固。牤犢還所如，感慨庭中樹。

左少保

宮闈旒綴恨難追，排蕩秋旻彼一時。疎草肯因搶地削，臣忠惟有在天知。撤簾事過韓琦勇，捧日身同桓範危。舊客不須愁著作，千秋猶重黨人碑。

淩茗柯先生

皜然霜鶴在秋空，汲直難教一二同。試數烈風真勁者，大都平日景行中。淡書涕淚辭嚴父，緩帶從容殉兩宫。事到此時無是處，君乎尚敢論臣忠？

丘廉士

耕漁俱竭勢難留，敢道人間盡濁流。慼慼更看堂上母，飛飛真愧水中鷗。苦攜家付三生石，願化身爲萬斛舟。屈姊不存兄幸在，相依猶及故園秋。

汝廣文君喜

共道遥烽離寢園，兵窺南戒不堪言。危冠罵賊當羈旅，白刃交胷念國門。無負名賢今得死，汝爲熊芝岡首拔士。誰居清要只圖存。最憐蕪没汶陽瘗，莫慰天南痛哭魂。

許玉重先生

友妻能識此心無，感謝賢王惜腐儒。豈爲攀龍輕得墮，獨憐乘鶴巧全軀。幾番決死真無怨，一箇書生自不孤。拜誦其詩千載下，英風何止蔽全吳。

宋烈婦詩

婦殷氏，三歲喪母，未嘗露齒笑；再喪繼母，哭盡哀，有孝女稱。年二十歸寧。夫，賈人也，甫成婚而別。客楚，失志怏怏，遘疾歸。醫藥弗效，病甚，視殷爲訣。殷曰：『君幸以兩尊人爲念，卽不諱，妾一身何足令君不瞑！』蓋剪爪刲股，願以身代者屢矣。屬纊之晨，竟先夫飲鴆以死。時崇禎辛巳十月晦。青岑韋先生首爲著傳，一時詩歌、誄頌之作，成數軸〔一〕。有媼摯綿，往來知之最稔，云：

終焉託夫子，忍死一慈闈。力到九原盡，心同千古歸。天吳零繡幔，地下誌魂衣。氏未死時，裂幬爲襦，語小姑曰：『夫死，以此附吾身地下〔二〕，以誌也。』不及姑嫜恨，悠哉兩未違。

【校記】

〔一〕『成』，二集本作『積成』。

〔二〕『吾』，二集本作『我』。

周氏兩節母 二首

灑涕存孤事未容，天乎厥子復翁從。雙懸縞帳分秋月，獨指遺孫是亢宗。總使兩心同似柏，忍教三徑不留松。《白華》更遣詩人賦，長對儀刑在遠峯。

依依霜鬢共綦裙，忍見姑亡痛始分。最是廿年曾嚼飯，渾忘一日不茹葷。煖生芝草庭中雪，寒殺梅花屋外雲。奇節看來原有種，多君三世足清聞。

漁庵三詩 三首

結庵

竺生揮玉麈，聚石爲玄儔。法昌獨撾鼓，十八擬比丘〔一〕。師昔居城隈，鑿壞不肯修。飄然一去之，豈復懷綢繆？松直迺棘曲，百練繞指柔〔二〕。區區草樹間，崢嶸非俊流。琛公復歸閩，端行常潤舟。是法旣無在，匪童蒙所求。閔騫好言語，何不仍舊休？爲物抱滲漏，無取乘桴浮。

開池

莘莘一二三子，戒晨祈同夕。胡爲忽去茲，蒸然受物役。洞庭徒《九韶》，濠梁只自適。水繼爲鼉衣，至微安足析。翱翔萬里風，何不在一擊。使北則非鵬，故勇不可策。自沈東海鉤，歲月豈憚積。鰌鰷避瞷窺，千尺意岑寂。戢戢感萬尾，活潑悟庶賾。華亭有鎮將，聖主致開釋。

營塔

玄徒競組繪，慧日值陽九。憬彼佛幻翁，把臂類自牖。東生而西沒，旦旦期同阜。齊强一以定，豈爲晉東畝。郢人鼻不堊，介叔左生柳。斯門故無鍵，誰肯由闑右。闍黎與老僧，附膝按兩手。燕北越之南，恐此遂林藪。殿前一枝燭，蟲禦信非偶。就師索樣看，妙斲不在肘。

【校記】

〔一〕「擬」，《三集本》作「泥」。

〔二〕「練」，《三集本》作「鍊」。

和櫨庵詩

東家喫飯宿西家，去住牽情底事賒。但使厭欣除現業，免從蟲鼠受淪嗟。好音壓衆雛居㲉，亟性催生手劈花。水土病深鄉念重，拙郎非是愛天涯。

餘塵未盡尚家家，踏著真歸萬事賒。口似毘耶羸不杜，身如桑戶肯來嗟。瘡疣紙寫六方偈，鶻臭衫盛衆妙花。卻憶虎谿談笑處，阿持無恙礪天涯。

半巢

異境憑高得，因之構架奇。久堪人附贅，相與樹支離。看足山無厭，爭忘鳥不疑。誰將漻泬意，重爲布毛期。

還移北窗榻，寄取向南枝。深竹平於簀，高雲煖入帷。醉醒羸不獨，風雨更多宜〔一〕。怪道心相識，青山夢亦衰。

【校記】

〔一〕『多』，《西廬詩選》作『俱』。

和鵬先韻

巢集

支撐意始出，許我獨點頭。十載餘蜩翼，新詩讖鵲樓。隔林疑掛榻，憑壑悟藏舟。語默雖同調，輸君第一籌。

錢春

酒坐俱無往〔一〕，誰當悵別人。朔將開九夏，天與借餘春。贈影慚囊子，何鄉養穀神。試聽初曙鳥，未覺異芳辰。

【校記】

〔一〕『坐』，《西廬詩選》作『座』。

再和

何知鐘鼓樂爰居，巢上於今雜佩裾。豈有六龍能下食，謾勞羣彥屢將車。流連詩酒真成寄，放浪鶯花我亦漁。時事苻姚良足恨，禊碑重感暮春初。

同和和靖先生巢居詩

望怯層樓孰可捫，前登如輊後如軒。來風坐待生羣巘，歸客常看暗遠村。意外古人先得我，眼中樂事獨輸蓀。分將巢鳥同晨夕，敢謂時危故避喧。

醉木蘭下分韻各和四首

寶花晴載雪，墜影欲成幢。鳥下頭俱白，船行望得雙。夢梨先月榭，賦柳漸春江。厭見紅英薄，翩翩點綠窗。

未肯傷遲暮，胡云判獨離。乘舟無漫興，搴阯有嘉辭。解羽含深毳，樛枝不受垂。行藏那可定，只合用爲儀。

酒德不可頌，對君頹玉山。漸將通鳥夢，一併入花間。肅穆含朝氣，離披無墜顏。悠然來鼻觀，殊勝鷓鴣班〔一〕。

吳體誰從倡，憐渠道卽今。獨慳花底立，長惜鳥空音。或語猶同臭，求聲無異岑。劉邕不可作，奇癖竟安尋。靜嘯有『木蘭樹下不能行』之句。

【校記】

〔一〕『班』，二集本作『斑』。

留夏四首

長風來遠薄，謖謖入奇懷。蟬叫不離樹，蟲跳漸歷階。瞻河知夕至，運斗任秋皆。厭說黃姑事，太常今正齋〔一〕。

蒼然此遙集，皇古粲高窗。物序驚金昊，吾心似帝江。論詩聊俱耦〔二〕，解珮不成雙〔三〕。何似微吟處，平分感夕缸。

殘暑亦不酷，颸颸蒼樹梢。留葵爲石友，與竹作平交。萬斛借銀影，百間愁破茅。詩成曾得雨，今雨復西郊。

頗愛高人句，村扉帶遠嵐。科頭常屋北，炙背只山南。過歲纔能半，流辰已見三。方思歌九夏，未可惜餘酣。

【校記】

〔一〕「常」，底本作「嘗」，據二集本改。

〔二〕「俱」，二集本作「具」。

〔三〕「珮」，二集本作「佩」。

七夕同孟樸〔一〕二首

涼颸瑟瑟故相催，懷抱於今得暫開。嘉樹自能憐小草，高吟長共立莓苔。妨君半日曬書冊，笑我雙星入酒杯。莫向天孫問機杼，只攜《梅綰》百篇來。

秋到園林亦倦看，傍人門戶事尤難。自憐弱質輕於葉，剩把幽心借與蘭。天險也曾憑一水，嫠憂還解説長安。穿絲散粉何人事，我輩相期在士冠。

【校記】

〔一〕『夕』，底本作『日』，據二集本改。

哭盛氏妹

三歲剛爲婦，攢眉竟未開。依依老母志，戚戚稚兒懷。有夢通彭澤，無書寄大雷。空墀一夜雨，爲汝泣寒莓。

七月晦日過鵬先齋讀新舊諸篇用默語理未殊句爲韻各賦五首

誰則匕箸間，依依念京國。籌時無大言，在險非小得。輒欲曩賢希，未能祖聖默。蒼然《象正》編，六籍著矜式。

翠柏挺勁姿，葳蕤失其侶。鑷髭翻黵情，炊劍作諧語。銜羽從周周，華身惡楚楚。毳衣生陵屯，小草看睹墅。

榮枯皆波瀾，孰飲砥柱水。臨風懷名賢，剪燭話古史。孤中寒如秋，萬里越可咫。平生劉真長，茗柎有實理。

胷次具九流，清涇而濁渭。吐辭如鼓鐘，聞者生愛畏。愛若逢故書，畏如觸先諱。自非歲寒心，入室應知未。昭文終鼓瑟，惠子老據梧。此亦役外物，曾何當真迂。層樓卻筭手，埽室焚《說郛》。都不廢酬對，誰能待文殊。

從母李夫人

夫人故侍郎來翁聲子。蘭徵弗協，掩秋暉於小星；柏矢靡它，寄霜燈於絡緯。古人實獲至性，彌敦北堂；老年情言伊賴，因出素紈，命吾賦此。

誰誇散朗謝夫人，墨竹看題繭紙匀。領略溪山曾翠幰，怨歌江汜亦秋蘋。思親忍化朝飛雉，應詔還函絕筆麟。有母尸饔同擯影，白頭長共說艱辛。

與禪客

挾傳隨車我不能，誰將詭辨誚山僧。百千年欲大開眼，些小事須三折肱。只與逋逃爲藪澤，空教咳唾起馮淩。大都留得閒名在，生被人牽入《五燈》。

謝孟樸惠佳墨〔一〕

文錦閟髤室〔二〕，發之九子雙。大者曰隃麋，此尤尊勝幢。圭璧異體制，作者參鴻龐。方子黟水特，吳生晚未降。主人起草姿，飛瀋潤三江。《漢書》殺青寫，十指氣逢逢。題評借鹽嫫，尺牘流冉駹。對面綠洮石，長鋌或大鏦。巖瀨汰春榜，燕山倦馬鬃。犖确濯澗路，屐齒折寒矼。著作奇屢見，如崩崖決洚〔三〕。秋水眩牛馬，兩涯失巨艭。遣汝恐辱沒，逶遲來小邦。破硯塵埃滿，中書頭若摏。秋鴉與春蚓〔四〕，顛倒遭我撞。千古文章印，器重不可扛。俗人亂玄白，惷惷同吠尨〔五〕。隴西沒久矣，吳下變新腔。寂寞比興意〔六〕，後死誰梁杠。濁醪相與飲，耆舊猶老龐。釣舟刺荷花，許我共擊樅〔七〕。灑濯試寒鑑，古香殷秋窗。拂拭必朝暉，點汙防夕缸。續君《梅綰》詩，入木流淙淙〔八〕。

【校記】

〔一〕『孟樸』，《西廬詩選》作『孫孟樸』。

〔二〕『髤』，《西廬詩選》作『縣』。

〔三〕『洚』，《西廬詩選》作『瀧』。

〔四〕『鴉』，二集本作『蛇』。

〔五〕『吠』，《西廬詩選》作『犬』。

〔六〕『寞』，二集本作『寥』。『比興意』，《西廬詩選》作『正始音』。

〔七〕『共』，《西廬詩選》作『與』。

〔八〕『木』，二集本改作『水』。《西廬詩選》錄此詩後，附入一段注文，未知何人所作，今迻錄如下：『詩雖謝惠佳墨，篇中所言都敘孟樸經營復社事，寔只首尾略拈題目。按復社之興，孟樸先生不惜勞苦，渡淮泗，遍歷齊魯諸郡，達於京師。當時有「行舟太保」之目。又口號云：「案頭一部《漢書》，袖中一封薦書。逢人便說我里天如天如。」可爲中一段注脚。』

壽鵬先

居鄰高樹小橋平，埽帳長容夜論兵。邪氣不干人上古，風詩有作酒橫生。先予七歲常聞過，許爾千秋足令名。北海孔融今在此，可能長發摻檛聲。

叔名招集竹下

正愁密約杳難通，俄指肩輿在竹東。卻著朦朧看花眼，來觀擺脱采芝風。有時自得静者趣，無事不將狂客同。惜醉偶然莫相强〔一〕，且聽我與王安豐。

【校記】

〔一〕『惜』，二集本作『醒』。

哭外舅孫公六首

皤皤入夢欲依稀，更見霜痕點故衣。鯉也先亡伋也在，文章如草不成菲。
十二年來悲別鵠，何堪歷盡許多哀。酒力漸消愁力長，長聞浩嘆發寒楣。
簾外春苗長藥欄，桃花醉面不曾殘。卻憐病起無新句，黃菊垂垂自作乾。
欃槍無復挽金戈，每到論兵奈老何。猶幸未聞三月事，鴟夷不作五湖波。
露頂每能月下坐，短衫或作隴頭行。濁醪田父應相憶，何事長年只閉荊。
垂老心歸大願王，繙經猶未到隋唐。臨行掉臂驚禪客，似橘初黃十月霜。

孟樸過作續六月詩四首

晝清賢者共，真不愧方聞。涼借一池雨，秋生幾樹雲。危辭偏婉切，險韻更平分。歎息秦州詠，空吟到日曛。

散髮定何地，荒除亦靜林。苕華平日句，竹實此時心。雨入鳴蟬濕，寒當宿草深。要須公後序，並取北山陰〔一〕。

中谷方憂暵，黃枯到接佘。片雲驚杜甫，久渴起相如。持我蟋蟀響，獲君蝌蚪書。豚蹄有私祝，先自快經鋤。微情倚修竹，妒殺小池荷。洗子詩能潔，此郎瘦更多。誠堪盟白水，未敢獻嘉禾。搖落應無恨，秋風奈若何。

【校記】

〔一〕「北山」，朱隗《明詩平論》二集卷十作「牡山」。

過南園刻竹二首

矮屋蒲團坐，風圍不借春。新詩教共讀，薄醉自藏真。數竹占來鳥，分荷俯靜鱗。晝寒支枕得，布被傲平津。

孤賞誠難解，偏稱李似陰。綠沈輸汝筆，黄葉誑兒金。酒任詩賢聖，秋誰共淺深。棗梨果何物，難壽百年心。季襄刻半巢成。

秋盡同孟樸送石門過玄真子釣魚處二首

百舍重趼事屢移，區區掩室又何爲。蒼涼竹柏存予影，翻覆雨雲皆汝師。名姓誰題烏石字，江湖空寄柳橋詩。推尋甲乙應無此，好語門前白鷺知。

浦浦風來棹欲移，白頭波任笑翁爲。自慚生計非漁父，卻恨前身不畫師。閱世朦朧誰似酒，受人打罵更因詩。幽花野水渾無恙，最喜相過人不知。

夜叩石門

犖确溪邊拄杖路，横溪不渡兩三橋。一橋最後似可渡，剝啄啓戶僧蕭蕭。

吴江晚泊

野夢方交在綠蘿，一天星影曬船蓑。竹窗九十夜無寐，又聽前汀蟋蟀歌。

繁露

繁露子熟更肥葉，牽牛根斷能作花。結棚使我三嘆息，持帚爲爾獨咨嗟。

偶作

韓原淝水足勳名，攘臂支離且自旌。《十策》競傳康伯可，下稍莫作柳耆卿。

孫愍始讀大學適錄朱子經筵講義感賦

未試千金龜手方，卻緣刊佈見尋常。兒童始覺攢眉苦，老我虛慚引紙長。遙想宗儒親黼扆，重思昭代著輝光。諸家穿注今應遍，蕪沒誰憐過漢唐。

鵬先得孫

憶庚申七月，男任初生，有示內詩：『予亦抱子不覺寂，爾非丈夫胡爲愁。』

世事於今尚好爲，卻教鬬茗斷吟髭。共聽甲子前宵雨，一笑庚申七月詩。對酒在公爲後著，弄孫輸我已多時。好音更向新詞卜，碧海牽鯨未覺衰。

鵬先索百合子

記分罌粟子，麗句枉詩翁。小草看山裏，强瞿著譜中。恥因蚯蚓化，得借蕙蘭同。似榿三年大，攜筐尚竹束〔一〕。

【校記】

〔一〕『尚』，二集本改作『向』。

九月十六家慈生日同社以詩見祝次謝二首

敢邀在竹誦來儀，黽勉衰宗稍自持。未爲羣公空素髮，還同諸舅介雙眉。嘉名卻數重陽日，尚德猶疑既望時。尊酒更澆庭下菊，九秋心契茁新枝。

相依世世共忘年，並舉芳樽令節邊。弁帶有懷鳩子七，柴荊無望木奴千。卮言屢出當深夜，靈氣高翔自一天。贈句裝潢成巨軸，宫商已有異人傳。

答孟樸二首

此中同味亦無多，淺渚曾無鷗鷺過。若箇齊名同李杜，愛君佳句逼陰何。探山未暇招叢桂，被野惟看老秫禾。可許謝郎梧竹静，秋般還發《紫芝歌》。

漸喜相忘仲蔚居，如人碧草共窗虚。廿年詩格凡三變，半席談叢可一書。砥柱狂瀾誰似爾，尋常好事更過余。連篇累牘真成寄，爲想秋山落葉餘。

和孚吉二首

何必君文減《過秦》，且宜杜口送餘春。石心自可留遐劫，畫筆無勞問後身。已覺才多爲道累，漸看子懶較予真。從來射御羞相比，肯使英靈没馬塵。

接膝無嫌影不舒，矯然頭腹此中居。且從遼水師殘帽，未向匡山築敝廬。江夢大疑君是鶴，濠游應誚我非魚。屋梁皎月勞人思，衹覺楓林來往疎。

和王儆予三壽詩

分得南樞麗景來，紫芝眉宇互參陪。湖山容膝今無幾，松菊怡顔事可追。留眼且爲他日計，放身莫畏盛年摧。根莖花葉皆如許，次第江梅見臘回。

别希陶

蒼然一拜後，感子思我勤。割棄更崎嶇，山寒與老親。盛德著天經，盎然成四鄰。孰不私其歸，載翔非一晨。古今人不殊，義利須臾分。百行自枝葉，如繁花在春。泠泠湖浦風，峨峨西弁雲。所遇亦故物，浩蕩不可因。杜子有遺言，我輩本長貧。理在無芒昧，奉此謝懷人。

七月喜雨〔一〕用東坡雪詩韻

老農倚樹數昏鴉，共喜新涼歇晝車。卻笑早籼乾裏熟，莫催晚稻雨中花。溪通擬喚遊山槳，甕滿先傾傍水家。吾邑幸逢緱氏令，當胷加額手頻叉。

雨過波紋似縠纖，碧生初霽解新嚴。殘荷作勢鳴高溜，野竹低垂洗白鹽。試屐不妨經滑路，望雲翻使借餘炎〔二〕。水居自足神仙食，菱角於今漸得尖。

【校記】

〔一〕『喜雨』，底本作『雪雨』，據目録、二集本改。

〔二〕『使』，二集本作『思』。

甲申秋分後二日得戊同賦秋社

祈穀勾龍當二仲，喧填土鼓非一朝。幸逢五戊當快飲，未至重陽且索饒。帝在金陵初命社，農看瘠土半良苗。即無油油賦大澤，幸有滮滮來西苕。三日五日靜者聚，南林北林獨樹橋。意存俎上亦割肉，名落蘆中偶弄簫。已喜寫心兼有月，頗聞得句快於潮。童求枸杞懸丹乳，僧送茱萸勝紫椒。雁並傳收闕信，山寒曾作采芝謠。染來蛺蝶全同菊，夢裏伊尼欲避蕉。翻手作雲存寡黨，舉頭見日會輕徭。佇聞秉鉞稱先愷，野父歌呼達晝宵。

葆石堂詩

豨苓端欲笑昌陽，潦倒誰尋卻老方。莫勸學書空鎖硯，猶聞上殿只提囊。憂時已信門多疾，撫劍徒悲笏滿牀〔一〕。太史好奇徵特傳，應憐孤憤在膏肓。

【校記】

〔一〕『笏』，底本作『笏』，據二集本改。

贈董禹若

把臂相期共入林，全看嘉樹有同心。曾有詩約聚巢居。雙聲疊韻松陵體，採菊搴蘭楚澤吟。未覺鬢毛閒裏蜕，都忘日月此中深。江天有鶴知相訪，也共攜尊舊客尋。

答訊梅

老梅八九樹，吾家舊植也。叔明使善钁者負之去，植巢下，憂其不得活，故常同孟樸過訊之。鵬先復以詩訊，依韻奉答。

飽喫貧家籬落風，移來巢下又深叢。商量細蘂開方半，只合高人置此中。有客共探同和鶴，好音遥寄屬儀鴻。置郵欲接陳思句〔一〕，不是沉浮水上筒〔二〕。

【校記】

〔一〕『陳』，二集本作『鄭』。

〔二〕『沉浮』，二集本作『浮沉』。

蟋蟀

空憐唧唧在牆陰，庭草雖長亦可尋。自是鶴猿餘習在，勖君霜雪九秋心。童癡尚戀經時鬬，婦懶都忘徹夜吟。寒卻半間堂底月，著經偏使恨思深。

壽某

長見雙瞳罨畫清，知君到處定何名。銀鈎舊儲相公序，玉杖全懷孺子情。自壓新醅澆早菊，更春天燭漬香秔。素書卷卷存貽厥，隨意巾車適太平。

效魯望體〔一〕二首

平上

將持并州刀，剪水與兩嶼。孤嫠多深憂，老圃可小語。尊初而卑今，去冷以取暑。崎嶇何當平，茗盞好且舉。

平去

吾身非蟲魚，穿蛀載記遍〔二〕。多方藏中空，異致怪未見。龍蛇俱身存，智慧借勢便。山高兮淵深，用貴御衆賤。

【校記】

〔一〕《西廬詩選》題作『效天隨子體』。

〔二〕『穿』，《西廬詩選》作『日』。

明妃

按，建昭四年，郅支首至京師，踰年呼韓邪來朝，賜之掖庭王嬙。是歲改元竟寧，五月元帝崩。作此題者俱失本末，一爲正之。

藁街初卦郅支頭，萬里寧胡出聖猷。未至穹廬驚漢問，竟寧天子棄諸侯。

用山谷臥陶軒韻

炎霧生晴坰，小禽窺靜窗。頗聞諸路兵〔一〕，喋血錢塘江。誰爲戴若思，投袂推胡牀。平生陸士龍，國器稱無雙。白帢失所依，不如懷故邦。已爲彀中游，不擇羿與逢。題詩滿蕉葉，三伏猶如霜。上士乃桃簟〔二〕，中士亦糟缸。何能爲身謀，鬱鬱成遺忘。

【校記】

〔一〕『頗』，《西廬詩選》作『忽』。

〔二〕『簟』，《西廬詩選》作『笙』。

觀荷竹所用半巢韻三首

猶是花生日，殷勤醉竹頭。誰云少許地，卻勝百間樓。卓犖潛豐沼，清揚發小舟。未成陵谷換，海客莫行籌。

欲當荷竹處，更結海棠巢。魚戲忘南北，村聲雜土匏〔一〕。得閒俱是主，小摘便成肴。世賞應知絕〔二〕，飛蓬一任嘲。

客坐皆倒甕，酒人真壯哉！不須釵釧合，自並水雲來。欲試跳珠椀，全難捧葉杯。同醺與偏醒，分受麯君猜〔三〕。

【校記】

〔一〕『匏』，底本作『瓠』，據《西廬詩選》改。

〔二〕『絕』，二集本作『覺』。

〔三〕『君』，二集本作『生』。

和李中悅觀荷

一日拚教一度來，負他清夜背人開。更思夢裏看花去，莫遣看花著夢迴。

用述酒韻贈友

逼歲託荒宅，蕭條思所聞。鄰雞咿喔鳴，曙色俄已分。欣慨交百端，南榮佇流雲。流雲不可期，方寸徒如墳。五子作離歌，斯世難再晨。有仍奮其旅，黿龍重得馴。語默固殊勢，上智爲全身。乃諺唯荒寧，小人依厥勤。夷皓賦安歸，曠然非其君。曰予有夙好，三沐三加薰。良友知我癖，餐我以靈文。窅然迷阡陌，如彼觀河汾。爾飾方委蛇，爾佩亦繽紛。願言結歡愛，恥以私見親。貞固感前修，脈脈懷天倫。

朱友銅畫秋海棠

誰迴健筆寫幽姿，試展秋蘭欲並垂。化婦舊留山石恨，貞臣新擬杜鵑詩。桐枝菊蘂看相得，蝶翅蜂鬚似不宜。轉贈應知無別語，向君此是斷腸時。

臕周舉子

一笑森森大父行，錦綳初捧出蘭湯。卻憐投老干戈際，猶見新生書卷香。頭角休教駭流俗，精神好與近風霜。今年叢桂開偏晚，爲酌萸樽賦續芳。

答友

重把新題擘綵箋，此中榻是幼安穿。盡揮縹緲峯頭雨，爲拭鵜鴂聲裏絃。浪竹欲同高士跡，絲蓴猶爲故鄉牽。娵寓潑剌鳴前渚，未染醒風尚柳烟〔一〕。

【校記】

〔一〕『醒』，二集本作『腥』。

蘆圌和真長二首〔一〕

驚羽無端寄罍空，一龕佛影幸能同。負他十載蒼山約，沒事來聽竹下風。

牽將梭笠來承溜，借得桃笙與臥雲。隔渚畫胡無賴甚，爲君翻盡五千文。

【校記】

〔一〕自《蘆圃和真長二首》至《招希陶聯句》，二集本詩題及順序爲《游大小龍渚聯句》、《冬夜過若雨靜嘯齋酒中聯句》、《同孝章醉竹所聯句》、《招希陶聯句》、《同王玄趾集若雨齋執盞言別聯句》、《洞庭歸舟爇松子煮茶聯句》。

冬夜過若雨靜嘯齋酒中聯句 三首

書籤依舊積晴窗，淳。忍道詞壇倒法幢。吳下體曾推律祖，酒中句欲變聲雙。可堪重臥當年榻，淳。何似平分此夕缸。湖海氣深消不盡，橫簷猶共指天江。淳。

舊經於今得再探，淳。停船翻怕悅潯南。我來紀日剛成一，客至除僧恰是三。蒼竹猶餘居士瘦，淳。高談如對故人酣。卻憐折腳鐺還在，似並寒燈伴古龕。淳。

莫向悠悠天際帆〔一〕，淳。應知多劫住雲巖。異書每送山僧笈，短架長懸野客衫。共惜藝文多借潤，淳。誰將竿草漫加芟。驪珠兩目權衡在，敢謂千秋只斷函。淳。

【校記】

〔一〕「向」，二集本作「問」。

同王玄趾集若雨齋執盞言别聯句爲贈三首

盡説雲門家可移，結巢長恨未能爲。淳。文非今日三年藥，病是吾儕一字師。半幅寒香心在畫，殘更舊緒客留詩。淳。櫨梨橘柚雖多味，無舌人看總不知。

鳧鶴從來不可移〔一〕，盡將好事讓人爲。世間老閱方尊我〔二〕，農譜新翻便得師。淳。一笑幸圓懷友夢，無端又作送君詩〔三〕。此宵静嘯停杯意，應有蘭亭花露知。淳。

西吴一席又將移，更有同聲恨爾爲。陳章侯詩《恨王玄趾滯西吴》。姓字不忘終我祟，文章何苦作人師。淳。未横雪竇千峯杖，且續松陵雜體詩。落落此中難舉似，半階寒月或相知。淳。

【校記】

〔一〕『不』，《西廬詩選》作『未』。

〔二〕『間』，二集本作『情』。

〔三〕『作』，《西廬詩選》作『擬』。

游大小龍湫君善出墨繡求詠聯句四首

染出山顔半是烟，淳。笑他刻木未成鳶。雙縫不到袈裟角，卻把青衫當水田。淳。

瑶草難憑丙穴魚，淳。倦禪先欲廢經鋤。卻攜繡閣驚人句，絕勝參軍《與妹書》。淳。
兜羅綿手出層層，欲施諸方雲水僧。黑白未分誰辨取，淳。垂虹雪裏卦寒罾。
新豔何堪入譜中，幽思只與佛仙通。尚嫌草木關榮落，淳。不繡寒江幾樹楓。

同孝章醉竹所聯句二首

客來歸鳥後，明。涼月引溪頭。坐石曾分磴，招雲更入樓。香先蒸作釀，淳。葉欲幻成舟。共喜吟情劇，明。杯行不算籌。

清陰連絕壑，小坐亦悠哉。淳。贏我嘗分醉，思君得暫來。損河觀大塊，置坳陋浮杯。明。並影寒燈下，蛇蜩一任猜。淳。

洞庭歸舟爇松子煮茶聯句

盡載寒香去，淳。茶烟更小舲。峯迴松塢曲，棹破雪山青。洗句先忘渴，淳。銜風半得醒。滄浪發幽唱，疑有水仙聽。淳。

招希陶聯句

北風又没幾灣沙，淳。撫劍猶能笑井蛙。縱使人文同解籜，且尋閒暇共浮瓜。歌聲不爲荊榛短，淳。酒力翻因慷慨奢。知己分當謀舊隱，莫隨帆信急歸槎。淳。

石船詩稿　第二集

自誌

張　雋

自《讀白太傅》以前，亦舊《石船草》也，爲亡友削定，不忍置之。此後則丙戌、丁亥作，多悲悼傷往之辭。其間稍爲信眉，惟孝章巢頭一覺爾，特錄之《續湖上聯句》後。又有掇拾故紙，非此兩年之作，亦漫附焉。紇梯紇榻，殊不足觀，聊爲知我一哂。

送李中悦還關中

空江斜照外，小立贈君言。今日孤臣袂，當年遊子魂。試登秦嶺望，猶見李膺存。未恐瓜時過，高秋及故園。

鵬先遊三衢不歸

亂後身爲客，經時感自多。何當今日酒，更對去年荷。歸亦非長策，人誰共短歌。神仙遲下著，莫爛手中柯。

巢下木蘭盛暑中開四五枝

南池飽見白芙蕖，不信真移木末居〔一〕。千朵禁寒垂雪後，一枝衝暑破風初。分將秋菊同朝夕，肯放湘叢獨展舒。巢閣若教徵逸事，莫援冬實李梅書。

【校記】

〔一〕『末』，底本作『未』，今據二集本改。

偶然作二首

厭聽簫鼓過橫塘，改步離披到野棠。萬頃青黃憐穲稏，一渦風露泣鴛鴦。秋菼捆載農舟薄，鐵駟鑣聯挽路長。故笠漸看生計盡，難將烟水寄漁榔。

選勝招提似舞雩，要驅殘暑入菰蒲。方州胡服真堪駭，子弟齊謳未是迂。何地更容中散鍛，邀朋只臥步兵廚。蛟螭莫道飛帆遠，十里猶聞咽蟪蛄。

止水歸自銅井臥病詩以訊之

平荷新雨後〔一〕，添得晚山空。買隱貧無策，言詩病有功。漆身憐我憊，槁項佐君窮。未可同蓑笠，還從壞衲紅。

【校記】

〔一〕『荷』，二集本作『湖』。

餘子攜家來割前楹居之

平時懸榻正須分，多難移家共水濆。猿鶴自爲君子類，桂蘭不亂野鷗羣。身經史册應多味，秋到坡塘得異聞〔一〕。頭上巾知無謬誤，莫教諸老獨殷勤。

【校記】

〔一〕『坡』，二集本作『陂』。

戲答誦孫

年來我法總如卿，兀坐還防酒改轟〔一〕。不及周郎曲有誤，敢除黄九敵無勍。寂寥法窟憐關雒，偃蹇時名寄籍伶。好語昌黎休見誚，自教桃柳合彈箏〔二〕。

【校記】

〔一〕『改』，二集本作『政』。

〔二〕『柳』，二集本作『李』。

避暑三首

焦枯今已到盆蘭，欹枕抛書也自寬。同學盡將依大樹，一綸初喜得安瀾。數來畝澮無多友，剩有縹緗可借觀。一戰昆陽推謹厚，會須重整竹皮冠。

避暑相攜過竹南，爲僧謀隱得精藍。長欃託命憐同志〔一〕，短袖從戎愧未諳。湛酒尚看雲曖曖，撫頭還戀髮鬖鬖。此生得讀中興詔，畫像封侯也不貪。

南來旌旆盡揚揚，並說從龍近末光。紅帛束頭欺野寺〔二〕，大書簽臂捉漁航。孤城是處危於卵，緩帶惟看竄似麞。可惜弄兵皆赤子，殷輪塗地報君王〔三〕。

【校記】

〔一〕『欃』，二集本批校爲『鑱』。

〔二〕『寺』，二集本作『市』。

〔三〕『殷』，二集本作『毀』。

喜石門師自語溪至

卻搬八口渾無計，背負蘆圌爾獨能。蹤跡莫憑雙塔雨，弟昆相對一龕燈。畏人也復無留髮，養病諸凡付曲肱。晝出空生還挾帶，多時不搦老崖藤。

端居二首

端居無信及收京，一日三眠似古檉。自信苟全無學術，不將曲士陋縱橫。貧看插架徒千軸，功費哦詩復幾生。小草未堪同出處，只教兒輩隱楸枰。

朋知無恙許相過，屋角新看長綠蘿。已分剝廬同食果，不須斷尾憚爲犧。詩書未可歸陳涉，椎髻猶堪笑尉佗[一]。剩有綺黃遺跡在[二]，寒山依約《采芝歌》。

【校記】

〔一〕『猶堪』，《西廬詩選》作『何妨』。『佗』，底本作『陀』，據二集本、《史記·南越列傳》改。

〔二〕『黃』，《西廬詩選》作『園』。

謝孟樸誚予絃誦不輟用正字韻

長愧學詩如面牆，見君不敢自遮藏。亦如衲子得授記，向後一株成陰涼〔一〕。書工著紙語生吻，箇事應同石火光。推之不去挽無術，豈有移文馳路旁。前于隨喁諱薄俗，百結衣爲雲錦章。秭鴂以血爲其聲，我口卒痛未足傷。秋風捲茅惜撐拄，盜賊滿目猶吾鄉。有手敢代大匠斲，往往禍生於所防。蚤聞小挫神氣沮，暮得浪喜鬚眉張。好語猶能振我衰，平生不廢師陳黄。舍爾所長攻予短，續鳧截鶴徒遑遑。滿屋瘡痂作薰陸，僕病上膏君下肓。

【校記】

〔一〕『株』，二集本作『枝』。

浩然弟乞詩用正字韻

學問如力視引滿，大者江湖小瓶盌。空嗟坪漫爲屠龍，袖手不試笑侶伴。四海惟餘長病身，卻封藥裹漬生塵。甘苦涼熱自一性，乃與此物爲冬春。茗甌初沸如新雨，頗有高人來共語。語穿精微可活身，嘆息古經若委土。季也發憤勵其成，不薄時輩師前人。分刌圭撮懸天地〔一〕，此事近禍不近名。扶傷救死應難強，適然值之非所望。臥者蹶焉卻其枕，跛者跫焉棄其杖。兄病弗瘳似欲留，平生不肯服鳥頭。其良寧可作秋柏，不使儒墨爲鬬舟。季也必欲起兄疾，請看良宰醫國日。馬勃牛溲入君籠，鼠兮玉兮隨所識。

【校記】

〔一〕『扖』，二集本作『划』。

次山谷韻贈皇甫堯臣

百卉摽落日，青松斯見重。建置違其材，古甃臥雲棟。八百稽首歌，風采豈繩甕。方州視準斥，餘惠及蠕動。陋彼樗木姿，擇術寄無用。巢父不臣堯，爲世所誚弄。哀哉潛聖遊，獨使路也從。知幾患無勇，羽毛安足共。山水相與秋，昔人悲餞送。中緒若織絲，誰爲斷其綜。盛名不可逃，七竅徒自洞。羿罪乃薄乎，工拙非命中。寂密爾無言，莫破飲酒夢。

送韓芹城之胥口

水國蒹葭已漫秋，誰將九夏獨遲留。平生心事如晴月，隨手功名付故侯。草詔即今須陸贄，僦居偶爾似王猷。東山未可閒遊屐，看著絲鉤上殿頭。

南澗老人有皇朝續燈之錄周安期以詩贊之承示和篇率韻見意〔一〕二首

今時何等欲安眠，灑涕猶懷不及前。以爾用心同杵臼，卻教蹙額似陶泉。上書未學鐔津老，續焰仍傳《景德》編。爲惜滄江静夜客，徒勞鼯鼠過年年。

十肥九瘠似龍眠，宛轉關生筆墨前。願我宗乘如噉杵，愛君《史》、《漢》若流泉。蓮花漏永知何夕，蠆尾書成定幾編〔二〕。留得窩中安樂在，相期忘義更忘年。

【校記】

〔一〕『朝』，二集本作『明』。

〔二〕『編』，二集本作『篇』。

孟樸有伐檀之恨依韻解之

文章應與髮俱除，天禄從今罷較書。自有英靈還正始，不辭風雨勵其餘。千秋在爾誰相定，一葉隨予縱所如。芝术故山猶未盡，雪深赤腳或同鋤。

哭友四首

惜哉刺劍事猶疎，舊不知人恨叱渠。名驥嘶風今若此，獨慚我輩幾歛書。

半天已復無禽影，四海如何有箇僧。怒駡裂眦成往事，淋漓剖膽得良朋。乙酉十月十一日，君昌徹公同日致命。

畫禪詩句偏矜絕，不許王玄趾入吴。獨留半幅梅花影，勝卦田横五百圖。鵬先歸，述玄趾致書劉念翁，遂自經死，有《五君詠》紀事。玄趾寓潯時，以陳章侯畫梅見贈。

酸風吹淚日汍瀾〔一〕，久久書還借客看。不信春和無故澤，自抔園土種山蘭。

【校記】

〔一〕『瀾』，底本作『蘭』，據二集本改。

酬所知

泉明居南邨，不爲謀其宅。老作責子詩，頗有妥尾色。我躬既不閲，我笱安足惜。寄言及歸鮑，斯慮乃有積。能以喪爲功，良士貴緩急。坐令運會移，軟煖愧禽息。視彼令狐子，赬顔如朝日。撫身嘆黄頭，敗絮以永夕。讀書笑邴原，腹尾不同席。三歲報我飢，未敢忘在昔。故人更相勖，雅意謝欣戚。

閔此夜生子，失訓在能食。君初不教兒，戲謔無乃癖。趨高如登山，就下若居濕。天運既復然，相對轉蕭瑟。

又和春郊

尚看沾灑及微茫，題鴂藏聲草正芳〔一〕。定有披雲歌旦旦，敢因戕口戒皇皇。虀街未致中行說，元老誰當司馬光。知道班荊無別語，白頭濺淚未能忘。

【校記】

〔一〕『題』，二集本作『鶗』。

讀孟樸若中近詩和絲字三首

大雅將淪若墜絲，多君突兀未隨時。介之偕隱能將母，孺仲蓬頭亦愧兒〔一〕。荷鍤已應無舊畝，紀年不願見新詩。雜華念汝盟寒久，更被深山鈯斧嗤。

世味何人卦一絲〔二〕，最憐予意適君時。敢同元亮悲三季，祇合楊脩讓大兒。打衲僧包忘載筆〔三〕，問行腳事只占詩。旁人笑我殊無恨，到得成狂亦自嗤。

翠幃無復問蛛絲，聚散難憑此一時。只可漆身驚故友，敢將對弈咎佳兒。負他兩月徵花事，怪我經年不作詩〔四〕。垂老投僧潦倒甚，歌姬乞食未應嗤〔五〕。

【校記】

〔一〕『愧』，底本作『塊』，據二集本、《列女傳》改。

〔二〕『人』，二集本、《二西遺詩》作『曾』。

〔三〕『僧包』，二集本作『包僧』。

〔四〕『怪我經年不作詩』，《西廬詩選》作『怪底經春未有詩』。

〔五〕『未應』，《西廬詩選》作『亦堪』。

酬韋青岑見贈

幸得依樊圃，居然花藥稠。素書當九厄，晴月自千秋。樽酒懷彭澤，風詩感道州。無窮匡濟意，擺置玉鳩頭。

和鵬先歸家口號八首

淋漓長句百端生，杜子當年賦《北征》。我亦曉行厭歌哭，多君談笑歷重城〔一〕。

也知無地寄其孥，奉母猶煩重憶吾。想見林宗巾墊角〔二〕，竹輿傲兀夜燈孤。

江烟十里暗胡天，點點烏飛啄水田。好向稽山問神禹，陸沉不是小姻緣〔三〕。
曾到桐廬拜客星，荒臺猶見插雲青。當時耿鄧多奇策，未合寥寥付六丁。
爲耽聲病卻成魔，偏值人生感慨多。預恐挾書防露宿〔四〕，自篝燈熟五君歌。
蒼黄未射魯連書，豪吏多情遠贈魚。豈爲匡時成樂禍，託身只欲近鄉廬。
判與丹霞定石交，更將讀《易》當佳肴。別君不見剛期月，一日當君了一爻。
夢中天姥亦成秋，汝髮凋零尚戀頭。到得故園生計盡，令人無復念狐丘。

【校記】

〔一〕『多』，二集本作『與』。

〔二〕『想』，二集本作『相』。

〔三〕『姻』，二集本批校作『因』。

〔四〕『妨』，二集本批校作『防』。『宿』，二集本作『索』。

再用韻答友人

也知無計破愁眠，豈有丹青遠擅前。偶把篇章如朽木，恰當題目類原泉。傷時或礙兒童讀，愛我徒勞甲乙編。要務卽今誰最急，浮文深恐廢華年。

和孟樸小詩二首

細雨輕風正好看，交難從古愧王丹。而今兀坐還羞影，念爾擁書未覺單。
卻怪春陰覆海棠，累他十日不成香。似留塞北屠蘇恨〔一〕，故倩天工爲洗粧〔二〕。

【校記】

〔一〕「塞」，二集本作「寒」。
〔二〕「工」，二集本作「公」。

追和吳清老田園雜興二首 同真長

暢然一望深榆柳，十九猶能識舊村。宿雨欲晴乾鵲喜，高簷得日煖蜂喧。勞他蠶婦鄉心切，早趁春風二月溫。賣犢盡誇長佩好，老翁相泣舉匏樽。
長怪苔錢破屐痕，素心晨夕亦南村。點胷自得榆枋趣，掩耳莫聞京國喧。尺鯉趨烹無可寄，半瓶聊酌不須溫。鄰家拗頸曾分種，何用浮江慮大樽。

孟樸持夏五詩過半巢

長天仍卦竹間湖，韻事能教老宿孤。留我半巢風格在，負他樊圃唱酬無。難堪憤世逢人疾，豈是耽佳獨爾愚。從此瘦行清坐處，毋忘濟勝挾之俱。

沈香亭二首

華清一去若爲容，猶見扶闌醉色濃。好句不傳宮掖體，當年遷客怕重逢。照夜車臨別殿香，指揮玉盞潤枯腸。君王自領歌辭意，一顧千門失曉粧。

病起〔一〕

新病蹣跚始卻扶，尋君偶有澹人俱。爲分枕上三更雨，好樹庭間百尺梧〔二〕。稍檢故書存盜惠，頗留殘髮未曾輸。橫橋流水仍能住，幽意如斯未覺孤。

【校記】

〔一〕『起』，《西廬詩選》作『吟』。

〔二〕『樹』，《西廬詩選》作『聽』。

贈余長霖

手種紅蕉稚子長，客來猶共舊方牀。都忘綴輯平生句，只欲消停此日涼。痼疾向耽雲一壑，筆談新有法三章。正愁執席爲形累，浮算無嫌藻荇香。

江村

弱柳荒扉信意扶，江村長夏與誰俱。爲妨枉駕鋤蒼耳，卻愛遙山剪碧梧。事較差科宜只減，詩看匹敵恨全輸。未知用意崎嶇內，慘澹終憐吾調孤。

雨後新苗

始覺新香遍野皋，泥行無奈屐痕高〔一〕。似經春隴吹成浪，已耐連宵響作濤。聒耳鳴蛙知有爲，伸眉饁婦敢辭勞。平疇幸與遙山接，秋水纔添喚小舠。

【校記】

〔一〕『行』，二集本作『汙』。

和孟樸别樊圃

短簷薝葡自成林〔一〕，難得閒情似爾深。興至不辭三月聚，别來誰契九秋心。鷦鷯到處原如寄，蟋蟀多時不學吟。此日我應私遯叟，故溪無惜共追尋。

書畫船今卻載回，藕花舊渚爛然開。行吟到處無遺恨，作客多時也自猜。已悟去留同刻劍，不堪身世似浮杯。再歌六月公猶健，或許疲兵借一來。

【校記】

〔一〕『短』，二集本作『矮』。

同季襄訪孟樸於青岑先生齋讀夏五詩季襄歸予止宿次韻〔一〕

新詩亂後寄偏頻，怪我經年不裹巾。未忍形骸欺老衲，還將開濟問遺臣。高音並壓千尋竹〔二〕，淡味先分五月蓴。戢影自期寥廓外〔三〕，莫嫌澤雉意難馴。

隄防漸密廢行舟，望屋猶憐隔渚洲。容易蕉窗停短策，重邀蓮社泛新甌。孤蹤暫聚增予妒，險韻分拈似爾謀。惆悵偕行先別去，故應乙乙獨遲留。

【校記】

〔一〕《西廬詩選》詩題無「季襄歸予止宿次韻」八字。

〔二〕「高音並壓」，《西廬詩選》作「高情並倚」。

〔三〕「影」，《西廬詩選》作「羽」。

孟樸集予近詩成感賦

鼠齧蟲穿歲月深，谿來畏影息牆陰。青黃分作溝中木，拂拭今同雨後岑。一笑山雞空愛羽，數年皋鶴愧遺音。性情識得粗相委，垂老輸君獨苦吟。

讀白太傅集

讀罷香山半格詩，恰逢衰橘墜秋墀〔一〕。鄧魴見喜唐衢泣，此意元劉或未知。

【校記】

〔一〕「橘」，朱彝尊《明詩綜》作「菊」。「墀」，《松陵詩徵前編》卷十二作「池」。

哭孟樸三首

病餘秋骨尚姍然，竟倦窮遊作蛻蟬。處士題名知異代，孤臣聲血已三年。生存梓里如遷客，死遇霜交又一天。續綰新排留剩句，何人更著《補亡》篇。

欲抽〔一〕殘緒譜流離，忍見新題哭汝詩。猶有僕憐蕭穎士，更無亭借沈佺期。文章後世懸孤格〔二〕，姓字先皇赦黨碑。炯炯一心留到死〔三〕，地中藏碧或深知。

不是君偏值亂離，君偏耐作亂離詩。可憐不及明時讀，憔悴空將隔世期。先汝五年黄憲卒，更無雄筆史雲碑。少年古寺論心處，卻問今僧悉未知。

【校記】

〔一〕『抽』，《西廬詩選》作『抛』。

〔二〕『懸』，二集本作『題』。

〔三〕『炯炯』，《西廬詩選》作『耿耿』。

寄題唐觀村澂上人草庵〔一〕二首

唐時遺觀舊僧藍，重得澂師卓草庵。籬落寒梅窗夜雪，只將興廢作閒譚。

質亡無復事吟哦，得子重翻銅斗歌。無限江山隨劫火，何人灰裏撥韋馱。寺廢於火〔二〕，惟韋馱不壞。

【校記】

〔一〕『澂』，底本作『徵』，據二集本改。

〔二〕『寺廢於火』，《西廬詩選》作『庵被火』。

石門爲孟樸懺次重感二首

自賣蘭橈與世希，枯藤破衲定相依。證成今日人琴痛，怕入他生文字圍。已信有情非佛累，似君純想或天飛。空餘蜩翼寒燈裏，肯戀垂垂弊垢衣。

隔離一日亦成遙，垂死相呼更入苕。霜後僧鐘初撤聽，火餘庭樹自抽條。何堪便受鬼神食，卻似相尋風雨宵。佛曲遶梁能起病，知君不廢短長謠。

和孝章題子推小園

寒畦豐鄙事，跡罕易成幽。霜果留分擘，籬花稱獨遊。幸流高士盼，並慰半巢秋。意外勞捃拾，奚囊得見收。

孝章見示古白彥可曰補三君墨妙

松寫青蔥中散句，梅參白黑洞山禪。並生雪屋高寒色，卻恨王香在盛年。

和孝章宿半巢二首

爲爾霜縑數尺開，題詩猶妒舊曾來。衹今一宿緣還斬，此意無憑卻寄回。

頗訝年來坐榻空，主人已倦客難同。仍餘翼翼寒條鳥，自囀飛翔來去風。

巢宿用曰補西崦觀荷韻寄懷時曰補作《三友圖》見惠

懷君已自十年前，解榻何當爛熳眠。忽展松筠相似句，共欽冰雪欲迴天。巢雲幸借茲宵穩，山月知停若箇邊。向後行藏勞善畫，忘情只作倒霜蓮。

丙戌丑月望前叔明招宿巢上用舊韻聯句七首

新醞攜將天半開，明。舊期此夕得真來。恰當木末懸光滿，欲遣陪人不放回。明。

下臨浦溆似停槎，檻外寒香欲試花。不數孤山風月夜，明。夢來玄鶴共心遐。

倚岡獨樹撫寒姿，明。蕭屑如君感歲遲。更擬羅生植靈慧，光風初轉又成詩。明。

參差晚色漸微茫，遠挹明霞似報襄。修夜只今天監在，明。彊彊何恨雜鳩方。

振衣流眄俯長空，明。齊魯青青未可同。嘯旨肯因高士發，劃然驚聽想真風。明。

詩如善射未前期，古我遙同寤寐思。最是沅湘愁不斷，明。《九歌》更奏得新詞。

宵來得句問誰强，明。同夢何嫌偶異牀。卻道睡鄉無楮墨，不煩小史爲攜囊。明。

巢宿將曙再用前韻聯句七首

竹杪疎欞自展開，放參得月犯霜來。擁衾坐到寒鐘發，知破人間夢幾回。明。

因君聊學舊乘槎，已向湖天拍浪花。明。佚女高丘猶可問，迢迢星渚未爲遐。

喚回短夢帶霜姿，覓句翻憐扣鉢遲。漸覺向晨窗更黑，鄰雞咿喔互賡詩。明。

舊史傳聞半渺茫〔一〕，談經只可到成襄。幾番親歷猶多恨，此意應呈楊與方。明。

何當選佛得心空，襆被微吟此暫同。明。曉色到簾人未起，一椎清磬度林風。

興會應難得後期，良遊昔昔又經思。欲憑靈鳳通吾友，天末因風爲致辭。明。

賴得觥籌末力强，興添雜謔每推牀〔二〕。明。筆談新受三章約，莫遣寒檠笑括囊。

【校記】

〔一〕『半』，二集本作『更』。

〔二〕『推』，二集本作『椎』。

誦孫樓集聯句用韋江州韻〔一〕二首

月生隨晚眺，明。寒對自能幽。共惜經年別，彌欣此夕留。是山方考室，明。因壑且藏舟。晏歲相期意，應無負昔遊。明。

駒皎慚佳客，明。中坻意獨微。伊人斯宛在，勝賞遂如歸〔二〕。明。班草侵霜色，高吟散夕暉。樓前風月好，一笑偶開扉。明。

【校記】

〔一〕『樓』，二集本作『慶』。

〔二〕『遂』，二集本作『誰』。

丙戌臘月刻孟樸詩成用前見贈韻紀事〔一〕

君詩於古人，自可置一位。尤君及其詩，裦然見眾稚。六經爲帨鞶，風雅久淪墜。君起推橫瀾，欲以正羣視。疾驅三十年，異調多好慧。罔能集眾功，浩蕩悤遠思。地下華省郎，知君不得意。一賦窮遊篇，前事曠若寐。泣途曾未幾，狼狽烟塵世。彙拔不可期〔二〕，羊喪竟於易。非無勁挺姿，曾不救嫵媚。破圓莫爲方〔三〕，矯捷莫若遲。從約未解時〔四〕，此語何敢議。莫掣碧海鯨，競掇蘭苕翠。古來謀樹人，以教不以類。衰末貴苟同，往往見淩誶。進取意有在，言詞乃其寄。毛髮非筋骨，何不遭剪薙。及夫零落時，始悟文爲祟。五字與八股，其理亦非二。獨惔無榮名，獨寂無貴仕。苟非其性生，不妄有所嗜。君志老彌堅，君才窮不匱。外物嘗脫落，中懷任夷粹。歷觀古今作，升降在多識。窮餓及亂離，時至與之醉〔五〕。如何蹈此機，天殃人鬼忌。國謠爲夷歌，坎壈空山淚〔六〕。古人心誠然，古人命不異。前我詩可知，後我詩可俟。姦我詩可辨，忠我詩可誌。我詩無所爲，不可干以利。我詩有所爲，不可遮以翳。惟詩爲劫灰，未隨驚湍逝。惟詩如蝦蟆，蝕君以至既。未契感相託，爲予追所自。一語足相死，知予無苟比。早識性情字，以此辨六義。相與爲波瀾，死獨輸君摯。蒼山沈君骨，箾箾寒風吹。哭君止老禍〔七〕，定君交不膩。潤子與潤泥，一帙成取次。冥冥亦何理，哲愚共哭醉。嘆息蒙莫知，君臣民物事。

【校記】

〔一〕『臘月』，《二西遺詩》作『十二月廿九日』。
〔二〕『期』，二集本『欺』。
〔三〕『爲』，二集本、《二西遺詩》作『若』。
〔四〕『從』，二集本『縱』。
〔五〕『醉』，《二西遺詩》作『配』。
〔六〕『淚』，底本作『洞』，據二集本、《二西遺詩》改。
〔七〕『禍』，二集本批校爲『衲』。

遵先產遺腹男

西河垂老神傷後，喜見春雷迸紫芽。拔地漸看蜩腹漫，循階更得雁行斜。爲開舊璧驅蒼頡，好爇名香謝釋迦。我亦新年添笑舞，作詩點筆有梅花。

題焚書坑

馬上剛憐意起疎，漫將刧火咎秦餘。不須更撥寒灰看，漢後何人解讀書！

贈孟樸甥施子

感君傾倒渭陽情，共約花前醉瑟笙。一自楓林哀李白，無人石鼎説彌明。孤行海内傳碑版〔一〕，傿望風流有舅甥。底事故園同夕照，大難敦杖聽秋鶯〔二〕。

【校記】

〔一〕『版』，《西廬詩選》作『搨』。

〔二〕『敦』，二集本作『欹』。

與商聲索書柱聯，以東野『菱唱忽生聽，芸書迴望深』句與之，附二詩見意

偶思東野句，聊用榜君楣。耳目豈能擇，岧嶢自復持。炙身憐趙景，挾策陋安期。珍重遺編在，徒嗟人事哀。《人事歲編》，尊人黄初所著。

茗華寒更舉，對予足蠲煩〔一〕。但取屐痕正〔二〕，無愁野色昏。細功矜體物，高韻在知言〔三〕。結契貼山石〔四〕，茲懷未易論。吾友孝章寫《貞石圖》贈商聲。

【校記】

〔一〕『予』，《西廬詩選》作『子』。

〔二〕『正』，《西廬詩選》作『在』。
〔三〕『在』，《西廬詩選》作『妙』。
〔四〕『貼』，《西廬詩選》作『貽』。

岑久養病南庵

吾生贏得在，諸病處爲鄉。已悟蕉身假，來看竹影長。山河盈臥席，茗粥淡僧堂。更怕湯休笑，花間意未忘。

自題

舊著伽梨亦穩稱，衹今罔兩笑秋燈。待除榔標前頭地，去作千山卦搭僧。

書桃花源記

烟燼猶憐勝地存，秋風摧落幾陵園。避秦畢竟爲秦累，留取秦名到太元。

和鵬先秋齋贈蓮

香潔誰相並，如君近著書。故應瀼露日，獨麗子雲居。夢託鴛鴦舊，秋當蟋蟀餘。古經衰末後，網漏莫忘苴。

哭漁庵老師次此山韻四首

廿年立雪愧師門，赢得鬅鬙業影存。惟有數行君父淚，不堪遥望更招魂。

垂絕相依得淨因，殘年佛法斬然新。寒林木脱思遺句，豈是師承會累人。

黄蘗雲門兩碩師，嗣書卻謝放憨時。晚來端喜長生字，熟處難忘上樹詩。

平生自撥嬾殘灰，糞埽從來不受培。莫錯臨岐時句子，一聲彈指信如雷。

補野哭三首

纓笠懸馬頭，窄衫纏馬背。驅馬出通衢，吾馬不受穢。但使醜汝眼，醜吾馬不悔。

朝廷得良士，鄉黨失名師。寡妻弱女知所處，此語知君不我欺。皮面決脰未殊死，虜謂君兮何自鄙。君言若輩至於斯，只爲平生不識是。君女捷於靈照，君婦烈於聶姊。可合傳爲三奇，端以俟諸良史。乃以宰相家，使人輒瘡痏。豎儒妒君名，不如虜見君能恥。

駐兵三十里，徒步謁楊君。喜見於顏面，斯人故不羣。化鳩不成音，蘭艾徒並焚。哀哉鄧尉山，中豈無耕耘。

讀莊六首

姓本因生分百派，名從假類有千般。行人不識秦張祿，猶戀綈袍范叔寒。鯤鵬異名

栩栩蘧蘧不較多[一]，中間一線轉淆訛。縱饒撲得虛空碎，依舊還同夢裏過。周蝶分處

莫道申屠太不情，只將强口鬭時英。緼袍狐貉推由也，此道還須未十分。合堂同席

暫得相從便眼花，指天劃地嘴巴巴。直饒無物當情者，夜半呼籌只算沙。大林丘山

怪道隨身伴侶多，轉頭一句隔烟蘿。可憐閨閣無情思，猶對疎窗拂黛螺。南榮朱見老聃

親生兒子任他鄉，買得泥孩置佛堂。夜半鬭舟真可笑，謾言李短與張長[二]。宋人鏑子

【校記】

[一]『栩栩』，底本作『詡詡』，據二集本、《莊子·齊物論》改。

[二]『李短』，二集本作『桃李』。

贈禪者二首

主賓明暗總交參〔一〕，何事教渠正不偏。試看側峯横嶺外，匡山面目更嫣然。無偏正。

已許多年斬葛藤，口如牆壁謝酬應。無端更喚敲鐘著〔二〕，莫道諸方怪老僧。無聲鍠。

【校記】

〔一〕『主賓明暗』，二集本作『分明賓主』。

〔二〕『喚』，二集本作『换』。

與馬聚升

憶昔孤蓬急難時，秋風吹雨正離離。誰因讀《易》寄王湛，頗爲論《莊》識褚期。卻顧老成今已矣，願將世好共敦之。平生逃俗憂無地，獨愧寒岡冰雪姿。

遥和方南明同孝章探梅西山〔一〕

不辭新好競相鮮，生怕欹危趾未前。猶有勝情消不得，獨看詩骨老逾妍。借君隔歲山花飲，破我經旬風雨眠。茗盞幅巾相對處，拂窗初試水沉烟。

【校記】

〔一〕二『南』，底本脱，據目録補。

再題焚書坑三首

亂後深將破壁除，百王大法出蚣蝑。可憐一炬咸陽口，只賴收藏府庫書。

當年楊墨後休屠，卻恨燔燒不到渠。太史只將秦史讀，薰天已有謗成書。

兩生突兀起林墟，頷爛頭焦蔽短袪。辛苦幸逃博士議，卻當綿蕞購新書。

贈孚吉

日對齟齬自越吟，天然如鵠不堪黔。階前空復長書帶，杯底何人拂劍鐔。暗雨獨看燈閃閃，好風應儲竹深深。平生懷挾歸蕭瑟，得子重來道古今。

柬誦孫

手把陳編對楝花，炊烟斷處有鳴蛙。山風自識回帆鼓，塢壁誰援出塞笳。别作小詩懷淨土，更無幽夢破蒼霞。嫛婗鑑井當時態，裹飯惟應至汝家。

和孝章與商聲研石圖詩三首

伽陀深密爲重宣，妙斲由來歎絶傳。豈有他山增秀發〔一〕，文綸未墜乃其天。

孤襟彌恨不逢時，偶影貞珉自得師。命子當年無别語，溫恭朝夕庶求思。

未必今人勝昔賢〔二〕，昔賢心跡粲陳編。欲知秀媚真精進，雪老冰枯始卓然。

【校記】

〔一〕『發』，二集本作『髮』。

〔二〕『勝』，二集本作『遜』。

答鄭元白問近詩

舊著蕪詞亦厭看，重邀噓拂向人難。已拚著肘垂爲柳，一任當門刈作蘭。文字於今竟何益，亂離伊始未求安。羨他鼓下援琴者，猶自蕭條著楚冠。

梨花白燕

蹁躚靈羽弄奇姿，正值山園白放時。居楔間知容不得，繁華中有未相宜。肯留異色親風雨，還護生香出滓泥。澥外紫花矜絕豔，翻令凡種得差池。

再和南明探梅

誰云數見不能鮮，容易悲生研席前。幾處寒枝徒作白，一痕遥黛各生妍。必逢好事難辭醉，莫浪懷人只減眠。香發麝煤陪賦手，滿船書畫載茶烟。

答沈尹同

逝肯相求澹泊中，荒蹊寒竹賴君逢。卽看振策孤行者，此事無愁不爲通。

舊業猶存沂水濱，不將劫火咎狂秦。青山自古難酬價，鈯斧歸來好結鄰。

蓴和希陶

未必因風惜過時〔一〕，寒溪只有荇牽絲。落葵多事還相擬，吸盡秋華不吐脂。

【校記】

〔一〕『時』，二集本作『遲』。

藕

高葉疎莖老益妍，爛紅如炬立秋天。情知不作凋零色，免使人稱薄少年。

涬上二詩人二首

破天奇句出蟲書，一笑松巖外只除。死後卻逢真嗜好，吳中片紙重璠璵。陶昭。

垂老相尋寄一編，怒髭猶見直如弦。但言淤水多貽玖，不爲狐丘累夢炎。沈光裕。

叔明護筍

密槿栽籬護竹孫，更施白堊涴雲根。排雲只許閒僧過〔一〕，立雪還憐稚子存。未解籜前先粉色，看抽條處迸霜痕。胷中千畝休相誚，斤斧須酬舊主恩。

【校記】

〔一〕「閒」，底本作「聞」，據二集本改。

柬孚吉及家裔雲二首

雨點疎楞夢破時，好詩似出突重圍。搖村頗憶樓前柳，釣水仍看畫裏磯。聲到和平聽愈寂，思通幽渺靜能飛。盡捻書賣來猶得〔一〕，莫訝留連未忍歸。

不堪多疾傍醫門，猶勝相思隔水村。此日行藏憐共影，舊時筆墨愧留痕。笑予直作叢枝寄，羡爾真同長玉溫。應爲讀《騷》枯槁甚，樹蘭期致汨羅魂。

【校記】

〔一〕『捻』，二集本作『拈』。

寄徐松之

九日不出戶，一出失良友。天之生使獨，意行亦非偶。自讀霽南詩，中之如醇酒。吾不見淵明，挾策信其有。時隱著初箴，立意誠不苟。肯以鞶帨資，爲人作譽咎。秋風變榮木，桐枯梅亦朽。鬱然積中嘆，撫杯思物久。徒爲鬼神欺，幸免蛟鰐取。感君錄存歿，幽辭當見剖。彭城余神契，述作古心手。冰雪爲其姿，丹青不能垢。信如顧渚茶，潔蠲釋衆口。年來疲徵求，摩頂悔墨守。言者乃浮物，天德不爲首。嗟我同愛人，勖哉在淵藪。

孫爾壎悼亡

碧苔斜日上楹軒，白旐歸來燕影存。楊柳掠舟如屬紼，芙蓉近檻欲招魂。痛餘已覺生懷淺，亂後彌嗟鬼道尊。第一子荊須絕賦，情文此際不堪言。

喜遇懸渡懸渡曾在某家畫蘭，其家聞蘭香竟夕，因額曰『蘭堂』也

相過相值偶前汀，暫借蘭堂一夕馨。擁被共忘窗欲曙，不知簾外泣湘靈。

讀袁重其霜哺篇三首

廿年冰蘗尾翛翛，博得貞雛十指勞。一一廣長歌讚處，可能歌讚出纖毫。

反哺啞啞畢世心，同岑自合有同音。偶然習氣身爲舞，直挹山河換作琴〔一〕。

廿軸裝潢不較多，分明一字一伽陀。今人有耳如雙葉，奈此迦陵白鶴何。

【校記】

〔一〕『挹』，二集本作『把』。

戊午冬日，長洲黄鈞校於松陰山房。

石船詩稿下

石船詩稿　第三集

张　雋

自誌

《題葛巾》起，皆寓潯後作。深恨不讀書，不料理本分事，弄此無意味生活，可一舉付丙丁也。

讀漢紀九首

吾愛鄭次都，漁釣弋陽山。有客共匏尊，折芰坐潺湲。君章獨何爲，屈首伊吕間。正生幸可免〔一〕，直節誠屢艱。下坐拜奏觥，斯風安可攀。

吾愛鮑君長，椎牛舊君冢。闕里荊棘除，夫子借威竦。當其窮阨時，䃂杌寄頂踵。前後兩賢守，立節更擁護。禍倚戒幾事，惴惴有餘恐。幅巾歸河内，恥以衆受寵。大言雖忤主，居方良足重。哀哉馮敬通，白首獨散亢。

帝王自有真，逸民亦有風。熟爲巢許名，高議雲臺中〔二〕。吾言非賣菜，苟容無令終。故態不可除，伸腳動蒼穹。舁疾爲一見，聊答昔所從。吾自釣吾魚，不以釣三公。

友道故難立，今人不古處。牀下慚梁松，援死有遺詛。保慎而不惑〔三〕，吾欲勒此語。贈子以百拜〔四〕，一縑出機杼。道旁司徒子，下車與平敘。君房有是言，僕乃未之許。

使君行桑間，雉來擾其側。豎子止雉旁，視雉無獵色。甚嗟豎子仁，甚感使君德。哀哉狼食人，厥極何時息。

吾悲李次元，竟失宗卿師。軼也爲郵驛，大謀創建之。歷識既已章，禍福亦有司。司徒乃顛踣，新野膏塗泥。僕豈易辨此，昔人嘆負書。義存雪國恥，安得咎狂且。

漢末高蹈士，獨與申子龍。坑焚著先識，絕跡樹屋中。少年方郭蔡，垂老鄙明融。抗志誠彌劭，衰亂卒全終。振手南郡生，酬論何足雄。

邠卿既戹屯，北海得死友。數年複壁中，黨事復見掊。詭辭脫兵禍，宣命釋爭糾。老病留荊州，使表終北首。覃心仁義篇，僑嬰果何有。蕭條劉子奇，復孟亦其耦。

平子故淡靜，才高無尚情。靈心盡璿璣，妙製侔神明。與世自殊技，雕虎試艱貞。上書斥圖緯，四百顯玄經。撫絃思餘音，何必減德成。

【校記】

〔一〕『免』，《松陵詩徵前編》卷十二、《吳江詩略》卷一作『勉』。

〔二〕『議』，《二西遺詩》作『誼』。

〔三〕『惑』，《二西遺詩》作『獲』。
〔四〕『百』，《二西遺詩》作『一』。

新雨

新雨初晴燕影翻，抽書曾未破荀袁。正無情緒堆危坐，橘子花開第二番。

夜夢鵬先次日得去歲所寄白燕和章蓋絕筆也爲之隕涕原韻

霜花零落舊荷衣，又值秋風送夕暉。何處江山埋痛哭，卻看比興起蠉飛。鈔方僕亦謀三窟，鵬先以醫行。押韻誰同和十歸。《歸家十絕》，予與孟樸和之。記得夢中相訊語，九重泉路更依稀。予夢中問孟樸，答云『正乏消息』。

和此山亥子歲交

荒榛歲晏與誰收，名下如君得好休。未敢許人緣母在，肯來築室爲師留。柏烟横枕生新句，竹火穿林剩舊愁。鑒止昔年遺劍處，正垂寒涕撥柴頭。

補震澤編逸事

威遠論功寵未休，銀盤千箇賫耶謳。只今犖确山頭石，可是當年盤固侯？

此山以石佛像及蘭卷見貽

古佛㵎嶽色，幽蘭冰雪心。此時火爲日，對之寒欲森。謝慜理無故，歸潔志無今。坐我九蓮花，沃我七絃琴。君懷古人深，能不佩子音。

弔胡爽

延熹五年，武陵蠻反，寇江陵。南郡太守李肅奔走，主簿胡爽叩馬諫曰：『蠻夷見郡無儆備，故敢乘間而進。明府爲國大臣，連城千里，舉旗鳴鼓，應聲十萬，奈何舍符守之重而爲逋逃之人乎？』肅拔刃向爽曰：『掾促去！太守今急，何暇此計？』爽抱馬固諫，肅遂殺爽而走。

秋葉本欲脫，不以秋風故。當其欲脫時，膠漆不能固。鏡無取乎已盲，杖無取乎既仆。由來敗局卽勝局，明者如日暗如霧。不見江陵守，連城棄不顧。爽乎何罪逢其怒？誰謂太守怯，猶能斬主簿。

一甫餞歸

拚將長病慰時窮，彈指安鄉有路通。並聽虎聲深箐裏，迴看鷗影廿年中。不緣枯槁裁成恨，但用和柔進是功。印壞紋成誰驗取，秋蕖嫣笑隔溪紅。

題梅

往歲香尋踏夜行，枝枝撐月可憐生。雞籠山底醉吟後，怕見湖烟十里晴。

悼丁子德興

拔地千霄日進初，擢蘭折玉意何如？卻看半月前頭字，尚假廬陵九種書。肝臂欲將今日重，文章倘爲異生疎。童烏骨秀能如父，匣底絲桐正賴渠。

遣佶兒就希陶學蒙示詩四章爲勖敬謝

華鬢深慚舐犢情，强將魚鳥就韶英。新看拜跪如機偶，又聽咿唔似隔生。窮未詩工猶父債，懶雖子責敢天爭。共君歲晏聊相慰，碌碌人言勝令名。

題葛巾漉酒圖

恣情脱著總無妨，種種顛毛帶酒香。頭上薄絺猶故物，先生何恨不羲皇。

贈馬甥

一樹春陰覆木香，感君茶筍話悲涼。百年水旱傳農譜，幾世暄寒到父行。童子知書遺澤在，衰宗秉禮德音長。緇衣投佛成匏落，聶姊先亡愧北堂。

得曰補寄詩兼答孝章問訊半巢

賣蔬人至驛新詩，更得楊君尺幅奇。滿坐笑談中著我，破窗風雨欲思誰。層巢非復行吟處，盛事惟應縑素知。莫訝經年音問絕，棘生寒巷正調飢。

亭滌忽工畫筆以詩叩之

長將樹石換晨供，好事如何拒汲公。箇是解衣槃薄處，惜哉世不見真龍！

《後山叢談》：『釋從青善畫樹，上有修供者，量多少報之。呂汲公以御史爲淄倅求，弗與。或問之，曰：「後其所事而先其所好，故弗與也。」』

題孝章祝京兆草書卷

神物芥合無時無，龍章夜墮馳炎吳。旁礴一氣自古今，理亂憂樂與之俱。破愁共展京兆筆，冰雪中見春華敷。楓林橘浦足嘉思，有句昔人已先驅。悲離不惜暫懽日，鼎盛預讖今窮途。豈惟胷中有完字，學之不縱卽失拘。寒爐摩挲起森肅，曙窗拂拭重嗟吁。壞劫湍灰此何限，幸一得逢如髻珠。翩翩當代衡大令，臨摹三日惟希聖。插架五千殊未貧，蝌蚪華蟲互輝映。裝成爛燐以示客，嫚笑人生幾兩屐〔一〕。第一手須百世評，似公清識真無敵。婁東來徵紀事詩〔二〕，大作旁羅耀心魄。靈烟過眼無不新〔三〕，卻看劍刻成陳跡。

【校記】

〔一〕『兩』，《西廬詩選》作『緉』。

〔二〕『婁』，底本作『屢』，據《西廬詩選》改。

〔三〕『靈』，《西廬詩選》作『雲』。

壽嚴廷祖

霜空木落澹人情，一室懸瓢字飽更。介氣獨看冬性具，生時還值夏花明。不將甲子題新什，自有羲皇快宿醒。擬趁靈槎寥廓外，恐煩蹤跡到君平。

得陳閬仙乙酉見挽詩

五體幡然躍浪時，豈知世有嗽名兒。老天不肯輕人死，弔影傷心讀子詩。

己丑十月望日同章拙生集泉石居觀袁學憲恨菊舊題亦是日也蓋去今百十五年矣悵然感賦

偶然同昔醉，菊下靜琴張。數歲憐餘日，看題惜斷行。賓翰依近渚，別槳犯晨霜。約束新來夢，惟應墮爾傍。

寓泉石居所收書各以小詩誌之六首

曾因康節語，希覯伯沖書。諸例惟師說，淵然訪學初。陸伯沖《春秋纂例》

先立其大者，文章簡易中。豈因著奇節，詩語似盧仝。節孝先生《徐仲車集》

惟正正不正，不欲速乃速。三復公斯言，二篇端可讀。楊誠齋《易傳》

斯世乃毒氣，斯人固天生。渡江猶有賦，白璧累淵明。《劉靜修集》

繭絲六子後，用志亦奇哉。如何通往復，僅許一方回。鮑魯齋《天原發微》

付授當年意，諄諄未晦詞。何人深愧恨，遺墨重追思。《劉病翁先生集》

嘉禾屠伯起難後剃髮玄墓己丑冬遇於潯上偕行者吼崖

五年一衲寄雲根，爲法都忘三過門。名字直同黄葉換，交游空識紫髯存。盡除糞掃堆頭事，要作楊岐的骨孫。解鉢這回應別也，同來況復有宗年。

沈遺民後潘新瘞

既死余顛躓，平生多恨胷。百身哀鄧道，千輛會林宗。此地經殘雪，相攜信短笻。何堪勃窣影，拭面拜孤封。

皇甫堯臣安定書院見夢

坐擁皋比書滿牀，教行北學越吟長。卻憐退席滄江隱，也許分寮治事堂。醉白故應無羽翼，戒禪今已諳行藏。隨身竿木何勞計，好謝生平一炷香。

曝書二首

偷得栟蕉漏影餘，開簽自起曝殘書。何當安飽神仙字，妒爾他年亦化魚。

連牀疊架幾家存，斷簡看來倍可尊。但得餘光懸犢鼻，不辭深歲祀長恩。司書鬼曰長恩，除夕呼其名祭之，則鼠蠹不侵。《瑯環記》。

丁始瞻以和靖師說見餉二首

由來近取是仁方，收斂須知味最長。得力一生參也魯，遺編炯炯挹餘光。

師門零落朽株如，垂老吳山自索居。獨有扁舟王震澤，來從亂後訂遺書。

西子

烏鳶曲散思無涯，賺得吳家與越家。里婦不知宗國恨，錯將蹙額對溪花。

風塵不到苧蘿涯，底事君王敢戀家。圖得黃金鑄夫子，霧鬟烟艇刺荷花。

鈔小詩課女

且欣學語似雛鶯，莫笑童頭老伏生。紙筆自關天運在，泉明責子不須賡。

錦邊蓮

紅翻倒碧事如何，不遣奇姿映濁波。只此玉光原出衆，更添香頰便爭多。長吟皎月圍紅袖，半醉斜風捲綠蓑。此際儘供周昉畫，秋塘莫聽浪兒歌。

落葉和敬夫

無端蕭槭弄秋姿，賸費高人倚杖思。堆地漸妨調鶴處，侵雲猶記聽蟬時。姦雄盡睨臣如此，志士徒傷髮似之。自是不關搖落意，空將幽恨寫成辭。

念四弟病

奇方傳麥斡，水腫近應瘳。與菊關生死，無人共喜憂。未能親抱甕，徒有責乾餱。謀食方羈旅，星星爲汝愁。

憶餘子

餘子精神勝，身輕見病多。一官匏不食，八口墨還磨。種竹當時意，騎箕近日訛。可能得佳士，移醉北門荷。

哭餘子

三十年執友，百千生亂離。何堪恨搖落，徒有哭姻私。舊物平儀在，囊心腐史知。廣文全如鄭，欲續《八哀詩》。

生日

旅食無端值吾生，尚餘衰鞠對崢嶸。七年病臥滄江冷，十月愁添社鼓驚。其鹿其人雖高隱，不儒不佛漫同聲。襄陽耆舊秋原裏，何處銜寒破早橙。

孺悲

老體尩羸應接難，沒絃琴早爲伊彈。無端更發蘇門嘯，古木泠泠山雪寒。

附　藥樹和

你若無心我也休，偏驚月色上簾鈎。古琴孤調憑誰聽，疎竹蕭蕭風滿樓。

荷蕢

偶爾泠然下一椎，郢人何事苦相追？饒君俊快如霜鶻，匏葉之詩已似碑。

附　藥樹和

四顧徬徨一擊時，中情惟有磬聲知。桃花流出溪前水，淺淺深深魚影遲。

偶書二首

三武當年廢教時，頭陀短褐角鬇鬇。如今幸自無關鎖，短髮鬖鬖覆兩眉。

三八年間閒骨董，尋常開演授生徒。只須一句春王月，無數山深叫鷓鴣。

題半幅輞川圖

翦取嘉陵百里餘，依然晴閣俯衰蕖。池頭絃管今猶昔，心事何堪對老漁。

口占

蘭燼初殘已二更，暗風淅瀝絮衣輕。幾回貪讀《阿房賦》，錯卻簷前水滴聲。

讀西臺慟哭記二首

朱鳥歌殘竹石摧，中流風雪助深哀。如何三百餘年後，又遣風烟集兩臺。

越山抔土更榛荊，如礪還傳玉帶生。韓子不知今日事，輒將孤憤弔田橫。

憶希陶二首

旅況殊無似，荒畬欲廢耕。圓荷凝夜色，細雨入鐘聲。詩息真成踵，山心久似罌。無因遇儵忽，一爲鑿平生。

盛德無違俗，知君必有鄰。漸看同里閈，相與歎綦巾。氣至鳴琴潤，憂忘爨釜塵。薔薇黄未得，何以貺詩人。

首夏即事和敬夫

野竹新開个字垂，蕭森無奈剪成籬。曾無碧粉來遺照，何處蠻箋卻寄詩。幽事只應憐我共，玄文倘可借君窺。聖賢風雅能清恪，不羨金仙生滅詞。

讀史

枉教能令道自輕，何曾主簿累高名。卻憐晏歲傳經者，反學孫嚴祭竈情。

與子舒

杖笠初攀幕阜時，同心三四指夜期。比來只信蒼顏改，誰料都成隔世思。一淚數年傷杜宇，千金三致況鴟夷。須申煮餅澆蔥約，共訂遺編浲水湄。

壽陳古遺先生

人倫宗範自平生，令節恭承賴友生。難得此如秋後葉，總無詩亦意中笙。共傳邇日新元季，酷肖當年老弟兄。五百里賢應有聚，自慚無分薦春觥。

嘯翁手鈔見餉

石湖詩句直千純，夾漈經言重一麟。奇癖累人真自笑，異書分我愧君頻。初離香案題封濕，旋拂銀鈎乙注新。辱沒未嫌塵土涴，從今插架不羞貧。

別嚴遠公

三年研席抱深慚，禮教關西似爾堪。並勸生駒知御術，同吟落葉入詩譚。盡除何肉周妻累，兼破生天成佛貪。猶有餘閒稱好事，惠施麻物借朱藍。

壬辰生日值陳獻可先生見顧時新得劉後村《南岳集》

客舍蕭條數逝年，看殘菊靨似枯禪。債添南岳仍詩卷，興到山陰忽畫船。一宿風烟貽後覺，半生師友信前緣。層樓算手今無恙，三《易》應知未絕傳。『層樓無算手』，石齋先生別獻老詩也。

金陵故宫遺香和閔湘人韻二首

玉爐無燼已經年，槐葉空悲萬井烟。底事關人情思切〔一〕，寶雲如髻壓江船。

孤情自託水雲僧〔二〕，價值閻浮亦未平。分餉故人教爇取，一年一度祝長陵。

【校記】

〔一〕『事』，《西廬詩選》作『物』。

〔二〕『情』，《二西遺詩》作『舟』。

梅花渡二首

古渡雲深自掩關，眾香國裏踏歌還。不須更著船頭笛，畫作銜烟李次山。

不作巖頭也自豪，生衣臥楫似吹毛。箇中若問梅花路，劈脊教渠受一橈。

鷓鴣溪二首

影絕綸巾七尺藤，碧溪空有鷓鴣稱。卻驚身落千崖裏，任使渠儂喚不應。

只說詩人拜杜鵑，鷓鴣詞亦至今傳。溪流不盡蒼梧恨，一樣酸風入扣舷。

雨中木蘭

無端風雨徹寒更，狼藉瓊枝夢不成。豈是此花船性在，衝風壓雨作平生。

報國寺石刻法華塔〔一〕

入寺穹碑在，靈文結構層〔二〕。向年貽墨本〔三〕，此地問遺僧。橋臥慙枯塹，牆攲恃古藤。摩娑成獨慨〔四〕，風雨更憑陵。

【校記】

〔一〕「報國寺」，底本作「報恩寺」，內文多處作「報國寺」，又《西廬詩選》作「報國寺」，故改。

〔二〕「層」，《潯溪詩徵》卷三十八作「曾」。「結構層」，《西廬詩選》作「徹上乘」。

〔三〕「貽」，《西廬詩選》作「摹」。

〔四〕「娑」，《西廬詩選》作「挲」。

得魏耕錢纘曾詩刻〔一〕

攜來冰雪字，皎皎入雙瞳。筆墨聲情外，湖山氣類中。客舟分夕照，僧閣間林風。除此無長策，如予愧數窮。

【校記】

〔一〕『魏耕錢纘曾』，《西廬詩選》作『楚白允武』。

讀叢說

或問安定先生：『何謂「克己復禮，天下歸仁」？』先生舉康節詩答之曰：『門前路徑無令窄，路徑窄時無過客。過客無時路徑荒，人間滿地生荊棘。』

經年墐戶絕交知，護疾從來怕見醫。不落祖師禪一句，十分春色在花枝。

是恁地來用得親，何曾此際隔纖塵。夜來兀坐知香至，起弄梅花月滿身。

陳洪範問艾軒：『聖人之於天道如何？』答云：『恰是恁地未省。』復問魏聘君國錄，答云：『正如京師人賣牀貼，恰用得著。』

題陶騮畫松

曾向山橋識臥龍，風琴石瀨響淙淙。誰攜直幹來紈潔，頓使虛堂立翠重。此日蒼涼猶夏社，知君偃蹇是秦封。醉餘何處看盤薄，爲聽潯南隔水鐘。

題蔣西宿白玉樓曲

新詞琢出句崢嶸，咫尺瑤京更魯靈。似與義山添注腳，不同若士競心兵。三生未壞文章劫，一字還邀神鬼盟。學道比年憐少作，退之《毛穎》是同聲。

柬敬夫

一雨能教十日疎，更相問訊石湖書。茘香北客誰堪委，酒伴南鄰似不如。懶到真時忘櫛沐，事猶多處費爬梳。近來海外徵奇籍，卻使兜離笑石渠。

敬夫字其子曰且愚

乃翁謀道秀羣儒，命子諄諄曰且愚。懷抱豈能過靖節，潭思或恐累童烏。固窮插架書千軸，決計堆盤飯一盂。怪底一溪名獨壽，春風今已過菰蒲。

哭介夫

無歲無詩感逝時，兄今且健卒何之。信陵未著緣多憤，彭澤遺疎若預知。錐股每能砭怠棄，纓冠嘗與救傾危。多才卻了他人事，不了孤嫠及幼兒。

用前韻贈張肩爾就

髀蓋由來共密疎，妒君容易讀難書。必逢疑義輕車似，每慨交知落葉如。已信習忘同徙宅，新傳卻老是多梳。無思要自深思得，莫道迢迢但覓渠〔一〕。

【校記】

〔一〕『莫道』句，汪曰楨《南潯鎮志》卷三十九《志餘》作『迢迢但覓渠觀詩』。

再韻與靜功

紛紜能使靜功疎，不是教君總廢書。試看一心蜩翼在，要須兩臂朽株如。形同野鶴渾忘剪，事比山僧尚有梳。筆研不妨隨地置，一生忙殺是横渠。

遺豐草庵二首

一徑秋深歇夜蟲，尚餘衰蝀抱寒叢。成書未辦十年計，插棱還扶千日紅。懶向僧寮增世法，願施藥圃伴園翁。他時灌史如相續，老子申生或可同。

五年留影近垂簾，縱不相通亦可憐。高岸獨看風薮薮，全人惟有脰肩肩。莫辭著述閒中手，且整星辰亂後天。夾漈可名七百種，定分一二免垂涎。

送崔氏葬

風雨歸來築，靈湫此悄然。淒涼神劍合，汗漫古藤聯。送楫存庚諾，留衣得畫禪。客懷何所極，欲試老人泉。

爲絃子朱君題扇

潦倒公安雁字詩，尺紈端自美人遺。又徵禿筆拈衰句，恰似枯藤附豔枝。三索僅傳秦月體，九疑誰致郭箏師。琵琶千載成胡語，怕見揮空翰影垂。

朱明寺

斷碑突兀出人間，孝義名猶托寺顏。似有鬼神憐空宅，狂風一夕爲吹還。

讀吳中伽藍記

頭白名山曲彔牀，有人踏月共凄涼。詩成但把全篇看，不似江潮灘日長。

尋僧不值

盡欲歸僧隱，僧翻爲俗驅。遊魚殷梵唄，飢鳥伺齋廚。拂砌花徒落，巡櫩客自孤。道逢滿路虎，莫獻榛柃盂。

念希陶病中二首

過時不啜小青茶〔一〕，《周易》、《齊論》放晚衙。故業帶來惟是病，添新換舊作生涯。

别君幾日隴成秋，已過薔薇到海榴。剩有錢葵三四樹，不能一佐劚苓謀。

【校記】

〔一〕『不啜小青茶』，《西廬詩選》作『不煮小春茶』。

八懷八首

馬前拂去鬌蒼蒼，不向君王乞首陽。側眼卻看磻上老，坎牲埋璧也尋常。伯夷。

幾葉狼弧勢已成，猶從天下乞虛名。當渠痛處輕錐著，直得蒼黄夜退兵。魯仲連。

一生綏和續紹嘉，九江從此泛仙槎。不同哭莽勞山叟，迷路東西事可嗟。梅福勞山叟，謂逄萌也。

天地元和氣獨鍾，更因代易樹人宗。當時合受廬山笑，後世還逃法眼鐘。淵明。

避地談經可奈何，晚歸安足致譏訶。獨憐根矩雲中鶴，依舊重遭燕雀羅。管寧。

丞相空勞坐上書，此君聾苦未能除〔一〕。可憐漢賊終相倚，何用求歸作老漁。杜微。

感恩知己累臺司，借笏朝參及亂離。鳥獸不驚松影直，王官谷裏晝深時。司空圖。

騎吹鐃歌次第裁，江南殘局信堪哀。何如四澥全淪日，一借先生如意來。謝翺。

【校記】

〔一〕「此君聾苦」，《二西遺詩》作「此名聾若」。

悼佶兒三首

蓬首無慚擁絮居，鱗身誰信果爲魚。生憎蚌蛤千年睡，悔不教渠誦佛書。

章句闌珊及兩經，小詩諄誨必朱程。臨行掉臂憑誰力，帶取些兒種子生。

六年旅食使親疎，汝略知人更異居。一歲不過三四見，人言汝頗耐飢虛。

御書閣和恭叔武京二首

洞冥遺跡委秋原，取次鄰廛逼檻軒。何帝曾留飛白去〔一〕，寺僧虛指畫鷹存。因鐘試石從來有，借地栽花亦自繁。祖謝響然遙集處〔二〕，卽今勝事屬梁園。

市烟迴合暗郊原〔三〕，暫得登臨意欲軒。逖矣不聞南渡事，巋然猶見魯靈存。誰家甲第經新闢，幾處徵船數舊繁。豐草記成曾見藁，可無佳石壯孤園。

【校記】

〔一〕『去』，《南潯鎮志》卷七《古蹟》、《潯溪詩徵》卷三十八作『字』。

〔二〕『祖謝』句，《西廬詩選》作『一自響然臻祖謝』。

〔三〕『烟』，《南潯鎮志》卷七《古蹟》、《潯溪詩徵》卷三十八作『壥』。

和希陶諗母

雲生點點定何鄉，極目霜鴻健翮長。資斧自憐心不快，服勤能慰養無方。偏驚令節當懸虎，誰對昌陽獨舉觴。十載虛慚季偉客，菰魚曾未一擕將。

和石樹舟居二首

古壑空沈百敝舟，華亭船子鄂巖頭。何人更犯蒼烟出，有句新從黄海收。卧穩苔磯忘釣餌，行依獨樹老滄洲。比來亦有乘槎興，高價何人肯賤酬。

每爲聞經憶二曇，長思拔宅訂塵函。孤雲野鶴定何處，淺水蘆花此寄庵。幸免葛藤生子七，不須箋注埊拳三。懸知舉棹波瀾别，末句於今又出藍。石樹祖三峯。

齋中牡丹開贈君達

春風漸老拜花王，妒爾牽帷碧檻旁。拂拭新縑供九詠，消停暮靄借千觴。紀聞手訂蟲魚活，晞髮編開姓字香。是事皆拋惟對此，游蜂掠燕未須忙。退之詩：『長年是事皆拋盡，今日欄邊暫眼明。』

贈居停紀翁

攬文徒慨上留田，頗覺今人勝昔賢。煖氣並蒸書帶草，奇懷自寫木山篇。更能複壁容張儉，何處滄流得魯連。玉潤有聲能擲地，相期扶杖醉湖烟。

再用韻與夏聲

一自投名老石田，長將高步望時賢。繁妖未可從新服，理義無過出舊篇。皋里英英同璧合，漢書累累似珠連。伯升雲水多閒思，猶欲重尋勝地烟。

又用韻與商聲

圖新舍舊誦原田，著力耕鋤勿自賢。子乃妙齡趨火業，我寧沒世抱遺篇。莫將李白當曾點，便好鄒陽續魯連。千載蒼茫一憑几，爐峯裊裊見輕烟。

雒神

鄴下文章捏目花，風烟千載屬神娃。《十三行》斷無人續，不信全身付畫家。

鈔艾軒集四首

聖門終是欲裁狂，滮滮紅泉沂水香。太白曼卿何似者，不能一置竹爐旁。

蠡澤湖邊檜樹青，故人相酌可中亭。一枝橫出南夫子，猶有琴音沒洞庭。

隔牆相喚又過橋，此樂人間也合消。怪得憐兒趙彥遠，狀元不喜喜同寮。

草衣再世接單傳，早使文公嘆絕絃。想見後來奔放甚，只應換骨得詩仙。

鈔霽山集

神禹所經地，蹄跡紛間之。白日當晝晦，魍魎縱横馳。憑梟亦羣鳴，螢火徒見欺。負負諸老翁，口枯説民彝。三月弔無君，十年得公詩。六義有遺音，江山助悲吹。纏綿夢中作，獨立天西垂。貞絃異雜響，直木無曲枝。筆削嗟鳳德，神功及渺瀰。悠悠後死心，於此著根基。惜哉箋注者，書法多昌披。柴市乃賜死，至元更義熙。不激冰雪胷，但賞瓊琚辭。陽阿得謝子，名教四手持。廉頑而立懦，是爲百世師。寄語長寐者，大運終不移。

讀樂庵録二首

雒上横分又一枝，孝孫交臂定師資。臨行箇事無奇特，跌宕平生是學而。

去國同時號四賢，江南風節晚猶堅。聚書萬卷崑山麓，鐘簴堂堂豈偶然。

寓潯口號十首

潯市十家九壓油，夜半打車兼打牛。吟枕忽驚時起坐，殘釭乾盡更垂頭。

舊吴角譜傳龍子〔一〕，三十年餘振此風。枉爲《象經》開講説，里兒不學已能工。
作俑初將靈薈刊，後來風雅出扶鸞。書軀醫卜歸巫蠱，鳥篆蟲書列大官。
一變爲緇再變黄，自稱扶弱不扶强。教成新籙琅玕立，好爲休文上赤章。
何處妖姬唱《采蓮》，市人相率費金錢。不應司馬無情思，長傍湘江估客船。
虎吏排門被酒來，紛然關節效恭陪。不知竟擇誰家肉，又擁吴娘倒玉醅〔二〕。
鐵磨鳴鐘建法筵，送來新度髮齊肩。化人旁午諸山至，催納堂頭上壽錢。
市廛尺地易千金，不計傳來歲月深。往往變更三四主，猶爭諢譿與龜陰。
自於香火有深緣，舊管新收幾缺編。旅食數年無可似，最難忘是賣書船。
閉門讀《易》林居士，默坐觀仁沈尹同。不識世間何似者，一池荷葉一庵松。西庵易姓林。

【校記】

〔一〕「傳」，底本作「得」，據周慶雲《南潯志》卷四十九改。

〔二〕「倒」，底本作「到」，據周慶雲《南潯志》卷四十九改。

雜蒔

要將雜蒔作花庵，本草原來總未探。舊種決明渾不省，又從人覓望江南。

翠茉莉

花開瀲灩碧於藍，曲節叢苞細似簪。亦得梅名因五出，攢生石縫卽奇嵐。

得錢啓新先生黽記

舊讀先生《易範》書，幾如南郭仰天噓。衹今稍自能知痛，劄著方驚語不殊。

讀困知記二首　羅整庵先生，諱欽順

莫道根從柏子來，揮戈出沒自雄才。當渠怕處輕拈著，理字分明等決排。

當時士夫眼猶正，屢見升庵說整庵。更有香山陳副使，不將飛躍當參禪。陳益庵夢祥。

東林廢院忠憲後人世泰徵詩

講臺落日漫荒荒，昔廢今興重可傷。鈎黨豈隨炎祚盡，雒祠翻使北人倡。睢盱老樹沈江月，蕭屑秋風散野棠。猶有後賢修俎豆，刻舟痕在寄琳琅。

戲題草橋夢

僕馬蕭蕭去不還，雙文何自托飛翰。不知夢是蒲東寺，猶向霜橋訴夜寒。

再用韻柬恭叔

十畝誰營負郭田，今知博弈果猶賢。羨人過眼儲千卷，愧我撐腸劣百篇。花到厭看枝自獨，僧如肯過徑還連。不須盡斬閒藤葛，畧著些兒灰裏烟。

拜福清先生祠

艤舟端拜福清祠，醜石支門屋半欹。茅栗山頭埋玉處，秋風蕭瑟更何其。

弔古檜

輪囷千年臥澤濱，亦於今日厭風塵。無情不似支離叟，枉爲溫郎灑涕頻。

次韻答周安仁索孟樸遺稿

嘆息斯人若逝波，遺文深恐沒烟蘿。欲尋舊雨垂虹客，來共斜風浮玉蓑。未暇從頭傷慶曆，卻看有腳類元和。木蘭十律猶堪讀，不是蕭蕭《易水歌》。

寄俟庵五首

響屟廊間片語投，歸來敝屣視菟裘。要看末後全提句，莫爲千峯抵死留。

英雄灑手入潺湲〔一〕，嘆息誰撐淡薄門。眼底髑髏乾不盡，晉人吹劍更重論。

《易》稱遯尾洵奇哉，善牧鞭從最後催。書畫於人深有益，累心無奈遣須開。

破船傾底葬洪涯，不遣龐家笑米家。零落平生傳述事，尚餘天半粲朱霞。

豐草庵邊絡緯鳴，梅花渡口見秋鶯。此間少許憑誰薦，肯逐他家餽飯行。

不因廬阜拒泉明，底裏狂歌尚詠荊。何事溪橋傳一笑，千年流水作悲聲。

【校記】

〔一〕『手』，周慶雲《南潯志》卷四十九作『水』。

壽此山五十

摹得先師塔樣來，潯南樓閣迥然開。盡占氣象非曩昔，剩有精神付草萊。瑞像重羅皆妙色，寶池四照悉靈栽。還將粟帛當年意，編壽羣生願勿灰。

初得豐草十集二首

十年夢讀鐵函書，忽枉緘題爛五車。掐指伸眉方疾讀，怕驚蝴蝶更蘧蘧。

創體新題置十編，馬蹄秋水似當年。何人卻立梅花渡，薦得聲前早外篇。

贈吳巨手

以危爲姓字，曾不厭登攀。爲問遠遊事，初從梁父還。高秋萬里接，新雨一簾間。舊注龍門《易》，於今定幾刪。

范莊

老梅一樹覆寒塘，亂石堆危壓槿牆。丞相亭臺傾圮盡，更無人指范公莊。

得大小李集二首

曾未移家上碧蘿，高軒何地悞相過。十年枉負寒流句，剩把新編對雪哦。丙戌有訪予不遇作。

垂死逢君劇論詩，下牀投杖駭嘗醫。於今此道須桑扁，滿面風霜更有誰。

題溫寶忠先生手批心史〔一〕

沈鐵初開眢井餘，晶熒丹點映璠璵。是心成鐵丹成血，只許先生讀是書。

【校記】

〔一〕『題』，《二西遺詩》作『讀』。

題始乾申酉雪史及寶忠殉難始末同韻

手次金陀涕淚餘，更蒐同殉勒貞璵。子陵臺畔風蕭瑟，早有柴墟序子書。

和誦孫三月十九日通暉樓作

客集南樓句總妍，登臨此際獨潸然。不同少婦悲楊柳，剩作孤臣拜杜鵑。玉几銀瓢猶可卦，西臺雪榜未須旋。雲車珠閣嗟何處，忍拂焦桐第一絃。

題赤壁圖三首

爾就爲敬夫作。嘗嘆畫赤壁無絶佳者，以不知夜色故也。嗟乎！洞簫響絶，孤鶴不來，吾輩過從，渺如長夜，知予心者，試屬和焉。

滿目江山已可憐，更憑彩筆著秋妍。故人明月應相笑，夜夜瞳矇罩客船。
怪底東坡不自憐，夜行衣繡若爲妍。無端觸禁揮殘墨，生怕橫江邏者船。
風期千載自相憐，淡墨淋漓夜色妍。我與敬夫成不速，一時同上雪堂船。

石船詩稿　第四集

自誌

張　雋

是集非詩也，十餘年來筆研生活，聊見一二，以存鄙陋。其古人逸編，鈞弋所得；石友近著，縞紵所遺，手鈔成帙，亦偶志之。率然而韻，不知其爲詩也。雜之舊稿中，使知吾詩興會所及，不過如斯。至飲食、遨遊、徵逐、酬唱，既無其緣，亦非其性，毋怪其無此等題目也。

象卦詩四十九首

摛年《象卦》起於《屯》，帝受天元雒璧新。六十七番花甲子，千紅萬紫總經綸。《屯》起堯二十一年甲子，終舜攝位三十年乙酉。

養正由來是聖功，傳心十六起洪濛。莫嫌六四柔居世，憤悱須知困則通。《蒙》起乙酉，終夏太康十四年丙午。

羿距太康浞殺羿，九十餘年在竄逋。逝水不來天不轉，一朝反覆始成《需》。《需》起丙午，終浞篡二十七年戊辰。

金水相資激險中，牧人子父盡豪雄。終然《訟》克知天邇，不克天寧作啞聾。《訟》起戊辰，終后芒三年己丑。

六夷初命易裳衣，聖德芒芒世所希。秦月漢關人萬里，那堪百室盡蚍蜮。《師》起己丑，終不降五十年庚戌。

《比》上湯生自不遲，龍漦只記夏庭衰。若將通卦相參驗，已是歸耕徯后時。《比》起庚戌，終孔甲三十一年壬申。

草樹崤陵湯未侯，西郊蚕已篤公劉。歷數膺圖商最遠，密雲直待柏枝秋。《小畜》起壬申，終桀五十一年癸巳。

恰拈履字是湯名，放甲依然坦道貞。此卦本來嚴上下，可堪蹈虎事奇傾。《履》起癸巳，終商太庚六年乙卯。

雍己立來《泰》已陂，更堪桑穀長連枝。君王自得寅恭力，扈陟巫咸令聞施。《泰》起乙卯，終太戊三十三年丙子。

太戊持盈過《否》中，苞桑不爲繫青宮。仲丁死後危如線，亂宋亡吳事可通。《否》起丙子，終祖乙三年戊戌。

古帝師臣不可援，巫咸相業著邢原。北田長見當庚午，友史猶徵父乙尊。《同人》起戊戌，終祖丁二十四年己未。

《大有》之時號曰殷，十三紀內見盤君。天休揚遏何時已，忍使蒸黎帶夕氛。《大有》起己未，終小辛十三年庚辰。

盛時君道見尊光，《說命》三篇起築牆。此後寥寥多嫚罵，徒看箕尾姓名香。《謙》起庚辰，終武丁四十六年壬寅。

卣彝支幹傳丁子，武乙之前載述荒。只記文王生《豫》四，好多日月盡蒼涼。《豫》起壬寅，終武乙元六年癸亥。

《易》出乎嘉震兌橫，前茲三七羽靈鳴。會朝天下《隨》西伯，只剩孤山兩弟兄。《隨》起武乙二年甲子，終周武王七年乙酉。

有子當年若武周，真成幹得父無憂。可憐甲變爲庚後，三五真風逝水流。《蠱》起乙酉，終昭王十八年丙午。

教思容保費經營，底是前王惠下氓。本末一差中變《蠱》，爲承高尚釋迦生。《臨》起丙午，終穆王四十九年戊辰。

《觀》卦由來是省方，穆王八駿踏窮荒。政衰槐里風人刺，覲廢天王始下堂。《觀》起戊辰，終厲王七年己丑。

癸未之年一蔀除，後來《國語》費分書。哀哉鴻雁嗷嗷日，不見《車攻》、《吉日》初。《噬嗑》起己丑，終宣王三十八年辛亥。

漶漫岐陽石鼓文，楚檮晉乘雜秦氛。《春秋》端自何年始，《賁》變爲夷用意勤。《賁》起辛亥，終桓王十一年壬申。

楚僭稱王在《剝》初，齊桓九合不勝書。姬駢垂老圖王事，大破南陽是得輿。《剝》起壬申，終襄王二十四年癸巳〔一〕。

王跡淪亡霸假之，《書》終《秦誓》轉支離。紛紛晉楚爭衡日，長夜天開一仲尼。《復》起癸巳，終靈王二十六年乙卯。

世變空思三五淳，紛紛災福不由人。六經醫得蒼生病，卻恐方真藥不真。《無妄》起乙卯，終真定王四年丙午。

傳終丁丑絕微言，一甲纔周九鼎翻。初命藉斯虔一句，馬公特地惜縣樊。《大畜》起丙子，終安王十九年戊戌。

星直陬訾卦直《頤》，申商儀衍競頭馳。可憐迂闊談仁義，稷下高門侍阿誰？《頤》起戊戌，終赧王十三年己未。

《大過》之時過則窮，六王滅在一爻中。共工紫色炎黃赤，習坎重離上卦終。《大過》起己未，終秦始皇二十七年辛巳。

澤上於山赤帝興，不階尺土陟高陵。九年妖雉幾移種，翻得《咸》來賴有《恆》。《咸》起辛巳，終漢武帝建武二年壬寅。

漢武秦皇不較多，只爭末後得天和。經師稍出疇官正，後代英華莫過他。《恆》起壬寅，終宣帝神爵四年癸亥。

囚師殺傅習笞榜，蚤使雙疎著令名。垂老玄亭耽寂寞，更輸梅福與逢萌。《遯》起宣帝五鳳元年甲子，終光武建武元年乙酉。

建武元當《大壯》初，雲臺圖畫辟雍除。汶西一帶羊藩決，虎觀新翻譯梵書。《大壯》起乙酉，終殤帝延平元年丙午。

汝南初見引袁陳，八使分行盡可人。不爲康侯驅鼫鼠，直煩鉤党至黄巾。《晉》起丙午，終靈帝中平五年戊辰。

炎祚先傾立獻年，孤明一點迫虞淵。當塗千里俱消滅，留得雜胡汾晉邊。《明夷》起戊辰，終晉世祖泰始五年己丑。

晉家禍始夕陽亭，竹葉宫中鬼火青。委頓更嗤羊氏子，千秋鞠翟染餘腥。《家人》起己丑，終穆帝永和六年庚戌。

喪馬何堪更掣牛，江東殘局付鳴鳩。異同只有陶元亮，獨撫孤松發短謳。《睽》起庚戌，終宋文帝元嘉九年壬申。

又遣殘劉换兩蕭，真成燕雀寄風苕。索頭何幸知章服，班禄均田自一朝。《蹇》起壬申，終梁高祖天監十二年癸巳。

東西魏更號齊周，南國猖狂冠沐猴。天遣隋堅開混一，景陽眢井失狐丘。《解》起癸巳，至隋高祖開皇十五年乙卯。

宫成仁壽欲銷兵，忿慾如山四海傾。畧得貞觀開日月，更貽蔡孽作欃槍。《損》起乙卯，終唐高宗儀鳳元年丙子。

《益》卦元來互剝牀，慶山地湧易柔剛。當時爲失妖蛛恨，了得韋來又有楊。《益》起丙子，終肅宗乾元元年戊戌。

澤上於天居德忌，那堪日月進瓊林。終唐黨禍尋閹禍，似五陽其奈一陰。《夬》起戊戌，終文宗開成四年己未。

禍成善者亦無如，魚爛從教志士欷。落得孽溫居《姤》角，此時朝暮盡公狙。《姤》起己未，終梁主瑱貞明六年庚辰。

業死晉王孚不終，三爻之内五朝空。纔交大吉開皇宋，驢背希夷笑面紅。《萃》起庚辰，終宋真宗咸平五年壬寅。

有宋貞仁卦值《升》，大儒傑出似雲興。卻憐圮上閑雙耳，一聽啼鵑便可憎。《升》起壬寅，終神宗元豐六年癸亥。

千秋元祐黨人碑，京卞兒孫也自嗤。到底終如隔日瘧，涉江而後轉昌披。《困》起神宗元豐七年甲子，終孝宗乾道元年乙酉。

東井珠聯璧合時，晦翁述作正天垂。《井》收直是無窮地，趙復先爲北學師。《井》起乙酉，終理宗淳祐六年丙午。

以夷革夏方爲草，五上班然虎豹居。正氣卽今無間歇，正人心是鐵函書。《革》起丙午，終元泰定五年戊辰。

戊辰皇祖降鍾離，此是開天出震時。卻恨戊申當鼎足，三台星坼輔臣衰。《鼎》起戊辰，終大明永樂七年己丑。

自南而北漸於磐，又見胡塵犯翠鑾。社稷安危繫司馬，建章重見集千官。《漸》起己丑，至弘治三年庚戌。

本朝坤德靜儀型，穜稑難占第四星。猶有微瑕嘉靖日，一書廢後累彤庭。《歸妹》起庚戌，終隆慶六年壬申。

長狄生當昃食辰，聖朝寬度謝狂唁。來章容易交豐屋，纔及三年是甲申。《豐》起壬申，終癸巳。

余所著《象曆》，成己丑五月，不以示人，只錄此數詩，令幼女習之。儼等不可責，京生恐亡身，是皆不可以相累，安知他日不有問濟南故業者？

【校記】

〔一〕『襄』，底本闕，據史實補。

詩序卦八純統義八首

《乾》爲《周南》，《關雎》龍潛。西北之疆，其德潭潭。天以風感，惟《姤》惟《觀》。刁調十五，至《遯》而旋。寤思正始，君子無悶。《乾》—《周南》

《坤》爲《召南》〔一〕，維王有伯。居之方之，正是四國。大塊噫氣，應以雷澤。爲飲爲食，爲兵爲獄。穆歌《鵲巢》，趙傻以懼。《坤》—《召南》

《邶》始入《坎》，小得惟《鄘》。樂正自《衛》，井窞不窮。《王》以酒簋，《鄭》爲平道。渙兮泱泱，《齊》音以考。是八十一，習《坎》之德。序始師田，終之《噬嗑》。《坎》—《邶》、《鄘》、《衛》、《王》、《鄭》、《齊》

《魏》曰履錯，《唐》曰黃離。《秦》鼓其缶，《陳》焚其都。《曹》、《檜》無譏，是爲沱若。變極而正，《豳》、《雅》以作。是五十三，重《離》之連。始《賁》之《艮》，終《遯》之《咸》。《離》—《魏》、《唐》、《秦》、《陳》、《檜》、《曹》、《豳》

《鹿鳴》啞啞，《南陔》九陵。《彤弓》無青，《祈父》泥行。《小旻》、《北山》，往來業業。桑扈而還，

周道維索。笙音之亡，詩以義解。或存而廢，或闕而在。首《壯》終《困》，震動無改。《震》—《小雅》

文王陟降，是爲《艮》趾。譽髦斯士，曰《艮》其腓。《生民》有限，廬旅有身。清風其輔，常武其敦。自《井》及《豐》，《艮》止之設。終始萬物，王綱未絕。《艮》—《大雅》

《周頌》之數，寔同《大雅》。《巽》以主之，申命不假。進退《清廟》，紛若《昊天》。頻巽《臣工》，田獲其《潛》。《閔予》先庚，《絲衣》喪斧。終《濟》之《需》，始於《離》、《旅》。《巽》—《周頌》

惟正考父，睎尹頌商。奚斯睎正，魯廟以張。魯宋無風，豈亦其闕？綴茲二《頌》，以終《兑》悅。《兑》—《魯頌》《商頌》

【校記】

〔一〕『召』，底本作『周』，據詩意改。

母生日

剪剪西風入井梧，尚餘生事在菰蘆。默沈已覺丹經近，拜跪全看佛面敷。萸酒過時還酌酌，寒花臨砌更株株。辭多就拙憐潘令，得遂閒居一賦無？

寓中生日

久雨今朝得小晴，蕭然又喜值吾生。自燒山术當遙祝，偶啜佳茗念介觥。洗破研同新浴佛，散鈔書復衆繙經。寶謨學士雲天客，與作忘年也熟情。時新得《誠齋集》。

與丁甥明秀

擯影南村不記時，關心惟汝暫同之。編開甲乙能耽古，籠著君臣自出奇。香霧最憐凝片石，月痕常與照新枝。朝來一事猶堪慰，對鏡星星數白髭。

鈔近作用前韻

窗明窗暗雨時時，稍把新題拆補之。好比昔來應不減，力隨年去已無奇。誰將巧用枯禪翼，人道頑於秃樹枝。一字若教吟入派，毵毵知費幾莖髭。

題朱長孺禹貢長箋長孺又有《草堂詩箋》

山海流觀百世師，知君侘傺亦同之。草堂箋後惟箋此，此地應深河洛思。

題韓用九史衡

銖錙毫釐百代中，履豨監市哭途窮。黃冠禿髻微吟處，一抹西餘秋樹紅。

題俟庵易發

拂素聊揮杏葉圖〔一〕，天山巘業井泉枯。偏師忽破無生國，拍手靈巖唱鷓鴣。

【校記】

〔一〕『素』，周慶雲《南潯志》卷四十九作『意』。

題嚴爾泰韓子編年

元和己亥出潮州，覓陸中看大壯遊。我有《編年》書近事，竹窗風雪並茶甌。

重和敬夫首夏二首

招尋無厭日西垂，行跡長穿野寺籬。蔑也一言能合道，鼎來重席罷論詩。但教小涉園成趣，何必深帷坐不窺。耿耿相看幸無恙，謗禪排道信多辭。

釣線今看接縷垂，水痕蝕岸重侵籬。過時枉歷田家事，量力還徵貧士詩。無計慰僧吟鉢去，也應慙鳥隔簾窺。罍空天地真多恨，莫笑陶翁謝拙辭。

春枝睡鳥二首

爛醉東風不自持，連身和夢著花枝。世間醒眼看花者，只得韶陽一半兒。

莫遣妖童作豔聲，累他香國夢難成。這回親與花相接，一向輸花是有情。

郭孝子贊有序

郭孝子義重，嘗遊錢塘，有同里人欲以一牒索逋者，云：『某留滯客舍，爲一組者所給，欲借一二言於某處。』先生甚憐之，且敬諾。及得來牒所訴，爲郭姓也，先生急令持去，云：『爾固直彼曲矣，吾安敢助子以攻吾同姓之人哉？』載《艾軒集》。

維姓之分，浩不可紀。間以山川，變以宮徵。唐十二劉，別派異處。蘇氏所譜，特五世爾。有覺之行，知遠之邇。一字之同，油然性始。匪由排布，其直如矢。惻隱之感，時爭則止。戚戚吾心，曠世如泚。不殺不伐，順於茲理。麟亦有角，麟亦有趾。異彼踶觸，其仁無已。哀此末祀，聚室旅旅。有父有昆，視郭孝子。

危齋銘 有序

爲吳巨手作。子曰：『邦有道，危言危行；邦無道，危行言孫。』雙峯饒氏曰：『行無時而不危，國有道，不變塞；國無道，至死不變也。言有時而或孫，國有道，其言足以興國；無道，其默足以容也。』吳子居孫之時，而以危名齋。吳子之孫，吳子之所以爲危也，作《危齋銘》以詒之。

《乾》易知險，《坤》簡知阻。曰安以動，其動莫禦。人心惟危，一去一處。毫髮之間，爲虎爲鼠。燭之以明，履之以誠。猶曰敬只，若蹈春冰〔一〕。天危不激〔二〕，山危不傾。居危而安，辭危而平。世路之巇，如輈百變。割塗行石，禦者弗眩。惟危之始，恐懼戰戰。惟危之終，言笑晏晏。今之所遊，羿之彀中。馬彞虎鞅，或犯其鋒。顏齋以危，君以自礱。我作銘詩〔三〕，謏如秋風。

【校記】

〔一〕『蹈』，《西廬文集》卷一作『履』。

〔二〕『天』，《西廬文集》卷一作『矢』。
〔三〕『詩』，《西廬文集》卷一作『詞』。

古詩二首

聚散亦何意，悠然終始之。如彼水上萍，言是楊花吹。豈不墮阡陌，摧蹈但爲泥。棄捐故枝條，與水成新知。新知洵可樂，物性其能移。〔一〕

青青梅樹子，結實何其多。一條獨無實，云是層瓣花。努力事衆目，亦已戕天和。惜此耿介心，雕落於榮華。其庭可搏鼠，惡能與我歌？

【校記】

〔一〕此詩，吳維《漊上詩鈔》作：『悠悠水上萍，言是楊花吹。豈無墮阡陌，摧踏但爲泥。棄捐故枝條，與水成新知。新知洵可樂，物性毋乃移。』

贈春埜二十年前從得《朱子遺書》，今遇之潯上，復以《巢氏病源》見餉

方瞳長試隔垣奇，舊客還驚皓首姿。滿壁贈詩留夜雨，傾囊集古廢晨炊。曾開寶篋分餘照，又枉神編禦早衰。向道末流能識病，虹橋消息不難追。

贈影生漁庵弟子，今依此翁，若備頭陀之於雪峯云

南城風雨曉淋侵，箇是先生付授心。象骨山頭傳底事，不如江水釣船深。

商聲篋中二詩二首

獵獵風蒲刺別舟，望中烟樹未全收。從來不出門前看，不信横塘有許愁。

雪腕新裁杏子紗，卻拈雙帶又成賒。梅摽桑落闗生計，底事春畦不種瓜。

過淨住庵有懷

閲盡興亡髩未絲，老依一衲定鷗期。總無祖禓希耩意，銷得田疇子弟思。廣廈尚看題舊額，精藍不及見新碑。菊花漸老雙螯足，卻憶婆娑雒社詩。

與孫某表姪予曾祖與孫氏、丁氏同就雪坡甥館

與君根本在高曾，長恐凋零共祇承。記得先公同藉草，偶同丁叟話交藤。爲言此日三家合，想到當年一氣蒸。人事盡時天性見，繆肜掩戶不須矜。

爲王孫謀題畫竹

經旬涷雨未舒眉，霽色懷人正午炊。恰得此君遺照看，衝烟撥霧一枝垂。

孝陵楓

一樹風香護紫雲，野僧於此立微勛。破天動地知誰力，雨露栽成萬斧斤。

追和孫屏石先生苓山寺壁韻機先親家介鄭元白見徵

孤峯矗立信奇哉，卻望遙青勢欲迴。一代人文留壞衲，百年風物屬浮杯。曾聞前輩談猶及，得作

孫行役也該。逸句動人能若此，蕖塘全帙未須開。

五松亭

嶧山斷石頌秦功，偃蹇當年謝故封。易世幾來巢頂鶴，九泉誰起蟄中龍。楣間故額嗟遺老，烟外寒榜話晚鐘。倚樹幸親風雅後，計程一日恰高舂。

憶蔡藹士

往歲探囊出洞璣，短檠愁絕夜牽衣。若爲咳唾空中落，卻見輸困眼底稀。小棹誤君來絕港，新編饒我突重圍。一圖末後輕拈著，識是先須自識非。

與吉祥僧

一龕古佛網珠絲，羡爾單丁此住持。看嚙枯萁非愛馬，行依獨樹豈耽詩？湖山好處當晴晝，笳鼓悲聲動旅思。興廢自來無定主，朱明新見起沈碑。

謝个臣惠紙墨再用田字

旱澇今年及研田，尋常四友缺三賢。難憑點畫沙錐樣，似往空濛雁字篇。捲去借書真可惜，記來逸句不成聯。楮卿何幸方親辱，又況先之以麝烟。

題孝章松石間意

貞松堅石自相依，點點苔痕冷釣磯。一塔尚餘幹淨地，從君乞與拄柴扉。

鄰菊入於勢家

謾説金華與玉英，只憑炙手獻高明。野人無力爲分雪，護得蕭條三兩莖。

送裘夏之靈巖定省用垂字

漏永蓮花日正垂，多君觸熱度山籬。篋中忍覩思親句，空外如傳命子詩。零落故書猶可問，斬新公案更須窺。歸雲未捲南樓夢，好借羅睺爲致辭。

再用垂字贈江屏

九野寒威霧四垂，何人六藝闖藩籬？廬山社失淵明笑，魯國徒留皋父詩。客難不妨從客解，家林今已得家窺。白頭鉅鹿相依久，同事無嫌偶異辭。

孝翁沈師通鑒彙纂再易稿

微辭已著陶潛卒，大義應先屈子沈。疎外發明多義例，悢然執筆想高深。

古今經傳序略前五集次第五首

陽氣萌動，物始甲出。起漢諸儒，唐初猶質。甲集。

陽出乙乙，屯而未伸。首昌黎氏，歐王是因。乙集。

文從乎內，陽外炳然。濂洛秦閩，出爲源泉。丙集。

陽不爲主，適與陰丁。屋社諸賢，閔彼幽貞。丁集。

通物而出，戕物而入。皇哉堂哉，終古不忒。戊集。

古今經傳序略後五集次第五首

《易》之往來，象星勾回。兩己爲黻，《詩》之麗則。己集：《易》之裔，《詩》之裔。

更而續之，物得其實。史以秉要，無文不質。庚集：《書》、《春秋》之裔。

物惟其新，《禮》反其陳。竹箭之筠，松柏之心。辛集：《禮》之裔。

受之弗毁，始之弗徙。任道之言，其來無止。壬集：《論語》、《孟子》之裔。

物有度數，撰之以方。謹始其臧，慮終其章。癸集：《小學》、《爾雅》之裔。

雒序二首

左一三四，右六七九。二八五互，東西跳走。致役以未，成言在丑。非《藏》非《連》，是爲《易》紐。

坤巽離兑，艮坎震乾。父母二索，逆順周還。用從其後，體著其先。七九互易，磨蕩生焉。

溫令修悼亡有序

令修婦，朱文肅公孫也，甚有婦德。生二子，而中賈，令修作哀辭，極淒惻。繼得其兄宗璜弔慰之作，中述介弟友陶、右子兩君殉難事，爲之泚筆。

中國遺風著令聞，綠窗筆墨散秋雲。難堪孫子生情句，又展泉明祭妹文。不爲尊嫜留綺閣，誰傳烈姊哭荒墳。芭蕉雨過燈前侶，好慰佳兒夜誦勤。

哭亭淥

三諾三呼記昔年，幸移殘息窣波前。鶺鴒義在知無負，鍼芥天生豈偶然。畫到點睛看破壁，宗因交臂失磨磚。寒灰古廟從君去，浩淼誰將信息傳？

刻漁庵錄成惜亭淥不及見之

結習初開貝葉新，襴衣雞足自嶙峋。何人復憶三關語，卻望東原白半蘋。

題潘力田吴赤溟今樂府

鐵笛無聲近百年，西涯百一亦蒼然。尊經閣後憑誰續，束瀑吞山見兩賢。

讀東萊答問

逝中不逝龜山語，拈出分明非本然。不爾竟同藏壑論，好將《集注》細評箋。

與子申姪

好山懷影水藏聲，試看庭香静處生。可與盤桓惟學問，最難驅駕是聰明。潁川從有真人跡，廣武空傳竪子名。怪道才如不羈馬，只今重繭悔擔簦。

次商聲韻二首

新得涪州句，還能次骨無。入秋知有節，方古較誰徒。未覺吾生眇，終令此道孤。淵騫成速肖，乘雁笑雙鳧。苟欲矜心得，談詩廢舊箋。未能忘道訣，無自出人前。性與霜風近，春輸草木先。若爲飛遠目，高弄在無絃。

勸讀小學書

勸讀小學書，小學學非小。自此至聖賢，挺挺植其表。明倫與敬身，立教如是了。回首視經傳，語語白日皎。載觀嘉善篇，古人極窈窕。以攬十七帙，如樹得其杪。我昔不曾讀，窮年事齒討。稍稍知畏愛，所補恨不早。一勸爲人父，芝蘭膝下繞。正宜讀此書，休言覓梨棗。再勸爲人師，英才競文藻。正宜讀此書，令識大頭腦。子弟何與人，此言非達道。琅琅如貫珠，對之形神好。朱子曾有言，道理自浩浩。我欲攜此書，從少以至老。誰幾神化事，而不在灑掃。重勸讀此書，毋俾工夫倒。

贈嵇順先和恭叔

君今五十蜕詩名，領要誰將問耦耕。白牯青奴今日事，金屏錦韉舊時情。買絲自作平原繡，有佛寧輸靈運成。向後不煩深作論，任言全膽與全明。

偶作

介夫讀注如讀律，伯安說心如說兵。並作人間塗毒鼓，何人能死復能生？

黄冊紙糊窗四首

山窗無奈北風披，取次黄圖代簿蹏〔一〕。綠字數行紅印闊〔二〕，尚憑日色照遺黎。

北湖鬼泣鼠肝餘，曾見天王拜獻初。部牒一時徵曬晾，兩雍鳴鼓集巾裾。

憲孝之間惠澤多，某船某屋某牛騾。山田數頃存遺老，桑棗千株不起科。

拂拭蛛絲獨屢嘆，忍教風雨更摧殘。拾來墜字猶堪惜，莫作貧兒故券看。

【校記】

〔一〕『取次』，《西廬詩選》作『撿取』。

〔二〕『闊』，《西廬詩選》作『在』。

追和石墩見慰葡萄篇

媧皇鼇極忽中斷，彗孛飛流日光散。杜鵑銜血過秦川，有聲不到吴山畔。吴山越山相愬愁，欲語不語語失半。玉匣昭陵事幾回，蘭亭嗚咽非昔觀。有力能殘死帝王，當年遭罵但羞竄。瑪瑙寺前醉氣新，飛來峯中妖石爛。事異時移等刻船，故人爲我嗟遺翰。袁生再死石頭城，英靈千古同高岸。泣誦君詩齒髮存，祭君當以葡萄薦。世人只爲高門惜，炯炯徒將金玉亂。那説善人爲國楨〔一〕，鉗徒十志猶存漢。殃自高門餘及君，病攻虎食知誰嘆。平生珍重鐵函書，德祐紀年當未换。夜窗曾講履霜爻，我勒君語今猶燦。石墩涼月駕鸞鷗，長跪陳辭告公旦。〔二〕

【校記】

〔一〕『説』，《吴江詩略》卷一作『識』。

〔二〕此詩，《西廬詩選》作：『媧皇鼇極忽中斷，彗孛飛流日光散。杜鵑啼血過江南，有聲不到吴山畔。吴山越山相愬愁，欲語不語衷腸亂。玉匣冬青事幾更，蘭亭嗚咽非昔觀。平生收得鐵函書，罵賊猶思目光爛。小技葡萄一紙存，德祐紀念名字燦。過眼烟雲不得留，故人爲我嗟遺翰。嗚呼石城死袁粲，英靈千古留高岸。泣誦君詩君不聞，祭君當以葡萄薦。』

附 原詩 余藏宋溫日觀葡萄卷失去意甚惋惜歌以慰之

石 墩

錢塘江潮三日斷，翠華遙遙六宫散。茫茫黑霧覆崖山，二龍無聲泣天畔。衣冠南渡靖康年，忍見旄頭明夜半。冬青雪冷子規啼，尚有遺民溫日觀。閲閲姓名知是誰，有身但向浮屠竄。酒酣獨抱支離叟，駡賊猶存目光爛。依稀八法素師傳，葡萄餘技留篇翰。馬乳曾無塞上塵，蝦鬚尚似江南岸。涼雲不共荔支殘，景風難並櫻桃薦。莫道驪珠顆顆圓，萇弘碧血光淩亂。三百餘年嘆息同，何人對此非河漢。借問苦心愛者誰，我友張君獨悲嘆。神物一去何由還，觸目皆非氣凋換。吁嗟張君且勿嘆，墨花會見虹霓燦。涼州美酒供天家，大叫忠魂歌復旦。

書缶鳴集高槎軒，諱啓

吴苑草萋萋，行人北望何當歸？龍江水瀰瀰，欲鑒此心誰與知。聖主天開有蒲圻，惟宗廟郊祀朝廷之禮多其裁。出守吾蘇，不忍王臣舊治，僭僞汙萊。用疎鑿整飭，張皇國威。武人貝錦，謂開霸主之陘，興滅王之基。聖主憑怒，先生抛梁有作，並罹於羅。門人吕勉，痛其師無罪，屏居絶口，逾三十年，不敢涕洟。事稍稍定，乃云：『我槎軒弟子。』爲出其遺。當琅瑲就道，不絶哦咿。寂寥師弟，攟拾憂危。孰意高文鉅軸，照燿皇朝，萬古無終期。

書西庵集後孫仲衍，諱蕡

洪武改元，征南將軍始步師南海，臣真奉圖拜表來歸。實用客臣蕡之言，兵不亡矢，婦女市肆皆弗知。當時以臣蕡比陸賈馬援，下之亦過叔皮。退反縫掖，三年由進士授工部局使，染人是司。一出爲簿，徵翰林典籍，惟宋樂、詹同等咸以爲不如。九年再出爲簿，罪輸左校，板築成，相望都門歌粤，聲聲以哀。聖主放還林樾，益肆其學，濂洛關閩無瑕疵。違不忘君，靈荃有懷。十五年，召經歷吾蘇。二十二年，罪戍三韓，慷慨就途，賦詩酌酒如平時。都帥聞其名，迎置家塾，敬禮之。是年絓黨禍，不復自疏，顧日影而長嘯，賦二十字，若中散之畢命於微。聖主哀矜，爲誅逐士，臣蕡死有餘輝。臣死命也，法不可私。安山之陽，草木容姿，是臣蕡遺骼所埋。臣蕡有《孝經集》。善理學，《訓蒙》、《通鑑前編綱目》等皆已零落，世不復窺。但悲鳴激楚，苦調南音，傳於斯。鍾子已沒，知之者誰？

西盧刻成句山以詩見訊依韻答之四首

咉然無復辨空圍，此意何從到紙衣。禦木偶然蟲一戲，飲河誰信鼠長飢。一人知我翻成恨，獨夜成謠敢藉煇。拈出自知滋味薄，不如初自洞庭歸。

擁腫空慙絜百圍，誰能裸國炫裳衣。洞垣且有三年藥，鑿井都忘十日飢。蛙有公私專沸沸，熠非星宿漫煇煇。道人正倚華胥枕，獨聽瑤琴載月歸。

嬴師安足計攻圍？古綠沈看繡作衣。芻狗已亡猶致夢，太牢雖遇不償飢。庭前已爛離騷月，篋底新生漆鏡煇。一卷冰文何處得，吾從何國近攜歸。

一炷平生桑竹圍，空山坐攬舊荷衣。鄭聲漢後方流毒，無豢南來始救飢。豈有杜衡堪走馬，願從丹木借餘煇。人言逃墨吾何敢，卻望遙遙悵未歸。

題畫六首

翠篠娟娟首夏時，蜻蜓試翼墮楓枝。到頭萬事多趨避，斫取長竿繫釣絲。竹枝蜻蜓。

春入南枝暖氣蒸，交禽戢翼正瞢騰。生香觸處誰相委，薝蔔巖前鼻觀僧。梅枝瞑鳥。

柳線紛披勢正斜，雙飛疑是逆風家。尋常伯仲無難事，獨爲乘舟二子嗟。鶺鴒風柳。

三月深陰藤未花，菁葱長借鳥爲家。主人醉臥藤棚下，夢到陳州句轉佳。朱藤棲鳥。

風枝露葉映清池，卻借新暘晾羽儀。顧我無心對芳樹，翻泥巢燕自成詩。晾翅鳥。

一時晴雨屬涼州，苦口難堪鳩婦愁。可是枝頭留箇箇，卻疑身爲稻粱謀。鵓鴣葡萄。

讀闇然王君狀二首 君諱日章，以戴髮死於兵，君子景晨述狀。用句山韻

辨得熊魚大小鈞，誰言重髮與輕身。十年枉作殘形客，千古曾爲不死人。氣在湖山方化碧，光隨日月豈成燐。祇應苧葉灘頭水，長見先生正葛巾。

庭階一氣自陶鈞，忍見天涯痛哭身。廢蓼莪篇原有種，序滇南記豈無人？正炎凜凜文成雪，當晝熒熒淚作燐。顧我蕪詞無足數，佛頭何用著冠巾。

寄沈仁枝有《韻準》一書

魯公鏡源竟何似，即日要看碑板傳。此是格物第一義，亦稱正韻遺民焉。東南賓主盡促膝，伊洛風雲得並肩。顧我比來增腳病，埽門無分質殘編。

借書與真長辱賜和篇重答三首

獨抱遺編託歲終，比來好事又君同。枉教和草時時寄，怕捻新題是夢中。《霽山集》。真長裒其與予往來詩，署曰「和草」，見寄。

壽樸流傳僅此書，都家金薤較誰知。今人只説江西派，文獻淵源正賴渠。《呂氏童蒙訓》。予所藏宋刻，有莫氏壽樸堂及都玄敬收藏記。

夜半呵冰也自豪，更抒臣直析纖毫。後來史法蒼涼甚，此義其如雲漢高。《唐書糾繆》。

次陸龍尹韻與子舒

誰云髮短更心長，夢冷南雲劈蠣房。秔稻故園知幾熟，萍逢野水尚殘香。班荊此日思前哲，種橘餘年頌后皇。願借伯夷謀築事，青山接膝一銜觴。

讀復齋易説

雞聲歷歷到寒篷，垂死彌精未輟功。怪道桐江辛苦客，不將皮履累文公。

戊戌生日

短榻支離曙色朦，又增磨蝎感秋蓬。百金寶劍嚴裝去，十日村醪且慁公。拜母卻憐身作子，弄曾殊愧疊稱翁。重删《雒序》非無意，自趁餘年讀啓蒙。

和此翁秋日訪月函水堂

破路緣溪擬共尋，虚堂猶自隔重林。市鄽聲遠刹竿静，枸杞花香拄杖深〔一〕。廬社尚堪圖子野，《水經》那復問桑欽。故人强半歸沈冥，憔悴誰憐越客吟。

【校記】

〔一〕「枸杞」，《西廬詩選》作「薝蔔」。

與子復

名家多半自欹傾，喜子英年獨老成。倚徑藩垣能善葺，扶闌花藥更敷榮。鄉村入夜休談虎，野岸雖秋可聽鶯。袖裹遺編輕莫放，箇中關鑰有難兄。

和此翁枯木四吟

平生不踏謝家船，卻趁漁灣架采椽。喚作住山翁不得，松風爲枕且閑拳。結庵。

精金躍冶駭童兒，又見前身地藏師。好趁此間爐韛熱，闍黎鐵面未應知。鑄像。

浩渺洪波非極談，老師塔戶許誰探。無因卻喚三生石，賞月吟風共一庵。營塔。

一任諸方露布書，敗荷衰柳自森疎。門前一箇深深坎，生佛齊埋正凜如。開池。

贈大愚四首

昔日高安整破船，今來潯上卓三椽。不須澈底婆心切，枉被人來喫啞拳。

放過邢家小廝兒，可曾塗汙末山師。大風吹倒鄰家樹，穩坐茅簷總不知。

閣中鷹馬作閒談，破雪穿雲許共探。此與南林兩耆舊，向曾一見老漁庵。南林報國斷手僧。

知君善畫復能書，伎倆般般總不疎。剩與破砂盆一箇，看君拈弄又何如？

又用韻贈張玄圃四首

羨爾隨身書畫船，誰從爨下辨焦椽。累垂兩袖都搜盡，剩有米家山一拳。

誰向宗門號大兒，漏霜今有月函師。一條草徑從來滑，除卻君來別未知。

怪我三章廢筆談，又將影草借人探。此間卓鄭無閒地，若箇荒隅好結庵。

不是多君識異書，多君於世轉蕭疎。虎頭柳炭分明說，風味看來少子如。

自題小像四首

箇是蹣跚舊石船，題評往往累如椽。衹今兩袖輕風似，不著諸方背觸拳。

何曾石女解生兒，賸把丹青誑阿師。一任縱横將去看，瘠肥不許自家知。

卦向閒房作對談，是渠是我好難探。無端露柱生譏笑，六十將來未住庵。

博塞亡羊較挾書，一般生計任蕭疎。不須更把青銅照，自覺筋骸日不如。

題吳敬夫四首

相憶惟應有補船，西溪淋雨墮枯椽。孤根鐵石心同在，贏得鬅鬙髮一拳。
文舉當年稱大兒，吾前吾後足余師。夢中有句憑誰續，惟有空林落葉知。
當壚貞姊一叢談，詞伯林中已絕探。是李是鍾多計執，累他婆子自燒庵。
許汝從來讀異書，碧潯寒影共親疎。他時若問瓜山派，爲說平生黄四如。

題董子舒四首

蒼烟忽散武夷船，白首仍棲震澤椽。寫出鬚頷猶帶恨，魯公指爪透雙拳。
越雞未可誚吳兒，有客秦庭痛乞師。風雪兩臺朱鳥歇，故人藏碧定深知。
憂患都將作笑談，蛟潭鰐窟更親探。泥牛鬬後無消息，卻卦軍持此住庵。
展手相扶小學書，大陽皮履未應疎。何人糞掃知恩澤，真箇神明父母如。

此翁乞米 四首

龐公枉鑿海中船，致累高人立市椽。莫把須彌輕較量，須彌之大僅如拳。

笑倒盧家雄嵴兒，卻言熟也未經師。一向脫空成謾語，嶺頭喫力始應知。

且置諸方向上談，廬陵貴賤要親探。陶家瓶裏無顆粒，恰好呼來共一庵。

有待爲煩八字書，世情草草尚嫌疎。魯公乞米傳碑板，兩采將來賽一如。

超塵乞田 四首

只今湊岸更移船，免使頻攀高士椽。五鹿野人真解事，乞漿曾與塊如拳〔一〕。

出窟嚬呻獅子兒，肯拖泥水報先師。東西界至分明在，蹈著溝塍方始知。

說難說易總閒談，頷下驪珠貴實探。一衆齁齁安飽去，香風穲稏遍巖庵。

新抽佛篋列農書，古钁頭邊事未疎。荷蓧長沮無祖位，清風匝匝定誰如。

【校記】

〔一〕『塊』，底本作『愧』，據二集本、《左傳》改。

江屏贈影

柳絲桃萼像誰形，揀盡從來千佛經。賴是筆端游戲事，不然又失一江屏。

白兆奉親四首　時白兆在報國水堂

曾拈圓影墨痕枯，蓮葉東邊粲網珠。借得霜翁瞌睡句，重題白兆奉親圖。

相聚團圞已不枯，果然清冷孕明珠。從來寫佛多遺恨，不作摩耶剎利圖。

婆和有句絕腴枯，握掌開拳得性珠。莫問未生前句子，天然一幅睡魚圖。

洋嶼同堂等拾枯，汾陽六子最玄珠。翔翥唯諾憑誰力，選佛歸來具慶圖。

白兆掩關十首

碧溪夢醒鬬紅旗，此話全登報國碑。合水和泥今日事，又煩牆外密栽籬。

珠回玉轉總廉纖，一枕還予自黑甜。猶有舞師遺習在，點頭破句讀《楞嚴》。

曾聞白兆住安州，朱頂元來是赤頭。一自釋迦成佛後，缽羅窟裏不相收。

喚牛呼馬費酬賡，六巷三街拄古藤。且喜無人知住處，不勞移舍入深層。
鷓鴣烟裏注蟲天，逢著詩人莫浪傳。燕子尾尖魚腦闊，龜兒六眼正鼾眠。
沙斜花字成三印，料揀將來作六詩。無限鱗龍爭出觜，水空泥竅不曾知。
馬郎婦只在金沙，面面溪風裓帶斜。籃裏金鱗深借問，曾逢西子避荷花。
異魚圖讚也尋常，水國分符長夢鄉。蚌蛤千年無佛字，宗乘賴此得宣揚。
尋常好事更誰留，碧巘雲寒盡鎖樓。第一文公極相爲，因循兩字白人頭。
負他枕冷與衾溫，獨自迢迢臥水村。栗棘仲尼居一句，看君細嚼又生吞。

題芝筠小像

善慧標三指，紫髯垂一足。是義無榮枯，從誰辨兼獨。縱橫醯首三，交互離爻六。樞始得環中，妙用非輻轂。初疑管幼安，皂帽遼水澳。彈指視腹尾，矯矯雲中鵠。繼疑田子春，埽地徐無穀。闤闠五千家，藉以安耕牧。智能斬亂絲，略使蛟鱷伏。豈其有鬼神，悲勝畏乃速。檀熾妙鳴絃，玉光不終匵。時時爲一戲，琳琅千萬軸。濂洛啓關鍵，馬鄭來役僕。道德受指歸，訐然出樸蔌。庾謝陶杜詞，虞褚歐顔牘。斷璧與零璣，獲者潤身屋。九天識祕篆，九淵聞嘯蹙。玄徒與竺子，顛倒遭驅束。我昔從漁庵，披挹林風夙。茗盞對遙岑，窣堵高矗矗。後因王先生，踏苔見松菊。茲事近廿年，每思淚簌簌。嗚呼紫髯翁，千仞寄霜翮。羿彀逃中央，碌碌等石玉。展圖三致嘆，蕪語誰爲續？

贈東池

羡君詩句似晴花，獨行如君意倍加。一自春池閑夢草，每看筇竹落僧家。青山影裏留殘袷，枯木堂中試釃茶。物外諸昆貪地近，可能無事別生涯。

讀嶺雲卻寄

點筆秋蘭首重垂，長因問字破霜籬。書成不假傍人讀，意得真同自作詩。野竹分青雲外見，哀猿墮淚月中窺。稍知一事開眉宇，寄到彭城弁首詞。

與沈太白壽意

江山悒悒剩修眉，持誦精堅不廢詩。方響猶全宜白社，尺棰取半且黄鸝。漸看風入泉明簟，無奈涼生康樂池。今歲長庚留異甚，熊熊獨爲壽星期。

壽沈玉女

借君居市勝君鄉，打疊豪情避五漿。取次詩瓢行藥砌，颼飀茗鼎近藜牀。大歡著膝贏文若，小出持鳩卻季方。二十年來樵斧夢，道州亭下薄荷香。〔一〕

【校記】

〔一〕『勝君』、『道州』，吴江市檔案局編《震澤鎮志續稿》卷十三《集詩》分别作『勝居』、『道山』。

字紀子永成曰遙集蓋取孔子之聖不同夷、惠之意，非阮家阿孚《靈光》『上楹』比也

里耳從來昧六英，榆光長願見朝明。操戈入室容予短，煮飯爲糜識子誠。業有始終精乃一，事如金石考方鳴。迢遙會識風雩意，集字於成是稱名。

詠楊花和商聲六首

牽率風情力亦微，如棉如雪墜寒磯。卻留一點親人意，會傍呢喃燕子飛。

悠悠漾漾受風微，著壁還粘畫裏磯。人道秋萍還是汝，雀經入水不能飛。

褰簾點案自希微，幾樹濃陰臥遠磯。大抵還他根蒂在，總經離别也能飛。

生息相吹意本微，布毛旋落老漁磯〔一〕。世間任是無情物〔二〕，不向不關情處飛。

若道沾泥事已微，十年空坐水雲磯。摇空一縷無人見，辜負千紅萬紫飛。

編開落葉話離微，百種興亡付别磯。糝徑白氈真太甚，濕雲壓夢不能飛。

【校記】

〔一〕『布毛』句，《西廬詩選》作『風情牽率落漁磯』。

〔二〕『世』，《西廬詩選》作『兩』。

聞鶴客信

一夕西風哭彥兼，黄泉多友又君添。枯椶病橘無情思，猶爲滄波惜老柟。

酬月函水潦鶴句

八博幾同薤葉垂，祖庭闃寂罕人窺。頻移五位兼中目，空變三玄義學師。濟上别長非綺繡，泗州單語見恢奇。十姨衒嫁偏矜絶，忽發天南野廟悲。

贈朱子景程洛

丱年辨志親伊洛，同席爲君大父行。錦里半生還土銼，高人何處獨藜牀。喜逢驥子襟懷豁，更枉蘭篇几案香。興寄汉川非謾語，信公新詔要君商。

與朱子相

半生多幸近蟲魚，良友知予好未疎。一字貧堪分范史，千詩戸不飽應徐。北方學者空相嚇〔一〕，南郭先生獨有噓。頗使蕉窗增快事〔二〕，玉溪新注已成書。

【校記】

〔一〕『空』，《西廬詩選》作『誰』。

〔二〕『頗』，《西廬詩選》作『差』。

贈李晉美五首

月泉社裏曾相見，羣玉山人得遠留〔一〕。怪爾一清清至骨〔二〕，懸牆午後只唐瓢。

浮磬孤雲自昔傳，要從脱體見清妍。諸方無味都拈卻〔三〕，參取西庵蛤蜊禪。

創成吴體自潯陽，藍縷諸公並見長。一任百千年後看，是中端的魯靈光。

不隨哇濫亂純真〔四〕，眼底相看復數人〔五〕。可是才高兼行出〔六〕，退之只重李元賓。

石磴雲寒泣杜鵑，葡萄公案怕重拈。誰來灑雪凝冰句，付與山僧取次編。

【校記】

〔一〕『留』，《西廬詩選》作『招』。

〔二〕『至』，《西廬詩選》作『到』。

〔三〕『無』，《西廬詩選》作『五』。

〔四〕『隨哇濫』，《西廬詩選》作『將僞體』。

〔五〕『數』，《西廬詩選》作『幾』。

〔六〕『出』，《西廬詩選》作『獨』。

舊藏日觀葡萄逸之廿年矣仁叔嘗作詩見慰適見程君扇頭臨筆感賦二首

葛公嶺畔吟聲歇，西子湖頭醉色新〔一〕。枝蔓草書成往跡〔二〕，支離痛哭是前身。

九原空寶石墩詩，一軸飄陵竟誰知〔三〕？猶有程郎神骨似，虎賁相對泣寒湄。

【校記】

〔一〕「色」，《西廬詩選》作「眼」。

〔二〕「成」，《西廬詩選》作「存」。

〔三〕「飄陵竟誰知」，《西廬詩選》作「飄零誰復知」。

贈徐天行

十年相約訂遺書，豈意名成拔地初。律曆在人多外志，管王於爾愧前車。尺棰易竭莊生舌，瀛海難環騶子居。信是雲中能駕鐵，只將赤極定黄輿。

贈陸顧行二首

爲訪遺經屢叩關，薔薇壓架映朱顔。尋常只道風塵惡，不到先生木假山。

襟佩依然慶曆餘，眼中舊學半凋疎。只緣身是金溪派，獨喜孫行讀《四書》。

寄淩宣之

曾因陳董識芝眉，二十年餘阻夢思。豈意陸沈滄海後，重逢觴祝少嵩期。通身是史隨兒授，脱口成噫有婦知。仙骨若同詩骨換，十洲三島未爲奇。

寄題高節寒香圖

予友沈子尹同，數稱許子炎貞之賢，必及其母，曰：『許子，千古人也，乃其母亦千古人也。』桑海後，顧諸子爲才藝驅迫，載翔載翱，愀然不樂。炎貞絕意名聞，盡發關閩伊洛之書，日從事焉。時或與靜者究析疑義，則大喜。久之，竟載栢從炎貞別居。季不吾異，吾與季偕。昔趙彥遠不喜其子作狀元，而喜其與林、張同舍。蓋丈夫之所難，而孟博之母以其子齊名李、杜爲不恨，彼特爲一己之廉隅，無所與於興衰變革之大。若炎貞之所處，與其母之所以無間於炎貞者，豈不偉哉！此《高節寒香》之所以爲善畫也。知許子者，各有聲歌，不揆鄙率，冀附末塵云。

心以當竹實，杜子有遺音。一條有佳花，陶翁所感深。茲意出笄帷，高風生佩襟。許子善事天，許子善承母。朱紱未足貴，菜羹可適口。天人異好惡，此理具可取。良畫識母心，良友識母儀。根莖葉華果，理在無參差。再拜致俚言，匪以爲頌辭。

題董湛思僧像四首

梅花香裏曾相覯，盤石磯頭喚不應。頗有經儒憎太甚，臯比奪去施山僧。

當年杜子受人嗤，瀼上曾因卻鵁鶄。亦有螺頭相怪問，饒君白羽作藤枝。
泌園居士謫仙人，萬丈蜺光卷軸新。卻恨此時當柳谷，雪衣無復喚餘春。
誰開幻筆弄秋姿，千佛新除妙湛師。一軸海南公案在，劫風顛倒不相次。

別尹同

不道寥寥竟至今，那更梧竹感獅林。相看脫落如秋樹，長挹儀型在遠岑。此日同行真是惠，暫時小語不妨深。無憑竹火罏邊事，四百庵寮倘見尋。

辛丑四月東池重招予病不赴以所分鹽字徵句率答

雨坐空樓罷捲簾，故人雒社寄新占。自攜頌橘偏多泪，石墩詩集名《橘頌齋》〔一〕。想到羹蓴未下鹽〔二〕。禊帖僅傳觴詠樂〔三〕，鶴魂虛覺歲時添。春風慘澹都無主，猶及君家芍藥簷。

【校記】

〔一〕此詩注，《東池詩集》作「三日前，友人奉石墩遺稿至，題曰《橘頌齋詩》」。

〔二〕「羹蓴」，《東池詩集》作「蓴羹」。

〔三〕「僅」，《東池詩集》作「更」。

無題辛丑秋作

空樓獨夜雨牀牀，卻把平生細較量。災異日新憂患短，悲歌不足寤思長。曾無入巷哀王烈，徒有拋娘學范滂。好箇《與斯》題目在，輕喉緩板付排場。

有以烟雨樓詩獲罪者憶昔同餘子登感和

野色蒼茫入小舟，故人無恙此憑樓。廿年不及登臨夢，勝地曾聞丹碧留。載苡謗成崔顥句，屠羊心在庾山浮。一官失得渾閒事，忍見衣冠葬古丘。

東池蓮徵文字

閉門不見花開日，大似吳傖說荔支。一歲再逢七夕酒，小樓還寄老夫詩。獨憐爛熳經秋後，重爲蹣跚舊客期。總在春陵圈子裏，可容根蒂隔毫絲。

閏七夕

明河寂寂已經西，又聽人傳水部題〔一〕。卻遇甲申爲今日，迴看婺女與籥齊。人將重巧誇迂叟，天與無情是曙雞。辛苦殘書吾業在，敢邀仙女借階梯〔二〕。

【校記】

〔一〕「人傳」，《東池詩集》卷四作「分拈」。

〔二〕「邀仙女」，《東池詩集》卷四作「勞仙馭」。

柬敬夫次韻

呼來小艇帶魚腥，衝破西溪碧草庭。夢裏一編池上句，枕頭五夜屋邊星。餘蔬正可留霜圃，枯木猶堪映竹亭。哭子較同嗟季恨，何因度密復穿青。

希陶見和鹽字重答二首

漸看霜氣入重簾，舊德新詩許獨占。是處逢人稱有道，再三勞我刻無鹽。可能談虎色不變，寧使爲蛇足更添。踏凍銜風今日事，劈綿相與臥晴簷。飛埃不到董生簾，新雨仍開京氏占。已辨十年庭樹橘，不愁三月食無鹽。舊詩賸欲從頭寫，小徑行看逐漸添。作記榕陰吾豈敢，且圖炙日近朝簷。

答香谷三首

得失何曾繫卷簾，從來爻象只盲占。但教佛子能顛酒，不用仙婆更索鹽。西社姓名今濩落，東池公案要新添。安排糞火同燒芋，一任冰釵卦草簷。

轉身不道夜明簾，荊棘林中也自占。一任尋枝兼摘葉，誰能呷醋更挑鹽。童身莫訊山中老，畫史空勞頰上添。頂腦一般榮瘁異，還愁卦影贊公簷。

蓮漏沈沈徹曉簾，六經班馬得分占。爲詩未必妨爲道，吃米人言賸吃鹽。短策自傷筋力減，破船還把釣絲添。無忘槁項螺頭語，一快傾盆濯腳簷。

辛丑生日重用均答希陶

昆弟過從自啓簾，一天晴靄愜心占。青荷惜醉時徵茗，白戰論文不道鹽。日借小春寒欲避，盤留生菜脆仍添。休嫌坐客無氈席，亦有和聲到草簷。

田舍

獵獵西風透蟹籬，蘆衣褪盡未忘吹。相將田事思漁事，借得鄰舂搗槲皮。

訪香谷二首

平林著色試輕霜，鴉背微紅鴨腳黄。撥動杖頭前句子，來過竹院趁商量。
武庫開時足電霜，卻輸秋葉點頭黄。君詩拔地幾千尺，不假時人寸寸量。

酬東池二首

卜築新溪洗市腥，静琴棐几自充庭。柳枝斜接山椒雨，蓮葉平翻水底星。只此遊盤堪曲折，更煩高下置臺亭。散愁幸有羣賢在，述作時看照汗青。

卷頭五尺未經開，紙背摩挲日幾迴。薈粹興多佳味出，躋攀力倦勝情灰。索居高子能頻寄，好事旻公底用催。白雪沙村憔悴甚，相看百佛一莓苔。

哭誦孫二首

眼枯惟對小山青，又料霜風撼夕庭。化馬忽乘歸大冶，法幢全倒痛遺經。予方祈死來宗祝，弟乃尊生困朮苓。四十九年碑板在，不須爭咎計都星。

受命如松得獨青，故應常保歲寒庭。人間無地容三策，天上虛堂俟五經。許汝獨沽西社酒，更誰分采北山苓。戴公自昔獨慳死，今日明徵處士星。

正月十一日始禮淨住宿香谷齋次韻

且閑雙耳度林風，肯讓禪翁自點胷。千百卷無言下契，兩三賢友夜深從。蓮花坐滴寒聲徹，淨住初開古色濃。預數湖城新活計，殘燈疎磬及來冬。

普慧字電拂二首

齊貫何人繼祖風，暫將詩好浣塵胷。爭如慧劍倚霄立，早使天魔破膽從。落賺半庭芳草綠，等閒一盞釅茶濃。衲衣下事爭些子，冰鼎誰煩倒夏冬。

狼藉松門一夕風，解顔金像手當胷。已慚湯鮑須同詠，何幸秦徐得並從。華燭句思當日絕，雕簷霜作去年濃。更闌爲詢腰包客，何處山楹不畏冬。

香谷將有遠行寄慰其師二首

有子真能振祖風，不徒佳句劌心胷。留花剩月渠何忍，撥草穿雲我亦從。向道山移方迫切，趁他柳色未深濃。雪眉知倚荒扉久，肯使樓颼直至冬。

似君猶見古人風，石佛莓苔洗卍胷。建刹已看莖草竟，助春長有谷雲從。獨憐一指林中秀，偏愛千山黛色濃。不惜拈毛吹向汝，要留輕毳過殘冬。

用壁間韻贈東暘三首〔一〕

千秋無復問軻雄，澹泊門庭有徑通。雨後蕉心初放捲，願師新葉展新功。

先後難分誠與明，高懸古鑑避羣精。隨他胡漢來多少，不改澄空一段清。

誰是澄空一段清，豈容毫髮點塵情。棘針林裏抽身過，錦繡叢中著意行。

【校記】

〔一〕『三』，底本作『二』，據正文詩歌首數改。

題關帝像贊

季漢落日迫崦嵫，髯翁手挽還坤輿。吳中羣兒惜腐鼠，嚴城白晝遭篋胠。仲翔蓍策豈足據，絕塵逸氣歸太虛。蒙操蚩魄早已奪，旋亦顛躓同土苴。怒髭列列照千古，生面倏若秋芙蕖。世事茫茫烟霧裏，神龍矯矯雲中居。像設瀰漫天之下，感動血氣皆椒醑。果知人在心之內，何必低眉一卷書。

重得半巢圖詠

廿年光景付風烟，猶記巢頭一宿緣。巢壞只今疑劍跡，卷忘何幸得蚿憐。難將臭味希流輩，豈有英靈屬後賢。珍重故人存錄意，一回伸讀一愴然。

用舊韻哭孫四首

乞食從師兩未遐，暫時我在汝離家。一年能幾團頭話，千里俄驚折軸車。同與詩書爲劫運，誰從衰老問生涯。劚根和藥荒庭盡，忍見秋原枸杞花。

了知蕉露等棲塵，生死蹤來臂屈伸。那對聰明如此送，太無情緒往來頻。巫醫已信無兼術，春杵徒聞輟四鄰。二十二年萍跡在，難看生汝一雙人。

三歲剛憐汝有家，卻看蛇跗尚成賒。總教殘喘留呼吸，未必春風起咄嗟。蠹簡忍聞當日句，空枝已斷舊時花。愁添母病龍鍾甚，敢遂山涯與水涯。

新來懶上讀書樓，撫景空憐汗漫遊。百種行藏歸墮甑，一生憂喜付沈鈎。何當倏忽千年夜，無計遮欄三日秋。不見門前魂去路，半灣淺水自東流。

書讀書四樂

冰紈題罷起幽情，蕚綠敷香一鳥鳴。底是孔顏消息近，虹橋千載碧雲横。

石船詩稿補遺

偉臣屬題畫贈君祥移居

卜隱南村好結鄰，秋蕖夾岸卽漁津。教君且上岑樓看，赤滿山山不是秦。

寄哭陳石潭

蚤歲曾經識太丘，中年忝與季方遊。潁川好句須家法，吳下蜚聲屬俊流。奪我典刑衰似葉，憶君廣坐肅如秋。掃除恨不終爲役，枚叟空餘策地愁。

贈子舒

曾因入水見伊長，撤散閑雲老石房。已看鼻端無白堊，還疑衲角帶天香。獼猴一任呼中邑，鸜鵒空煩訊上皇。猶喜清風閑白社，年年特磬代飛觴。

與友人論文

文社騷壇與酒杯，換來題目轉崔巍。如何一搭閒田地，又被風沙扎入來。

無題四首

試拈莖草作柟林，劍跡千年迥可尋。並入摩耶三昧裏，世間何物不同心？
又向隆興得一王，雪塘何似荻塘長。春風俎豆關情處，白鳥滄波兩道鄉。
佛昇忉利豈無情，不是雲生點太清。烟棹瞿塘身後句，依然遊子斷腸聲。
錦購篇聯證古庵，玻瓈夢破話三三。好將兩耳投佳處，來就汾陽聽晚參。

庚戌客杭州，沈思淵毅得此冊於張念貽明良，因舉以見貽，合誌之，以拜嘉貺。

垂虹亭長陳去病識。

西廬文集

西廬文集序

王文濡

憶丁亥歲，館於湖濱張氏，其族人廉伯孝廉爲余道其族祖西廬先生事甚悉。先生諱雋，字非仲，一字文通，別號西廬。世居吳江浲溪。其曾祖贅湖濱吳漊馬氏，因家吳漊之儒林里。生而有文在左股，曰『楊慎』。少卽穎悟，弱冠卽見賞於元珙倪公〔一〕，目爲大器。一時名賢，如張天如、楊維斗、章拙生輩，皆訂道義交。其所著述，有《三蔀略》，起帝堯二十一年甲子，終明天啓七年丁卯，編年紀月，括前古得失之林，著於年月之下，爲三蔀，蔀二十紀。又約三蔀之年，分布《易》卦，除去八純，自《屯》以至《未濟》，止用五十六卦，舉帝王治亂興亡、聖賢德業顯晦、貞佞消長之大，按之爻象吉凶悔吝，曲而中，雜而不越，名曰《象曆》。據丹玄子《步天圖》及京房以五星二十八宿分直卦爻之意〔二〕，用二篇《序卦》，觀其終始離合，分刌節度，繫之以星，垣則歸舍，東西朔南，森然就列，著《測象》。輯《古今經傳子史序略》。舉《春秋》以後二千餘年人物，定爲八門：曰宗儒、曰命世、曰本行、曰大節、曰高蹈、曰傳經、曰翼教、曰藝學。起子思子，終明馮從吾，凡四百三十九傳，更考其受業統系支分派，舉而圖之，若宗譜然，爲十卷，曰《與斯錄》。又有《九洛序》，因《洛書》九宮緒餘推而廣之者也。至於韻學，有《四三韻略》。論列先朝理學名儒，有《賣菜言》。以及序、記、贊、跋、雜文若干篇。皆戛戛獨造，發古人所未發。未及付梓，而先生以南潯莊氏史案牽連，被戮於杭之弼教坊，論者冤之。當是時，黄、顧、應、徐諸公，皆以遺民而入興朝，抗節自高，備極人世苦境，要皆令終以沒世。至於先生之無故遭禍，欲求爲遺民而不可得，身後寂寂，又無人表章及之。甚矣，天之厄先生！視諸公又何如耶？雖然，天能厄其遇於生前，天不能厄其文於死後。叢殘遺稿，其後人猶能保存於水火兵燹之餘，不可謂非不幸中之極幸也。

今夏廉伯之從子念貽君，以先生之文集來。展誦一過，文之峻潔廉悍，神似柳州，當爲有識所共見。而於勝朝之名臣大儒，論列無遺，褒貶尤爲中肯，誠良史才哉！迴思二十年前，與廉伯論先生得禍事，爲之不快累日。今者廉伯已嗟宿草，而讀先生之文，殊恨不得與廉伯共歎賞之也。噫！

宣統庚戌孟冬之月，歸安王文濡序於海上國學扶輪社之望古遙集樓。

【校記】

〔一〕『元珙』，底本作『元璐』，據史實改。

〔二〕『天』，底本作『元』，據書名改。

西廬文集卷一

史記序略贊

太史公曰：『原始要終〔一〕，見盛觀衰。』《詩》言志，經曲本心；《春秋》爲禮義之大宗，皆原始也。後世樂道其已然者，故善惡不足以勸。漢興百年，儒術顯，海内彬彬，多六藝之士，顧不盛歟！然禮廢樂崩，迄以不振，禾興於野，而黍缺於倉；蠶絲於室，而絃絕於堂，自然之勢也。故曰『能言距楊、墨者，聖人之徒』。予悲其絕利尚義，抱咫尺不苟合，述唐、虞、夏、殷、周、仲尼、子輿，而於當世之務，有怵乎其言之者，則魯君子左丘明之遺也。

【校記】

〔一〕『要』，《史記·太史公自序》作『察』。

跋易林元篇

右《易林元篇》四卷，延陵盛茂卿如林編次。不以《乾》、《坤》、《屯》、《蒙》爲序，而以本卦變爻，自一至六爲序。不惟不失焦氏之旨，而亦以補朱子《乾》、《坤》二變之圖之未備，當已。

若前附《十測》云：『京氏分卦直日之法，以後天卦相加，皆始《乾》終《兌》，以命六甲、二十四氣，用心殊苦。』然此盛氏之說，非京氏之說也。京氏之卦，其傳最古。所謂卦起於《中孚》，而六日七分，漢世盛有其學。京氏又以之正律，歷代曆法公、辟、侯、大夫、卿之卦因之，楊氏之《玄》，亦因之。不此之求，而自撰一說，附之京氏。夫古書之不傳，存其名而闕之可也，倣而爲之不可也。即其力未足以爚乱古書，而其殷殷焉以求古書之未獲，與其凜凜焉以敬古書之僅存，其志則亡矣。若夫偶有弋獲，率己意而爲之，未嘗得罪於古書。雖僭與竊，其罪正等，較之狎侮古書，則有間也。子曰：『蓋有不知而作之者，我無是也。』又曰：『述而不作。』予爲之說，曰：『作則任作，述則不可妄述。』

測象序言

天以象示，天能盡象，象不能盡天也；《易》以象測，《易》能盡象，象不能盡《易》也。今稍據丹玄子《步天圖》，以《易》詮次其義，取備星，不取備《易》。說《易》家，自費直詳分野，京房用五星二十八宿分直卦爻。費書不及見。京氏特卦變輪次相值，如歷日某日值某宿云爾，於星位卦序，俱無所取。今用二篇《序卦》，觀其終始離合，分刌節度，繫之以星，垣則歸垣，舍則歸舍，東西朔南，森然就列，稍爲次第，且爲作《八卦五世遊歸圖》，京說益明。

自垂星仰則，始作八卦，法天不言，昌成孔演，口代天言，垂象之蘊，書乎二《繫》、《十翼》矣。今就其條理，求其歸趣，無取錯綜古圖，徵奇立異。

星卦之合，如虛子半之《復》，牛二月之《臨》，星日中之《豐》，娵訾之《頤》，蕤賓之《旅》，井之《井》，翼之《小過》，當名辨物，備矣。其餘或以所屬，如天廟之《渙》，天籥之《豫》，騎陣之《師》，頓頑之《訟》；或以其衝，如須女之《漸》以取女，牽牛之《革》以治曆；或以其直，如文昌爲《夬》、八穀爲《益》，內階爲《升》；或以鄰比，如都關爲《豫》、虛梁爲《大過》之類，俱非私意可以安排。至若《艮》、冥之指而盡於鬼，天地之交而會於心，《姤》、《復》之起止，己亥之分合，廣有其義，信可樂而玩之也。

古易六十四卦圖序

右《古易六十四卦圖》，蓋去四正爲司令，而以六十卦分值三百六旬五日三時，此『六日七分』之所自起，所謂『卦起於《中孚》』者也。楊之測《玄》，京之命律，及後世曆家，靡不由之。學無專家，其說泯矣。獨一二月卦，僅見於《鑿度》，緯文踳駁，推明之者鮮矣。今列卦爲綱，摛玄首其下，律名公辟，以次詮序，則知雄非僭經，全爲傳體；房依名類，義匪駢枝。觀《泰》、《歸妹》之爻，如經文之無虛設；揆郊、夏正之典，悟建起之應幾微。至若節中分數之淺深，日星古今之離合，別爲表例，以存其概，庶後有見聞，有所據依，以爲增加之端云爾。

象曆序

約三蔀之年，布之六十四序，曰通卦；統之八純，曰建卦；次之五十六爻，曰象卦。三者幽顯參伍，益著其目，而以象爲案，定歲月日時晷刻之數。舉帝王橫仵升墜，夏秋析合之端；聖賢德業，明晦奮苓，貞佞消長之大，著吉凶，正人事。蓋自孔子以曆讖《易》，紀天心，敘聖人，題錄興亡三十六卷弗傳，後裔支離，猥爲讖說。夫蓍圓以知來，卦方以藏往，括前古失得之林。律之爻象，曲而中，雜而不越，故曰卦者卦也，卦萬物視而見之。義存彰往，戒著不占。苟優遊信潔，訓究體譯，僂乎其可畏也，泮乎其可悟也，介乎其可誠也，是亦舉類之一助也。

跋玄珠密語

右《玄珠密語》，原十七卷，今併《地應三元紀篇》，爲十六卷。壬辰春，從朱克遠借鈔。其中論運行氣交，有數可稽，有位可考，先後遲速、逆順强弱之説，備矣！至通之國家理亂、類應吉凶，鑿鑿然不止一家之學而已。意古者占望之書，猶有存焉者乎！邵子曰：『《素問》、《密語》之類，於術之理，可謂至也。』其必有以取之也夫！

古今經傳序略前五集小引

六籍之後，遭兩大彗，秦斯是也，新莽是也。斯專夷滅，莽用文姦，似不類，然學聖人而不得其統，生後世而好用其愚，必出入於此二者。自漢以來，六籍代興代廢，一氏起而百氏熄矣，甚者卽一氏起而一氏熄矣。學宮之路荒，制舉之名羶，黨權之勢軋，莽與斯蓋相屬也。《飲酒》云：『區區諸老翁，爲事誠慇懃。如何絕世下，六籍無一親。』今學者亦知刪定贊修之汲汲乎？亦知曾、思之徒，親承諮稟，標舉孤緒，垂之爲書者乎？亦知去聖時遠，邪暴有作，《七篇》不在禹功之下乎？亦知烈焰之餘，壞垣之內，百孔千瘡之補綴者乎？亦知綿綿延延，似斷似續，雜起而扶豎之者之艱乎？亦知撥霾曀而杲日，倡而明之如濂、洛者乎？亦知洞胷抉腎，《章句集注》、《本義》、《集傳》之緯然者乎？亦知擘繭絲、析牛毛，于喁而嚮答者之不窮乎？亦知命儒臣編修，親抽睿思，總而敘之者之甚盛德乎？自昔聖賢，所以幸後世者，如彼其至，而今之人，卒以發策抉科，希世取寵，植黨營私應之，宜其視存與亡了不介意，又甚者比之黃茅白葦，而千百之什一，未有起而尊且重之也。昔人有言：文王滌鼎，武王爇薪，周公割烹而薦之，管、蔡不食，其若之何？方今天地反覆，《詩》、《書》道喪；斯、莽之禍，日新月異。不揆其本，吾適安歸？嘗論老之徒近莽，釋之徒近斯，郢書燕說，無所不飾。老之所以近莽也，魚目作珠，無所不賤；釋之所以近斯也，雜毒入心，其禍必發，隆、萬以後可知已。其惟敬乎！能敬己者，則無所飾；能敬己以敬人者，則無所賤。吾知尊其所尊，而所不尊者，不敢略也；吾知重其所重，而所不重者，不敢遺也。則以生今之世，千百之什一，其僅存者，非細故也，謹列古今經傳之序爲五集，第如右：

甲集　陽氣萌動，物始甲出。秦、漢諸儒，餘爲唐初。

乙集　陽出乙乙，屯而未伸。首昌黎氏，迄於歐、王。

丙集　文從乎內，陽外炳然。濂、洛、關、閩，於斯爲盛。

丁集　陽不爲主，適與陰丁。屋社諸賢，悲彼不遇。

戊集　通物而出，戕物而入。茂哉昭代，決所從違。

古今經傳序略後五集小引

予既第古今經傳之序爲五集。或曰：經之外，有史、子、集，其置諸？曰：經無外也，行將舉史、子、集盡麗諸經，蓋無往而不得其裔焉。《易》之裔，則《太玄》、《參同》、《洞極》；《詩》之裔，則騷、賦、五七言；《書》、《春秋》之裔，則《二十一史》、《通鑒綱目》，最灼然者也。《禮》即壞，《樂》卽崩，莫不有裔，至《周官》一經，旁羅緯象，律曆職方，兵刑農工食貨，醫方技術，其裔至廣。若古今名賢碩儒之制，爲《語》、《孟》之裔；九章六書，爲《小學》之裔；博物藝文，爲《爾雅》之裔。各以類別，附爲五集。

嗚呼！方予之求經序也，哀天下弘文鉅軸，欲一言之幾於經不可得，玆則盡廢而麗之經，不已濫乎！夫經故無外也，史、子、集者猶之十姓百名，聚爲州里，統之以天下斯已矣，此無外之實也。然而居者求其所止焉，行者求其所至焉，往者求其所通焉。非是，則巉巖浩渺、鳥獸龍鬼之區，雖無外，而未始無擇也；未始無擇，則雖欲舉而盡麗之經，而或終無一言之幾。故予之爲此集也，統異於同也，亦所以致嚴於寬也，其於向者尊之重之之意一也。窮鄉僻學，聞見限之，姑著其例云云。

己集 《易》之裔，《詩》之裔。 《易》之往來，象星勾回。兩己爲黻，《詩》之麗則。

庚集 《書》、《春秋》之裔。 更而續之，物得其實。史以秉要，無文不質。

辛集 《禮》、之裔。 物維其新，《禮》反其陳。竹箭之筠，松柏之心。

壬集 《論》、《孟》之裔。 受之弗毁，始之弗徙。任道之言，其來無止。

癸集 小學、《爾雅》之裔。 物有度數，撰之以方。謹始其臧，慮終其章。

古今經傳序略目錄序

自夫子贊《易》、序《卦》，有《詩》大小序，有《尚書》序，其後作者，率以序終之。如《孟子·由堯舜》章，《莊子·天下篇》，則其例也。太史公、班固因之，既在正文，不以入略。今所錄者，或附或離，或著或否；或因序以徵書，或書亡而序在。其别十有二，曰序，曰引，曰讀，曰贊，曰録，曰題，曰跋尾，曰發題，曰書後，曰斷篇，曰表奏。述一書之梗概，紀流傳之近遠，蒐輯所集，略見於兹云。

詩序卦説

程子曰：『《周南》、《召南》如《乾》、《坤》。』此《詩》配《易》之祖也。張子『陟降庭止』、『江沱之媵』，以《詩》説《易》之宗也。近世黄氏象正，櫛比《詩》、《易》，號爲能言。然《易》主厝數，故用先天所稱《乾》之《姤》、《乾》之《復》，猶是楊《玄》兩《屯》兩《小過》之意。今兹主乎義理，一本《序卦》，統之八純，次之五十六緯，如測象之法，《乾》、《坤》統二《南》，《坎》、《離》統十三國，《震》、《艮》統二《雅》，《巽》、《兑》統三《頌》。次《風》，始於《屯》，王之基也；終於《遯》，周公之東也。次《小雅》，始於《大壯》，王之盛也；終於《困》，澤之衰也。次《大雅》，始於《井》，周之舊也；終於《豐》，德之至也。次《頌》，始於《旅》，宗廟之事也；終於《未濟》，嬗受之微也。

若夫雜物撰德，依類起義，有《春秋》比事之教焉。以三百十一篇，匹三百三十六爻，而闕二十有五。其闕者，天數也，故卦有五篇，有六篇，天地之别也。天數二十有五，故二十五卦五篇；地數三十，而有三十一卦六篇者，去《南陔》等之亡，則猶然地數也。《易》用韻，純是詩法，象著比興，辭兼正變，因其序而樂玩焉。《詩》乎如蓍方揲，《易》乎如聲在絃，豈不足以交有所發，而亦見夫自然之次第，有不假穿鑿損益而得之者，非齟齬以求合也。

宋趙復齋先生易說跋

復齋先生之書，所以傳於今者，其自得之深，不可誣也。至其立義高潔，命辭謹嚴，尤非後來說經者之所能及。嘗讀其《頤》卦義，謂動於春夏，止於秋冬，天地所以養物；動於日出，止於日入，人所以養生。《革》象義，謂澤中有火，兌見離藏，正秋時也，火藏矣，而非無。冬繼秋，春繼冬，夏繼春，父子相傳，因也；秋繼夏，金火相代，革也。何處得此精理！世以雞聲汗浹之事，疑其爲禪。夫禪者，搪揬放肆，鮮能精密。復齋戛戛至死，自恨脚短，不能更進，非禪者比也。朱子每不滿其《易》說，以其太精太密，多所穿穴，未免有瑣細之病。觀百物則知化工，朱子有一部《本義》在胷中，安得不云爾乎！讀者無以復齋之書，疑朱子過於裁抑，亦無以朱子之云云，而謂復齋之書不足錄也。此書所寄，非小因緣，不直則道不見。惜其先朱子沒，使後世無以知其傾倒。悲夫！

左氏四經傳後

予嘗謂《左氏》，非一經之傳也。觀其餐稟師門，茹毫礪削，以二百四十年之書，爲之門戶，捭闔變化，以盡平生之所聞。《禮》則其階戺也，《詩》則其疎牖也，《易》則其宧奥也，《書》則其廡下也，是可一經盡之乎？苟得而入焉，類而列之，其指歸之大，條析之細，皆可以無憾於專家，而亦忘乎其爲一書之所連及。夫合江、河、淮、泗而爲海，酌海者，不能别其江、河、淮、泗；求之江、河、淮、泗，使其勺滴，皆可以海。則夫傳之一經，與其或《禮》、或《詩》、或《易》、或《書》者，得以曲鬯旁通，而離合之已。是爲序。

書左氏四經傳後

余讀《史記》，每裂眦班掾『後六經』、『退處士』等語；讀《左》，則急欲洗『浮夸』二字之冤。子曰：『有馬者，借人乘之。』《左氏》，蓋夫子之借乘也。間以所輯《傳例》，語誦孫。誦孫曰：『是猶夸也。』曰：『夸哉！我其以弗畔也。』或曰：『子以一四，孰若四一者之渾渾乎？』曰：『子不見夫管乎？近一遠五，或近一遠六，皆啓焉，皆塞焉，不成音矣。或啓或塞，而加按抑之，音之所由生也。《莊子》曰：「廢一於室，廢一於堂，鼓宮應，鼓角應，其一絃與五音無當，而爲音之君者。」亦思之乎？』或惘然曰：『無惑乎人之言夸也。』錄成以書於左。

題孫君貞讀春秋辨改本

嗚呼！此吾友孫君貞氏之遺書也。君貞，諱宗一，爲質庵先生猶子。家其《易》學，而旁及他經，皆有論著，惟《讀易辨》、《讀春秋辨》爲成書。《易》爲專經，故《讀易辨》雖極排奡，而時有未脱舉子家語。至《春秋》，則書去弃羈，獨以意逆聖人之經，取諸傳而繩其當否，不惟不滯於舉子家語，而且舉古之言《春秋》者，或未得其一言之幾，其志可謂雄矣。書成，已爲學者抄錄。意忽不慊，於是復取聖人之經，盡去諸傳而讀之，並欲焚己所著，久之因更草，自隱元年，至桓十有一年而止，即今《改本》。又忽不慊，亦會病及之，勸成其書者，惜其病，不敢再三，而君貞於病中談《春秋》，輒奮髯揚袂，曰：『吾今似果有得於聖人之經。吾讀《春秋辨》及《改本》，皆不能盡吾意。』聞者無從而叩之也。君貞嘗受知於許平遠、黎左嚴兩君，以爲文字澹臺子羽。晚乃沈浸於經，如是兩君豈盡識之哉？墓已宿草，而余得其《改本》於其兄君達氏，揮涕讀之，卒卷，曰：『此在昔者所未慊，在今日當思其所以未慊，則於此《改本》，慎毋忽諸；不特《改本》也，於初稿，慎毋忽諸，則知君貞之所以爲《春秋》，則知君貞之所以爲《易》矣。』

批點詩集傳跋

紀子遙集，從予問《詩集傳》。予用魯齋先生批點『四書』法，勒一本與之，且告以章句訓詁、諷詠涵濡之意。問：『何謂「諷詠以昌之」？』曰：『昌，卽興也。不諷詠，則不能感發而興起，非特涵濡無地，而所謂章句訓詁，亦散落而無以自舉矣。願子思「昌」之義，以昌子之身。』

跋魯齋先生四書

自勉齋先生，至仁山先生，各有批點『四書』。茲所傳，文憲魯齋先生本也。趙考古學範，著勉齋例，黄旁抹爲綱，爲凡例；紅旁抹爲警語，爲要語；紅點爲字義，爲字眼；黑抹爲考訂，爲制度；黑點爲補不足。勉齋本不可見，讀文憲之書，以求其例，不其然乎！後世喜言師心自得，不知古人樣轍，終不足以有得也。耄矣！惟欲日置此書，涵詠數百過，庶於淵源脈絡之間，有所警動而循勉焉，亦願傳此數百本，以與讀『四書』者共之。

爲紀子抄王文憲四書點本跋

自予得王文憲《四書點本》，凡手抄數過，喜借人抄，亦喜抄以與人，然同味者鮮矣。紀子毁齒未遍，見而輒喜，故亦寫一本與之。他日能篤信深嗜，有不徒如今日之喜者，未必不以今日之喜，爲之千里足下也。若僕白首無識，誠不自覺其喜之果何所爲，持以語人，其不笑且誚者幾希。故以囑受我書者，毋若予之徒喜，則畢我餘年，復書數十本，坐而進之，亦所不靳。

刻小學緣起

昔與子舒從漁庵游，每嘆儒者不知《近思》、《小學》，僧家不識《信心》、《參同》，故板刻《近思》，將以次及《小學》。陵谷後，《近思》板燬，恆用悼惜。子舒舊讀《信心》、《參同》者，一日來卽予，謀曰：『願爲子成《小學》。』所謂『脫卻衲衣著蓑笠，來佐涪翁刺釣船』者也。自非信如神明，敬如父母，孰肯爲此迂事。隴西之序，極飛揚跋扈之雄，所以爲勸者至矣，予更何贅焉！抑朱子有言：『以古今異宜而莫之行，不知無古今之異者，未始不可行也。』通乎古今，則時可知已，刻此於喧豗之日，豈迂也哉！

題君達手鈔劉後村集

後村學師西山，而數稱艾軒。於詩喜言宗派，而不規規宗派；於文號大家數，亦非家數之可拘也，縱横捭闔，其所自得者，偉矣！集五十卷，林虞齋序。壬辰，予從韓仲弓氏借抄，始一二卷，仲弓憫予憊，遂以全帙歸之。豐草又從予借抄。甲午、乙未，與達翁同寓，凡予所得《呂氏童蒙訓》、《胡子知言》、《雙峯紀聞》等書，無不手寫。又助予寫誠齋、東萊二集，及《晞髮》、《白石》諸編。每一編成，卽相傾嘆惋，以古人不作，譬諸草木，則臭味也。坐而進之他人，其不笑且詈者幾希。

今年達翁館猶子枘、桯家，予久客歸，如秋風華表之鶴，見後生而心悸，又安能出橐中裝相餉？卽予亦自疑其昔人，抱縹緗以泣，旦夕過從，非達翁，則憔悴欲絶矣。一日欲手抄是集，予訝其闊，自分不能如仲弓舉帙相遺，又不能稍佐泚筆。不半歲而書成，縮擘窠爲蠅頭，舊本凡一千七百餘紙，今七百紙，正譌闕諱，周詳以慎。古人欲殺青以寫《漢書》，未爲勇也，因命予誌月日其後。予曰：『後村以詩名，世無知其文者，況學乎？且世方束宋人詩弗觀，於後村乎何有？幸什襲之。三十年後，當有知後村之詩，乃知後村，非特詩人。因知仲弓與予與豐草與達翁，非迂士也。』

班書序贊小引

固稱『道家者流，蓋出於史官，歷記成敗存亡、禍福古今之道，秉要執本，清虚以自守』，此史法也。故夫賈、晁之論，衛、霍之功，楊、馬之辭，有一毫殢其筆端，則不能史。昔人謂太史蓋横空之足，乃固亦汗血之駒也。或以爲蒼松之姿，而附淩霄之色，蔽離於經，流爲賦手。孔子曰：『過吾門而不入我室，我無憾焉。』於是錄其序贊若干首，原始要終，以爲質也。噫！亦要存亡吉凶，居可知矣；不激不亢，猶多微文。

述治安策刪略法

太史公綴鄒陽於魯連，置賈生於屈平，曰之二子者，三代之民，不得繫之漢。顧著陽《獄中書》，而不及生之《治安》。蓋是時，賈爲全書，不可裁節。至孟堅，而其書攙截，乃摭其大略，類因合散，約爲一章，别出《封建》、《淮南》二疎，俱入本傳。又以《積儲》、《鑄錢》分附《食貨志》上下，大要皆删潤太息痛哭中語也。觀其截鶴續凫，捉襟補肘，有方圓之中，而無繩削之迹，牽連轉動，驚猶鬼神。噫！亦奇矣。一書之成，其所埏埴，將止於此乎？世所傳奇文，安知不更幾手而後定？陳思云『後世誰相知定吾文者』，可謂名言。前輩讀《春秋》，恨不見當時未筆削本。今粉稿具在，用班、馬異同法勒出之，一出入字句之間，猶可以爲操觚者烹煉之助。計賈書五十五篇，裂取者二十三篇，各志其前後，其一篇軼《大戴禮》，今正之云。

題殷孝終先生謚議後

殷孝終先生《謚議》，定於朱子彦兼，其嗣君某介誦孫乞序於予。嗟乎！余殘形之人也，尚敢序先生之全歸哉？竊惟髮之於人，無所痛癢，而迫於死生，宜若可以避就，然志士寧死而不辱，方其絕匕匂七日，惟全歸一念，以之對天地父母，豈特引千鈞之重哉！而鄭氏釋『宣髮』，至比之『靡草』，舛也。若先生者，可以風百世。恨平生之未能親炙，而猶幸讀朱君之議，凜然如見其人。然又竊聞先生之先，出吴江因瀆之九曲港，於我里，蓋所謂『丘陵、草木之緡』也。没而祀之於社，在後死不有耿光也哉！遂書以遺之。

題王君景辰續慟哭記

王君景辰，誌其先公闇然先生殉節之月日與地，泣告於所知。所知咸曰：『自我明興，王仲縉以忠文之故，作《滇南慟哭記》，垂二百七十餘年，耿耿如一日也。今天地崩坼，王氏之後，復有子哭其父，哀鳴嗚咽，殆不忍聞，因謂之《續慟哭記》。』夫忠文以洪武六年致命。二十九年，仲縉始得至滇，茫昧萬里外，諱日諱所，俱依稀得之衆口踊躃漏澤莽礫犁鋤間，迄不得遺殖，終古銜痛。王君之父，死不越鄉閭，觀者識其色，感嘆者指其處，而王君得親含殮，殯於先廬，窆於先墓，此仲縉之所呼籲而不得者。然忠文死於盛時，天子之所襃，史傳之所揚，學士大夫之所載泐，足以施於無窮，而大慰夫爲人子者之心。若王君之父，死於其亂，使王子吞聲而不敢泣。而世之俊傑者，乃比於溝瀆之小諒，其冥且頑者，雖知之，不復能道之；雖道之，不復能信之。慟哭同而所遭或異，何王君之不幸哉！竊謂忠文啣國威命，滇爲遊魂，一死不易辱耳。若喪敗之餘，丘民天子，勢甚遼絶，而呼吸咫尺，實獲我心反難。而仲縉之記，所以不死其父者，處其順；王君特處其逆，爲尤難也。夫安知世不更有冥且頑者乎？

君父諱曰章，吴江儒林里人。世爲醫。能讀書，教童子於烏程之苧葉灘。兵搜不薙髮者得之，不屈以死。

郭孝子贊

（見《石船詩稿》第四集，此本無小序）

危齋銘

（見《石船詩稿》第四集，此本無小序）

吉祥庵重葺文昌閣小引

《天官書》曰：『斗魁戴筐六星曰文昌。第一星爲上將、大將軍，建威武；次二星曰次將、尚書，正左右；次三星曰貴相、太常，理文緒；次四星曰司命，主賞功進德；次五星曰司中，主思過詰咎；次六星曰司祿、大理，佐理大寶。』《乾鑿度》曰：『文昌六局央。』自聖人爲書契，治百官，察萬民，其職宏矣。以梓潼神當之者，舊無明文。梓潼異跡顯著，僅見孫可之集中。今道家撰《化書》，稱趙王如意以下，歷代變名異姓，語多不倫，無足采者，然相沿已久。藝林含毫吮墨之徒，以其有冥相，輒尸而祝之。我里舊有閣，在吉祥庵佛閣之東。萬曆中頹圮，先子慨焉，與一二故老，舍敗甓而新之，塑立神像，四十年於斯矣，遭兵燹蹂藉、風雨漂搖，閣傾像仆，過者傷心。住庵僧某，一日攜素冊過予曰：『子已焚筆研，壞衣冠，逃空世外，度世間成敗事，非所預聞。雖然，此子先人之志，子無力繼述，我請建鼓擊鐸，爲子成之。世難雖殷，而文事未喪，呫嗶之聲，聞於遠邇，安知英英輩出，無孫可之之人，爲神所冥相者，於以大振頹綱，興廢起墜？六司之職，匪異人任，且子具悉閣之成壞始末，强爲我序之。』於是不辭而爲之書。

吉祥庵僧修梓潼神像引

自孫可之作記後，梓潼之神，常有私於天下文筆之士；天下文筆之士，亦從而私之。佛屋不宜置神像，而猶置之者，有私之者也；僧不宜事神像，而猶事之者，因人之私而私之，非僧私之也。僧學佛者，其頽惰放曠，視人世榮辱取舍爲何等！無私於神，而神亦不爲私。顧以神像之隊剝黮昧，爲地主頌言之者，僧不爲神私，而神乃私於僧，此僧之公也，則嘗有私於神者，幸勿視爲僧之私哉！

葺震澤書屋序言

震澤書屋者，爲宋著作震澤先生王公蘋信伯設也。先生親伊川之門，來游居於此。寶祐初，時齋沈公祀於鄉塾，以先生門人陳公長方、楊公邦弼配，號三賢祠，歲久而圮。今普濟寺東偏敗屋一楹，沈之子孫，修故事爲之，非其舊也。先生之學，具朱子《伊洛淵源録》中。龜山嘗云：『師門後來成就，無踰信伯。』和靖亦云：『朋友切磋，正賴吾信伯。』先生之門，又有施廷先、方次雲一輩，流至艾軒，爲南夫子。當周、程既没，朱、張未興，使東南之人，知伊、雒之學，誰之力哉！先生之俎豆，不宜在一邑一鄉；以一邑一鄉私先生者，非也。然以先生之遊居於此，而無所表著焉。居者不知，過者不問，是一邑一鄉不敢私先生。而先生所爲，不宜在一邑一鄉者，其孰從而議之也？舊祠當輓路之衝，且寄浮屠廡下。擬當湖山之勝，買地一區，構數椽，蒐先生之遺書而刊置之，歲時展先生之像而拜焉。配以陳、楊，續以施、方諸子，度此務不爲迂，敢諗同志者。

作此序已，適董子子舒至，告《小學》書成，曰：『是舉也，吾嘗爲子併成之，如《小學》書矣。』予驚怖其言，因請其術。曰：『吾無術也。子告我曰：「有順無强。」是北宫奢之所謂毫毛不挫也。三月而成，上下之縣，豈足多乎？且吾以子爲質，以吾爲斵，子毋失其質者而已。』固請。曰：『吾終無術也。子又告我曰：「不敢私先生。」吾居苕上，不與子同鄉，而知子之鄉有先生，知子之鄉俎豆先生之非迂，知吾之助子不爲越，世豈無如我者乎？豈無遠於吾者如吾者乎？子未勉爲鄰人也。』予無以應，誌之。

吴敬夫唐詩嶺雲集序

詩以異爲體者也。《風》異《雅》，《雅》異《頌》。《風》異十五國，《雅》異大、小，《頌》異商、周、魯。

不惟是也，《周南》同，而《關雎》、《葛覃》異已；《召南》同，而《鵲巢》、《采蘩》異已。乃至篇異章，章異句，句異字。《芣苢》三章，首尾止易二字，上下止易一字，而興味迥殊。《傳》言『賦其事以相樂』，明非一人，若後世《相和歌詞》，不出一手。《左氏》『大隧』逸篇，公、姜並賦，則其例也。夫詩至《相和》，而不能不異者，詩之情也。騷不襲經，漢樂府五言不襲嶧碑、岐鼓，魏不襲漢，晉不襲魏，齊、梁迄隋，不襲晉。世所傳古詩，《行行重行行》異《青青河畔草》，《西北有高樓》異《亭中有奇樹》。至曹氏父子兄弟異也，王、劉、二陸、二謝又異，顔、陶、庾、鮑又異，以其各具體製。故今擬之者，失其匠心；步之者，瞠其逸致，足矣。夫詩至相擬，而不能不異者，又詩之情也。詩法以唐爲斷，唐之爲唐，自昔有初、盛、中、晚之異。初異虞、魏、蘇、張，異王、盧、楊、駱，異陳拾遺，異沈、宋；盛異劉、王、孟，異高、岑、崔、常，異李白、杜甫；中異錢、劉，異韋、盧，異元、白、韓、柳、李、孟；晚異杜、許，異溫、李，異陸、皮、方、薛。此其大畧也。猶且燕異許，王異楊，岑異高，李異杜，元異白，皮異陸，雖同好並稱，弗能齊矣。況乎一人之身，而初終異格；一時之作，而憂樂異感，不自知也。夫詩出於己，而不能不異者，亦詩之情也。故有累牘而無當其平生，單詞而遂關其氣運，讀之者置其千百，取其一二，必一二之異於千百也；置彼之一二，取此之一二，必此之一二，異於彼之一二也。且前置而後取之，必後之有異於前也；中置而外取之，必外之有異於中也；細置而大取之，必大之有異於細也。夫詩不出於己，可以已概之，而猶不能不異者，又詩之情也。夫異生於獨。作之者用獨，獨則異，兼則不異；選之者用兼，亦用獨。獨則不自欺，兼則不欺古人。兼而獨，則不爲古人所欺；獨而兼，則亦不欺今人。降而宋，有歐、梅之宋，陳、黄之宋，范、陸之宋，林、謝之宋；降而元，有虞、揭之元，貫、薩之元，黄、柳之元，倪、顧之元。

亦各以其異者，自樹一時。今選宋、元者，不異之求，而惟同之徇，曰：『吾以其似唐者而已。』正恐削觚截鶴，唐之不似，而宋、元已失矣。究其根本，不在失宋、元，在失唐，亦知唐之爲唐者乎？東坡有言：『地之美者，同於生物，不同於所生。惟荒瘠斥鹵之地，彌望皆黄茅白葦。』此今日言唐者之大病也。故欲開四唐之門徑，先正四唐之眼目。敬夫氏《嶺雲》選成，一日過余，縱談及此。其所選者，未必不同濟南，而有異於濟南；未必不同竟陵，而有異於竟陵；竪亞一目，非常目也，炳炳然有不肯自欺，以欺古人者，所以不至於爲古人所欺，而還以欺今人也。請以吾異之說附之。

句山詩序

蔡潯，字希陶，世爲吳包山人，受詩法於葛振甫氏。庚戌之亂，棄其家，獨負母入湖城西霞霧山中。居二年，事稍稍定，母得就其愛弟，迺出訪其故人於湖陰，僦賃以寄其妻女，身爲弟子教授，資茗粥焉。無何，女復殤。歲時諗母，兄弟連牀道艱苦，各欷歔不能即别。每自恨言：『於陵子居平世，非有大不得已，何忍獨與緋纑婦支拄藜藿鼪鼯之境？』無聊不平，輒託之詩。其教童子也，一依考古學範，雖至頑獷，卽無不坐立記誦如程氏。又病學者點畫偏旁之多誤，作《辨訛》數萬言。又往往就經書夾行，用魯齋、仁山批點法，迪以程、朱遺意，無不謂蔡先生眞儒者。從事蔡先生者，至育子，亦願復事蔡先生。無顧其詩，獨故人知之，以爲包山詩，自林屋先生後，有以寧氏，獨響琅琅，其最著已，然不處希陶之時，無希陶之志，猶以爲無病而呻吟者也。讀希陶之詩者，可以感已，稍節之爲若干首，從所感也。包《漢書注》作句，遂以名集。故人者，吴江西廬張某也。

沈仁枝七音韻準序

準者何？則也，有物有則。格物者，格其則焉耳。仁枝子以格物之學，旁通乎七音。人身有牙、舌、脣、齒、喉之物，因以有合、開、捲、齊、撮之則，全之半之，輕之重之，無不出於自然。故公、贛、貢、轂，有自然之平仄焉；公、空、嵲、峣，有自然之清濁焉；昆、官、庚、干，有自然之翻切焉。縱之四十二韻，横之三十六母，有自然之經緯焉。鱗次櫛比，於以齊五聲二變，如根莖花葉之相生而不可亂，如父子昆弟之一定而不可易，如鸛鵝魚麗之百變而不可窮。驟而尋之，雜而舉之，莫不有其本音。如響之斯答，如蓍龜鬼神之酬酢〔一〕，而百姓可與共知能〔二〕。噫，亦奇矣！而又爲之立等類，以約溫公之繁；辨宗派，以盡唐人之巧。譜統者，以見字母、字祖之同條；詳收音，以該字頭、字尾之極致。蓋自陳先生獻可《皇極》之已行，而仁枝爲之忠臣；唐子灝儒《小學》之未著，而仁枝爲之先得者也。先是，仁枝之書未成，予以詩促之曰：『此是格物第一義，書成而以準名知。』準之爲準，乃知格之爲格矣。今學者好言希聲，此無物之物也；旁求詰屈〔三〕，此溺物之物也；支離訛謬，此蔽物之物也，孰知自然之天則哉！仁枝又有《轉聲經緯圖》，以準吴才老《古韻》；有《三聲經緯圖》，以準周德清《中原韻》，以圖古今南北諸韻之不同〔四〕，皆已次第成書〔五〕。余特慫恿，請先出此種，以爲學者之彀率，餘則徐及之爾。

【校記】

〔一〕『龜』，康熙五十九年刻本《七音韻準》卷首作『策』。

〔二〕『共』，康熙五十九年刻本《七音韻準》卷首作『其』。

〔三〕『詰屈』，康熙五十九年刻本《七音韻準》卷首作『弔詭』。

〔四〕『以圖』句，底本無，據康熙五十九年刻本《七音韻準》卷首補。

〔五〕『成書』，底本無，據康熙五十九年刻本《七音韻準》卷首補。

跋刻證人譜

《證人譜》者，念臺劉先生之所以爲教也。先生未沒時，刻於越中。後十三年，朱子相氏復刻於潯上。嗚呼！人者，人之所以爲名也。有實之者，不倍於天，不墜於禽，不責於鬼，而以其實之者名之，是先生立教之大端也。證者，驗也。如先生之人，可以自驗，可以衆驗之者也。不必驗之異日，而驗之平時；不必驗之死生之大，而驗之小物細故。逮夫驗之平時者，猶夫其異日；驗之小物細故者，猶夫其死生之大，而後知先生之教之不誣也。譜者，牒也。是卽其自驗、衆驗者之案牘也。抑譜者，種也，族也。一念爲之種，卽念念爲之族；一事爲之種，卽事事爲之族，所謂不出乎其宗者也。抑有其一念，有其念念者，皆可以爲之種，爲之族；有其一事，有其事事者，皆可以爲之種，爲之族，所謂不離乎其宗也。先生所以率天下之人，皆顧乎其名，皆思乎其實，而無負乎斯譜者也，是先生之教之心也。

而或者以篇首『無善』二字，猶爲先生之粤吟，非善學先生者也。

子相，文肅公之孫，從吾友沈尹同子游，樂善不倦，庶幾服先生之教，以自治者〔一〕。憶甲申之歲杪，予得晤先生之友玄趾王先生於潯上，玄趾盛稱此書。其明年，玄趾遂與先生俱成千古。竊謂玄趾在潯，宜有俎豆。今是書之刻於潯，倘亦玄趾之意也夫！刻成又三年，歲在屠維閏月之朔，後學張傕謹跋。

【校記】

〔一〕『治』，汪曰楨《南潯鎮志》作『證』。

雲門語錄序

洞上之宗，自宋宏智以後，無光大於世者。至我明，始有散木禪師，挺生東粤，振起中落之業。雖其淵源，遠有端緒，而規模宏廓，器識高明，非當世可得而量也。觀其驅霆破山，鞭石吼血，使書文執僞之徒，望風裂腦，豈區區繩墨語言之所激發者哉！今往弁山瑞白雪公，其克家子，親之最先，得之最後，蓋偃蹇數家之門墻而幾失之。是亦見其牽鈎斷繙，驚揚震蕩，有不可急於湊泊者已。其《語録》舊有二刻，詳簡不同，貞繁互見，雪公復節成若干卷，較之先刻，殊爲精要。雖人情喜略，曲被時機，而又見父子振成，借言顯發，木頭碌磚，實無奇妙。苟能尋流返源，識其終始，是亦欒城所謂『拊手一笑』者也。余非知禪師者，幸游雪公之門，故敢僭弁其簡端。

爲霞霧山慧融師乞增置山田引

『百丈以前巖穴士，生涯只在钁頭邊。』蓋石屋老祖家風如是，耿耿三百餘年，雲仍守之不替，所謂山田三畝半者，故無恙也。但原田臨峭壍，一二日不疏治，則鞠爲灌莽，而桑海後，爲蟣蝨胥疏其中，僧棄耒以逃，則田且石矣。況時平廬落殷羨，失於田者，僧縱不求，未必無所償於田之外，此際則何所恃乎？不恃於田之外，而益不恃於田將钁頭之證，徒予欺也。於是欲於山之下，擇平衍耐水旱者，別置一區，以補原田之不虞，使於彼於此，不至無所恃而已。

予與慧融交，垂三十年，而融與蔡、沈二子，前後相知，憫其老而窮，故願爲之建鼓。其應之者，爲我三人，則拜之；爲慧融，則弗拜也。

新浦寶林寺緣序

瀕湖數十里，廬舍丘陵，竹木葭菼，暎以湖山，如鏡中像。佛屋亦鱗次，鬻魚相聞。予家儒里，一日足力所及，裁至寶林。而衲友散公爲世誼，韻勝不減少覿。其監寺睿生，又余幕阜同游時，汲泉采蘭客也。不能數過，猶夢見之。乙未五日，散公纙褷來，相慰無恙外，出靜嘯所題舊疏，曰：『我寺創於唐，歷宋，更幾廢興。萬曆中，靜嘯噓而植之，頗還舊觀。今字劃猶新，而曩時閣橐之迹，日就傾圮。顧主事者不德，無以率遠邇之望，而動其嘆息興復之思，欲別請名碩，肩任兹事。又卒無應者，則隕越是懼，且奈何？』曰：『予時患公之不自克耳！夫興廢之故，孰不慨焉心憫，而以里多君子，其轉敗爲成、吹陳爲新者，比比也。顧環視而未發，以公卜也，公不自克，而諉之他人乎哉！』公白頭舉事，不萬全不發也。

重建慈濟庵序即諺名靈觀音廟

慈濟庵廢址，在邑西鄙，與湖錯壤，地名叢雜。崇禎間，有嫗析薪，得樹根，類菩薩像，尸而祝之，倏忽騰躍，遠邇翕然，以蘄嬰起疾，至者肩相摩也。未幾，焕爲金碧，故相國朱文肅公爲書其額。又未幾，以里僧攫拏相爭訐，有司不能平，以聞，命毁之。文肅以書額，鬱悒抱疢終。嗟乎！一嫗無故以興之，數里儈以無故敗之，何成毁之暴也！自是鞠爲灌莽，不可銚鎛，以虚租累里籍者餘二十年，然慈濟之名，登之負版，亦已久矣。

翠峯僧超澍，一日謁里之耆老而請曰：『此地以起滅累菩薩，又以甌脱累地主，有其廢之，莫敢舉也。雖然，因地而倒，還因地起，澍不材，縱不能明正法，以去眯夢，釋菩薩之累，獨不能作一香火粥飯僧，拾甓剪莿，供輸歲租，以釋地主之累哉！且變革以來，是處修舉，斤斧之聲相聞，獨此如犯國諱，噤不敢發，無乃先朝所以懲愚嫗里僧者，以衛菩薩也。其旨不明，而終以爲菩薩之累；爲菩薩之子若孫者，又不能出死力以爭菩薩之不爲彼而爲此。睍而視之，其顙泚然，則自釋其累之不暇，而又何以釋人之累也？』里之耆老曰：『此地閱僧多矣，無如澍之近實者，是必能釋我累，以釋菩薩之累，則庶幾釋慈濟之名之累。文肅九京，或有興起者乎！』撥亂反正，於澍乎有望。

歲交詩序

予得交此翁，因漁庵。時漁庵居南城，方卻黄蘗嗣書，閉關高枕，人罕識其面。而此翁、孝章、醒公諸君子，獨晨夕焉。此翁兩節母尚無恙，每炷香瀹茗，先共二母，次以及客。指之曰：『吳中詡一石像，此迺吾維衛迦葉也。』既此翁以孝動天子，兩節母死生得褒揚，至顯榮矣。漁庵忽忽棄南城去，未幾，天地崩圻，寄命戈鋋。以此翁之孝，至不能躬其親之含殮，而漁庵亦流離委瑣以殁，舊日吟風弄月之地，轉盼爲灌莽，斯何時哉！而此翁乃以君親無窮之一舉，而注之於漁庵十餘年間，擇潯南沮洳之地，爲琪琳香谷。凡漁庵之所欲爲而不得爲者，靡不爲之。不知天之借此翁以成漁庵，抑亦借漁庵以成此翁也？抑漁庵之於此翁，各自有在，兩相成，安知其不兩相落也？今漁庵之窣堵巋然，而兩節母之遺像在室，每過其處，高風謖然，仿佛南城時，又不知今之時爲何時也。

《歲交詩》者，此翁自譜其流離廢興之迹，因日月之終始，而爲之永言寤嘆者也。首某年，繼某年，某年以暨於今，志其初，志其變，而特未得其止也，是義熙以後之甲子也。醒公已矣，孝章猶在，尚可得而適其意也。

書潘子勉訂交後

《易·同人》曰：『大師克，相遇。』《同人》之究爲《師》也。《旅》『先笑』，《同人》『先號咷』。今之交皆《旅》也。酒食徵逐，拍肩執袂以爲氣合，皆『先笑』之類也；讀潘子《訂交》，其知『號咷』之義乎！而潘子獨堇堇然，思其所以自克，而求其所以相遇者。潘子之訂交，潘子之善用《師》也。夫君子無無故之合，不愛其親而愛他人者，謂之悖德。潘子之至性，於其親，及其兄弟姊妹，洋洋如也。而後以其得親者信友，雖形格勢禁，夫孰得而間之？而又成己者，必能成物，此《師》貴以衆正也。潘子之辭，婉篤而深厚，蓋將胥天下而反於其始。爲潘子之交者，能終思其所以克，而慎求其所以遇。《詩》曰：『神之聽之，終和且平。』我爲潘子之《訂交》誦之矣。

儒林北孫氏族譜序

吾里各不越二三百武，以進士起家者，凡三孫氏，皆不同譜。里人以其居，命之曰西，曰南，曰北。云北孫之族，則世所師尊質庵先生實大之，而景戌之難，先生之曾孫孝廉以節死，家並燬，里之人，遂指以爲戒。而故老之欷歔者，亦以爲先生之德，不以庇其後也。嗟乎！二百七十八年以來，得一士如此，亦足以報菁菁之養，而淵源所自，先生之俎豆，爲不孤矣。嗟乎！如吾里三氏鼎立，今二氏者子姓湮滅，至無以寄蒸嘗，俱不免王承福之嘆。安在不以節死，遂得不死？而不以德庇其後，或容有他術也。雖然，今其族流離轉徙，靡因靡依，抱桑栗以居者，亦惘惘然無以自固，其不爲里人之戒者幾希。

君達氏傷之，遂舉其譜，依蘇氏法，斷自先生之祖，始遷儒林，直齋公以下，別爲圖系以傳，使子孫知所根柢，亦呼天反本之意也，其居心厚且遠矣。夫族之良，猶種之美也。種之成，其登之粢盛、卮之春簸者，所餘無幾，而言美種者必歸焉。然則先生之德之長，豈有既乎？君達者，先生猶子，即《易參疑序》稱弟仲光之冢嗣也。

外舅祖聽烏孫先生小像記

蓋吾里百年前，南孫氏有兄弟兩碩儒，曰皃江，曰南衡，於書無所不窺，躓於場屋，皆以明經終，各戒其子，毋習舉子業。其後南衡之孫成進士，累官至方伯，則南衡既食其報已。皃江學過其弟，嘗爲學使者委軒《臺省寶鑑》一書，凡數百卷，期年而畢，書寫吏二十輩不能給。先生爲皃江子，最篤古誼，以先產讓其兄，獨與其配石塚丁夫人耕饁起業，別創橋東一區。宅成，有父老周視其藩落，策指其室曰：『師子牽毬，只見師子不見毬。』言訖而隱。丁夫人賢能，盡護諸比鄰，使無間言。子行素翁，即外舅，與方伯復爲兄弟，相頡頏庠序間，竟不能達。內弟黃初甫精心妙詣，能探濂洛家閫奧，又喜讀《通鑑》，述《人事歲編》，書未及成，以病先行素公卒。

子偰從予遊，自皃江至行素公，三世皆有画像。乙酉、丙戌之間，再掠於兵，像不復存。己亥春，偰弟珪從破篋得敗縑，振拭之，乃先生遺容，雖漫涴，猶可别識。其秋，適郡名手張永暉至，僕方病，流涕語予：『聞永暉工臨摹，其所寫吳中往哲，皆生動，倘可爲僕謀之否？』予謹諾，則請其遺縑，以叩永暉。坐稍定，永暉卽伸紙振筆爲之，翕然神肖，與予兒童時瞻拜者，丰采鬚眉，至巾舄衫袂，一無今昔之異，疑有鬼神行其間乎。凫江之後，習舉子業者，率不食報。聽烏先生不習舉子，惟以先命爲㢄㢄，此誠知所重，有不以人世之菀枯爲菀枯者。遺像之傳，良有以也。世多疑老父之語，或未盡善。予請釋之曰：『但恐其非師之子耳。果師子，不繫其毬不毬也。』此老父所以告後世之意也。

吳淒孫氏族譜序

孫氏之先，自元綏由長興四安，始遷吳淒，四傳爲平叔。平叔子琳，既有二孫，曰江，曰海。平叔晚有庶子曰瓏，幼以屬琳，令子之，遂易名洪，行第三，從其二子析產。然琳終不敢夷弟於子，其稱謂之間，及於訓告丁寧，未嘗不三致意焉。其後瓏之子孫日繁，能讀書，多遊黌序，有登甲科者，謂名不可以不正，譜不可以不辨，自正名辨譜之説起。而琳、瓏之後世，日相齕齮，孫氏之譜，幾不可復問。有進説者曰：『眉山蘇氏之譜，止於五世。瓏之後世，自宗瓏而祖之，不啻五世矣，奚紛紛者爲？』瓏之後世聞之，輒泣曰：『吾祖自長城轉徙，以斬艾此地，迄於今，不數傳。春秋蒸嘗之會，不能及千指，忍離而二之。且平叔之所以屬其子，與琳之所以保其弟者，其德安可忘也？』此吾辨譜之意，有在於正名之先者。

原扦氏一日手其譜，乞予序，且述先世之故，以譜之不辨爲憂。予曰：何憂哉！世次之昭然者，雖百世不可易也。而以兩家子孫不能善承祖父之志，致德隱於爭，實亂乎名，不聞墨胎之求仁乎？瓏之後世，能以父命爲尊，雖子子孫孫，以弟而降子之列，怡焉安焉，不敢稍有所戾焉。尊琳之後，所以尊平叔也。琳之後世，能以天倫爲重，雖承訛襲舊，以子孫而改祖父之稱，翻焉勃焉，不敢稍有所蕲焉。重瓏之後，所以重琳也。行見義風洋溢，皆將有鳳毛麟角之聞。而一家讓，一國興讓，其霑被豈有涯哉！原扦其慎保此譜，以俟風俗之成，不蕲正名，而名已正矣。

震澤楊氏族譜圖跋

震澤楊君巨彥，手其先世譜圖，謁余寓齋，曰：『以子惓惓於福清王先生，則應知我祖。吾祖蓋與步里同配，稱三賢者也。』予驚喜，執其手曰：『紫薇先生固有後哉！』始余館震澤沈氏，定軒桃源洞遺址在焉。紫薇墓，當左牖間，余每率諸生，以杯茗奠之，乃今得見其後人。閱譜，自先生至巨彥，爲二十世，間無達者，然先生之子孫，正不以冕紱爲榮。先生之書不傳，而先生之志可則。方先生棄其鄉，而從游於此，豈以王先生爲鄉里之舊、葭莩之親？道在焉耳。其後沈山長，輒主先生而俎豆之，亦道在焉耳。故道之親，親於父子；苟非其道，雖親爲先生之子若孫，未見其有當也。然則世之所謂達者，相矜以崔、盧，相夸以閥閱，曷足道哉！巨彥幸爲大賢先生之後，當思所以不負乎先生者。去今五百歲，其人若存，相與振拔而興起，謂世譜卽道譜可也。若世之君子，志伊洛之學，過三先生之廢祠，挹其流風，而思見其後人者，則有巨彦在。

與孝章

兩月前子舒來，能道老兄近履。蓋我輩物外人蹤跡，惟物外人領略之，雖親子弟，絡繹其間，不能知父兄之志，則等於面牆而已。拙集妄付梓，自去歲已成。中二集，因首集失去，遂無意竟其事。三十年心知，惟老兄一人，非老兄誰能明其不得意者？世以一『宋』字，一『僧』字，量弟之詩，極不敢當。然弟心終不服，非老兄亦不能灸病得穴也。子舒行急病痁，勒此玄宰小畫一幀，附供。

與沈倩

王母食息何似，俯仰承順，知足下於庭闈素有學問，故不面逾久，而烏石望州，無日不相見也。古人云：『得意一人，是爲永畢。』登高行遠，皆自此始。弱息蠢蠢，類非不可教語者。兒女子之私，不能不懷，琢磨成就，亦相勉於難而已。及王行吟憔悴，殊不忍觀。天下事苟不決絕，則人倫之合，不自今日，黽勉同心，不宜有怒。從來弱國之臣，寒士之妻，一倍難處。倏忽百年，已將過半，不宜更示乖端，生他人齒頰，以足下善於自處，必能委曲調護，使之幡然。囑囑。

劉承雲七十壽言序

承雲劉先生之七秩，其嗣君萬公及門人王公範等，合詞以請鄉國之高賢，丐詩若文，以爲先生壽。曰：『吾父吾師，不屑一世之榮名貴仕，而專圖其所好，手一經，咀而嚼焉，不知有寒暑飢渴，以是自處，以是語人。故爲之弟子，信之如其子；爲之子，信之如其弟子。』噫，有是哉！賢如仲舒，弟子不知，以爲大愚；達如淵明，而無令子，至引天道以塞悲。又其甚者，如昌黎恐其或悖於籍、湜，而不能不貽誚於鉏車。然弟子之譽可獵也，子之言不可罔也。世固有貿貿焉，終其身，不知父之所交何人，所讀何書者。即或匪甚弗類，而好尚不可以强而合，知識不可以强而齊，故父之信於其子者鮮也。而又跡昵者狎，習常者怠，父有信子，可以觀父矣。抑今所號爲師爲弟子者，座主耳，門生耳，榮辱得失之所在，如市賈焉，豈有傳道、授業、解惑者，如退之所云乎？其間呫嗶之徒，曰師曰弟子，非師有遇焉，弟子以爲倖，則弟子有遇焉，師以爲寵。若蕭然環堵，聲光闃寂，彼此非有所借，而曰吾師乎，此其所以信於其弟子，亦必有其故已；若先生者，內足以信其子，外足以信其弟子，合詞以請，不戒以孚，其詩若文，纍之成集。頌先生者，凡以先生盛德之充，慎思其所以得此而已。

徐田畢氏靜室引

適與諸生講《孟子》『德慧章』，商聲從徐田來，曰：『畢氏姑，以煢煢孤嫠，上奉老姑，下撫稚子，捋荼蓄租，艱苦備矣，能以其餘力讀佛氏書，出語有經生所不到者。有從姒項，亦以孤嫠，且無子，讀佛書先於姑，日夕過從，相慰藉，必以佛書。行且葺其先人之棄椽，置佛書，緇薙其中，爲夏日冬夜之計，語我姑曰：「燕燕於飛，行以待子矣。」是可不謂疢疾中來耶？而惜其相率於佛也。』余曰：『佛何病哉！佛者，蓋孤臣孽子、貞夫怨婦之蘧廬也。是人也，天不能蔽，而佛蔽之。不得於天，而託於佛；託於佛，可以無憾於天，非直無憾於天而已。又能思天所以成之之意，是天不惟借佛以釋憾，亦且因佛而致其意於人也。天之與佛，豈不足以交有所發，而增夫三綱五典之重者耶？吾嘗觀古人，如元城、道鄉、了翁、子瞻、魯直輩，其於君父之大，與生俱生，與死俱死，未可謂盡出於佛，而亦未嘗不佛。即今天地崩坼，其相攜而逃於佛者，大都嚴氣正性之人也。佛何病哉！此二嫠之相率於佛，又何病哉！且道非男女殊，安見經生之必勝於綦巾？淳夫之女識心，伊川稱之，是固非尋行數墨者所可量也。雖然，因緣時節，遲速不同，若項之無所顧藉，斷然欲行其志，知之者非特不宜沮之，亦宜有以助之。若夫無子而代人爲之子，無父而代人爲之父者，心無不同，而事則有異。天又將以其難者，專責於斯人，而益以諗其得於佛者，究竟何如也？商聲當有以告之。』

西廬文集卷二

鄭汝聞字説名柞

澤之菌兮，招予以佩兮。信紛紛兮，道阻隘兮。山之叢兮，結予以言兮。信蘢葼兮，道阻深兮。唯聖人之無隱，噓與吸其不離。苟余情其信芳，孰異教而相師。愍諳叟之卓卓，寄司南於晦堂。知鼻徹之爲顫，灑秋院之洋洋。是道也，吾道也。性也，有命焉，如秋陽之皜也。趨爾庭，步爾祖。爰作辭，質諸古。

與斯錄自題

歲辛丑，余臂膝疾作，支拄小樓中，書楣間曰：『一點殘山一行樹，半灣淺水半間樓。』好事者爲足成小詩，頗誚予以筆墨致勞。正月末，遭萑苻，青毡不存，繼而家難洊起，顧影自畏，平生之所尊聞，至此茫無用處，亦且慙其兒子。因憶古人都從憂患疢疾中討活路，支離委頓間，輒復取古今簡編而究圖之，其炯然而不余欺者，固自若也。勞於筆墨者，仍以筆墨解之。孫敦不忍予勞，時或代之。《春秋》以後二千餘年人物，約畧以『進取、有所不爲』六字爲案，以子夏論學、子路問成人、子貢問士三章爲斷，定爲八門：一曰宗儒，二曰命世，三曰本行，四曰大節，五曰高蹈，六曰傳經，七曰翼教，八曰藝學。總之，不離三代之遺者近是。雖所入之人，各有所擬，其先後則因乎世，不類別也。總此二千餘年，若一氣絪緼，亦無從而別其爲古爲今，間以吾人擔荷不力，獨病在委薾，故格外收一二氣魄力量者以振作之。有是病，則服是湯劑。一編之中從初至卒，無不可以自藥也。編成顏曰『與斯』，非敢竊畏匡之義，亦聊以自警云爾。

宋文憲濂

王者興，必有名世，豈不信哉！將以起禮樂，成教化，非苟焉而已。故開創之臣與開創之君，一也。《書》曰：『尹躬暨湯，咸有一德。』使氣象有幾微之不相似，精神有幾微之不相入，不可謂之一也。有其人，無其遇；有其遇，不竟其業，君子傷之。方文憲就徵金陵，一時宿儒老師，抱禮而歸太祖者，雲和響應，而文憲裒然膺主器之託，贊襄輔導，彌歷年所，黼黻賡颺之作，煌煌乎燭四裔矣。迺吾論次其傳，有不俟茂州之終事，而先爲之咨嗟嘆惜者。典禮重事也，兩生不行，識者譏之；叔孫綿蕞，學者陋之，以一議之稍稽，而即投之遠縣，則凡所爲郊廟、山川、祠祀、律曆諸典，得毋有倉卒而應之者乎？太祖曰：『景濂非唯君子，可謂賢矣。』『九經』尊賢之目，在敬大臣之先，不委諸職司之守，而專收其論道經邦之益，似已。漢武不冠不見汲黯，醉之以酒，而觀其跛倚，詩以爲歌，以示子孫，此何體也！乃或使人微覘之，客幾人，蔬幾品，卒然問之，以徵其信否，則末世之所爲譏察，而豈握手披心之舊，宜有此哉？至於束帛之賜，曰『朕最慎賞，嘉卿故賜』；贈行之褒，曰『功成身退，惟爾獨全』。夫臺肉亟餽，子思艴然；出晝濡滯，孟軻猶望，其進退如此。夫亦有精神之不相入者乎？高宗夢傳說則日親，太祖夢文憲則日疎，此其驗也。文憲之學，出於金、許，而又奮然欲振東萊之墜；受古文於黃、柳，故英華之氣勝，雜博之功多，又旁溢爲佛、老，其負荷之不力也。寬仁泛愛，上或問廷臣臧否，第言其善者，善善有餘，而絕惡未嚴，其決擇之未審也。書『溫樹』於室中，以慎密不泄，爲藏身之固，其畏葸之太甚也，則氣象之不相似也。故終其身，以文墨風議自居，而上亦止以文人目之。雖其獻可替否，有古大臣之所不能，而未有招之不來、麾之不去之概。嶄嶄於朝宁之間，暨汪、胡之覆餗，亦未嘗有先幾辨姦之論。而第以其小心謹畏，揣揣若不終日者，以爲苟幸無罪而已，是豈人之所望於文憲者哉！蓋至變生不虞，親視子孫之屠裂，身雖幸赦，猶桎梏道死。讀遜志籲天之文，未嘗不爲之流泗也。要之，文憲之大節，在預教太子，副天下之望，以此謝太祖之知己，幾麗於辟，太子乃爲之赴金水河，以死救之，曰：『師亡，義不獨生。』公得此於太子，雖萬被戮，豈有悔哉！懿文之不祿，天乎！何獨爲公惜諸！

王忠文禕

天下有以聲取之者，有以實取之者。酈生之聲，淮陰之實，不相掩也。必不得已而用實，雖先之以聲，而不能遽動。火之熟物，在晷刻之間，實未至，則不可以遽糜；草之麗地，有絲髮之繫，實未至，則不能遽絕。太祖之於雲南是已。太祖之天下，皆以實取之者也。其所爲書辭遣告，先之以聲者，特以寄其仁天下之心，而未可必也，曷嘗不用師武臣力哉！既定蜀土，乃欲以聲取雲南。夫雲南之不可以口舌爭也，太祖知之已。蒙古之滅大理也，在寶祐之元，以次畧定吐蕃、交趾等，而後及宋，其深根固蔕，已非一日。太祖卽位之五年，而梁王尚擁全滇，朔北造孽，信使往來，猶欲爲連兵共拒之計。此時無論諭之不從，卽諭之而從，恐反側子終未安也。三齊之七十城，無淮陰之摧壓，謂酈生能堅之哉？太祖知之，而有忠文之使，何也？此其仁天下之心，所謂姑以其聲先之者也。說之行不行，太祖固不能爲忠文必，而事之濟不濟，亦必不爲忠文罪。彼蘇成者，何人哉？身爲正使，而忠文爲輔行，踰年見殺，不聞劍及於寢門，車及於蒲胥，遽興問罪之師。又明年，迺以罪赦吳雲，使之繼往。夫吳雲，又豈有加於忠文者？沙糖之變，卒與俱殉。蓋前此良將勁卒，方聚於北，勢有未及，而至此則所以厚彼之毒，作我之氣，併力而爲十四年之一舉，不幸而忠文當其阨。太祖之仁天下，而獨不仁一忠文。嗟乎！命下之日，舉朝危之，而忠文忻然就途，固已置死生度外。身爲儒宗，佩服有素，豈造次之可移，威武之可屈者哉！攀麟附翼之徒，裹屍牖下者寡已，而忠文卓爍千載，則太祖所以詘忠文者小，所以伸忠文者大也。德宗以盧杞之言，棄真卿於希烈，太祖卽不得以德宗比，而忠文之行，安知無大臣絳、灌者？陽爲推轂，而陰爲排擠，要知所以成忠文，非陷忠文也。假令忠文不死，得竭其黼黻潤色之才，亦不過爲宋文憲，終浙東二儒者之名，而死生之間霄壤矣。有謂忠文之材，胡不能如班定遠之在鄯善，夜圍虜使而殺之，以立奇節，又不能如陸中大夫，片言而折蠻夷之膝。嗟乎！蹭蹬萬里，闃寥空館，事固有未易懸度者，而我以新造之輶使，彼以久定之君臣，尚口乃窮，何如致命遂志之得所哉！況其所以諭梁王者，不慴之辭，不欺之實，亦幾幾乎有以感動之矣。君子讀《滇南慟哭》之篇，不能不沾襟焉。

李韓公善長

太祖嘗以蕭何許韓國矣，雖韓國亦以蕭何自許，我爲之讀《史記·蕭相國世家》，而矍然若失也。拙手之臨摹法書，贋賈之作商周彝器，點畫位置似已，而風韻不似；款識丹青似已，而神采不似，識者鄙之。惠帝二年，相國何卒，謚曰『文終』。『終』之一字，不見於謚法，而史臣以此概何之生平，在《易》《坤》之《謙》曰：『無成有終。』『終』也者，臣道之大全也。知蕭相國之終，則知韓國之不終，不可同年而語矣。

論者曰：『其同起豐沛，迹相似也，未也？相國轉漕給軍，韓國亦轉漕給軍；相國鎮撫諭告，韓國亦鎮撫諭告；相國法令約束，韓國亦法令約束；相國立宗廟社稷、宮室縣邑，韓國亦立宗庙社稷、宮室縣邑。依日月之末光，謹守管籥，幾與閎、散比烈矣。』相國之功，在發蹤指示。康茂才之間，謀之韓國，韓國曰：『方患之，何速之？』帝語之故，而後稱善，是其智且不能與追殺獸兔者等，惡足方相國之功人哉？相國進言韓信，卽禽羽定天下，及信有反謀，與呂后計而誅之。韓國薦一寧國令，卒與俱殉，蒙首惡之名，陷篡弑之誅。相國專屬任關中。彭蠡之役，韓國在內，可以無東顧憂，何必使中山疾驅，而上始肆志也？至相國之得人，有非其意計所及者，鄂君、王衛尉等，明之於上；鮑生、召平等，匡之於下。韓國所與遊居，非其親昵，卽子弟僕隸也。平時無大人長者之交，故東甌得以攘臂，而見排斥養，亦得以希旨而告密矣。相國素不與平陽相協，及病乃舉以自代。韓國能調護諸將，而始終不能容一文成。文成之濩落以死，雖曰惟庸閒之，恐韓國亦不能無責也。以蕭何自許，謂之何哉？至於古劍玉壺之毒，十年而後發；昭示姦黨之詔，三申而首及。身名狼藉，妻子參夷，較之爲民請苑，繫而得罪者，其終不終，爲何如也？

李贄曰：『太祖之寬仁過於漢高，而諸臣卒無體其心者。』可謂篤論哉！王國用之疎，卽無救於生前，而猶爲之別白於身後，雖謂千載一衛尉可也。嗟乎！以太祖之鑒裁親與同事，豈其失一韓國？夫旣以蕭何許之矣，雖其終不終，不具論，而所以爲蕭何者，自若也。吾是以益讀蕭相國之世家，而不能無惘然也。

徐中山達

天之生物也，以春夏秋冬爲之寄，無春夏秋冬，非天也；以雷霆風雨爲之用，無雷霆風雨，非天也。故人臣有代終之義，而無自功之心。若夫春之煦，不必爲夏之烈也；日之暄，不必爲雨之潤也。備四時之氣，而全生生之仁，不崇朝而瀰漫，斂神功於寂若者，非人之人，乃天之人也。嗚呼，中山其庶乎！世謂太祖之有天下，十七皆中山之力。夫什伯而數之，分刌而較之，非太祖之所以待中山，而亦非中山之所以自待也。讀堯、舜之典，自寅賓出日，曁寅餞納日，孰非文思之功？自東巡守，至於岱宗？暨朔巡守，至於北嶽，孰非羣后之力？君臣之交，其脗合無間者，若是而已。彭蠡之戰，慨然以身當勍敵，而使居守。太祖之於中山，蓋不啻如一身然，不知左之爲逸，而右之爲勞也。淮陰登壇之策，諸葛隆中之計，皆預定自下，而上從之。若中山之功烈，其次第始終皆預定，自上而下奉之。首山東，次河南，次潼關，乃舉元都，振雲中、九原，席捲關、隴，抵掌數言，曾無毫髮之爽，燀赫如天地，震驚如鬼神。中山雖欲自以爲功，且不能已，其後嶺北之挫，曾不稍致譴呵，若身當行間，而習其利鈍，又不啻如一臂之屈伸，不以伸之爲勇，而屈之爲怯也。蓋至草創方新，而太公、鄧禹之目，已見於贉辭，榮哀已極，而昭明日月之褒，親書於貞石。知臣莫若主，千古其有二哉！乃中山之所以致此，則有由已。楚懷王諸將曰：『前陳王、項梁皆敗，不如更遣長者，扶義而西。沛公素寬大長者，可遣。』酈食其曰：『諸將過此者多，吾視沛公大人長者。』斯二說者，漢高之所以有天下。而太祖用之以擇將，故曰：『朕視其所以動靜語默，悉超羣英。』又曰：『言簡慮精，命出不二。攻城不屠，與人不戲。受命而出，功成而旋，每不自矜。』此太祖之所獨得，有非金石所能間者。而中山之所以輯寧方夏，太祖之所以混一區宇，不可一言以蔽之乎？至於謙謙翼翼，終始成功，中山之所以自靖，尤非三代以後處盛滿者之所能幾。豈獨匐伏舊邸，郤交寵臣，一二事之足重而已。天爲天下而生太祖，則爲太祖而生中山，乘乎一氣而不能不行，動乎一機而不能不止，豈一世之事、一人之事哉！故曰：此天之人，非人之人也。

曹月川端

月川生伊雒之鄉，接伊雒之緒，彭幸庵稱其爲『本朝理學之冠』，蓋躬行默成之意多，漸漬感孚之實著，闢邪攘異之守確而功鉅也。平生不多著書，獨以朱子之有《章句》、《集注》，魯齋申之。世無魯齋之見者，非取朱子之所不取，則言朱子之所不言，以亂朱子之說，慨然欲去其薄蝕，而反之精明。又《太極》、《通書》二解，非朱子，孰究至當之歸？而或舍朱說，而用他說；信《語錄》，而忽成書；棄良玉，取頑石；掇碎鐵，擲完器，爲可嘆也！詳說述解之作，其得已哉！月川見其大，得其精，不愧爲朱子之良佐，則不愧爲二程之後裔；不愧爲二程之後裔，則不愧爲一代之先覺矣。而其自少至老，匪朝伊夕，考之師友淵源，證之玩心之獨得者，出於勤苦，幾於自然。內不溺於詞章，外不雜於異曲，駸駸乎入於聖賢而不自知，故其進不過乙科，仕不過郡鐸，而蒲、霍之間，誾誾乎有鄒、魯之澤。其規言而矩行，絶他歧而尊正學者，不問而知爲月川弟子也。暨其晚以『拙』名巢，蓋深有得於元公之賦。敬軒序之，以爲不撓其初，不汩其流，斯可爲終身之安宅也。敬軒之所爲言酬意合者，亦惟月川一人而已。月川《家規輯略》、《夜行燭》，俱成於諸生時，以此自厲，卽以此喻親，以此導俗。歿之六七世，而子孫猶守其法，閭巷猶傳其聲，豈所謂火傳於燭，燭有時而跋；道傳於書，書有時而亡，月川之所不可傳與不可見者，將無時而或窮耶！而或者以六經四書，始當靠之以尋道，終當棄之以尋真，爲與於楊、陸之甚，又且爲白沙、姚江之嚆矢。噫！此月川有激言之，惡夫拘牽行墨、專泥誦說者耳，豈尊崇篤信如月川者，而有終棄之云哉？天地精英之氣，萃於河雒，宋之休明，而二程興；明之啓運，而月川出，爲來哲之先驅，作往聖之外鍵，殆無間然矣。

薛文清 瑄

河汾自文中子後，七百餘歲，至明興，而薛夫子生。文中《續經》擬孔氏，比於吳、楚，薛夫子則斤斤總宋四子之緒，而以身心體之，不敢爲支辭溢說。《讀書》一編，蓋後世學聖人之宗鏡也。嘗言得朱子，而性理已明，正不必著書。而獨推尊許魯齋，以爲力行之意多。平生不設門庭，不立徒黨，至自比於庸人。故無往復辨難之文，而妙契疾書，雖刻畫不若橫渠之劄記，而條暢乃過於和靖壁帖。昔人謂『文清句句似現成，卻句句从心中得來，便句句出自文清』，可謂知言已。至於所養之粹，所守之確，聲譽薦汲而不爲私，縲絏刀鋸而不爲戚，軍旅獄訟而不爲煩，權姦媚附而不爲汙，蓬藿齕齬而不爲瘁，黄扉紫閣而不爲榮，反覆觀之，溫潤瑩徹，纖悉無瑕，君子如玉，殆自道哉！故其擢憲臣，則憲臣重；主學政，則學政重；遷大理，則大理重；入内閣，則内閣重。凝立不入，致英廟之易衣，則同於汲黯；見幾而去，遇直沽之絶纍，則甚於疎受。絕石亨之請敕，師文正之懸梁，置南陽之書候，方溫公之在雒，善乎呂高陵之推言之也，曰：『先生守車輪戶牖之志，一時軒、耿諸公，不足方其清也；爲菽粟布帛之文，一時劉、李諸公，不足並其辭也。蹇、夏、三楊〔一〕，勳矣，或議其節；張、許、劉、周，節矣，或議其幾。吳、陳、羅、胡，有高明之學，道中庸恐未同；黃、李、王、于，有徇國之勇，盡精微恐不逮。故當其存，無不稱之曰『今夫子』；既其歿，舉朝廷侑食之曠典，亦無不曰『本朝理學一人』，豈阿其所好哉？予編次裕陵宰輔，至先生則闕焉，以徐、許之間，非所以居先生也。而於先生之傳，亦不敢輒舉先生之書之一二，以概其餘，蓋先生之書，將奉以終身焉。如先生之所以讀四子者，要驗默體實踐之後，而未敢墮於買櫝還珠之歸也。

【校記】

〔一〕『楊』，底本作『陽』，據其人姓氏改。

吴康齋與弼

天之施，有雨露，不能無風霆，是雨露、風霆，一天之爲也；地之生，有稻黍、桑麻，不能無繁卉、雜植，是稻黍、桑麻，繁卉、雜植，一地之爲也。或者以天宜有雨露，不宜有風霆，小之乎言天矣；以地宜有稻黍、桑麻，不宜有繁卉、雜植，隘之乎言地矣。又或者以風霆之足以病雨露，而因以病天；繁卉、雜植之足以病稻黍、桑麻，而因以病地。天地何心哉！蓋雨露、風霆者易知，而天之爲難知；稻黍、桑麻、繁卉、雜植者易見，而地之爲難見，此人之不敢以測量天地者，敢以議天地也。何以言之？

康齋之門有敬齋，非天之雨露乎？地之稻黍、桑麻乎？亦有克貞公甫，非天之風霆乎？地之繁卉、雜植乎？故謂康齋之門，宜有敬齋，不宜有克貞公甫者，非也。康家之位置高已，網羅闊已。位置高，故卑瑣不得而承；網羅闊，故褊淺不得而合。遊其樊者，其廣大、高明所同也。若夫得之於廣大，而或失之於精微；得之於高明，而或失之於中庸。其所異也，雖康齋不能强之而使同也。柴之愚，參之魯，琴張、曾晳之狂，並在鑪錘之間。以尹、謝、游、楊之不一其趨，而春風冬雪之庭，乃恢乎有餘地，且也越上之學，基自廣信之一言，格物致通，又爲良知之嚆矢，夫孰非康齋之流風逸響哉！謂克貞公甫，末流不能無病，而因以病康齋者，亦非也。康齋之檢點精已，整理密已。檢點精，故七十而始得淵永之味；整理密，故臥思而始覺真樂之難。讀其書者，卽抑揚彼此，未必辨也。彼之所謂舞蹈，而此之所謂閒散；此之所謂精勤，而彼之所謂滅裂，累日以省，雖康齋有不得而遽辨也。蓮塘之聚，小陂之遊，其先後疎數不可知，以整齊嚴肅之敬齋，而深謂其存養之不易。其後搬木之論，幾於運動爲性；端倪之發，不悟安排爲非，以此病康齋，康齋不受也。至康齋之出處進退，動師聖賢之成法，不屈不撓，其所壁立千仞者。無康齋之心，而議康齋之迹，不亦忤乎！白沙曰：『康齋易知耳。』而知康齋者少，羣喙交競，是非混淆，彼尹直者無論已，而張東白之徒，猶然疑之，其爲孔子之晏嬰，伯淳之了翁，不大可憾哉！余謂康齋志意堅苦，考其《日錄》，蓋始終一難。未有爲之難而知之則易者。白沙謂康齋易知，亦太早計也。

胡敬齋居仁

『敬』之一言，千聖之樞紐，學者之要法。合內外，貫精粗，徹始終，如出冶之金，如露刃之鋒，精采神鋩，不可嚮邇；如目不受塵，舌不著味，烔烔湛湛，無所蔽欺。從事於斯，則八窗玲瓏，所謂敬則萬理具在是也；亦萬仞壁立，所謂敬勝百邪是也；直踞相輪，盡去指畫，所謂敬則都無事是也。程、朱以敲骨瀝髓之真，爲百鍊起死之藥，以飲學者，未有受其刀圭之賜者也。而當其時，則有破之之説；在後世，則有益綴之譏。一言不知，可不愼歟！胡先生學於臨川而得之，遂合涵養致和，而一之以敬。《居業》一編，大率皆言敬之書也。前乎以振分析訓詁之迷，後乎以防淩空駕説之濫，先生爲獨宗也。由敬而上之，不得其精明，而得其杳冥，層纍之愈多，則愈邈而不得其體；由敬而下之，不得其整肅，而得其曠放，展舒之愈甚，則愈狹而不得其用。見以爲脱體無依，而本原之不立，則腕厄而無以自存；見以爲循蹈規矩，而輝光之不新，亦躄痱而無以自養。故朱子每曰妙敬，曰活敬。妙與活者，蓋截之最分明，行之最簡徑，養之最從容。由一念介然之有覺，以馴至於堯之允恭，湯之日躋，文之緝熙，不可得而增損也。易其名，則曰愼獨；著其類，則曰見賓承祭；愓其幾，則曰臨深履薄。有二物哉？或者以敬之功，不近於知，故爲致知之説者，則必綴之。先生不云乎：『敬以直内，則心安理明。』於程子聰明睿智，皆由此出，朱子惟敬則聰明之論一也。天下豈有昏昏兀兀，無聞無見之敬哉？夫欲尊知於性，而以敬爲綴，必别敬於知，而謂之良知。孰若統知於敬，而不謂之良敬乎？又以敬近於畏，遠於樂，故爲尋樂之説者，又必破之。先生不云乎：『荒原亦有沂泉樂，茂對春和看物生。』必破敬以爲樂，則敬足以間樂，其樂小已；不必破樂以爲敬，則樂不足以間敬，而敬又足以生樂，其樂大矣。吾懼夫讀先生之書者，不知敬之所以爲敬，而淺之乎先生也。故具論之。

陳白沙獻章

白沙與敬齋，均出康齋之門，而其歸不同。蓋敬齋乃當璧，而白沙亦肘加者已。自其後，日相遠。敬齋則謂白沙晚年之失，有不止於爲我兼愛。而白沙之徒，則以其師獨悟道妙，非有能授之者，並與其得乎康齋者而畧之，其餘悉概之以言語形似，若甘泉、東所無論已。林見素亦以爲康齋之有白沙，猶李挺之之有康節也。竊嘗怪子夏之後爲莊周，以素號爲篤信謹守者，而一變爲閎大不經、荒唐無端崖之論。而琴張、曾晳之儔，雖以聖人爲之大冶，有不能約其過而納之中，矯其輪囷離奇而就之矩。夫學豈不貴自得哉？而往往有得之愈深，則失之愈甚；認自愈密，則其去自亦愈疎者，不可不察也。聖賢之學，循循焉不求急得，故無緩失；不求深得，故無淺失。其待己也嚴，其養己也博。嚴故不輕以出其己爲愉快，而博故不迫以露其己爲卽安。且天下之物，有者難立，無者易屏；實者難基，虛者易憑。白沙之所爲得之者，動以無，本以虛而已。火之燎物也不以頃，孰得而禦諸？幻人之技千變，孰從而信之？其所爲厭繁以就簡，惡嚴而樂易者，用奮迅之力以掃除，而收灑落之工於縱恣，大抵皆無與虛爲之根者也。而又自謂見吾心之體，若振衣羅浮千丈之岡，引眄於扶木之區，從此自闔自闢，自卷自舒。德山莫棒，臨濟真喝，則大以張皇其事，欲以瞬息千古，塵芥六合，所爲縱橫妙用者，遂陷於異端而不自知也。故不謂其不深，謂其深而愈失；不謂其不密，謂其密而愈疎。人亦有言，一意於潔淨精微者，則不能與物爲體，而懸空撰出一理於虛玄杳冥之中，指以爲我，則其離我也亦甚已。離我，則其離天地萬物也，殆不可以數計。而所謂甲不乙供，乙不甲賜者，適足以自溺自蔽，豈能大無外而小無內，鳶魚飛躍之察上下哉？或曰『白沙之喜高大』。其質性固然，白沙之不能爲敬齋，猶敬齋之不能爲白沙也。夫無莊之失其美，據梁之失其力，不在鑪錘之間乎？晚而有得，康齋宰木且拱矣。白沙亦自言欲就而正，而已不及存，此子夏所以有『離羣』之嘆也。若夫蕭條高寄於風烟臯壤之間，有水壺秋月之目，不得已而起汎而若辭，夫烏得而滓諸？

湛甘泉若水

甘泉之於白沙，蓋所謂千金一瓠，萬金一諾者。詩教之述，所以明得失之迹，詔後之人者，無所不至，而其出處光明俊偉，尤足以昌其所傳。語曰：『長袖善舞，多財善賈。』豈不信哉！陽明之學，其始與甘泉相劘者爲多，而徐曰仁之徒，皆嘗與就質。其後門庭建立，所以爲綱目者，微有不同，而縱横排蕩，以無文王猶興，而欲駕其說於程、朱之上者，則作自白沙，甘泉荒之而陽明康之者也。

太史公以申、韓『原於道德』，朱子亦謂『老氏之學最忍』。張良得之。嶢關之戰，與秦將連和，忽乘其懈擊之；鴻溝之約，與項羽講解，忽回軍殺之；爲韓報秦，則輔高祖入關，及羽殺韓成，又使高祖滅羽。甘泉之所爲學於白沙，以佐成陽明者，其亦張良之爲老氏乎？焚書，烈禍也，甘泉每舉而稱道之，其意且以擬繭絲牛毛之朱子，而報以秦斯之虐焰也，不亦忍哉！《小學》，昔賢之所敬畏也，以爲不近於鼎彝而易之，忍於去《小學》，則《集注》、《章句》之倫，何一不在其芟夷蘊崇之中？且夫爲一家之説者，不有所大忍以肆其決排，則吾之説不尊；不有所託以行其忍，使前于而後喁，此唱而彼和，則吾之説雖尊而易止；而又不有所參差異同於其間，使託者不見其爲託，忍者不覺其忍，則我之説雖尊而不止，而亦不盡其闔闢變化之用。甘泉之格物，甘泉之執事敬，此嶢關之連和也，不能不慮其乘懈之時；甘泉之稱伊川，甘泉之議象山，此鴻溝之講解也，不能不防其有反戈之舉。要之，不過忍一朱子而已。且甘泉之忍於朱子，以報白沙，而非用陽明，則不能忍於朱子，以報白沙。十七年之周旋，無懷不吐，則入關之業成，滅羽之策定矣，而猶拳拳於『四不可』之辨，佛、老一致之疑。舟已去，而猶尋劍迹；盞已破，而尚懷有爵。豈張良用高祖，則假赤松之遊；甘泉用陽明，又欲脱白拈之誚乎？

嗟乎！義學盛則禪學亦興，理學開則心學斯起，是二者原相因也。欲出乎衆者，豈能出乎衆哉？以一代之偉人，生休明之會，又多推挽者以爲其力，欲屈首繩尺之間，難已。夫無其時，則不興；有其時，則興而起爭，爭固生於興者耳，以是知聖人之言之終不可毁也。

張東白元禎

天地之氣，元哲之生，可以觀運會焉。當其衰，則滅景滅迹，曠世而不一見也；當其盛，則比肩接踵，什伍數之而不盡。憲、孝之際，碩儒雲興，士之爭自濯磨，相求於道德者，何其磊磊也！南有白沙，北有敬齋，而羅一峯、陳士賢、張東白之屬，俱稱先覺，左提而右挈之。東白與敬齋，往返最深。其後南遊，天下學者皆喜羅浮之曠大，而畏餘干之繩檢，敬齋憂之，故與東白書，必三致意焉。東白自憲廟初，以諫講學忤時宰，移疾者二十年。孝廟召侍經筵，遂以《太極》、《西銘》進，孝廟喜曰：『天生斯人，以開朕也。』未幾，上賓，故東白不及用，而根原要領之功不著。夫天特生之，而與之以學，或不與之以時；與之以時矣，又重以明主之知，而於其學，卒無當焉。無乃非天所以生之之意乎？而或者以士君子不能身至治之隆，則下司淑人之柄，至是者無非也，至當者無適也。講求已精，闢門闓而使之入，指康莊而使之趨，尚何徙倚於垣墉，而旁皇於中道？又或者以天欲昌心學之宗，使諸公爲之先驅，道水以濕，焫火以燥。且天欲昌心學，則曷爲而生程、朱？其生程、朱，則不注意於掃除程、朱者，可知也。顧終其身不倍程、朱者，肯反爲掃除程、朱者藉乎？曰：然則其議論之不同，而好尚之或異，無以爲東白解也。曰：清虛高妙之說，其入人也微，其陷人也深。非析理之深者，不能早見而預防之，驟而聆其超悟，樂其懸解，未有不浸淫而妮就之者。莊子曰：『大林丘山之善於人也，亦神者不勝。』所謂上者被其引化，下者被其驅駕，其亦大林丘山之類乎？東白於此，能卓然自信其所學，而於敬齋之諄諄往復，動色相戒者，爲之尋繹焉。則西山之所建立，當必與禮吾有扶竪之功，天之所以生東白，意在斯乎！惜哉！其與『開朕』之言，同爲嘆息也。又剩夫將繙書以叩康翁，東白止之，謂其不可見，亦必不見也。夫二十年玩心神明，而其於康齋也，猶不能爲了翁之責沈，果決於康齋，而濡忍於白沙。豈智之於賢者，真有命行其間乎？屢書之不回，而一見之投契。吾於東白，不能無感焉。

林見素俊

張東所言：『見素抗憲廟一疏，與退之《佛骨》、邦衡《封事》相伯仲，身雖遠謫，而國是士氣賴之，所謂救時者，非耶？』楊豐城又言：『見素捫參歷井，經略賊區，若恬然無事者，以天下之動，惟天下之靜者制之，比之張乖崖云。』余嘗綜四朝之終始，悉其平生出處進退之大節，又嘗讀其書，考其所學，操心養氣之要，究觀其所與交遊推轂者，皆一時偉人正士，曰：『嗟乎，此非宋艾軒先生之嫡系也哉！』艾軒當考亭時，齒則兄，道則友，又與南軒、東萊有同舍同事之樂。見素於陽明，則考亭也；於虛齋、整庵，則南軒、東萊也。艾軒緻駁新端，拂衣以去；見素亦嘗朝拜章而夕就道，不待報也。艾軒平茶寇，孝宗曰：『儒者亦知兵耶！』見素藍鄢、大埡諸捷，嚄唶宿將，未或過之。艾軒隻字，如嶁碑岐鼓，知言者謂：『以文章行世，非其意也。』見素之體裁風格，不愧家法，顧退然以爲瞽翫上意思耳。去之五百歲，其人若存，不獨鬚眉顴頰之似而已。孝廟之初，既誅繼曉，而見素遂以屏邪驅異之手，一試之於鶴慶。因地震而歷述漢、唐來內侍柄臣之禍，因東宮預教而歷舉武丁、宣宗民依艱難之辭，何在非救時之意？其救閹禍也，朱、劉坐立之奏苦已，而夙沙思勗之慮，更廑於事後；其救藩逆也，範錫抄方之事危已，而吳王淮南之防，獨炳於幾先。所謂以其人之至靜，而處天下之至動，成敗利鈍，有燭照而數計者。厥後大禮之議，屹然爲狂瀾之砥柱，而以乞寢內降不得，入疏去官，血誠骨鯁。蓋身歷四帝外，隱顯逾五十年如一日也。見素之言曰：『擔荷天下事，凡便利，必縮己先人，匪惟先之，且一付之；大艱阻患害，必引歸之我，死之而不悔。』又曰：『假通以行志，猶尺枉以望尋之直。直不得分，而枉不可反汗。』是二言者，余以爲操心養氣之驗焉。夫汩洄漩之中，遊焚林之末者，無他，無我焉耳。無我者，靜之本也。立表挺挺，下無曲影，非救時之本哉！予嘗以《春秋》書仍叔之子非弱也，存大雅之遺也。虞齋序艾軒曰：『茫茫宇宙，不知幾何年，更有此人物，乃今復見於其仍。』謂大雅之不忘可也。

蔡虛齋 清

昔人謂《論》、《孟》、《庸》、《學》，如日經天；《集注》、《章句》，如水行地，豈不信哉！今世所稱『四書』。四書云者，以兩《集注》、兩《章句》謂之文公四書。舉不信文公，則四書不可得而稱；四書不可得而稱，則《語》、《孟》、《庸》、《學》或幾乎熄矣。太祖之功，有前代不得而擬者，表章四書也。未百年而支離滅裂之說起。虛齋生其時，憂正宗之將墜，既以平生精力，畢用之《蒙引》一編，爬梳抉剔，攻堅發微。若數其家之券契，界至分明，年月證佐，無不備悉；若展先世之圖像，鬚眉毫髮，無不生動。於諸儒之說，必折衷於文公；於文公他日之說，又必折衷於四書。用力專而成功偉，豈非所謂愛其身者，以一生爲萬載之業哉？至文公之《易本義》，用筆最簡，雖先儒不得而闖其藩，而虛齋亦爲之啓牖發覆，與四書同，蓋真信文公之爲聖人者。虛齋之獨得，而真信文公之書爲聖人之言者，雖羣咻眾吠，而不奪其守；天地覆墜，亦將不易其說也。然則有文公必有虛齋，而有一代表章文公之盛業，則必有一代發揚祖德、守先待後之成書，雖謂文公四書『如日經天』，而虛齋《蒙引》『如水行地』，亦可也。

其後世道日澆，奇袤日出，借資柱下，拾唾竺乾，以六經注我之言爲嚆矢，以晚年定論之説爲室戈，將必盡去其《集注》、《章句》者而後快，抑且併去《語》、《孟》、《庸》、《學》者而後快。而虛齋之書，宜其爲厭惡排詆，如觸國諱，如受敵檄。誑後生者，以爲非舉業之便；侈皋比者，以爲非驚座之奇，庋之高閣，又百餘年而天下亡矣。嗟乎！何必虛齋，從古聖賢，亦爲其不可不爲者而已。在春秋，不可不爲孔子，不能必天下之皆孔子也；在戰國，不可不爲孟子，不能必天下之皆孟子也。然則在宋之文公，在明之虛齋，何以異是？虛齋之學，守其傳者，惟一紫峯。觀其教諸子，毋以鑿累質，毋以巧乖理，毋以冰蠶海錯厭布帛菽粟，則庶乎得其所用心，而淺説之功於四書，幾幾與《蒙引》比烈矣。或以虛齋當逆濠之嫉，而幸其不爲鼂錯；處閹瑾之亂，而幸其不爲龜山，其皜皜之大節，誠有兕虎無所試其爪牙，烈焰不能爲之焦灼者。清源玉磬之聲，蓋隱然木鐸，斯世之意哉！

羅文莊欽順

整庵嘗自言，幾四十而始慨然於學；鑽研究體二十餘年，而始有以自信。《困知記》之成，蓋謝太宰之次年也。又二十年，《記》凡四續，整庵且八十餘矣。自題其編曰：『體認之功，不爲不勤，而反躬實踐，未之有得。』易簀之前九日，自爲誌曰：『平生於性命之理，嘗切究心，而未遑卒業。』何其年之彌高，學之彌邃，言之彌謙也？嗚呼，此所以爲整庵者哉！世之儒，非無資雄而力健者，畧綽有見，自以爲欛柄入手，輒以其議論籠罩一世，驅策聖賢之言以從我。又援植其徒黨以自衛，響聲相逐，形影並走。崔仲鳧有言：『周道微而霸臣興，宋論繁而霸儒起。霸臣借强大以假仁，霸儒抗高玄以邁學，於求遂其勝心，一也。』整庵獨終其身，風雨山閣，無門庭施設之事，退然若不自克者。而當其時，陽明、甘泉，屹如晉、楚，整庵以三寸弱管，稱天稱王，以進退之，其所褒譏，卒不能越。又嘗自言心性理氣之説，爲《記》中大節目，所以續垂微之緒，斥似是之非，無所不用其誠。蓋雖讓而不能不任，雖忘言而不得不辨也。竊試論之。理氣之一，雖聖人生不易已，以爲不離不雜，尚有二之者，而或者言氣聚則理聚，氣散則理散，整庵乃易之曰：『聚有聚之理，散有散之理。』斯言也，可謂融洽而無間已！而後可以徵鳶魚飛躍與翠竹黄花之不同，而後可以辨『《易》有太極』與『有物先天地』之迥異。蓋理與氣一，故率性在鳶魚之中；理與氣二，故法身在花竹之外。率性在鳶魚之中，故太極有陰陽；法身在花竹之外，故有物自寥寂，此非整庵之所自得者哉？然知理氣之一，而必析心性而二之，何其説之自爲矛盾？曰：此整庵救時之論也。時方好言心而不知性，故爲之剖之，以著其異。抑時徒知理與氣二之心，而不知理與氣一之心，故爲之原之，而使之思其所以一，未嘗有二説也。至其脱榮利，泯毁譽，置身千仞，或善其早去，以爲先幾；或譏其鍵閉，以爲絶物；或以爲處王、湛之間，傷於太甚；或以爲卻李豐誠之質，過於阻抑。嗚呼，此所以爲整庵者哉！

賀克恭欽

自管幼安居遼東，高節振千載，迄明之盛，而賀克恭以理學鳴閭山淩水之間，蓋堂堂萬鐘簾也。克恭之學，以誠敬爲門，踐履爲實，自其離辨時已然矣。及登進士，與一峯、楓山輩相予女，皆慨然有不爲苟祿，自命千秋之意。見白沙，卽委身北面焉。病而告歸，載其肖像以往，率諸子拜之。南北萬里，别之三十年，未嘗不若京師接膝時也。然克恭嘗言：『白沙詩，如「吾能握其機，何必窺陳編」，未免過高；其讀《泰誓》，抑揚之間亦太過。』故其所以教人者，每掇東萊格言、文公條教，以爲學之總括，而戒學者不讀《小學》，無留館下。又謂：『陸子靜天資高，有簡畧細微之病；吴草廬聰明博學，無躬行切實之思。』求此於白沙之門寡矣，故嘗爲之說曰：『善學康齋者，惟胡叔心；善學白沙者，唯賀克恭，皆地承天、子幹父之義也。高明而清虚者，天之教；積厚而基下者，地之道。創闢而函覆者，父之施；周内而率循者，子之資。』宏朗之後，繼以精密，合者神理，不合者形模，乃爲善學者乎？知克恭者，謂其不愧不怍，時行時止；諫則忘身，隱則樂己，信可以表今而風後矣。惜克恭者，則以其學不能大明於天下，而僅明於一邑一鄉；其道不能大明於天下，而僅行於一邑一鄉。篤實之行，輝光之發，使桀黠者心服而獻誠，叛亂者醉德而革面。不終老杜門，則經筵學校，禮樂教化之施；朝廷疆圉，宫府政刑之治，真儒之效，豈泯泯如此而遂已？或觀其柬一峯，以士之進退，各有其道，苟退而無所爲，甘自頽廢，與進而尸素者等耳。克恭之所爲斯須而不忘，沒齒而不已者，將自有在。及一峯問之，『作何工夫，以還造化』，則深遜謝以爲不能。噫！此克恭之所以爲克恭者。而以一峯晚歲之流於曠大，克恭則終其身銅銅若畏，其不敢自附於一峯者，乃其所以不倍白沙之實也。故白沙之門，繼以克恭爲克家之子也。

張東所詡

丘瓊臺當國時，嘗惡白沙、定山之不仕，曰：『率天下士夫背朝廷者，二子也。』是不爲君用當誅，故定山晚歲，踽踽一出。余讀東所辭免起用之疏，至再至三，委婉諄至，無非明君臣之義，言己之未嘗不欲仕，以洗白沙教人不仕之疑，其有戒心乎？然奏繳照會，徑返初服，何其決也！今之時，非古之時，師臣友臣之誼，無從而聞之矣。古之爲仕，猶有量而後進者，今則無所逃於天地，不容其有量不量也。故退之不足以爲名，而進之不必稱其實。風之於絮，其登之蘭闥，與墜之溝泥，何容心焉！乃彼以爲功名之不足，而此以爲道德之有餘，挾而相求，靳而相市，豈有幾乎？豎閭之薦白沙也，謂必以非常之禮起之，或仕內閣，或仕經筵。余嘗謂豎閭非知白沙者。及觀東所大叩大鳴、小叩小鳴之論，以部檄之，所以待己，有不若孔明、宣公、李綱者，是未足以傾其所蘊也。然後知白沙之師弟子，所以偃蹇不屑者，果非無心於當世，而其自量也過高，量世也過卑。此孟子所以迂闊於齊、梁，而方枘圓鑿，世卒無器之者。宵人之好爲議論，動以其僞辭徼名，豈足深責乎？東所之遐棲高蹈，與白沙定歲寒之盟，尋樂於黃雲紫水之間，奪金石之堅貞，駕濤風之浩蕩，與古爲徒，與德爲鄰，蓋亦足以相忘乎江湖，而相深乎道術矣。奚以出不出爲淺博哉？東所之論學，曰：『無所事於畏，則息而入於忘。』以東所之畏，師白沙之樂，所謂麟性雖具，必有以完其性者，而後麟之爲麟，昭昭也。希天希聖，必以學至，戒謹恐懼之功，若是其不可誣也。又言：『造醇醪者，自一蒭再蒭以後，酒性雖同，而味浸薄矣。學其上，僅得其中；學其中，斯下也。』白沙之傳，在東所，猶其始藒者乎？一時之論，以爲兼一峯之剛，楓山之簡，剩夫之敬畏，而於定山之隱而後出。《直沽》一詩，爲未若東所之超然也。謝病歸西湖甫旬日，即不起，而後進退之節，昭然於天下，又足以著其不欺之實，非飾僞沽名者之可得而託也。至其所謂『無道無德，無好無尚，藏身粟界，遯跡象外』者，此白沙之餘滓耳，宜其有不讀書之誚哉！

章文懿懋

憲、孝之際，正人大儒，雲蒸霞起，可謂極盛已乎！至見理之卓，涵養之粹，出處之光明，議論之篤實，無踰楓山者。楓山以成化丙戌，褎然爲禮部首。在木天僅四十日，以諫謫。一爲閩臬，即自引歸，再起祭酒，正德辛未致仕。至嘉靖未改元之歲，而楓山亡矣。其見於諸儒之所稱，門弟子之所述，不可勝紀。而大約一峯所謂『學力獨得其大，退處山中隱然有救焚拯溺之功』者，近之；楊文恪以爲『不爲危言之叔度，不立異論之伯恭』，則似已而未盡也。夫烟火非昭德之器，詩賦非論思之業，言孰有危於此者乎？而又嘗以玉堂疎圃詩，引拔葵事，忤劉文忠。非無清濁者，獨其識度淵深，若先幾以避逆瑾之禍，垂沒而辭宗伯之名，皆可瞻望以爲準的。擬之叔度，庶幾近之。至鵝湖之不立異論，以爲善處朱、陸之間。夫東萊之所以爲東萊者有在，而不以其不立異；即楓山之所以似東萊者亦有在，而獨取其不立異，則失之遠矣。聖賢之學，初非求異於人，亦非求同於人也。楓山之學，不違程、朱，故有異於程、朱者，則必異之。異之不敢苟同，又必論之。白沙、定山之樂，果仲尼、顏子之樂否也？果明道、伊川所尋之樂否也？且以曾點之樂，有不同於顏子之樂；顏子之樂，有不同於孔子之樂者。而白沙、定山乃以其樂，比而同之，又萬萬不及白沙、定山者，亦欲以其樂比之而同之。古未嘗有尋樂之語，始於二程。尋之云者，謂如尋顏子之樂，則於其『非禮勿視聽』等處求之也；『不遷怒、不貳過』求之也；『欲罷不能、既竭我才』求之也。所謂樂之勞攘、樂之平淡，樂之淺近、樂之深微，當必有明之者矣。是論也，朱子之論也，而楓山之不敢不同者也；非白沙、定山之論也，而楓山之所不敢不異者也。若夫以非程、朱者，爲當時之異論，而楓山特不爲之而已，未見其有廓清摧陷之功也。故曰：似已而未盡也。楓山之後，如唐漁石龍、董道卿遵、張用戴大輪、黄夢弼傅、淩德容澣、應德夫璋、杜守經常，皆各有家法焉，而甘泉則昌白沙之教。

邵二泉寶

余嘗讀二泉《日格》之書而歎曰：『古學其未墜乎！』義求於儗，事擬於變，謹嚴精核，秤停而不失銖兩，充斯以往，日日又日，天下之理，未有能遺之者也。伊川得《唐鑑》，謂『三代後無此議論』。今《日格》之議論，皆以三代之規矩，而御三代後之方員。臣爲君謀，子爲父謀。爲君子謀諸《易》，爲中國謀諸《春秋》。世有伊川，其擊節而歎賞之，不知於《唐鑑》何如也。嘗論聖人之學，精一而已。格者所以爲精，日者所以爲一。世之儒者，標心而遺物，故諱言窮理，亦諱言格物。以物爲在心之外，而欲遺之。初不悟其所標之心，已在物之外。以有外之心爲心，故粗而不可以精；以有外之物爲物，故二而不可以一。不可以精，非知也；不可以一，非致也。欲致知而適得其不可精、不可一者，豈有當乎？

二泉之言曰：『《大學》自明明德於天下，遡而至於格物，皆約彼以之此，約虚於實，約泛於切，約遠於近，約微於著。理也者，物之所以爲物也。不曰窮理，而曰格物者，約之於其實也。』斯言可謂破的已！二泉清修好古，自爲州守，歷踐臺省，雖公務叢委，而條貫整飭，未嘗廢學。屬以母老乞養，益肆力於其所自信者。患世之虚爲名高，而不掩其實者，輒曰『願爲真士夫，毋爲假道學』。故一時之門戶，無得而親疎之。所得益深，而未有止也。二泉之師曰俞先生蒿庵，用孝爲教，如古陽城。二泉遊其門者三十年，每言先生教以精深，而以粗淺負之；教以遠大，而以近小負之，先生不吾棄，未嘗不欲一日激昂而使之前也。觀此則知二泉之所由來，有未易以尋常窺之者，而西涯特以文字之知，比退之之於張籍，永叔之於子瞻，好尚不同，未可謂之合也。信難之作，猶有遺憾哉！二泉歿六十餘年，而高、顧諸君子始傳其遺文，推之爲東林之鼻祖。欲知擇水，而烹不擇火，揆之《日格》之義，恐未能越樽俎而代之也。

呂涇野柟

涇野實出甘泉之門，而言論風旨，多不與甘泉合。平易簡質，要在反躬克己，於所當然者致力焉。自少至於卒，無不以學道爲心；歷官所至，無不以講學爲事。然未嘗窮高極深，引人於窈微忽怳之途，故讀其書，求之於心，證之於《論語》，其不合者寡已。而其直養而無害者，真有以確然於波靡之中，而洞然於出處之際，所稱不淫、不移、不屈，殆無忝焉。君子觀正、嘉之人物，考一時之議論行藏，蓋未嘗不以涇野爲正鵠也。嘗言孔子三十而立，後學雖未必然，若四十、五十止學得立亦可，其不惑、知命，俟後圖之。

或勸其養靜，曰：『養靜以應動固也，第事之在我，以至在萬物者。苟不知其當爲而爲之，則程子所謂「雖公事，以私意爲之亦私」耳，祇見其不能靜，故《大學》「知止而後定，定而後靜」，此成法也。』或病其多視多思，曰：『非禮而視，誠損目，果禮乎，視愈多而愈明；非禮之思，誠損神，果禮也，思愈多而愈精。今不問其禮與否，而直云云，將蒙目放心，斯免疾乎？』涇野之不忽於著察，而不辭乎勤苦，不於此見其萬一哉！

且也甘泉書白沙之語，則必辨之，謂：『不可言傳，則六經不必備；不由積累，則五級無復設，曾子不必請於諸疑，顔子無所從於「四勿」矣。』虎谷，涇野之所師也，於靜中自覺有進，則疑焉，謂：『其動時乃無進耶？又不知何者爲靜中耶？』對山，涇野之所信也，於言語之肆，則箴焉，謂：『古之人，未有不謹於言而能美其行者。求此於近世師友之間，益難其人矣。』

涇野之門，其高第者最多，猶不能盡副其志。若陳棟塘，則東南之英，如伊川之有信伯也。《先正遺風》一書，典刑具存，其文武之未墜者乎？昔人謂涇野合叔子、君實爲一人，非親炙之，鮮不以爲溢辭，然駸駸而不已，則與叔、伯恭之間也。後世異端之害，多出吾徒，佛、老其細者耳。借《中庸》爲說者，既以病國而毒民，其天資最高，見謂不事聲利，又復好奇自異，不邇人情，言雖富，講雖深，何益乎？

琢玉之家，不畜碔砆；鍊丹之說，不積烈火。吾於涇野之深造自得，重有志焉。

儲柴墟瓘

嗚呼，若柴墟者，可不謂學問中人哉！蓋孝武以前之學問，非嘉、隆後之學問也。人情詳近略遠，故數末季之壇坫，支裔必及；而談先民之規榘，闊略難明。其墨粘紙綴，稱心說性者，小子之述滋多；而琮黃璧蒼，襟仁佩義者，南北之宗弗列。孝武以前之人物，其不在淵源之內者，未可指屈也。純孝如柴墟，積學踐履如柴墟，性情風格如柴墟，而不與淵源，將所謂淵源何物也？邵文莊云：『持身當以柴墟爲法，蒼然古色，壁立千仞，望之嵬然，而未易卽焉。』平生稱同趨者，惟蔡介夫，故於其南還也，則送之曰：『古之人，或論於一世，或議於一室，或千里之外，數千百年之下，同趨而益善其學，堅其約，不倍其所以爲是，豈必在聚散之間哉？』觀此則柴墟之所以取人，與其所以自置，概可知已。又與黃綰秀才言：『近世士大夫，若蔡介夫、王伯安，皆趨向正，造詣深，不可不從之遊。』然則宗賢之所始終於陽明者，蓋自柴墟開之也。夫德成於己，當藉有爲之後者演繹而光大之。苟未忘乎羅致之心，孰肯推以與人？非真有樂善之誠，與成就後賢之篤，則必不能絕去城府，公天下之善，如此之甚也，求之輓近，不其難乎！劉實曰：『人情爭則毀己所不如，讓則競推於勝己。故世爭則優劣難分，時讓則賢知顯出。甘陵、雒蜀之禍，皆成於爭。故吾亟欲得夫能讓者，以定天下之議，而一天下之趨。』時稱大雅君子，必柴墟焉歸。及其沒也，致文木之異，豈虛也哉？

柴墟又嘗曰：『知古非難，知今爲難。』故自宋、金、元季至國初，諸老之遺言逸蹟，旁詢壽耉，徵之故府，歷能述之。元夫、鉅人，自公卿達於韋布，號有識者，靡不賓禮交遊，相與參訂焉。惜其書未成，於後學無所稽詢，而未嘗不重師其志也。

丁補齋璣

補齋之溺也，邵文莊弔之，謂其生平瀕溺者屢矣。以危言救見素，瀕溺者一；謫普安，不便其水土，瀕溺者二；移廣信、興國，吏陵民梗，中遭兩喪，貧病憂辱，瀕溺者三。及視學嶺南，蓋出險脫厄矣，而乃真以溺死。方其溺於世途，王三原援之，倪文毅援之，非爲補齋，爲天下也。及溺於水，乃無一援之者。世途險於山川，豈其然哉？予讀其辭，而反覆悲之。夫鮑焦、袁族目、申屠狄、徐衍之徒，其行不軌於中正，不可律以聖賢之學。若屈子之憂國愛君，託於湘流，比之夷之清、惠之介，感慨欷歔，而有以增夫五倫三綱之重。雖聖人之徒，無或議之。補齋之前此，特不死耳。假令前此而死，前此而卽以溺，世猶不得以畏與厭看。同類而譏之，有謂聖人無死地，故火不能爇，水不能濡，豺虎不能試其怒。以退之之困躓，而開雲徙鱷，猶曰『人窮，非天阨也』，至補齋而天不可問，不以人之所以惜補齋者爲天之所惜，忍於視一世之溺，而先溺一補齋，獱獺之儔、蝦蛭之類，乃爲天司權者非耶？其不能援，又擠之，無怪也。孔子之厄也，由、賜而下，俱不能無吾道之疑。援琴而歌，與正衣冠而委順，無二命也。故曰：補齋之身可溺，而心不可溺也。將託神江湖，指天下之迷；假澤星漢，潤天下之枯；樹靈砥柱，鎮天下之流。文莊之知補齋，殆賢於賈生矣。補齋之學，得之家庭，不息不歧，一以朱子自期待，視魯齋、臨川以下不屑也。世稱其任道闢邪，有百鍊之剛，萬夫直前之勇，然則補齋之存亡，乃正學絕續之關也。後之學者，挾其泛濫之辭，無津涯之辨，以溺天下。天下日在漩洑之中，而莫知所振。蓋自疎瀹以來，幾四千年洪水之禍，再見於今。而濡首之凶，特於補齋爲之兆哉！縠雒之門，傳引之以爲卿大夫之祥，今山水之發，無故而殞一典學之大儒，吾不知有劉向者出，當何如驗其災咎也。補齋之後，則靳克道嗣之，猶爲能淑者焉。

陳克庵選

吾讀克庵《小學》之序，而歎之曰：『嗚呼！學必始於《小學》，何其見之卓卓也！』昔朱子憫俗學之鹵莽而失正，故述《小學》以正大學之繩墨。其曰：『小者，謂其由是而大焉者也。如《書》曰：「邇可遠，在茲也。」』竹之萌數寸耳，自蛇蚹蜩腹，至於尋丈，枝枝節節，未有改於初也。故小必可大，始必有終。人之病在胎，酒之病在酵，木之病在根荄，始之於小，可不慎哉！魯齋氏得《小學》，謂之神明父母，至克庵則專以是爲教，日從事於斯，豈惟誦其辭而已？必嚴諸己，必踐諸事，因此而究極之，曰格、致；因此而惇篤之，曰誠、正、修；因此而充擴之，曰齊、治、平。此小大之說也。夫歧小於大，則小者爲雜博而大者爲浩渺，履豨晝墁之所以爲僞行也；夷大於小，則大者爲象罔而小者爲芒忽，泰山秋毫之所以爲讆言也。知小者，大之小，故大不爲象罔，而小不爲芒忽；知大者，小之大，故小不爲雜博，而大不爲浩渺，洒掃、神化之所以一致而無間也。不夷大於小，故無小而不踐；不歧小於大，故雖小而必嚴。嚴故知灑落縱恣者之爲非，踐故知捉景搏虛者之爲謬。小大之説定，則繩墨正；繩墨正，則學無異術、無餘事矣。今以《小學》之書，考克庵之爲，蓋無所不合。危坐一室，未嘗嬉戲，敝衣糲食，處之裕如，吕正獻之治心養性也；居宿學宫，巡行館舍，正容率物，變革浮誕，胡翼之之敦行尚實也。折箠之威，不至於輿皂，公明宣之説學也；巡父莅邑，望寺門而步，樂正子春之不忘也。持憲公肅，出冤汰濫，范文正之不擇利害爲趨舍也；鐫貪暴，不厚責贓賄，劉器之之和緩也。張東白曰：『其植之也深，其發之也耀，其持之也恒，安有斯人哉！』而以積忤閹豎，至鈐赭囊頭，冒霧露以道死，君子未嘗不爲世道人心惜也。雖然，世有負於克庵，而克庵未嘗有負於《小學》，《小學》與克庵相爲存亡。謂克庵殁，而《小學》不復興也，孰與《小學》存，而克庵固未嘗殁也哉！

靳文僖貴

世之不幸也，大臣不能任天下之功，而獨傳其言；又不能享天下之樂，而徒攖其憂。夫憂，非大臣嶄免也；大臣不憂而小臣憂之，朝廷所以多議論也。抑大臣不憂而天下憂之，政府所以來謗讟也。爲大臣者，安得無憂？雖然徒憂而已。陳平之燕坐深思，無陸生爲之籌畫，則亦以悒鬱終耳，豈能成安劉之名哉？

吾嘗次文僖之事而悲之。文僖固毅皇東朝之舊傅也，目屬之稠人之中，而曰非靳先生乎？不可謂不遇已。顧所謂選正人以端國本者，文僖能盡其道焉否也？賈誼自傷爲傅無狀，哭泣以死。八虎之徒，狗馬鷹兔之習，豈無有先幾者乎？文僖於此時而能憂，憂而思所以正之。當先皇顧命之後，劉、謝未去之先，足猶可搔而絶，手猶可握而拔也。文僖爲平、勃則不足，爲陸生則有餘。顧使當斷之機，失於一決；而縉紳之禍，流於無窮。逆瑾之時，僅僅以不書京官賢否，一嬰其怒，亦不聞潔然自靖，引義抗聲，而乃浮沉金馬，側目羣小之媕阿，蹙額正人之奴僇，亦將何以爲情哉？自後一瑾去而一瑾來，利門日肆，盤遊日多，羣盜四起，天子親習兵於禁中。文僖乃與新都、鉛山諸公，合辭以爭，疏再上而再不省。然此二疏者，世方之相如之《諫獵》，楊秉之《諫微行》，蓋文僖之特筆也。文僖以此二疏著，而文僖之憂亦在此二疏深。至憂之不已而疾，疾而力請以去，去而其憂未釋也。居嘗邑邑，以疽發背卒。嗟乎！申屠丞相，一不忍於鼂錯，即嘔血死。文僖、彭城之憤，孰有知其由來者哉？迨至南巡還師，親幸其第，臨喪撫柩，苟有以志哀伯之憾，是即子魚之屍諫也，文僖之目倘可以瞑已乎！吾獨惜文僖之侃侃，而僅僅以二疏著；又悲文僖之始終，不可謂不遇，而僅以憂著也。

李文康時

自費文憲後，稱賢相者，必曰序庵。然論者謂肅皇多裁定新禮，而序庵奉行不敢後，亦不敢有所開端；諸貴人或爭執厥是，兩具之，使上自擇。審如是，何異味道之模棱？又謂羅峯居首，多獨裁取者，序庵袖手旁觀，噤不發一語；桂州位下，巽之不復擅專決也。審如是，又何異懷慎之伴食？模稜、伴食，可謂賢乎？ 卽味道、懷慎，未始非賢，顧賢序庵者止於是，以爲愈於逢悅競爭之徒，是非所以概序庵也。

夫道有樞，言有會，柂移則舟轉，輪運則車行，廣廈細旃之間，非較力之地也。子革與王言若響，安知無磨厲以須之時？ 觀彗星再見，拳拳以大禮大獄譴謫諸臣爲言，而又救魏良弼、馮恩於必死；策遼卒之非叛，言宣總之不宜深罪。其委曲鮮紓，非漫然無所獻替者，謂之模稜，則序庵不服。又人臣居邪正之間，柔則懦而召侮，剛則激而生亂；依違則謂之姦，調劑則謂之智。平陽之醇酒歌呼，卒著清靜寧一之頌。序庵謂羅峯特氣質之偏，謂石門平易，至秉道執法，吾亦悼之。費文憲之死，與桂州奔哭極哀，如失手足。其協心匡弼，一時忻忻，想望太平，謂之伴食，序庵愈不服也。

至其秉禮首禁邪昵，講筵必寓規諫。坐講《周書·無逸》，歷陳稼穡艱難，奉勅慮囚，恆存矜恤；編類《太祖文集》，用資顧沃，疏正儲位，培國本，論冢宰，不宜久虛其位，皆犖犖有古大臣之風焉。若夫泛舟西湖，鼓楫前驅，以龍旌鳳節、颯沓照耀爲榮；閲馬觀花，曲宴内庭，記君臣之同樂，得無異顧公之在坐乎？ 又請祈天壽，以天潢演派沠蒙寵，犇走山陵，致成癆疾。韓休瘦人主以肥天下，序庵終於自瘦，非其倫哉？

要之，序庵者，其處而不底，流而不污，曲而有直體，猶爲雅故之遺，而以晝諾坐嘯，蒙世俗之譏，至云糜卻長安米，過已。稱之賢相，豈有恧乎？

費文憲宏

《左氏》好言占夢，非誣也。鉛山未第時，有彭安福領籤之徵，考其始終，殆無一不合。由太學掄魁同，相兩朝同，卒官同，謚文憲同，豈偶然哉？而余以爲兩公之相合，有不僅於是者，而鉛山之所處，爲極難耳。方閹瑾陵轢公卿，鉛山獨骯髒不爲意，幸脱虎口。既而值錢寧、逆濠之交構，秉正不回，皭然引去，身無可摘之端。至焚舟未已，爇負羈之室，發子儀之墓，又掠殺其同氣，既戕孫、許，即騎遣追，信非進賢令遏之，則鉛山奚徼之有？乃兄弟建義，流涕勤王，贊畫杜周，蠟書新建，夷難爲效，退然辭功。吴、楚滅而晁氏幾危，節甫誅而陳寶無恙。此則安福所不必遭之禍，不必有之功也。迨肅皇嗣統，首召還相，議禮諸公相繼去位，獨鉛山居清濁之間，豈在毅宗則剛，在肅皇則柔？大直若詘，道固委蛇，無鉛山爲之調護，則縉紳之禍烈矣。是天所以柔鉛山，而令之息黥補劓也。暨其末年，以詩詞與人主相唱和，爲饒州所譏，雖不若咎繇之賡歌，較之韋執誼遠已。此又安福所不必處之時，不必居之名也。若夫議大同之叛卒，則安福之料秦師也；稱慈壽之宜隆，則安福之尊慈懿也；條淮陽之大水，河南之旱蝗，則安福之疎彗星也；去畿郡太僕之寄養，則安福之免孳馬也。安福因無雪而上書，鉛山亦因禱雪而作告。平生之所獻替，如慎刑賞，廣聽納，蘇民困，緩逋賦，異口之所宣，如出一口；異手之所構，如出一手。噫，亦奇矣！至安福之相，有商素庵以正其始；鉛山之相，亦有李序庵以正其終。同輔協心，世稱畫一焉。兩公之所遇，不更有奇合者乎？要之，鉛山之儉素端亮與安福之恭謹粹溫，其進退取舍之相合，有在於巍科膴仕之外者，出入風議，不謀而同。鬼神者，心之影也，故精神靈爽，可以抵掌而相告。嗚呼！正德亥子之交，亦岌岌乎殆哉！

崔後渠銑

自學者好言自悟之説，而楊、陸之書，尊於朱子，於是整庵力闢，而渭厓、甘泉亦著辨，章權而句抉之。後渠皆奮筆爲之敍，以爲不賴三公，則魏、晉之華談，其禍猶未烈也。故喻問曰：『周衰而人騁其技，宋衰而人駁其學。』定夫、九成、楊簡之經，禪也；傅良、葉適之道，法也；陳亮之功，力也；安石之政，利也。背孔子而襲儒名，亂程、朱而立士的。伯牙絶絃，悼知言之難也；孟軻放言，俟後聖之作也，斯不亦卓然不惑之識，自拔於鼃聲紫色之間者哉？或謂：孟子距楊、墨，孟子之後，遂無楊、墨；退之闢佛、老，退之之後，不能無佛、老。後渠諸君之辨，楊、陸值方熵之時，攻之不堅，勝之不力，適足以推波助瀾耳。曰：噫！是何言歟？孟子之後無楊、墨，當孟子之時，亦無楊、墨也。孟子爲天下萬世計，故不申、商、儀、衍、之辨。而楊、墨之辨，其立説皆前乎孟子百有餘年，徒黨俱已湮滅，唯孟子知其生心害政之由，以爲後世必將有述焉。佛、老之徒，浸淫蔓衍，雜然而爲正學之蠹者，皆楊、墨之支流餘裔，百變而未始有窮也。雖孟子，安在其廓如哉？退之之時，老氏已衰，而佛學方著，終唐之世，士大夫未聞以儒顯，而五葉之傳，於斯爲盛。迄宋之南，雖名儒碩德，間亦游泳焉，然未嘗以異味廢膏粱也，未嘗以皋壤廢阡陌也。語及正學，猶肅然改容。至明之衰，而士大夫始開門揖之，虚位以延之，以爲無所謂舜、禹、周、孔也，特佛氏之冕紱章縫者耳。不出於是，則指以爲狂愚，而恣其狎侮。此自有天地來，楊、墨入人心之第一大亂也。揆厥所由，則自學者之尊楊、陸始。楊、陸之興於宋，其人其書，久以歇絕，無故而刊布倡明，甚有爲之鳴冤者。羣無忌憚輕惰之儔，以陷其中，左曳右掣以至於盡。後渠之所爲愵然憂之者，豈爲過計哉？孟子之距，退之之闢，非爲當日，爲今日也。後渠諸公生於今日，有雖欲不辨而不得者，卽不能以一辨收退之、孟子之全功，猶幸以一辨作退之、孟子之左券。後有作者，未必不以其言爲蓍蔡也。後渠邃於經，而其學於朋友切磋爲多，若殷近夫之方峭、張仲修之履實、呂涇野之深造，皆相與沈浸。世所稱宗程、朱，而經明行修，果有以負荷之者，必於後渠，而亦難其時之多君子焉。

王陽明守仁

陽明先生厲不奪之節，建不賞之勛，出入乎佛、老、縱横，卷舒乎文章軍旅，得其一端，足以振當代而高千古，而乃太虛浮雲視之。終其身，惟不昧乎志之所必趨，而不欺乎心之所自決。憂患險阻，而適以出其晶爍之姿；煩言浮辭，而不能沒其光景之動。上視古人，下觀來者，真有以灼然於茫昧之中，而慓然於聾聵之外，此良知之所自立也。被其教者，百年而未止；聞其風者，百世而能興，豈非天挺之豪，命世之倫哉！顧其所以爲教，則篳路藍縷之意多，城塹維持之意寡；盪胷滌腸之功勝，而結筋搦髓之功疎。請循而論之。致知者，《大學》之目。自《中庸》不言致知，而言明善。《孟子》承之以知性知天之知，而端之知愛知敬之良。加良於知者，非陽明之臆説，而《中庸》、《孟子》之本旨也。加良於知，則不必言格物，而格物在其中。此三字符者，信啓聖門之寶鑰，泝學源之靈槎也。獨其所謂良者，夫能盡乎良之實，而統乎良之全。遊其郊者，見山林皋壤之曠，不入其國，則不見百官宗廟之美；囿於近者，樂戶庭筦簟之安，不出其域，亦不能窮舟車登涉之勝，是二者皆惑也。彼亦一是非，此亦一是非，未能達乎是非之本，而遽以其知是知非者，執之以爲準；未能察乎善惡之原，而漫以其知善知惡者，指之以爲良，故曰其良未實也。夫善與惡對之善之不足以盡善，則知善知惡之知之不足以盡知。進而求之，又必併其善與惡者無之，而後謂之真知。以無爲實，而待以良爲名，始之以知善知惡爲良者，不及乎良，而其去良也尚近；繼之以無善無惡爲良者，欲過乎良，而其離良也已遠。良也者，善也。吾不悉其所以爲善，何自而知其所以爲良？吾方以可存可去之善，而名之以良，則又安能以似無似有之知，而實之以爲致？致也者，全乎其良之謂也。盡乎良之實，則全本全末，全博全約，無乎不全者也。不能盡乎良之實，則末之以爲散，本之亦非以爲一；博之以爲離，約之亦非以爲合，故曰其良未全也。彼且厭向來支蔓之習，而矯枉太過；指後起簡直之途，而決擇未精。抑朱揚陸，以佐其灑落之論；左錢右王，以證其超頓之談。以之感發興起則有餘，以之涵育薰陶則不足。然就其至，使在孔子之門，雖不及曾、顔之列，亦當在由、賜之間矣。

王心齋艮

子曰『德不孤，必有鄰』，信哉！方越上之宗，闡於江右，一時步趨之儔，仰絕塵而瞠若。蜾蠃之負，悲化蠋之猶難，何意海濱崛起，慨然自命於青烟白木之間？車成而不憂閉門，珠投而無虞按劍，卒之水乳既合，接柏成令，以草衣韋帶之士，而敖兀於公卿之上，可不謂卓犖奇偉者乎？故陽明之必有心齋，猶孔子之必有子貢也。

或者以古冠木簡，長揖上坐，疑其有市心。夫轂之行澤也用安，而行山也用仄；矢之射深也宜直，而射遠也宜執。心齋之爲此者，則其仄與執也。負遺俗之姿，而爲非常之遇。金石不考則不鳴，風水不激則不文，負鼎飯牛者，不可以爲市也。心齋非市也。子路之危冠長劍，孔子愛之，亦爲市孔子乎？又或謂一車二僕，以師說倡導，所至聚觀，聽者千百，非市哉？夫鑒之用以能照，匿而不照，則好醜不彰；刃之用以能割，室而不割，則銛鈍不辨。心齋之爲此，又其照與割也。以藏器之身而試不括之動，建鼓於唐子，又曷足異乎？且夫市之名，以相炫也，以自利也。推飢者以食，解露者以衣，不可謂之炫也，利也。心齋而市，雖禹、稷之三過，亦可謂之市矣。獨其以悟爲宗，則不得不爲超頓之談，且宅古今，指馬天地，疑其荒矣；以樂爲門，則不得不爲縱恣之論，指顧鳶魚，揮斥風月，疑其虛矣。反己未必非也，而宇宙在手，造化在心，同白沙之欛柄無極，豈有議乎？而有向卽欲，有見卽乖，似達夫之見成。其語太高，其徑太捷，其發揚太甚，使天下驟而聞之，咸渙然於心，而渢渢乎感其言之廣也。

其後破去經傳，脱畧成式，而束書游譚，譸張捭闔者，莫不曰『吾師心齋之教也』。陽明之後，猶有謹厚愿確者，出於其間。心齋之門，自林子仁而外，懺悦變幻，幾不可窮詰。揆厥所由，心齋殆不能辭其責矣。

《乾》之《同人》曰『見龍』，夫子以『庸言庸行』蔽之，心齋知以此爲正位，則庶幾孔子之家法也。苟實其所以爲庸，而精其所以閑與存者，雖俟百世，奚惑焉？而論者乃以失『無首』之旨，是猶恨冰之未寒，而言火之不熱也，豈有當哉？嘗怪世之言良知者，每遺愛敬，心齋不忍其親一盥之冷，而遂獲其心意於掃舍奉席之際，固良知之左券也。後有作者，能無興起於斯？

西廬文集卷三

張甬川邦奇

方越學之盛，號强項者，惟兩張氏：淨峯也，甬川也。淨峯居溫陵，其不出於域固然，甬川之近，若此其甚也，而嶷然自立，雖心攝而昵就之，不能强之使從。蓋其序觀頤時，止二十五，而又加以幾十年之沈思力踐，猶時時發憤，曰：『行邁屢税，誰執其咎？』其不以有所聞而遂止，恐恐然唯懼其愧於平日之所聞。比之珠玉在櫝，光不可藏；江河行地，流不能禦，豈與夫張皇揮斥，區區立異同於門庭設施之間者哉？嘗得其一簡，謂：『人情好異，以程、朱傳注爲不足觀，言諸經，則尚舊時注疏。曾取注疏讀之，豫置簿一扇，筆記其可取者，讀之竟歲。但一語可取，則已爲朱先生所收拾，乃知文公真大豪傑，正如伯樂一顧，馬無留良。』故甬川之説經，沉潛融會，必以朱子爲正鵠，而不能誣前聖賢以誤後世。所謂登於山，而後知山之高；入於海，而後知海之大也。

世之稱學者，恣其狎侮之論，至不難秤停羲農以下諸大聖人分兩之輕重，宜甬川之誕而不信哉！不寧惟是，敬齋之氣能妙理，則於整庵微辨之；余子積之以太極爲渾沌，則於魏子才極論之。其病敬齋也，謂先儒不宜分析理氣太過；其語子積也，並謂周子不必於陽動陰静之上另立一圈，而朱子亦不必於八卦次序之下，特空白紙書『太極』二字。於古人之言，有不犁然於懷者，亦不能唯阿成説，而冒昧以徇之也。甬川之深造，每不越於近思切問之中，故戒學者以畫工不好圖狗馬，而好圖仙釋。衆人之容易，乃志士之所難。贊陽明者曰：『砦飢渴之飲食，以夢寐爲從人所欲，其反覆辨論者，不過斯言而已。而東廓子乃以九峯未達，報其所以興喟者，是猶門戶之見哉！』

張淨峯岳

淨峯之學，稱與虛齋同派，唯程、朱是宗。嘗自言見紫峯而師之，有以見其功夫之邃密，意味之深長。而又時與余子積爲友，得敬齋之閫奥，則其與一世之恫疑虛喝、顧盼而指心性者，宜其方圓冰炭之不相入，而概以儱侗籠罩目之也。雙江以爲尊傳注而守家法，其所由入然也。要未盡其底裏，猶援儒推墨之論哉！淨峯觚稜嶽嶽，不能苟容於時，雖不爲激言矯行，比之干鏌藏鋒戢芒矣，而餘光燭天，忌者病之，故終不肯相援，以立於朝。四十以前，惟欲皋比著書，北面其徒，以扶墜緒。四十以後，馳驅鞅掌荊、粤、滇、蜀數千里之地，馬援之所不遂，諸葛之所僅平，載鬼張弧，信威覃惠。大星中墮，遂使淨峯之志，掩以勳名。或披文以考，疑先後之截然；或博設以稽，又宗統之不一。仗節死諫，足以爲名；竑議排衆，足以爲智；措注成畫，足以爲才；保身不危，足以爲哲。百鍊不撓之介，謹嚴根柢之文，卽不接閩、洛之席，何遽不可以自見哉！然而淨峯兼之，非特兼之而已，又能餘之。其孜孜乎師友之所求，奉以終身；惕惕焉歷危難險阻，而不失其尺寸者。見其所兼，而思其所專；見其所餘，而思其所本，果有以出夫飛揚馳驟之外，而得優柔縝密之中。理未充不可以感，氣未定不可以動，量未宏不可以容，所以防其不及而底於無過者，豈曰以勝物哉！故懼可以行三軍，非暴虎之謂也；說禮樂，敦《詩》、《書》，可以爲將，非孫、吳之畧也。謂道德有餘，而憂功名之不足，曲士之陋乎！孔子之對衛靈，豈真有所歉也！以道德始，以功名終者，一見之陽明，再見之淨峯。其行事絕相類，其卓犖英偉之概，宜亦有以相合，胡不能强其議論而使之同也？有以不能從容密勿，爲淨峯惜者。韓之定策司馬元祐之相，不復見於今日。夫道之隆污，亦以時耳。薛敬軒未嘗不爲相也，敬軒不能於英、代之際，而淨峯乃能於毅、肅之間。故敬軒之相，無增於敬軒；淨峯之不相，亦無減於淨峯也。胡、蔡之後，斯其較然者乎！

鄒東廓守益

自朱子補格物之義，世之儒者不能深信，輒引《大學》古本以駕其說。置物而言知，反致以爲格，渾格、致、誠、正爲一目，而支離放曠之病，有不勝言。夫爲棺椁，遂有厚葬之弊；死欲速朽，亦有棄尸之患。因聖人之言迹猶且紛然，而況後此者乎？越上之學，其傳之無弊者，惟東廓氏。昔人稱其精體實踐，習安節和，在國經國，在野經野，綽綽乎有深造自得者。而其肆筆脫口，沖融貫徹，所謂『汨其泥而揚其流』也。自古未有創立一門、張皇一說而無弊焉者。雖越上，何自知之？拾祖券於喪家之後，得離珠於象罔之中，攢簇五行於頃刻之際，倒用其印，檄而疾馳，何知嘗之者之爲醍醐，爲毒藥也？何知蹈之者之爲康莊，爲荊棘也？死者十九，生者十一，苟其一而得生，則不謂其藥之非良；躓者十九，起者十一，苟其一而得起，則不謂其途之不可至。東廓以精微朗暢之資，而從事乎皜皜肫肫之業，卽不佩良知之符，何遽不能升堂而入室？而其質疑虔臺，周旋戎幕，禹陵之別，執手欷噓；南臺斥歸，千里奔慟，則其得於師資者誠深，而非尋常門廡之依附而已。然觀其後來議論，每謂『昔歲見先師時，認得良知粗，故包謾、倚靠、懸想三病未去，終於潔淨處未能著力洗刷』。又曰『聖門之學，只從日用人倫庶物，兢兢理會，常令精明流行』。從精明得流行，是博文；從流行得精明，是約禮。斯二言者，所以剔良知之面目，正良知之軌轍，不特東廓無負於陽明，而亦使陽明無負於朱子。又嘗謂『吾儕講學日衆，成功日少，由立志不曾潔淨，談說聞見，如鏡中花』。故其教人必以無求安飽，敏慎就正爲宗。而每興起於齊景、伯夷千駟、首陽之語，頻經危躓，風節益防，帝閽閶闔之心，不啻疾痛呼吸之不得已也。其言事上使下，從前先後，交左交右，無往非洗濯實地。東廓之所以用《大學》，可謂敬有其本已，豈區區闕文數簡之間者哉！故越上之學，吾必以東廓爲無弊也。不善學，以無弊爲弊；善學者，以弊爲無弊。以無弊爲弊，則擇益精，語益詳，而有不可究其終；以弊爲無弊，雖履豨畫墁，皆吾資也，而何疑於越上哉！

歐陽文莊德

天下之事，能發而不能收，可與創而不可與守，未見其能久也。方越上肇路，建良知之宗，一時從遊之士，縱横排奡，不爲不多，而南野獨以涵浸沈密、恬淡純和承之，内不失己，外足同物，庶幾乎不爭不黨者，此所謂克家之子也。

夫有門戶，因有異同，有人我。以人我、異同主張門戶，故往往客氣勝而議論多，揮霍之見長，則充實之見短。剛不足以自立，而狠戾以迕物；柔不足以有容，而依阿以喪己。以聖賢豪傑之志始，而以鬬爭忿悁之事終者，比比也。善乎南野之言曰：『學者勝心與真志，相爲消長。志真則能自見過，真見其無窮無二，自不至求勝，亦無勝可求。』此南野所以泯人我、異同之本也。泛江湖淮濟者，不一其途，沿流不止，終趨於海；語道德性命者，不一其説，用力不止，終趨於聖，亦惟自致其志而已。《詩》曰：『我日斯邁，爾月斯征。』當何門戶之足云？

南野之於整庵也，辨不失和；於心齋、雙江也，頌不忌規。顧獨以師友離索、工夫疎息、知見未削、渾淪未復爲兢兢焉。所以瑩痕削觚，以求自免於欺誑者，無所不用其至，故能處嚴主伎相操割忌諱之世，而絶萌杜隙，未嘗不見其調劑燮和之功。不忤時，亦不貶道，豈非剛足以立而柔足以容者乎？《蒙》九二之《象》曰：『子克家，剛柔接也。』九居二，自具剛柔之義，而《洪範》亦有『剛克』、『柔克』之文，非剛柔之克，則交接者非也。有謂發以陽，而收以陰；創以武，而守以文，奚足盡剛柔之道哉？故曰：南野者，越上克家之子也。或者稱之以利害不入心，故馮河而不卻；毀譽不干志，故包荒而靡遺，剛柔之用，皆自克之驗也。

若泰州之後爲顔、何，竟以不能自克，而隤其家聲，可勝惜哉！至淮南、江陵之遞相，以爲昌南野之門。夫枝葉之於蓓蕾，於根荄，所從來已。入伯昏之室，而有子產之執政，不見誚於申屠乎，此不足爲南野輕重也。

王龍谿畿

龍谿自陽明時，有秉筆分座之任；既其歿也，有河西夫子之疑。薛方山爲考功時，用貴溪意，以僞學去之。時論至以薛不復知廉恥事，故龍谿不仕，而名益高。李贄之徒，獨師尊之。然龍谿所爲，重前人之付託，悲後世之陷溺。重己而愛道者，終其身，唯無善無惡四字而已。天泉之證，其立異於緒山者，不過謂意亦無善無惡之意，知亦無善無惡之知，物亦無善無惡之物，以是爲一了百當，爲上根人立教。噫！倡是教者，則千萬世而下，俎豆一告子可耳。何必斷章取《孟子》之良知，破句讀《大學》之條目哉！夫孟子之良，孟子之善也。既無孟子之善，則安得有孟子之良？孟子以愛敬爲良，故親親之仁，敬長之義，可達之天下。所謂致良知者，既以無善無惡爲心之體，則將由是而達之，身亦爲無善無惡之身，家亦爲無善無惡之家，國亦爲無善無惡之國，天下亦爲無善無惡之天下也，而可乎？是與《大學》全無關涉，而特借『致』之一字，以爲其名。朱子有言『販私鹺者，必蓋以繡纛』，殆謂是夫！間嘗取其師門之四語，而一一疎之。其曰『無善無惡心之體』者，是告子之餘論，竺乾之剩義，固無論已。所謂『有善有惡意之動』者，則全不識意，亦全不識《大學》之所謂意。《大學》之所謂意，言有誠不誠，不言有善不善，蓋不以動以善惡者爲意，而以欲爲善去惡者爲意也。小人無其意則無誠，君子有其意或未必誠，故謂意之有誠不誠者，猶謂意之善者有實不實也。如君之權，寄於將，而其將或巽懦，或中制，不可不有以一其權。然命之爲將，則已非賊，爲將動而爲賊，可乎？此所謂不識意也。夫有善有惡者，不可爲意，而無善無惡者，可謂意乎？則於誠可謂愈疎已。又謂『知善知惡是良知』，就其說而直截言之，曷不云『知無善無惡者爲良知』乎？而姑以是爲鈍根立法也。至曰『爲善去惡爲格物』，以是爲並知行而一之，卽所謂『不覩不聞爲功夫，戒慎恐懼爲本體』者。夫必每事立物，何所不可。然此《大學》之成文，不由補竄，謂知善知惡在爲善去惡，爲善去惡而後知善知惡也，可乎哉！且龍谿之意，亦將以無善無惡者謂之物，則爲之去之之終不可以爲格也明矣，而以爲善學者，不滯於言詮，嚴灘最後之語，惟以玄同實幻，爲陽明所亟可，蓋鹿苑之别派，非龜蒙之世嫡也。

張文忠孚敬

漢世祖得以皇南頓，而不皇南頓，此守禮之過，而違其情者也；魏莊帝不得以廟彭城，而廟彭城，此任情之失，而違其禮者也。禮以著君臣之防，而情以存父子之實。肅皇帝可以考獻王乎？曰：『烏得而不考諸？』漢哀、宋英，有爲後爲子之義。肅皇帝兄武宗，不嫌於考獻王也，不後孝宗乎？曰：『烏得而後諸？』有子者不爲之後，後孝宗是武宗不得正其爲子也。曰：『不後孝宗，烏得兄武宗？』曰：『同祖憲宗，烏得不兄武宗？』遺詔曰：『皇考敬皇帝親弟興獻王長子，倫序當立，遵奉祖訓，兄終弟及。』是不後孝宗，猶得兄武宗也。文忠之確然抗羣議，未始非獨見也。然而諸公爭之，何也？曰：『考之不已，將必帝之；帝之不已，將必廟之。與其陷上爲魏莊，不若匡上爲世祖。見其必然，而遂遏之將然。知君臣之防，而不知父子之實，諸公之蔽也。』曰：『能禁之使不帝乎？』曰：『不能也。且帝之，庸何傷？子爲令，則父亦令；子爲守，則父亦守，乃至子爲樞輔，則父亦樞輔。』紀守、令、樞輔者，從其子之實，而不從其父之名。追崇之典，何以異是？漢靈以解瀆亭侯，徵詔有爲後之文，卽位之四月，而尊其祖父皆爲皇帝，是時陳、竇爲政，何禮之乖剌如是也？蓋不立主，不祔廟，則雖極其尊崇，而仍無傷於國體。且夫廟之必不可祔也，文忠知之矣，卽文忠爭而止之矣。止於今，而行於後，雖文忠，亦無如之何也，而議者遂以文忠爲導諛之臣。嗟乎！文忠豈導諛者乎？朱子之論濮議也，曰：『歐公說非是。』而溫公又以濮王太薄，須於中自有斟酌可也。使當時諸公虛心平氣而博采，肅皇難舉朝之論，猶抑情而就裁，文忠亦得託衆正之公，順乎情，不拂乎理，定一至當之典。伯孝宗，考獻王，去帝著皇而祀於園陵。若非兄弟而爲子行，有爲後之文，則於本生不得稱考，雖以爲萬世法可也。不出此而悁憤痛哭，至比文忠於馬順，而欲甘心焉。文忠孤恃上眷，從而委蛇，佐之以睚眦忌疾之徒。國書成，而挺死竄謫，謠諑紛如。數朝以來，言人才之廢興，議論之得失，此亦一大竅會哉！故具而論之。至相業之純駁，其踔厲逸羣、得君行政之畧，則詳於傳。

張文忠其二　一號羅峯

昔者嘗怪太史公，傳劉敬、叔孫通『敬脫輓輅』一說。通爲儒宗，定漢諸禮，又傳平津、主父。平津晚而遇主，躋位宰相，以謙讓廉潔自固。主父始不容於齊魯，及後當路，欲倒行而暴施之。吾爲之論次羅峯，而悉得其說。

羅峯以書生一言當上心，是壽春之羊裘也。三詔而定大禮，天子終以禮事任之，分祭南北郊。正先師號，帝后耕蠶，是稷嗣之綿蕝也；齮齕公卿間，侃侃發舒無所避，是布衣燕、趙之憤也。久居相位，不顧私交，不恤譏怨，以圖報塞。三乞休致，輒三召還，衣囊一篋，與身進退，是三公布被之名也。自羅峯相，而中涓之勢詘，恩倖之途絕，黨援之私破，務以尊主權，信國威，重輔臣體，身先百吏，奉公守法，宗室不得預政，外戚不得世封，先後裁革鎮撫、監槍、市舶之類幾盡。弇州有言：『天下始以議禮非之者十九，忌其貴而刺之者十九，繼而是非之者半，歿而思之者更十九矣。』卽不言禮，豈無以自見哉？

然羅峯非得君之專，行政之久，則無以自行其志。而專則不能無嫉，久則不能無軋，處相嫉相軋之間，則不能無忮心。逐鉛山，擠巴城，間桂州，或曰皆其力也。夫持張延齡之非反，則主於敦厚；而反馬錄之獄辭，則近於緣飾。主青芊之必剿，則專乎威斷；而言大同之不可撫，則似乎更張。故或以羅峯之自許太甚，而矯厲太激，以慷慨行其阿狥，以推讓行其擊排。叔孫通之希世度務與公孫弘之外寬內深，蓋兩有之焉。而天子之所以禮信之者，既怠而更思，已厭而轉昵，忘主父之涓忿，守婁生之片言。合之有素，故既合而不可復離；得之者深，故既得而惟恐其失。羅峯之遭際，可謂奇已。嗟乎！讀明倫之書，而羅峯之陰陽捭闔，皆在其中。夫世方豔叔孫之制作，以爲漢一代之典，非通則不能以立，而史比之敬，以爲特一言之偶當耳；世方稱公孫之兢兢以功名終，而史比之偃，以爲朝奏夕召，其所遇未必不同。而或五鼎食，或五鼎烹，亦有幸不幸哉！觀桂州之事可見也。然嘉靖之初，必以羅峯爲才相云。

桂文襄萼

永陵之初，宰相之以清節著者，唯藁城與安仁。藁城以一民車去國；安仁之歸也，蕭然敝廬，弗禦風雨。敬齋之學，一傳爲張方先生，再傳爲安仁。其好古力行，孝友介特，無愧其淵源。而安仁之節之學，皆以議禮掩，又皆以與羅峯同議禮同相掩。方安仁以議禮與羅峯爲邛邛距虚，最爲世所齮齕，並以卑疎踰尊戚入輔。既而羅峯多捭闔之術，獨受主眷，而安仁號爲持正，與羅峯復不能盡合。世忌兩公以驟進，有所專攻，勢必兼及。然攻羅峯難，攻安仁易，則雖有兼攻，而更以其專者，從其所易，於是安仁之去，不旋踵矣。胡莊肅有言：『余行部，過其里，問其遺言往事，蓋泫然悲之。世人貴耳，既不足以知人，而又蔽於先入，無惑乎昔人之蒙詆。』

安仁成進士，以漆雕未信，與其兄古山講求五年而始爲令。三爲令，凡三刖，至遭榜棰，淪獄戶，而無所悔易。又十年而爲主事，犯衆之議，亦其所見則然，而未可與乘機獻諛者比也。迄被知遇，其大者，見於聖學聖敬之疎，而其餘疆輿、戎索、兵樞、民務、海防、鹺法，歷歷見之敷納。前後乞召謝遷、劉麟諸正人，謂『儒臣入直，不必專事講說；輔導有責，不宜旁及詩詞』，誠有味乎其言之也！至於疎郭勛之兇暴，則似乎倍德；去抶己之都御史，則近於修怨；薦魏校之日講，則見爲借交。譁然而攻安仁者，豈有如安仁者哉？方南海亦與安仁同議禮，同相，同謚文襄，而方之多受饋田，把持郡守監司，視安仁不及遠已。羅峯之歿，人思之者十九，而安仁獨無聞焉。豈其始與同謗，而後不及與同功？抑其木强寡合，自守則有餘，而施物則不足乎？或又謂安仁嘗排新建之說，殆於娼忌，至解之者亦以爲晏嬰之不知仲尼。夫新建兩廣之任，實由安仁之薦，且謂『天下之才無出其右』，則安仁知新建已久，而特以斤斤師說，其意見挾持之不同。新建之波瀾滃湧如海，而敬齋之庭戶闃寂如秋，此亦一時之盛衰，而未可爲軒輊也。弇州曰：『凡議禮而貴者，其人皆磊磊。』余獨悲安仁之節之學，而與導諛同譏，故爲著之。

顧未齋鼎臣

宋香溪范先生後作《心箴》，朱子取之以入《集注》，當時雖呂成公未釋然也。自宋迄明四百年，值永陵崇聖學，未齋首以之進講，上大喜悅。至親灑宸翰，爲之注釋，令院監及天下學校建亭鐫碑，此香溪之厚遇哉！實未齋發之也。又以曾子之後無顯著者，乞詔書采訪。此二端者，未齋平生之大節也。未齋虯髭虎顴，音吐洪亮，其在班行，上已目屬之。及進講，屢受寵顧，將大拜，而爲羅峯所阻，然上獨憐之，雖言官抨射愈苦，愈不信也。無逸殿成，命坐講《豳風》，其寵遇惟未齋與序庵得之。上頗厭羅峯，乃入內閣，南巡承天，與太子監守。有勑內自禁掖，外而京都及邊陲，並大小臣工庶務，一以委卿。時太子幼沖，上悉寄之，於古無兩。未幾以病告，及歿，而天下惜之，以爲屯膏未盡施云。

夫處師儒之重，有正君之心，必先正其身，使不流於邪僻；正其學，使不雜於異端，精白乃心，始終勿二，而後可以收啓沃贊襄之實。昔人序香溪之文曰：『士莫大於守道，守道莫大於養氣。』聖賢之嚴是非，辨治忽，立言不朽者，氣也；立朝廷之上，正身率物，進君子而退小人者，亦氣也。是香溪之所以爲香溪，而《心箴》之本也。徒誦其言而不察其本，抑徒知求曾子之後而不究其書，使誠、正、修、齊、治、平之學，闇而不明，鬱而不彰。未齋以聲酒好內之質，挾跅弛弗屑之習，以處富貴傾軋之場。守非其道，不可居已；養非其氣，不可行已。觀其爲侍郎值祠醮，輒進《步虛青詞》，疏上五事。史言五事不可詳，大約舉香水供獻鄙誕之事。其後二十年，齋醮撰文，皆未齋爲之作俑，無乃與進講《心箴》之意，大相剌謬乎？委寄專而儒效不覩，不足異也。

先是御史曹嘉，仿宋《百官圖》，釐京官爲四等上之，列未齋名其末。嘉雖獲罪，而未齋所以致此，不可謂無其由矣。若夫築邑城，丈田均賦，來麑裘之謗，亦不修鄉曲名故，然迨久而利之，歿而思之，爲之祠祀，豈非古之遺愛哉！

石文隱珤

介者多嫉，清者多刻，此其氣之雜純駁而見焉者也。以其介清之美，而畧其嫉刻之惡，君子猶有恕辭焉。若夫介而不嫉，清而不刻，天下思其美之所既，而未嘗不厚思其惡之所忘之人也。即不謂學問之力，得於自克者奚若，而其質之所全，固已爲先民之遺，而非輓近之所能及。吾於此得藁城焉！

藁城之鯁狷絕俗，天下信之。其在位也，唯以孤貞行己意，不撓於毀譽，方之古人，其斷斷守善似劉寵，默然無所施設似顧雍，清簡儉素似楊綰。以議廟樂廟衢，爭太皇太后謁廟見，謂非通儒。又三封還內批，幾中飛語，投劾而去。以三年之相，僦一露車出都門，圖籍行李在焉。故世稱閣臣廉貧，無踰藁城者。歸第鍵門，望益隆起。夫有甚亢之名，必且有甚亢之言與甚亢之行。强人以難，而責之無已。故人見其特也，則畏而忌之，不則以爲落落難合爾，而不知有大不然者。方肅、武之相繼，士大夫苛察之風寖甚，藁城獨引漢文之休息爲言，謂『中才皆可用之人，平易有近民之實，毋責效旦夕，毋刻察淵魚』。斯言也，非甚亢之言也。斯不特一時補救之良箴，實千古協中之石畫也。雖《禹謨》所陳『以簡』、『以寬』，曷以加諸？令其說得行，而上無忤，實究其登賢黜佞之施，而真見其清心省事之效，則陽明所謂『以無不容安其情，以無所競平其氣，以不可奪端其向，以必可賴收其望』者，殆庶幾焉。而藁城亦無甚亢之行也。爲簡討最久，諸日講摩纂，可梯是選者，恆遜其後，其能讓也；爲南祭酒，教嚴而濟之以恕，其在寬也；爲吏部，袖中丸楮請謁不行，既解而人思之，其無滯也。初不悅於新都，至大禮議起，唯於新都無負，竟以從違爲易名之累。然則新都之始患其特者，至是而唯患其不特也。故藁城之介清，人知之，而不僅於介清者，人未必知之。不嫉不刻，唯藁城有焉。嗟乎！萬斛之舵，操之非一手，則緩急豈能盡如其意？藁城介而和矣，清而微不足於任焉，不能專操舟之權也。

徐文貞階

世稱存齋粹於學問，殆非也。其機警先物，急疾赴時，蓋在正譎之間者乎！或謂其工季子之揣摩，揣人主之意旨，十得八九；揣邊圉情形，十得五六；揣同事之讐機，弄之股掌；揣天下之公議，收之嚬笑，亦救時之相哉！夫人臣正其身而已，進可也，退可也。權利之所在，如市賈焉。清其心而不爲所縈，靜其氣而不爲所詘，豈必竭慮殫精於得失之會？緘之者方密，而胠之者已至矣；決之者方發，而注之者已復矣。何暇分其萬一，以圖國事乎？故夫存齋，有數大端之可思，亦不無一二端之可議。

大端者，如以危語動分宜，使無究忠愍之引二王也；抵仇鸞之間，而奪之印也；辭閣臣之預邊功也；解穆皇藩邸之中疑也，鄒御史、海中丞之得不死也；遺詔之罷齋醮土木，復廷諍諸臣也；絕呂用之分監團營也。所持諍多伸，然往往假宛曲而行之。王司寇曰：『存齋之事永陵也，能劑其疾雷迅霆而爲霖雨；事穆皇也，能破其浮霾曀陰而爲白日。』信哉！

一二端者，作齋詞也，鍊藥也，賄結左右也，怙子之非，不戢蒼頭之横也。故人得以反唇而稽，按劍而眄。前乎以左支右吾，當分宜之威焰；後乎以畏首畏尾，禦新鄭之悻愎。失之於袁煒者，幸得之於江陵，非是，則存齋且岌岌矣。蔡國熙之來也，遮京口而訴者三千人，沒其田且六萬畝，平生之所以繩貪墨、戒苞苴者安在哉？

要其所以不殄厥愠，亦不隕厥問者，則存齋之智，足以自全，而亦有以全人；其柔足以勝人，而亦有以自勝。故能處奔鯨駭虬之間，而不失其維楫；遊劍芒矢鏃之上，而不挫其膚毫。政使可議者，不勝其可思，猶爲不相掩也。至所以思之者，即在於議之者以爲非是，則無以潛移而默奪之，批郤而導窾也，豈所謂安身而動，汙其名以自詭者歟？觀其戒孫者曰：『無競之地，可以遠忌；無恩之身，可以遠謗。』忌與謗，非存齋之所祈遠也。

抑予嘗聞之人，世蕃獄辭成，以示存齋。存齋曰：『世蕃不死矣！其語太峻，上必不屈己以從人。』遂改竄之，故爲寬詞，微示徇故相意。上怒，竟決誅之。世蕃未之知也，見初詞而喜，前一夕猶舉酒自慶。此亦所謂揣摩者歟！

羅念庵洪先

昔趙忠定做狀元，其父彥遠不色喜，聞與艾軒同舍也，則大喜。朱子傳之，以爲忠定之爲忠定，有自來已。念庵自狀元告歸，父遵善教之，不殊童穉。客至，令衣冠行酒，授几拂席。梧桐之枝，必生於高岡，信哉！遵善嶽嶽，以不容於時，棄官歸，往往雜耕於野農。念庵三立朝，皆不踰歲，終老石蓮，蓬藋鼪鼯，未嘗厭倦。如玉之瑟，如金之鑑，如冰寒火焦，蓋父子之間，其性一也。

越上之學，得念庵而益尊，不得之親承，而得之慕嚮；不得之講說，而得之獨行；不得之唯阿，而得之持辨；不得之墨守，而得之兼資。

孰不以親承之幸於慕嚮也？然有失焉。識未至，而驟見其廣大；力未至，而誤信其淩躐。假他人之珍爲己珍，借烏頭之力爲己力者，比比也。善學如游、楊，猶有綽見一截之恨；善教如伊川，亦有胎病難治之疑。

念庵之於越上也，讀其書，不必識其面；佩其教，不必履其門，較之諸同遊，未有過焉者。又孰不以講說之愈於獨行也？然有疑焉。語高則墮於索罔，析精則涉於鄰虛。機陷虎而弗避，歧亡羊而不知者，又比比也。彼以此爲支離，而支離乃過於彼；乙以甲爲流遯，而流遯乃浮於甲。

念庵嘗曰：『善學者，竭才爲上，聽言爲下。用其言而未有得，不若守吾陋而不知變。』見龍谿有『良知見成』之說，心弗是也，以爲非下萬死工夫，斷不能得。良知之目，實本孟子。孟子言孩提愛敬，達之天下。苟舍擴充而言怵惕，舍長養而言好惡，失孟子之意，卽失陽明之意矣。此則其所以不敢唯阿，而必欲致辨者也。

若夫始師谷平，有伯恭連墻之樂，繼與婦父叔溫，有直卿會看之稱，又深信聶恭襄於就逮之際，慕羅一峯於請肄之時。讀《楞嚴》有見，而恐其入禪；究天文、地誌、禮儀、兵戰諸書，而謂其不爲無用。此非其所兼資者哉！

而身體力踐之餘，能使人以不疑念庵者，不疑陽明；其所扶植，又使人以信服念庵者，信服陽明。而越上之學，乃益尊已。

至於畢志一壑，雖朋友交拉之，不可易也。臨沒而惟戒其子以固窮，不又儼然遵善之家法哉！危座歛手，脱然如老苾蒭。末已，若靜中所謂啓天門，聞寒漏，長空雲氣、大海龍魚之類，此與夢中之攘攘者等耳。予無取焉。

聶雙江豹

雙江之於陽明也，生未嘗納拜，沒而尸祝之。其與念庵相信特深，所謂『三板尖頭船，不容附搭，恰受兩三人』者，蓋已下視餘子。而以良知之學由師說而明，亦由師說而晦，諸公節要只節得與己意合處，其亦琤琤落落，有以自樹者乎？觀其輟講就逮，身被鋃鐺，猶理前語，意氣何如也！《困辨》一論，成於榜掠之餘，殆將考平生於此時此地，非假此以勝之，而强排遣焉。行乎患難如此，則足以信雙江之講《中庸》矣。高臥林藪而不以爲塞，起柄中樞而不以爲通，耄而不舍，惟孳孳於聖賢之必可至，豈與夫奔蹄縱翼、譸張而善幻者可同日語哉？

獨其以歸寂爲宗，致虛守靜爲極，於師門爲自開一戶牖，不深詆二氏之非，而據引其說，以相援證，以爲探性命之本。視聖人特毫釐之差，有不病乎其合者。夫以陽明之學，無功次先後，而雙江之寂與虛靜，爲不廢功次先後，以其所謂默成，補其所謂簡易，似乎進而趨於體踐矣。

然學者猶終疑之，以其標聖賢之指歸，而必借二氏之筌筏。執途人而告之曰：『雙江之寂，《易大傳》之寂，非釋氏之寂也。徵之《易大傳》而合，徵之釋氏而不合，吾必以爲《易大傳》也。於《易大傳》而不合，於釋氏而僅有毫釐之不合，此毫釐者，未可據以非釋氏也。』又執途人而告之曰：『雙江之虛靜，《咸》、《艮》之虛靜，非老氏之虛靜也。考之《咸》、《艮》則然，考之老氏則不然，我必以爲《咸》、《艮》也。《咸》、《艮》則不然，老氏則不害其爲然，此不害其爲然者，未能斷其非老氏也。』

要之，雙江之所得，不過發之自然，不雜人爲而已。故其語道心也太卑，而語人心也太高。言惟精，則惡聞夫擇執之論；言惟一，則不屑爲執持之勞。而曠然主其寂與虛靜者，以爲吾得釋氏之髓，而苟不至於斷肢體，棄人倫；得老氏之真，而苟不至於芻狗萬物，搥提仁義。雖據引援證，亦孰得而病之哉！故陽明之後，其敢公言二氏之足以爲資而不相害者，則雙江諸公之爲之也。若夫光明峻潔之操，雄俊邁往之氣，一時之學者，未有或之先焉。有聖人者起，則知所以裁之矣。

唐荊川順之

予嘗觀往喆，王逸少之卓犖也，而以墨妙掩；陸鴻漸之淵洽也，而以《茶經》掩。甚哉，掩之者之足以爲累也！故善論人者，得其不可掩於羣掩之中；不善論人者，則且肆其掩於不可掩之內。議龜山者，以末路之一出；議康齋者，以石亨之一薦。世之好掩人者，何其無已也！

荊川之不可掩者，學也；荊川之所掩者，其文也。荊川之文，人埒之季札、言游，尚爲掩荊川哉，而荊川滋懼矣，曰『我學未成，我自知之』，且不欲使此生爲文人也。荊川之所以懼，此千萬世爲文者之砭石也。而世乃以詩文刻集，如生而飲食、死而棺槨者之不可缺，亦獨何哉？比之屠沽細人，而欲祖龍一燼之，可謂知本已。然荊川之文，率不能掩，匿之彌甚，著之彌章。秋柏之實，彼實使彼所謂『不報其人而報其人之天』者，雖荊川，亦無如之何也。乃其學，即賴文以顯；賴文以顯，又荊川之所甚病也。以其所甚病，而有不得辭，然則荊川之所急於自見者，尚在可見不可見之間。而世人之目及於其所見，不及於其所不見，無怪其爲掩也。

雖然，荊川之學，有終不得而掩者。其終身自謂無成，而欲以十年之功竟之，此又千萬世爲學者之砭石也。以視夫揎拳裹袖，盤空硬語，區區逞機辨於門戶徒黨之間者，不可同日語矣。故嘗爲之說，曰：荊川以曾、歐之文，而行白沙、陽明之學，文日益肆，而學日益檢，駸駸乎其未有止也。至其後，以島夷之流毒，誠不忍溝瀆之小諒，而忘纓冠之義，我知其不得已焉耳，遑計推轂者之爲何人哉！至於赤日瘴海，扶病經營，身死枹鼓之間，豈樂而爲之？而以其吸風飲露之素，諒非人間腐鼠，有所饕餮而然。而世詬厲之不置，焦弱侯獨以爲得《易》之『包承』。唐狄公、婁師德周旋女主之朝，而不辭鄉曲之議，未可爲過量非常者繩也。嗚呼！荊川之功，其不可掩又如此。吾方慮荊川之學，一掩於其文，或再掩於其功，而世且並其功而掩之，非惟掩之以功，又欲加之以罪，然則世之以文知荊川者，猶爲不掩荊川者哉！

許敬庵孚遠

敬庵之師爲唐一庵。一庵嘗親見甘泉，而於陽明則心慕之，以『討真心』三字爲的，曰：『真心者，道心也。討者，學、問、思、辨之功，所謂精一也。』敬庵守之弗替。《原學》三篇，大抵謂孔子揭『學』之一言，以詔來世，而其自名，惟曰『學不厭』而已。性之理無窮，故學道無盡。學以求仁，舍仁而不求，不可立人道於天地之間。不由克己復禮而言仁者，道不勝欲，公不勝私，徒以聞見湊泊，氣魄承當，無強至於仁之理。知克己，則一私不容，故功利權謀之說，非所可入；知復禮，則萬理森著，故虛無寂滅之教，非所可同。學務實修，不修而僞爲於外，與修之未至，而欲速助長，操上人之心者，皆孟子所謂無源之水也。其言皆痛切時弊。

而與楚侗、近溪見羅定宇往復諸書，相期以實，相勉以正，披肝膽相示，不以意見之不同而遂止。

吾儒之學，與二氏分明不同。欲儒儒，欲釋釋，欲玄玄，北燕南越，惟其所向，未有兼之而可至者。自孔子、釋迦、老聃不能兼，而欲兼之過矣。身綱常之中，素講於修、齊、治、平之事，家業宗盟在是，豈忍舍而之他？蓋近者混合三教之徒，變怪百出，正敬庵之所疚心疾首而不能不早辨之者也。

或者以『透性』爲言。敬庵謂『透性有二，其根心生色，睟面盎背，四體不言而喻者，乃真透性也，誠愧於未能。若以知解伶俐、談說高玄爲透性，方恥之而不敢，可謂灸病得穴已』。然敬庵晚年之進，謂深得內外磨礱之力，而於知非省過，尤兢兢焉，曰：『習氣爲累，各有輕重。不能直下勇克，卽牽連一生，未有了期。』敬庵之《原學》，其庶幾允蹈之者乎？雖其淵源遠有端緒，而所自信自力者多，殆所謂出於藍而過之者也。

葉臺山以當今名儒，無過敬庵，良有以哉！人情貴遠而畧近，故於敬庵之傳，謂其師亦不能無議。鄉先輩質庵孫先生，亦學於一庵，而精思潔行，猶在人誦說之間，以此愈知學之不可不勉，而賢者之必不可毀也。

張崌崍

物有間而可入，事有間而後成。巨石盤互，得其間則立轉；亂絲糾縈，得其間則立解。庖丁之刃，所以恢乎有餘地者，以有間也。崌崍之靖浙二難，非善用間哉！方營禍未戢，而市變復起，脈決擊振之勢已成。警至，崌崍曰：『兵哨海者發耶？』曰：『發矣。』『留者二營無故耶？』曰：『未也。』

曰：『速驅之，尚可離而二也。』此其間也。以其間用之，故能借逆以攻逆。而市變靖，旣而欲斬楊、馬二豎，恐羣卒圜視，殲之且不盡，貰之則無以爲威。羣卒怨二豎之反橐也，又揚揚自以爲功，而賣己也。此又其間也。以其間用之，故能施恩於其殺，而營變亦靖。不惟是也，其撫宣府也，俺答、滿五之相忮，則其間也；縛八賴而赦之，綏銀定而離之，投其間也。故獨石等三城可城，邊墻可築，賞不可益，頫首帖耳而不敢肆，或反爲之輸情而效順焉。此所謂善用其間也。雖然，彼節者有間，非刀刃之無厚，則亦烏能躊躇滿志也哉？

乃其剸犀搏象之技，已見於滑令之時。夫蟣蠓過前，爲之移瞬；蚊蚋唼膚，爲之易色。事起倉卒，不旋踵而虀暴客於股掌之上，睥睨之間，如承蜩弄丸，其整以暇也。此其所以速而審、緩而密者之基本也。厥後，䔮逞仰二奴爲遼佐無功，十九年猶發於硎，不信然歟？假令斯人尚在，天下事豈至潰決如此之甚也！

或者曰：『公之刃不用銛而用鈍，如處州妖賊，則以無事處之；搗巢之議，則力言其不可。』此又非其視止行遲、怵然爲戒之事乎？或者又曰：『崌崍非自用也，亦用人。於浙用王工部，於遼用李總戎。』夫不恃其斤斧之利，以試於髖髀大軱，而寄其能於窾郤，刃者無厚，不於此益徵哉？故吾以崌崍始終善用間也。嗟乎，一崌崍耳！其始不容於分宜之子，則見擯於陳州，其後非江陵之悔，則亦浮沈金馬，豈能表見如此卓卓耶？至不幸而與王、李之徒，競雕龍之技，樹聲名文壇騷社間，蓋非其志之所存也。晚年乞身巴岳，與道士居精廬，豈樂此而爲之哉？吾於是重爲天下惜也。

羅近溪汝芳

近溪亦未嘗親見陽明，而張皇其學，過於念庵。其後有塘南、貞復爲之巨子。而越上橫出之一枝，幾自成祖禰。然近溪之派，的自蔥嶺挾來，故始之求之也，未嘗不迫切，正使愈迫切，則愈非居敬窮理之成模；其後之教人也，未嘗不簡徑，正使愈簡徑，則亦愈非成德達材之定軌。且夫學足以致病乎？學不足以致病，而一盂之水、一丸之鏡，則足以致病。自此病爲之根，而夢醒於山農之片言，則病在湊理矣；躍然於趨榻之一夕，則病在血脈矣；乃至汗下於夢中之一叟，則病在骨髓矣。世無和、扁，孰有知近溪之病者？而近溪則欣然自謂其病之已去，又欲以自藥，藥天下之無病者。近溪以苦致病，則以樂爲藥可已。正使未出於病，則安知樂勝者之不復於苦？而且以其樂之藥，不擇人而授之，好言天機，惡聞操執，供役之羣胥，捧茶之童子，每取以爲況，此豎拂拈搥之故習，閃姦打訛之餘智。以此爲藥，將恐以礦爲金，認奴作主，莽蕩之禍，殆不可極。雖然，近溪藥則濫，而病則真，以爲湊理，乃在湊理矣；以爲血脈，乃在血脈矣。塞住路徑，半步不前，忽於山窮水盡，轉見生趣，此後皆飛揚跳擲之鄉也。近溪而正名其禪，則所得當不在張商英、楊億之後，而必欲盡驅閩雒之族，以入棒喝之羣，自是以後，士大夫匡坐而言禪，無復向者遮藏掩護之意，則近溪實啓之也。故曰：楊、陸之爲禪，疑信間耳。至陽明而明目張膽，卽陽明之爲禪，亦疑信間耳。至近溪而又明目張膽，使朱子亟知有此，則鉛山鵝湖之辨，俱可付之忘言矣。大抵來得艱苦，此禪者之得力；住得安樂，此禪者之受用。近溪之所謂迫切、簡徑，大率如此。

而或者以近溪指愛敬，以救良知之失，爲有功於陽明，謂道明德立，戒不可緩，此則愈於虛談證悟者。朱子之於二陸也，亦深稱其性質之美，精神之若海，非是則近溪安得此病乎？而平生困頓之後，憬醒之餘，有幾於合道者。江陵問『山中何事』，對曰：『讀《論語》、《孟子》，視昔差有味耳！』近溪終以是爲藥，則已病去，而天下之病皆去矣。

王塘南時槐

塘南嘗自言平生多疑，如迷路之人，見一歧一徑，可以措足，即往趨之，及行處有礙，又別趨一路，屢疑屢換。此殊可憫，非得已也。塘南之得力，不在疑乎？夫漫然於聖賢之言，而不知疑者，其終不可以得。然幸而生聖賢之後，聖賢之言，既無往而非破疑。披荊榛，杜蹊塹，出必有戶，往必有方，水行有舟，陸行有車。苟振策孤往，豈有倀倀然憂其不至者哉？而不幸生於不信聖賢之日，謂華胥有夢遊之鄉，不必以足履；至人有促劫之術，不必以時歷。厭實而號空，惡迂而喜捷，此大路之所由塞，而歧徑之所由生。吾志稍有未定，我見稍有未真，動於有所急迫，則疑起矣。小人言毒，因其疑而中之。驂絓於木，車旋於淖，苟質性之美者，其勢必將復疑。疑而能返，及行迷之未遠，此困勉者之所有事也。終不幸而展轉淪溺，墮鬼國而不知，寄絕域以爲懽，送君之儔，自崖而返，不亦悞乎？塘南之始，亦知以程、朱折蒙山矣，不知何以一疑，而遂灑然於慈湖也。近溪之從樂入可也，而『七俱胝淨土』之論，其亦可以不必乎？五臺之姑暫置似也，而究竟有歸宿之質，其亦不能無動乎？善乎沈荵蕎之言曰：『善鎗者勝敵，兼一刃敗矣。』爲此言者，所以決塘南之屢疑，而策之一往者至矣。惜乎！其言不出於吾黨，而出於異學。又不聞於塘南疑方發之時，而聞於塘南疑將闌之後。五十以來，見爲聞道，大要不過爲黄花翠竹之儔，推波助瀾耳。乃至九合同盟，冠裳之會，靡所不赴。青原白鷺之間，誦法洋洋，媲於鄒魯，盛哉！若夫以孔、顔之學，自伯子外，止爲得其支派，而專以白沙爲不差，又雜引刹那生滅、恍惚杳冥之文，爲與聖門之旨合。吾於是惜塘南疑之，而又深惜塘南之不能終於疑也。

張肥鄉學顔

《中庸》曰：『不信於友，弗獲於上矣。』人臣而欲有爲於天下，豈必欲與宰相相撦柱？而況彼實知我，因之以立事建功，烏得以比附目之哉？肥鄉之勁直，素著於給事之時。江陵知之，謂遼撫非其人不可，此李復古所以識曹瑋也。肥鄉果能以其才自見，使左輔變弱而爲勁，易瑕而爲堅，操縱台臬，如入苙之豚，斥寬奠二百餘里，奪虜窟以爲藩落。迄今思其功，猶令人欷嘘而不能舍也。蓋至金城之方畧，往復數十章，上曰：『戰守機宜，朕不從中制。』則非特江陵知公，上亦知之矣。厥後爲大司農。雖其始入部也，太倉之儲，不能經歲。肥鄉爲之擘畫者六年，而見在庫銀至千一百三十萬，粟支十年。雖上元之劉晏，未必過之。而其侃辭正議，調劑於民情國體之間，蓋有甚難於撫夷御將之日者。必爲之轉移休息而後止，如乞金花之添進，執庫監之告匱，絶貢金之例加，必得請乃已，上每抑情而從之。至於議減議蠲，民享其利而不知者，又不知其幾也。其他風裁嶄嶄，老而彌厲，知其非附江陵以求合者，而世至與蠅營蠓集之流，同類而共排之。嗟乎，世安有真是非也哉！吾固於肥鄉之進退，而益信江陵之相爲不可及也。一代之理亂，視乎其相；一相之理亂，視乎其用人。肥鄉身當其際，置之外，而使得竭其扞禦之力；置之內，而使盡其籌畫之才，皆破羣議，抉中堅而使之得行其志，可不謂知人之明，信人之專哉！迨江陵歿，肥鄉去，而後邊圉日蹙，國計日窘，猶復如蜩如螗，致上厭而下距，累朝培植之大物，從冥冥中去之。君子於此，不能不爲之重慨也。肥鄉之大端，著於簡策，既不得而掩，而我必爲之原其始終，以痛其不能自免於流俗，爲世之議肥鄉者發也。

郭晉江惟賢

《洪範》曰：『凡厥庶民，有猷有爲有守，汝則念之。』方物出謀謂之猷，强力幹事謂之爲，貞白不滓謂之守。三者得一焉，作極者所不廢也；兼而有之，若晉江者，不可念乎哉！當神考之中年，士大夫方結爲仗馬寒蟬之習，突梯首鼠。慷慨語難者，則見以爲迂；皎皎立名者，則指以爲僞。虎豹九關，蕉蓬萬里，漠然不相痛癢，所由來漸矣。晉江起家縣令，敭歷中外，屢忤時宰，卓然自行其意於上下之間。卒之人主知其賢，婦寺欽其行。卽不謂諫必行，言必聽，而所扶植者多，豈不傑然一代名臣哉？跡其初，家貧力學，至不能具爨瀹。其應童子試也，郡刺史察其未食，食之而始能就凡，故能親小民之依。居官，則痛以蔀屋之顛連爲念，而終其身律取予，一介不肯自負其初志。至其疾姦似汲黯，推賢似韓安國、鄭當時，有守城深堅，確乎不拔之概。爲南考功，如其爲御史時；兩佐言計，如其爲南考功時。一時疾風之勁，如李如海如淄，皆晉江左右之。推其所爲，前後上書，請復午朝閲章，奏止内操，引漢陳平對文帝，毋以錢穀累政本，皆洞中要害，非捃飾浮議、吹毛索瘢者之所及。其他如抑潞藩徵遺租魚課；救潛江、江夏、鍾祥之令；爲藩閹所困者，以爲縣令親民之官，救一良令，是救數萬萬無告民也。義正詞溫，上輒報之。晉江之大節如此，雖《洪範》所稱，曷以加諸！昔者嘗怪徐孺子飢不可得食，寒不可得衣，至請國家之事，則不答，謂其愚不可及也。以晉江之清潔高廣，而棲棲不遑，若欲以一繩維大木者，其爲國爲民、進賢退不肖之心，出於頂踵，而有所不可離。又士君子立清濁之際，銛者易缺，直者易撓。晉江不屈其志，而獨能全其純白於羣機衆械之中，則足以愧世之模棱苟容、患得患失而卒無以自免者焉。於是彙其尤者，次於傳。

趙歷城 世卿

蓋萬曆間，猶多名臣，不三四屈指，輒及戶部歷城趙公云。歷城之名，始於戶部乎？曰前此已。前此爲河南撫，奏除獲嘉荒地糧額，天下聞其愷惠。又前此已。前此爲南兵曹，乞放還謫臣傅艾等，天下服其勁挺。愷惠、勁挺，似不宜於戶部，而歷城一不變焉，竟以戶部顯。其議論曉暢，而用心公誠；持法不撓，而剸割中理。故雖處上下交困、鍵閉方深之日，束手蒿目，而不屑爲桑、孔旦夕之謀。其措置建白，皆可信於天下，以是爲真戶部焉。歷城之督倉場也，即區處京通二倉、正改二兑先後收儲撥放之法。未幾，秉國計，首言内供宜減，税使宜裁。謂：『内供不減，必至那借邊餉，願上修十年前之政事，而臣得循十年前之職守；税使不裁，必至歲課日耗，其所謂供進有餘者，卽其朘削不足之數。』是時上方鋭意斂財，内供之賚用無紀，礦税之使日下，邊圉嗷嗷，内地騷動，故因祖陵蝨水之變，而極言之。其章淋漓萬餘言，賈誼、陸贄無以過之也。歷城之爲戶部，不能大有所爲，如劉晏、李巽，因歉爲豐，化瘠爲肥，而區區左支右吾於已徵之逋，已解之侵，是亦見其重傷民力，而借商僦賈之虚，不復見於今日者，豈非法言之猶從，巽言之猶悦也哉？若夫節公主溷汭之貲，抑福王官店之害，絶機易山姦民之請，其事卓然，辭嚴而義正，上亦不能奪之，此又歷城戶部之大節也。至於止會推以還銓部之柄，簡軍籍以制邊帥之求，歷城之所振刷，有不止於戶部而已者。《周禮》『六官』，實相爲用，而不侵不冒，其於守祖宗之成憲，正一己之職業，始終無失其愷惠、勁挺之意。後之爲戶部，孰有繼之者焉！

張澤州養蒙

澤州在中臺時，有三重二輕之疏，大約言德與財不並立，中與外不相勝。又因三殿兩宫上言，乞戒三好以回天，語皆破的，多攻人主之心。惜其發硎之刃，未施於窾綮《洞垣》之目，無驗於膏肓，僅以持籌仰屋終也。世多稱澤州不匿情，不近名，行至高，而欲善無厭。余得其作室之喻，而願終身誦之。其言曰：『譬如作室，其始鳩工庀材，天下未測吾所欲爲。一鎮其甍，則無所復加，故室忌早鎮也。』斯言也，澤州之所以自勵也，然未嘗不可通之於治。何則？天下之事，必慮其所終，必計其所成。欲枝葉之不萎枯，則勿憚栽培矣，封植矣；欲流派之不潰裂，則勿憚疏濬矣，堤防矣，以爲苟成敗之萌也，以爲苟合散之形也，以爲苟存亡之徵也。漢高鎮其甍於綿蕞之俗儀，文帝鎮其甍於秦、漢之卑論，宣帝鎮其甍於雜霸之陋制，此其猶遠者也。若夫唐太宗鎮其甍於貞觀之始，玄宗鎮其甍於開元之初，德宗鎮其甍於祐甫之相，無規模百世、燕詒子孫之謀，而有苟焉之心，此匠石所以撫斤而躊躕，工梓所以攦指而卻顧也。當神廟之初年，天下曷嘗不望太平哉？既而利端横開，璫使四出，言路壅閼，銓法混淆；謗讟積於下，士氣菀於上；天災流行，氛祲交起。棟已折，樑已摧矣，而猶曰無虞；門已壞，墻已圮矣，而猶謂無動。一再傳而老成碩畫，無一存者。壑舟夜半，負之而走，賈長沙之痛哭，其愚人也哉！請復得而釋之。澤州言神考之好逸也，是不堂奥，而爲扃鐍之計也；其好疑也，是不版閘，而爲籬棘之植也；其好勝也，是不閣槀，而爲丹雘之飾也。其重而輕之也，是楹筳之任，而辱之以札削也；堦戺之用，而夷之以由礫也。其輕而重之也，是輪囷朽壞，而以爲楩梓文石也；是畫墁毀瓦，而以爲般倕也。則皆鎮其甍之早也。故曰：原始察終，見盛知衰。若澤州者，可謂無欺矣！其他如條採木、議河工，及在户部言海陸二運，鑿鑿說諸施行，故剟其大著於篇云。

王蒲州崇古

古聖王之所以御夷狄者，豈有常哉？馴伏怗息而不以爲喜，跳踉蹢躅而不以爲憂。用我所有餘，而不幾幸於我之所不足。夫亦察其堅瑕而已。兩堅則不足以相病，雖以漢高遭白登之圍，而國勢無所損；兩瑕則不足以相收，雖以孝元受呼韓之降，而國威無所張。唯一堅而一瑕，故深謀石畫之士，權時施宜，有以因其壞亂，而施我威德，此屈信强弱之大較也。我高皇帝以神武之畧，霈廓清之功，文皇帝繼起而掠薙之，此區區孽尾而獝狘者，皆天地生生之餘也。雖盡舉而阡陌編氓之，奚不可？卽以爲北陲塞落之野，非飲食言語可通，受冠帶，祠春秋，不及於九州之外，是以鄙而不講也。土干之爲忠勇，罕慎之爲忠順，所謂『接之以禮，姑以羈縻』者乎？庚午那吉之郄，蒲州乘之。悉要托都諸酋，使噛臂盟，世爲外藩，無侵叛，假以王號官封，定貢額。成命之日，華夷聚觀，屬部四十七，解辮，衣裳羅拜，皆嗟歎，以爲前此所未聞。帝用祭告郊廟，御皇極受賀。方議未定時，舉朝洶洶，以媚虜儌名，至比之仇鸞，新鄭、江陵主之，上亦獨斷。是役也，省國家邊費歲鉅萬，貽五十年牧圉之安，亦一時之烈哉！在《易·无妄》，謂『本非所望，而卒然值之』，又曰『豶豕之牙』，『有慶也』。豕之剛躁，去其勢則可制，喻制惡者，得其機而强暴盡化，則福流於後世矣。蒲州之功，所謂《无妄》之獲，而豶豕之慶也。然蒲州之處此，則有本矣。素以晉潞、忠文自期待，而於鄭端簡，有成德達材之目。尚詔之戮，海洋之馘，清水楂梁之籍艾，其雄才已著，大節已立，故其所以自結於上者，一則曰：『陛下視臣，豈輕躁之士而寡謀之人耶？』再則曰：『臣豈畏戰之士，而苟全之人哉？』故功成而天子知其可倚，大臣信其不欺，非可以僥倖得之也。而其所以練士築障，整飭防衛，不以百年之利，而忘百年之憂；又諄諄於規畫厝注之間，非媮恃一時，而苟且以自完者。夫苞桑方固，而孼蘖已乘；晉明始升，而暈蝕忽顧，雖智者不能料其後。西北之彊，藉老臣之支拄，可幸無罪。良將精卒，集於不存之地，槎枒盡而苞蘖生，烽燎息而星熒見，故曰：勢無常勝，智無全謀。以爲有餘，而不足之形已具；以爲可喜，而可虞之端又成。安得起蒲州於九原，而共爲之嗟嘆焉？

鄭禹秀

神廟之世，養安積媮，釁蘖四起，如木之扶踈，根本已撥。當事者不汲汲於內治，而欲幾幸於外功，搏畜兔，剔蟣蝨，以爲名高。而祖宗之規畫、疆圉之形勢，聯絡呼吸，以爲鞏固者，率若壞隄潰岸，不可收拾。一時捍禦之臣，亦頗有出其智力，左支右吾，以庶幾眉睫之間。雖不爲意氣矜奮者之所喜，而其營度敷陳，有不可遽沒者，禹秀洮河之役是也。夫禹秀以十年督撫，手植兩王，亦嚄唶宿將焉。然其始特挾一牝酋，藉其帖耳妥尾，以爲籠黄嗽扯之資。昔昆彌欲妻昭君，詔從其俗，史冊羞之。堂堂天朝，無制勝威遠之術，而牽艾以定婁，教子以麀母，豈以是物爲必可固乎？未幾而與火真之族，驅率南來，結巢兩川，負嵎青海，河湟震驚，駭而圖之，幾不得其要領。馳至金城，圖上方畧，吾不知於趙翁孫何如也。然廷臣之一意言勦者踈矣，不稔其去留之情，不察其離合之勢，而徒以爲閉塞闔門，絕其歸路，可一舉而獮薙之。夫困獸猶鬭，況方滋之虜，挾必死之心，情勢迫則其交日固，驅掠便則其衆日繁，水激則逆行，獸駭則狂走，重爲內地之憂，計豈得乎？禹秀之所持，則有故矣。其要：分番虜主客之勢，使之此有所安，彼無所借；分二三醜虜逆順之情，使之此有所懼，彼無所援。抑且分其南北去來之黨，使之自北而來者，無利而有害；自南而歸者，脫死而得生。此三分者，所以渙離其勾連牽合，使之驚疑反顧，以入我操縱之中，而後得陰陽翕張，以盡其控制之法。卒之水泉之舉一創，而番僧之乞哀者接踵，火真渡河北遯，而力克亦逡巡東歸矣。提千五百屯守之兵，以散十餘萬嚚敘之虜，縱焚仰華之寺，斥跡祁連之間，雖胡婦之感中國有素，或亦終得其力焉。而其慎守持重，犯衆不韙，以全其功，此亦有所長，非苟而已也。神爵之役，公卿議者欲先罕开，翁孫請先擊先零，此與緩扯以急卜無異，而虜渡湟，水道阨狹，徐行驅之。或曰：『逐利行遠。』翁孫曰：『此不可迫也。』禹秀殆祖其意乎？惜也，翁孫欲罷騎屯田，以待虜敝，竟無善後之策！禹秀之修關隘，弭後患，策十二條，使循行之，未必非補牢之石畫也，而或者以諂虜縱虜罪之。夫禹秀非好戰，亦非忘戰者也，不諒任事之苦，徒責備文法。翁孫亦曰：『老臣不以餘命，一爲陛下明言之。』禹秀謂「其人已死，其事難辨」，我讀其辭，而又曠然悲之矣。

徐華陽元泰

萬曆中，督撫之能戰，善於用人，而動中機宜者，必曰徐華陽。然其人文儒，公廉寬大，非悍鷙喜事者比。以植節方嚴，不能浮湛於世，故終以牴牾。至今言其蕩平川蜀之功，風采煒煒，猶在人耳目之間焉。夫國家有蟣蝨之憂，大約襲因仍者主撫守，樂功名者務馳驅。言撫則近於怠與懦，而怠與懦卒不可以撫，故善撫者不言撫，有深於言撫者，時而言撫，非怠與懦之謂也；言攻則近於驕與輕，而驕與輕卒不可以攻，故善攻者不言攻，有深於言攻者，時而言攻，非驕與輕之謂也。華陽於朝鮮之役，抗言主政，遂不合當世，而憂憤以出，東事因以大壞。或者以華陽言攻，幸而售於西，狃其成說，欲行之東，東非西比，卽行其計，果得當乎？而我謂華陽之言攻，有異人之言攻者。方羌難之發，違越、馬湖，相倚以起，其勢非甘言厚犒之所能收。夫豈不知蓬艾之間，不在所問，自前世率用羈縻，小跳可也，大潰奈何撫之？說不行，其勢必攻。駭機銛矢，集於吾身。我且從容而言撫，至形格勢禁，無如之何，又倉卒而言攻，此朝鮮之所以不振也。故謀國者，無論或撫或攻，而皆使其權在我，就可撫，就可攻，以己意劑量而出之。孰撫之有所以撫，孰攻之有所以攻，亦以己意劑量而出之，浸言攻之而已。其攻之有先後，有緩急，有分有合，銖兩分刌，有權度存其間。而後始而策之，而不爲迂；卒而效之，而不爲罔。釋撫言攻，而不傷乎仁；易攻言撫，而無害於義。華陽之決於主攻也，殆將以善其撫也。起李、郭於劾籍，拔周、邊於營伍，無滯材焉。相與籌畫，首羌，次違越，次馬湖；先河東，後河西。有成算焉，而乃一一如其言而不爽。或分之而使不敢援，或合之而使不暇救。『蒲江之捷，可撫已乎？』曰：『未也，喇麻占柯等猶在也。』『歸化之獲，可撫已乎？』曰：『未也，粟谷九姓等未創也。』兩河既平，始開和門，受其疆索，猶以爲未也。逮至殲五咱，斮白祿，屠撒假，勒銘大鷹，瘞鐵詛誓，願子孫世世無侵叛，然後知華陽之所以攻，乃其所以撫，猶以善後宜周，布德修和，樹我威信，卽謂華陽始終一撫可也。而世乃以貪功妄殺議之，不亦悲乎？假令當事者毋惑於異同，而生其忮懻，使終用其所長，又令如華陽者落落數公，棊置於四陲，天下事安得墮壞若此？不察其始終，不權其機畧，慎勿發口逞一時之偏見哉！

呂新吾坤

自太祖來二百年，豐芑培植之天下，至神廟之末，忽變而爲玄黃角鬬之場。國脈士氣，陵夷銷鑠，以至於盡，實兆於癸卯之妖書。妖書也者，所謂《續憂危竑議》也。而《憂危竑議》之原，則自戊戌戴士衡所以陷呂寧陵，跋其《閨範圖說》〔一〕，借寧陵疎中『憂危』之語，以爲題目者也。謂其假是書，以交結宮禁，圖危國本。當是時，寧陵幾殆，非神廟洞悉其本末，則癸卯之獄其不移，而戊戌者幾希。嗟乎！小人之言，必變白而爲黑，變黑而爲白，故比之青蠅。其惡一人也，不難舉甚相反之事而混亂之，以成其說，不特嫌疑形似之間而已。而一時老成之深慮，聖主之盛德，宮闈之曲承，皆滅沒於南箕貝錦之中。後之爲書者，徒知黑白其無他，而以爲一世之偶然。文史圖玩之細，而爲翻飛辛螫，以此寄其感慨，孰有明之者哉？寧陵與歸德，有師生之雅，素爲正人。讀其巡撫時安養、守禦諸條議，鑿鑿見諸施行。卽所拈憂危一疎，雖善毀者，不能沒其忠義。特以爲舍內言外，謂其意有所專，語有所忌。若《閨範》一書，則直排擊以爲易儲逆謀，又肆爲金龍命書、寶鏹采幣之誣，必置之參夷而後快。噫，何其忍也！於是惜寧陵者，亦謂多此一書，不幸而爲陳矩之收進，大不幸而爲貴妃之翻刻。果若人言，長門賣賦，事有曖昧不可以自明者。雖年日之先後，增補之有無，寧陵卽百喙自辨，亦何能披肝膽以示人哉？吾獨以寧陵《閨範》之作，非無爲而發者。當儲位久懸，衆難羣疑，率歸之衽席，而門名有堯母之嫌。《閨範》之爲書，本之劉向傳列女之意，不過欲以孤忠悟主，正名定分而已。惜乎未奏進，而先版行，致來後此之籍籍也。陳監之進，非有深識，特以剞劂之精，資異博耳。神廟得之，而遂以賜貴妃。此聖主交警之心，外庭之所爭之不得者，而卒以全父子之情，正君臣之義，寧陵之書不可謂不遇已。太子既出閣，而貴妃遂刊是書，則正欲以是自附於賢哲之林，而解天下臣民之口。觀其自序，首以建儲爲言，是其意可知，不特一時侈上之賜也。纍臣酌中之志，托始於此。詳哉，其言之！然不過謂中外之不相及，前後之不相蒙，以洗寧陵之罪，孰以此原寧陵之功哉！　故曰：　小人之言，有甚相反者。彼其時孰不以國本之名爲正，而集菀之輩爲邪，反其鋒而用之，可以使夷爲跖。而神廟之處中外之間，不逆不距，漸漬感通。於此一事，有令人三嘆者，尚未能深明之也。

【校記】

〔一〕『圖』，底本作『圍』，據書名改。

西廬文集卷四

沈文端鯉

歸德以守正不賓，自典禮歸十五年，而召入内閣，入内閣五年而致仕。與山陰同進，與四明同退，其言論功業，不盡究於天下，天下惜之。非惜歸德也，惜神考也。惜神考之於歸德，知之未至，用之未一也。夫以神考之於歸德，而猶謂其知之未至〔一〕，用之未一者，何也？一筆墨而知之，一履屐而知之。知之之易，所以失之之易也。一左右之間而知之，一同寮之構而知之，未始不曰我知之。人莫我欺，欺之之難，所以屢欺之之不難也。天下之物，難於未得味之先，則必不忍置於既得味之後，以爲苟沾其味而已，則是未能盡其味也。知茗之止渴，渴不止，不忘茗也；知藥之愈疾，疾不愈，不忘藥也。有物於此，知其短，知其長，於長之中而知其尤長，則尤長者信已；知其薄，知其厚，於厚之中而知其尤厚，則尤厚者不詘已。此舜之所執兩端而用其中也。人主必有精明之識，强固之力，而濟之以深沉之用。在我之權度，精切不差，然後斷而行之，鬼神莫知，故曰『奮庸』，不奮則不能庸也。又曰『君不密則失臣』，置相之事何等？如弈者舉棋不定，而使宫婢小璫皆得竊聽，而市威福於其間，此神考之所以失歸德哉！姚崇薦宋璟於玄宗，時璟爲廣州都督，玄宗遣内侍將軍楊思勗迎之。璟在途，竟不與交一言，思勗訴之玄宗，乃大嗟賞，益重璟。銀杏張廖何爲者耶？使之十五年高卧而不之悟，蓋歸德之遇，去宋璟遠矣。既而得召，四明懼曰：『是將奪吾位，不可不有以備之。』遂與山陰比而擠之。五年之間，如一日也。而神考之所爲知而用之者，僅能使之調停兩間，不至亟逐而已，終不能有所激昂，以大展其所挾。至於拉與俱去，而以山陰寄其規隨畫一焉。是神考之信歸德，曾不若其信兩公，而一則曰端人也，再則曰端人也。端人之效，止於是而已乎？聞之曰：『任賢而二五，雖堯不治。』崔羣以去張九齡，任李林甫，爲理亂之所分，豈不信哉！歸德之進退，蓋善類所由興衰也。抑神考能察銅匭之誣，雪木屏之譖，非是則歸德幾不免。鑑明則塵垢不止，神考之待詐不信者當矣。其於先覺，或有間乎？使小人得更端，以試其貝錦之術。其術既敗，而遺呵不加焉，是內蝕而外暈也。不然，邊墻紅蟒之說，又何必使偵之，而後知其無是也哉？

【校記】

〔一〕『至』，底本作『致』，據上文改。

郭文毅正域

人不必其無學也，學而窒，如弗學也，楊雄窒於《易》，陸贄窒於《春秋》，介甫窒於《周禮》；不必其無守也，守貴其有用，苟息守忠而無用於晉，子路守死而無用於衛，鼂錯守術而無用於漢。又不必其無養也，養患其無餘。何謂無餘？曰：同射百步而無餘巧，同舉千鈞而無餘力。亞夫無餘於細柳，胡失於一箸？安石無餘於東山，胡失於一屐？韓愈無餘於佛骨，胡失於潮州表？寇準無餘於澶淵，胡失於天書？以予觀江夏，殆庶幾哉！當龜山之祠未興，西北東南之交未合，天下屹然稱斗杓者，惟江夏。以東朝舊講，屢著直聲，最爲四明所忌。不激不撓，秉正自若，晚構機穽，身幾不免。讀癸卯、甲辰之國書，未嘗不爲之泣下也。若江夏者，可謂弗窒已乎！如享太廟日食，封益王遭喪，學錄抶都督，援經術以應之，何綽綽也！抑可謂有用已乎。如秦庶請封，稅使乞關防，黄、許、呂謚議，執繩矩以正之，何斷斷也！至楚獄妖書之疊至，殺機橫張，犯鮫鰐之涎，寄碪矼之上，網密於縠，命輕於羽，金經鍛而寶色愈新，玉出埋而溫栗不改，患難死生之際，又何其安安也！方之於唐，則江夏者，固陽城、陸贄之間；而於宋，亦不在鄒浩、劉元城之後。至繼起之李膺、杜密，江夏又爲嚆矢已。竊嘗論之，郭林宗死君俊之後，胡邦國殄瘁，而任教之人猶存；江夏死王、顧之先，胡風流蔓衍，而廓清之功未著。是以誦其書，論其世，不能無嘆息也。或曰：『江夏之免也，天乎！』或曰：『國猶有人也，天惟德輔，安知無鬼神爲之呵護？顧外廷之齮齕未已，非神考之斷，斬截根株，則汲黯、鄭當時且促促轅下駒，是魏其何益哉！』或又曰：『此東朝之力也。楊邨之鷽，至乳婢竈婢，豈不能卽琅璫一老禿翁而猶憚不行，則亦由殺我好講官之語，有以奪之魄也。』嗟乎！君子猶以爲盛世之事焉。

王文肅國

自庚戌之試，辛亥之計，而黨禍大起。三十餘年，相傾軋以至於盡。論者不能不追首事諸公。夫東林之設，時無甘陵之譏；宣城之斥，事異錢徽之貶，而覆轍相循，其揆則一。方耀州之見忌也，不過使之不爲相耳，既而與東南之講學者聲勢聯合，值富平之多引秦人，則側目之者愈衆，而宣城王喬之黜，爲時論所惜。故惡之者，以爲背公養交，逞臆行怨；愛之者，亦以爲矯尾厲角，憤疾太深。今徵之國書，凡孽淮撫、披東林、攻耀州者，爲之連章累牘，而史記記事之論，金明時僅摘其『秦脈』一語。至耀州之抗疏，引繩披根，與移疾之二十餘奏，本末不可復見，亦足以知一時之議論已。至於去已堅而攻益甚，身垂死而禍未已。彼王喬者，方借璫焰以發抒其所未平，孰知適以成耀州先幾之哲，與辨姦之作，異世同符，非耀州之爲之，而王喬輩之所自爲也。逆豎之禍成，則正人君子胔骼支拄，元氣已盡，無可復回，浸淫而爲甲申之禍。其一二能死者，猶是當年講學之餘也。然則事窮而邪正見，白黑分，耀州之首功首過，皆可以定之矣。昔之言黨者曰：『漢以風節，唐以勢利。風節之壞，其人有所不爲；勢力之壞，其人無所不至。』今日之黨，卽未必盡去勢利也，而要有風節之意，行乎其間，猶足稱焉。若耀州者，雖不知於『三君』、『八俊』何若，然夷考其生平、家庭之間，與夫進退之間，其不合者寡矣。斯人而在，雖謂國無與存，猶有與亡可也。以視賣國與盜，勢窮利盡而不止，爲妾婦之所羞者，竟何如哉！嗟乎！講學之名，今人所諱，以爲必脫粟深山，絕口禁棧，而後可以自全。世何貴此講學也？然必牽連竿牘，以一己之愛憎，爲朝廷之是非。汲黯之忮心不化，安石之拗性難馴，求其出入無疾，朋來無咎也，不亦難乎？則願以告世之爲『三君』、『八俊』者。

李臨潼三才

夫人貴自克哉！絕其私以從天下之公，滌其污以就天下之潔，盡其誠以釋天下之疑，故能去我之所短，用我之所長。名實顯著，而莫敢訾議。身爲正人之所推轂，以其去就爲理亂，將使善善同清，惡惡同汙。苟本原之地，有未善焉，其何辭於天下？世之議臨潼者曰：『善毀者不能掩其才，善譽者不能潔其守。』才之與守，果若是歧乎？毀之與譽，若是其無憑乎？臨潼方置身於毀譽之中，又何能以己之毀譽，勝天下之毀譽也？天下大矣，非依阿澳涊、拘曲荏弱者之所能勝，則必擇魄力堅强、意氣弘廓者，而後可以望其肩荷。雖有小疵，猶必畧之，去其踶齧而取其馳騁，去其滓濁而取其汪洋，故朝廷有疏節闊目之舉，而名教有掩惡含垢之義。顏涿聚以梁甫之大囟而爲齊忠臣，段干木以西河之大駔而爲魏名賢。一節之見，硜硜之論，烏足以論天下士哉！虽然，此觀人之畧，非自治之本也，亦用於人者之一端，而非所以用天下之大概也。以臨潼之恢岸自命，又得周、趙、高、顧之賢，爲之輔翼，方自以天下之流品，由是而清；天下之學術，由是而正；天下之議論，由是而一，而德有未崇，惑有未辨，慾有未窒，忿有未懲。以九仞之臺懸罘罳，而埶足无所。不直之繩，不方之矩，孰有受其斤削者乎？故曰貴自克也。假使臨潼學道謙謙，不矜功而伐私，盡去其陵厲泰侈之習，而爲淑身率物之誠，善善如不及，惡惡如探湯，孰不曰『陳仲舉之不畏强禦，李元禮之天下楷模，兼而有之』也？顧一時之推許，徒知重其魄力，欽其意氣，而不知相與漸摩，以納於學問之中。至於苞苴竿牘，恆舞朝歌，漫爲世所指目，雖握手欷嘘，酒酣慷慨，斯須不忘君父，適足以爲譎詭之端耳。曹節之誅竇武也，曰：『身自不正，何能正人？』昔人謂李德裕以黨除黨，猶以燕伐燕也，不亦悲乎！臨潼之止盧鳳礦，定洳河工，其犖犖大者。及屢疏言，舉隳政，起廢臣，剖忠佞，上厭下嫉，猶強聒而不舍，君子傷之。夫言而不華，默而有信，推誠行之，不愧於鬼神，所以自立也。潔軌迹，崇義教，得其志而中心傾之，遇其節而明之，所以相成也。吾於一時講學諸君，不能無憾焉。

鄧定宇以讚

南臯嘗以定宇方章楓山。兩人之科名出處，大畧相似，皆官國子領銓曹，皆卽家居，強起至再三，海內望之如威鳳，所謂『青天白日，奴隸知其清明』，不靳信而信者，無不同也。然楓山步趨先程，惟濂、洛是宗，而定宇則澄然朗徹，無可涯涘，其自得者爲多。方西江諸儒主張良知之學，定宇能不入其蹊徑，而亦不遺其精詣。其語龍谿『以知是知非爲權論，猶不指人以月，而使視其光』。斯言也，非疑陽明之言，與於陽明之甚者之言也；亦非過陽明之言，揭陽明而出之之言也。此龍谿所以亟然之也。竊嘗得其止無止、知無知、言無言之論，與佛氏知轉、仙家知逆之說而考之，曰：鄧氏之學，其亦入而不出，往而不返者乎？而靜然以適，則幾乎安；窅然以深，則幾乎成。其詩曰：『佛氏枉辨牛羊鹿，仙藥虛談精氣神。』然亦不作謗禪排道之語，以爲孔不斥老，孟不斥莊，從心中尋求，縱千差萬錯，至水窮山盡，未有不歸於一者。或問三教異同，曰：『我人間人，而論天上事，可乎？』問道何似，曰：『難言也。』問之急，曰：『知而言未晚。』所謂前不緣格套，後不留端倪，盡去一切支離鬭諍穿穴之論。昔人擬楓山，以不爲危言之叔度，不立異論之伯恭，定宇乃真似之哉！原心之論曰：『在順其初，初者純乎天；二三之念，有繼有並者，非初也。親吾愛謂當，愛而加之意則否；尊吾敬謂當，敬而加之意則否。守死是也，爭死未是；專財非也，散財亦非。貴而益謙與傲同，醉而益恭與亂同。』粹乎，其言之也！雖然，順乎初者，非任乎初也，是必有察擇之功焉。察近繼，擇近並，而非也。無察擇之功，則所謂牿之反覆，夜氣不足以存者，恐未可據以爲初也。又嘗言：『淡者必不厭，厭生於欣；味爽者不久，若菽粟自不厭也。簡必文，擇言必可法，擇行必可則；溫必理，辨別太甚，未必理也。其溫厚者，雖無是非可否，而自灼然其不可淆。』定宇殆於此終身焉者乎？其於中庸，殆庶幾矣！

顧涇陽憲成

朱子嘗言：『吾儕講學止欲，上不得罪於聖賢，中不悞於一己，下不爲來者之害，如此而已。外此，非所敢與！』『外此』云者，謂朝廷之黜陟也，一身之禍福也，天下之從違也。黜陟在朝廷，而以己與之，是謂代大匠斲，古之人有傷之者已。『將使善善同清，惡惡同污』，謂王政之願聞，不悟乃以爲黨。夫講學者，非必皆山林長往之士，或亦有天下之責。天生一人，而必使之不與天下事，則所枉爲已多。然出處異軌，且既退而郵筒不絕於禁署，訟冤有同於擊鼓，毋乃非或默之道乎？禍福在一身，而亦無所與焉者，所以養其直也。避禍之念多，則絕交養虛，以求自全，楊氏之爲我，學者不爲也。從違在天下，而固無所與焉者，所以安其託也，非斯人之與而誰與？有成命已，往不追，來不拒；有成式已，吾不能率天下之中人，而納於君子之域，而且推天下之中人，而墮於小人之塗。忍乎哉！三者之無與，可與講學已。

世以涇陽爲朱子之學，而黨議學禁，不啻過之。至今諱東林二字，如諱父母之名。夫朱子之學，有諱焉如此者哉？涇陽辨越上『四無四有』之論，與吳中『一貫三教』之旨，可謂伐樹得根，灸病得穴〔一〕。徵之前無所謬，俟之後不能易已。然由涇陽以前，講學者輩出，其中號空踐實，莛曲楹直，烏玄鵠白，水火之性殊，而焚溺之險未著；涇陽以後，講學之聲無聞，其中執鋭攻堅，豕羶虎臊，雞爭狗鬬，天地之運窒，而玄黄之禍日深。然則黨論之興，涇陽所以獨受其名者，固不在於學之講不講，而適當其厄，則雖委曲以避，而不可得已。有謂《上婁江》、《救淮撫》二書，所以啓兵端，不知諄諄自反，已見於銓曹之一疏。每與人言曲直我者，皆提策我、玉成我者也。此豈好以其身爲天下角，抑豈憚以其身爲天下砥者耶？求之古人之中，款之胷懷之内，求無愧而已耳。

嗟乎！世之爭，我弗與爭，以進退歸朝廷，以是非歸千古，以燥濕歸氣類。無爲之的，衆毒不入；無爲之釁，衆惡不作。若是乎？其幾乎？然朱子又嘗言：『草藥煅得無性，則不能救病。』或勸散徒閉戶，則曰命也。僞黨之名，朱子不能辭，而涇陽能辭之哉？其在今日，則有吹齏之論。禰衡之刺，寧漫而不投；溫樹之問，寧噤而不語。自處寧孑，與物寧汙，世不受激揚之福，而我亦無亡國之名，郭泰、申屠蟠所以獨稱於昔也。

【校記】

〔一〕『灸』，底本作『炙』，據文意改。

鄒南皋 元標

嘗以南皋比宋道鄉。前後兩鄒子，皆以高風勁節，噓拂天壤，雖百世可興，況於親炙！然道鄉流徙遷謫，未嘗有幾微怨懟不平之色，間亦託之釋、老，以自爲汗漫；南皋口不挂羈逐客，與道鄉同，而其得於夷狄患難之中者，於聖賢之學，如水之歷險而必東，月之洗雨而益佳也。去道鄉遠，其以南皋爲歸乎？

雖然，南皋之邁乎古人者，學也，而其不能大異乎今之人者，亦學也。何也？南皋之學，其根株最浄，其造履最真。夫根株淨而造履真，二者皆不可望之今之人，何以不能大異？曰：根株淨則自信堅，自信堅則不可陵之以其質；造履真則歷物多，歷物多則不可矯之以其功。如火之必熱，謂火之外復有熱，必不信也；如冰之必寒，謂水之外復有寒，必不信也。如火之必熱，投之以薪乃益熱，謂可熄之而使不熱，必不願也；如冰之必寒，承之以風乃愈寒，謂可噓之而使不寒，必不願也。其聖人之鑪錘乎？燭之以太陽之光，則火失其色矣；凜之以嚴冬之氣，則冰失其質矣。革之以金水之材，斯有以化其熱矣；渙之以陽春之澤，斯有以融其寒矣。不幸而不得逢閩、雒之盛，又不幸而不得及胡、薛之時。值異端喧豗之日，以陳、王爲指南，以羅、李爲前導，舍六經、四子一定之成轍，而宗慈湖、象山崎嶇之小徑。未嘗不超然遠引，未嘗不艱難百折。發之於言，未嘗不清風襲人；見之於行，未嘗不壁立千仞。而約之於聖賢之規矩，猶未爲闖其藩，而嚌其胾也。此時爲之也，故曰不能大異乎今之人也。同時如高景逸，極其淘汰，不能釋然一悟；馮少墟，極其分疎，不能釋然一心字。是皆吸引其中而欲蟬蛻其外者。不能大異，則固已異之矣。

南皋之示人也，必曰皜皜；其先東廓氏之示人也，亦必曰皜皜。何其聲之似哉？蓋不必遠方道鄉，而鄒之以皜皜鳴者，一時且迭見也。或以南皋暮年亦喜爲方外之遊，如無本無念之徒，皆深與酬唱，則又足爲道鄉解嘲云。

孫聞斯慎行

嗟乎！古之守道者，與生俱生，欲不能遷；與死俱死，威不能奪。蓋是非之在天下者重，而禍福之在一人者輕。無所利而爲之，爲之而不受其利，適足以此白吾之心；無所畏而爲之，爲之而不值其害，又適足以此信吾之命。吾於孫聞斯有感焉。

方光宗未出閣、福王未之國之時，聞斯爲禮官，以死自誓，亦以死激相臣，慷慨力爭，卒定大典。窺伺者去，而嫉忌者來，聞斯於此時，已不能安其位矣。迨三月之聖明，舉措方新，而鼎湖再泣，憒侍醫之無狀，首以許世子之律律當事者，逆黨肆焰，遂併梃擊、移宮之事，著三大案，必盡殺之而後已。當是時，聞斯有生之心乎？幸乾坤之再造，鯨鰐就剪，召魂魄於釋戈之日，悟風流於高枕之餘，至齋宮特簡，扶曳應命，不接玉顔而終。雖所施未究，而屹然柱石之身，豈非天之所遺，人不得而壞之者耶？故嘗謂：『聞斯者，天生之以正光宗之始終者也。』而聞斯之始終，天亦特正之以全其名而及其身。

何謂正之以全其名？使光宗無恙，聞斯不過爲定策元老，報之以崇階峻秩，而且使人子不幸而有植黨之迹，人臣不幸而有圖利之嫌，一時之痛哭流涕，其死亡貶竄，皆不足以自解。而先帝之靳而不予、忍而不發者，果無足以破其疑而釋其憾也。幸而聞斯不受其利，則前日之明目張膽乃以成其無所爲而爲之公。而苟君無廢祀，基啓無窮，二三皇天后土之心事，卽不必泐之金石，而生死可以無慚，故曰其名全也。

何謂全其名以及其身？蓋名者，天之所甚愛。天愛其名，有時乎不愛其身，然有無意於名，而與之以名，亦有無意於全其身，有時乎爲其人之所不愛者，爲天之所愛。劉元成不死於暴客，陳了翁不死於尊堯。《剝》之上九曰：『碩果不食。』非剝，則碩果之用不著；非不食，則剝之變不奇。故夫天有可恃，而患無可避。以避患求全者，非所以合天也。傅咸有言：『酒色殺人，甚於作直。坐酒色死，人不爲悔。』而畏以直致禍，此由心不能正，欲以苟且爲明哲耳。以聞斯之勇於憂國，濱九死而得全，則不可以信天，不可以自信也哉！

高景逸攀龍

烈皇帝之誄景逸也，曰：『孤忠邃學，秉節正終。』玆八言者，可謂毫髮無遺憾矣。夫忠而或不足於學，節而或不善其終。發憤忘難，矜肆直之風，犯也未必不出於欺，勇也未必能要諸禮。揆之聖賢心性之事，有幾微芥蔕，不至於中正純粹。其或糜軀湛族，以甚其毒爲愉快，而不復顧人心之淪喪、國脈之陵遲。於處己處人之道，未見其有以交盡，而不至於甚傷。抑又託於學，而中無惻怛之誠；與人家國，而不能昭晰是非。砥礪名實，爲聲譽浮華，以相奔走；託於善道，逡巡巽懦，不能自決。計無復之，等於溝瀆，而不得比於烈士之概者，又不足言也。善乎哉！景逸之學，乃其所以忠；而其正終，乃其所以秉節。

當景逸之時，横議之禍極矣，率獸之言驗矣，相食之勢成矣，而景逸乃以其私憂深計者，欲以一二人之力起而拯之，以其實實天下之虚，以其善善天下之無善。舌敝不恤，將伯不辭，挈性之一言以還我儒，挈理之一字以障異教。其忠可及，其學不可及也。故一時正人，南臯、少墟之儔，皆褎然推之以爲盟主。而又引《春秋》之義，以正藥弑之罪；著熙豐、慶元之戒，以明學禁之非。所以招尤速謗，以深犯當世之忌，而成其忠者，無一不出於學。蓋陳蕃、李膺、范滂、岑晊之徒，方之嗌矣。至其從容委順，以大臣辱則辱國，北嚮叩頭，從屈平之遺，則是其所惜者。二祖列宗之體，所服者，六經四子之義；所得者，結纓易簀之正；而所蹈者，玉聲戰色之和。二百六十年儒者之篤信守死，綽乎有餘裕者，一人而已。薛夫子厄於王振，賴爨役以免；景逸之死於逆賢，崔、魏之輩不盡其力不止。豈特爨役不若銜其投骨？有餘愧已。

景逸之學，未嘗不以悟入。觀其與南臯書，言『汀州寓樓，推窗見山，忽如縛脱』，所謂此處一失足，則入禪者。以其平日決擇之明，胡能不墮於鬆滑？序《近思録》曰：『「喟然」，非顔子之悟乎？至不遷怒貳過，悟斯真矣；一「唯」，非曾子之悟乎？至啓手足，悟斯真矣。』斯言也，予再三誦之。然則必如景逸之盡其道於死生，而後謂之無死生；又必如景逸之不屑屑於悟，而後謂之真悟也。

羅一峯

國朝理學之盛，吾得二人焉：方正學接王、何、金、許之傳，而振成於天台；羅一峯當胡、張、陳、莊之際，而挺拔於江右。有正學而君臣之大分明，故一死重於泰山；有一峯而父子之大倫正，故一言重於九鼎。斯皆曠世而生，爲仁義郛郭，爲當世醫藥者。煥中天之日，沛八表之雲，非區區繩尺議論之所能及也。然正學自爲遜國諸忠之領袖，而一峯復借以光名臣之帙。傳經學者，皆不及焉。使後學者何所仰止以自造於振拔之域，而不墮於萎薾之歸？故我於一峯，深有感也。

一峯師牧庵鄧氏，得其所謂『與其以一善成名，寧學聖人而未至』者，而終識之。白沙有云：『世之知一峯者，滂沛之文、奇偉之節、果敢之氣而已。至其心之所欲爲，而力之所未逮，未必盡知也。』一第不足以爲榮，一斥不足以爲名。翩然解組，不足以爲幾；雜然耕漁，不足以爲約。十年金牛，幽阻叢翳，所接者何人？所講者何事？所未竟者何心也？觀其與門人曰『入自《小學》、《近思》，始求諸我心。自動靜語默、人倫日用，以至辭受取舍，無一不有聖賢已行之成法，未有爲之而不至，求之而不得也』，則一峯之自立者已多，自信者已深矣。又謂『今之學者，幸生、程朱之後。舍程、朱而不師，猶舍規矩而爲方圓也』，豈非卓然不誤於所趨者哉？

而敬齋謂其晚年稍放，蓋不能不以疑白沙者疑一峯也。噫！一峯之志，大非白沙所得而奪也。既歿，而述其相戒之語曰『我不枉己，子無鑿壤』，則白沙之逸，而有流遯之失、浩渺之依者，一峯又已先知之矣。或者以一峯之出處，合於汶上之辭、陋巷之居，無亦量其時、量其才已乎？吾所重者，扶植綱常之疎，而一峯之所以早自負荷，終其身而不已者，又扶植綱常之本，不可不原其所自也。

王少湖敬臣

敬臣少湖之學，得之棟塘，棟塘得之涇野，涇野得之甘泉。又其時方被越上之餘風，故或以少湖亦越派，然非也。少湖初不事乎浮辭溢說，惟拳拳於躬行之實。平生所爲，以難自勉，以勝自期，以能勤爲驗者，無瞬息之或閒，亦無纖介之不純。《俟後》一編，胡、薛之後，此爲琤然者已。先是，吳中有王孝子光庵，以至行爲賢太守所師，使太守以忠節顯。至少湖，復以王孝子稱，杖屨所至，無不曰：『孝子王先生，聖賢中人也。』出其門者，或隱或顯，類卓然有以自見。余嘗得觀少湖門人之從祀者，若伍蓉庵、二金先生之徒，讀其書，考其軼行，拜瞻其俎豆廊廡，曰：『嗚呼，至哉！何其深澤且長也！』

耿楚侗之來吳也，得少湖饑食之，使與計偕。其後交薦，乃授成鈞一銜。論者謂同處士之賜號，匪榮之，適錮之也。此宰相之過，於少湖何加損焉？

目瞥四海，縱談軍國，蓋諸葛公之集思廣益，范文正之先憂後樂，皆兼而志之。不得已而爲黃叔度、郭有道。其言論丰采，非有以取異於當世，而當世慕而效之，自足以振拔於流俗。少湖嘗曰：『儀物中惟圭璋特達，不假餘物；人道惟誠信特達，不假餘飾。顔淵之從於匡，子貢之築於場，讀《論語》、《孟子》者，亦嘗深思其故乎！』非有不得已，何以懇惻如此其至也？然則少湖之所以爲學與其所以爲教，居可知已。而少湖之門人，亦皆知所以自重，故亦有以重其師，豈非躬行之實驗哉？少湖之門人歿，而吳中問學之事絶矣。

玄同三教，醜差迭興，卵毛雞足之論，日出而不窮。而一二頗僻之流，相與尸祝之，且曰『少湖之後，復有曰師曰弟子如少湖者』，少湖而在，不知當如何蹙額也。

曆法

古今治曆者三家：漢太初以鐘律，唐大衍以揲策，元授時以晷測。蓋晷刻精已，嘗爲之記曰：『鐘律，如按其人之譜牒；揲策，如指其人之圖像；晷刻，則親其人之動止。』置是不講，未有能合者也。吳元年丁未冬，太史劉基率其屬高翼等，上《戊申大統曆》，此千載一時也。受許、郭之成，正百家之説，以定一代之制。其推策步算，悉本《授時》，殆天以《授時》資昭代哉！其後大將入胡都，得《回回曆》，徵元曆師鄭阿里等譯其書，今本監習業焉。

曆有二：有上曆，有民曆。上曆有日、月、五星躔度，民曆無之。解縉曰：『治曆明時，但伸播植之宜，何用建除之謬？方向神煞，孤虛宜忌，天德月德、東行西行之論，唐虞之曆，必無此等，所宜著者，日月星辰之順逆犯從。』此偉論也。曆之大，在步日躔，步月離，步交會，步五星四餘。人知日行一度，一歲一周，而不知四序之有盈縮損益；知月行九道，拘於宿次，而不知八轉之有遲疾初末；知交會之有早晚，有淺深，而不知平行經朔之不若加減定朔。定朔立，則交會之時刻不紊；交會準，則天運之先後可驗，五緯四餘，可次第受紀。至曆元之遠近，歲差之疎密，苟求其故，必有一定之軌，非深於經術，湛於理數，巧於心思，精於度算者，未可任其事也。苟率意妄動，傅會牽合，恐失其成規，其差愈甚，不若仍舊之爲得矣。皇哉聖祖之言曰：『諸説難憑，獨驗七政之交會，行度無差者爲是。』永樂中，有壬遯曆；正統中，有己巳曆，皆廢不行。正德中，鄭善夫言更元定曆事。嘉靖中，華湘言考正歲差事。萬曆初，鄭世子載堉疎請改曆，以列聖御極，未有以曆爲號。九年辛巳，距至元三百年，當斗曆改憲之期，曆元在是矣。自後上谷邢雲路，始作《古今律曆考》，上之，下廷議，中涓忌之，格不行。然其書宏綱鉅目，亦云備矣。啓禎朝，言曆者類出西學，國無楊雄、邵雍者出而正之，故思皇帝靳而不發。

嗚呼！薄海內外圓頤方趾之民，其心同，其理未始殊也。回回書遠出夷裔，在元世百有餘年，晦而未顯，昭代始表著之，備一家之言。今西學失其所自已，安知非古者疇人子弟散入河漢，猶有存焉者乎？其所推日月薄蝕，有朒合者，亦以心理本同，不可得而閒也。六經隱，而梵筴興；《周官》絕，而夷學顯。唐曆制於一僧，嘗私心恨之。茫茫宇內，竟無精思妙詣，能關其口而折其角者，不亦可悲也夫！

王邦直律呂正聲

天下之數大矣，以一人之私，憑其智計，時亦可以弋獲，言之有故，執之成理，而要不可同於天地之自然，聖人之法之不易。蓋古法不講，世無精心好古之士深思以盡其義，而淩躐自用，蔑棄古人，以爲高深。不知其不合者，固爲獲罪古人，而間有合者，亦且在古人範圍之中，而不自知也。李教授始以三寸九分變黃鐘之數，邦直因之作《正聲》之書，既誚李以臆見，而反覆所明，特以暢通其旨。夫尊一最清最少之數，而盡譏從來子聲半聲之謬；守一遞增遞減之說，而併廢從來上生下生之煩。自謂立說有本，非漢以下之所可幾。三爲體，九爲用。按月而長，十二月二陽，以用數之，二九並體，數爲大呂之四十八；正月三陽，以用數之，三九並體，數爲太簇之五十七。漸至五月之蕤賓，而極以九十。按月而消，六月消其一九，爲林鐘之八十一；七月消其二九，爲夷則之七十二。漸至十一月之黃鐘，而復以三十九，又以子午九、丑未八、寅申七之數合之。或九其寸，九其分，而不出於子午；八其寸，八其分，而不出於丑未；七其寸，七其分，而不出於寅申。以是配河洛，驟而聆之，豈不鑿鑿可信？然他律之消長以九，而仲呂、應鐘獨以六，是猶未爲齊也，則又實之以餘空各六九極而六之說。夫長之極，不復有長；消之極，不復有消。以九極餘空之六爲長，則不得有一陰之生；以九極餘空之六爲消，則不得有一陽之生。是蕤賓特爲長極之數，而不得爲陰消之始；黃鐘特爲消極之數，而不得爲陽長之始。援據雖巧，豈有協乎？又河之數十，以黃、應爲一六，林、蕤爲二七，太、大爲三八，南、夷爲四九，夾、姑爲五十，而缺其仲呂、無射；　雒之數九，以黄、蕤爲一九，太、夷爲三七，林、仲爲二四，應、大爲六八，無、姑爲中五，而又缺其夾鐘、南呂。移置取舍之間，亦徒煩詞說，而迄爲未定已。且譏李以左律爲右律，謂律從斗左旋，始黄次太，而終無射；　呂從日月之會右轉，始大次應，而終夾鐘。以是爲相合，而應《周官》九變之調。充是說也，則大爲十一月之合，而不得主十二月；　應爲正月之合，而不得主十月。依右轉之說，即大爲十二月，應宜爲二月，夾翻爲十月矣，於月律之義何居？是其議論好新，牽引愈多，而愈不知其極也，皆起於蔑棄古法而自爲之說。夫自爲之説，左衝右突，翻頂爲踵，何所不可，此惠施之多方辨者之囿，學者不取也。

樂章

樂之有章，尚已！《史記》言皋陶賡歌，惟憂隳壞；　成王作頌，用戒莽蜂，安思危，佚思殆而已。仲尼既正樂，伶人賤工皆恥於淫世，蹈河海以去之。自秦及漢，楚聲製於婦人，協律付之閹孺。一時醉語，施諸原廟；　文士流曼，溢於朝廷。《我將》、《思文》之作，不惟其聲熄，其義亦亡久矣。自後歷代相沿，惟漢鐃歌《朱鷺》、《思悲翁》等二十四曲。宋之永，梁之雅，隋之夏，唐之和，名殊而實不殊，代變而聲不變。至宋太宗，自製《萬國朝天》樂章；　真、仁之世，始議轉律，肇造雅樂。大儒司馬光、胡瑗之屬，皆與焉，亦未見有所裁正，使復於古。及其亡也，遺臣謝翺迺作《宋鐃歌鼓吹》之曲，聲悲以思，蓋猶是《哀江頭》、《悲陳陶》之逸韻耳。明興，天地再開，首定《起臨濠》、《開太平》等九曲。其後，陶凱上

《本太初》、《仰大明》等九奏，以爲得和平廣大之意。詔自今去一切流俗諠譊淫褻之樂，又以祭祀還宮，命儒臣撰樂章，致敬慎鑒戒之意。故一時所撰《回鑾樂歌》，及於酒色、禽荒，旨存規諫。

大哉，聖祖之言！『古之樂以防欲，今之樂以濟欲。』古樂之詩節而正，後世之辭淫以夸。古之律呂，協天地自然之氣；今之律呂，出人爲智巧之私。其流已久，救之甚難。充斯志也，以秩百度，從八風，奚難哉！獨奈何以籥翟之執，委之道流；教坊之司，褻於倡鴇，相循不改，欲以感天地而動鬼神，遠已。厥後徐溥不肯撰三清之樂章，季錫言郊籍闒突之猥瀆，猶有君臣相勑之遺焉。世廟之興，其迎神獻、撤還宮之曲，皆上所親製，一代之制彬彬焉。所謂『一經之士，不能獨知』者，顧不偉歟？

竊嘗擬雅鄭之辨，在聲而不在詩，故曰：『鄭聲之亂也，非甚似，則不足以相亂，非判若黑白之謂也。』聲在詩之先。人在聲之先，有和順積中之人，因有和順積中之聲，而後有和順之詩，故曰：『詩言志，歌永言，聲依永，律和聲。』有志而後有永，有永而後有聲，有聲而後有律，此其本不可不察也。人與聲不相比，雖日哦以古之詩章，習以古之器數，奚當焉？蓋自漢以後，不能免於鄭之譏者，聲爲之也，非詩爲之也；非不日言雅，而終無當於雅，則亦可反覆而思其故矣。

宋之季有善鼓琴者，從太后嬪御北留薊門，能免文丞相以必死，將歸江南，會舊宮人釃酒城隅，雨泣而操南音。今離宮故苑，已委蔓草，餘聲遺思，定無有聞而感動者，況明聖之制作，班班固在也，又將爲之補興言自古之篇矣。

郊祀

南北郊分合之説，自昔爲聚訟。主乎分者，則援《周禮·大司樂》『圜丘』、『方澤』之文；主乎合者，則執《詩序》『《昊天有成命》，郊祀天地』之論。夫分則無所不分，天與地分乎冬夏，日與月分乎春秋，卽天與上帝，亦分乎壇屋；合則無所不合，天地合而同牢，日月、星辰、雷雨、山川、百神合而並位，帝后合而配侑。説者以舜之禪也，自上帝迄羣神，莫不畢告，何獨無告地之事？《武成》『庚戌，柴望』，舉於一日，必無南北郊之别，以是爲合之證，似也。然曰類、曰禋、曰望、曰徧，明非一日祭，既柴又望，已屬兼辭。其分者，固自在也。圜鐘取出震之義，函鐘就致養之方。蒼璧、黄琮之不同，四珪、兩珪之異制，以是爲分之説長也。然后稷配天地祇之祭，未聞别議所配。郊社事帝，義在《中庸》，明帝得兼后土。其合者，亦自在也。《春秋》書魯『卜郊，不從』，皆夏四月，所謂『啓蟄而郊』，與《易·鑿度》『三王之郊，皆在夏正』，故可信已。其與冬至圜丘之郊，同乎？不同乎？又《春秋》稱『不郊，猶三望』，以見郊、望並舉者，常也；舍其大而用其細，變也。魯用重祭，亦别無次舉祭地之郊。然則郊之在周，雖不敢信其必合，亦不敢擬其必分矣。

故嘗疑古有兩郊，非特迎長日與祈穀之謂也。其祭有分有合。分則圜丘、方澤之在二至，朝日、夕月之在二分。器用陶匏，埽地而祭，禮之簡者也。合則如今皇祖所定大祀之禮，蓋以上帝主之，而統之以天地神祇，示六宗四望，靡所不舉，禮之非常者也。魯以侯國而僭及之，《春秋》之所以書也。秦、漢之間，嘗三歲一郊，秦以十月，漢以正月。武帝元鼎四年，始立后土祠汾陰，春、秋則天地同牢，冬、夏則天地分祭。南郊之躋地，亦不自王莽之諂元后始也。自後匡衡、劉向之徒，異端蠭起。元、成迄平，天地之祀五遷。光武立郊兆雒陽城南，亦天地並位，其後乃立北郊，方壇回陛。明帝則兆五郊。魏、晉而下，止禘祀南郊，其『五精感生』等名仍革無定。唐初圜祀南郊，從長孫無忌議，廢鄭氏『六天』之説。玄宗定開元禮，合祭天地於南郊。終唐之世，莫之有改。宋之初，亦用合祭。元祐間，始有分祭之議，而未及舉行。自蘇頌、蘇軾之論，皆以爲宜仍故事。紹聖間，常一祀北郊。南渡以後，大都合祭矣。明興，吴元年建圜丘鐘山之陽，以冬至祀昊天上帝；建方澤鐘山之陰，以夏至祀黄土地祇。洪武初歲舉行之，十年始定合祀，改建圜丘於南郊，覆之以瓦，曰大祀殿，每歲合祭天地於春首。

夫盛德積躬，陟降在帝，既有以盡其誠敬之實，呼吸之通，而後從古而不迂，創制而不辟，盡去夫『六天』、『九帝』之名，併正其崑崙、神州之失，豈不及儒生之呫嗶，無所考據，率胷懷而爲之哉？列聖守之，率循無斁。嘉靖九年，乃因夏言之請，更定南北郊，復朝日、夕月之祭。於是張璁雜引五經諸史，條析合祀之非、分祭之是，曰《郊祀考議》。夏言亦撰《四郊禮議》。十七年，大享上帝，奉睿宗配，議撤大祀殿爲大享殿。未幾，免撤之。史臣有言，肅皇大禮，張璁佐之；分祀，夏言佐之。璁之意主於考獻皇，何嘗欲稱宗躋廟；即夏言主分祀，何嘗欲撤大祀殿，然遂事已無及矣。

夫太祖始分而後合，肅皇特因合以爲分。肅皇之更制，乃太祖之初制也。一時君臣趨事赴功，特汲汲於百年後興之一語，不知已在聖祖範圍之中，安用此紛紛者爲？漢高襲秦之故，孝文足以創制，拒賈生之議而不納。凡以祖宗之法，不可輕變也。因其所可變，以固其所不可變，故能傳百世而不壞。

一有可變之意參乎其間，雖其不可變者，紛更殆盡矣。於時爲逢，於事爲擾，安得無遺憾哉？

廟祀

嘗聞之，以義處禮，則無所瀆褻矣；以仁處禮，則無所怠忽矣。孟孫问孝，子曰『無違』，此義之説也；武周達孝，在繼其志，此仁之説也。天子之尊，可以無所不爲，而有時乎不敢爲，詘於義也；十世之遠，可以無所不裁，深於仁也。瀆與怠，二者常相因。故君子於均重之中，而思其尤重，不敢以其所專，忘其所本，而後近而不瀆，遠而不怠，如權衡焉，得其平而已矣。非然者有所加，必有所損。

昔者嘗怪魯文躋僖於閔，兄弟之間耳。而公羊氏譏之，以爲先禰後祖。至穀梁氏，乃謂其無祖無天，不已甚歟？孔子曰『臧文仲不仁，縱逆祀也』，不以親親害尊尊，《春秋》之義也。然則孝子慈孫之所以善其繼述，法家佛士之所以守其典禮，從可知已。漢高起徒步以有天下，襲秦之故，廟制不法成周。其所尊，自太上皇而外無聞焉。所立原廟與郡國之廟，皆不可爲後世法。至貢禹、韋玄成，始議七廟，祖宗昭穆之制，以親盡毁瘞太上廟主，識者病之。光武之興，立高廟雒陽，高帝爲太祖，文帝爲太宗，武帝爲世宗，别立親廟，祀父南頓君以上，至春陵節侯。顯宗以光武撥亂中興，更爲立廟，號曰世祖，故惟漢有二祖矣。魏、晉以來，率用《周官》七廟之數，而恆虚太祖之室。隋文帝始享四室，止及高曾祖禰。唐初因其制，貞觀中增四以六，而仍虚太祖之一室。中宗以景皇爲始祖，始具七室。開元增七爲九。其後禮官以兄弟不相爲後，不得爲昭穆，於是以敬文武爲一代。終唐之世，爲九代十一室焉。

宋祖自僖祖至宣祖，爲四親廟，後以太祖、太宗兄弟繼統。或以太宗當自爲一世，與太祖分昭穆；嗣皇帝於太祖，當稱孝孫，不得稱伯考。或以昭穆止別父子，故《春秋》隱、桓同穆，唐世中、睿同昭。商十二君，正代惟六，弟不後兄，子不孫父，爲人後之説，非所施於太宗也，卒從後議。其後以親盡祧僖祖，王安石疎云：『皇家僖祖，正如商、周之稷、契，皆爲始祖。百世不遷。今替其祀，而使下祔子孫之夾室，非所以順祖宗之心也。』是論也，朱子韙之，嘗與趙丞相力爭不得。或謂太祖取天下，何與僖祖？其意止以尊太祖，欲正東向之位，而不知其去追王上祀之意遠矣。明興，太祖建四親廟，止於德祖，自德而上世次，不可得而知，則德祖固居然稷、契矣。弘治元年，憲宗升祔。議者謂德、懿、熙、仁四廟，宜以次祧，而尊太祖爲百世不遷之祖。天子七廟，祖功而宗德，凡號太祖，卽始祖也。宋僖宗及我德祖，可比商報乙、周亞圉，不得方稷、契，故自睿宗升祔，而四祖之主皆祧。嘉靖二十五年，議大禘。或謂禘德祖，或請禘顓頊，皆不從，而稱皇初祖帝神無主名。其南郊，則直以睿宗配享，並尊太宗，號爲成祖。父子爲二祖，事軼於漢矣。

夫肅皇帝之於禮，奮然有起百代之志。其騰踔變化，宛轉橫斜，而不出乎其域者，惟尊其所自出之一念耳。繇是念而充之，已知尊其所自出，而令太祖不得以有其祖父。且太祖開闢之主也，肅皇繼統之君也。太祖之思窮於德祖，其可以爲而不爲，而止於德祖者，有限之者也。肅皇之志，不必廣於太祖，其不可以裁而裁之者，非有限之，有隘之者也。且雖祔睿宗，德祖仍可以不祧，何也？睿與孝，兄弟也。兄弟不相爲後，猶一代也。祔孝宗不祧德祖，祔睿宗而祧之，何汲汲也！不欲與孝同室，而欲自爲一宗，雖不爲昭穆，而儼然異代矣。故躋睿宗與祧德祖，其事不相蒙，而實相因也。不靳厚而厚，則必有蘄薄而薄者。禾興於野，而黍缺於倉，非自然之勢哉！若夫睿宗之宜祔不宜祔，揆之《春秋》之義，《詩》、《書》之所傳，與一時臣子之所爭，固已明如皦日，何俟喋喋焉！

從祀

始宋濂上《孔子廟議》，請黜荀況、楊雄、王弼、賈逵、杜預、馬融，以顔、曾、子思生享堂上，其父列食廡間爲不倫。高帝迂其言而未改也。其後楊砥請黜楊雄，進董仲舒，乃韙而行之。孝宗朝，張九功、謝鐸並祖濂議。九功請進王通、胡瑗，而黜鄭衆、盧植、范寧、何休；鐸請進楊時，而黜吴澄。俱未施行。至世廟大修典禮，乃以張璁言，更爲釐正，去申黨、顔何、公伯寮、秦冉及荀況、戴勝、劉向、賈逵、馬融、何休、王肅、王弼、杜預、吴澄等十三人，罷祀林放、蘧瑗、鄭玄、鄭衆、盧植、范寧、服虔等七人，進后蒼、王通、胡瑗、歐陽脩、蔡元定。又以薛侃言，進陸九淵，以顔無繇、曾點、孔鯉、孟孫配祀啓聖。然後議之未定者無不定，未安者無不安矣。

本朝之從祀，惟薛、胡、陳、王四人。抑嘗考《文王世子》『凡學，春官釋奠於其先師，秋冬亦如之』，注：『官，謂《禮》、《樂》、《詩》、《書》之官也。』若教《書》之官，春時於虞庠，釋奠先代明《書》之師；教《禮》之官，秋時於瞽宗，釋奠先代明《禮》之師。《周禮》：『凡有道有德者，使教焉。死則以爲樂祖，祭於瞽宗。』《正義》云：『此《禮》、《樂》之先師，《禮》、《詩》、《書》之官。自爲《禮》、《詩》、《書》之祖，死各祭於其學。』

夫聖人之德之功，在其經矣。故歷代傳經之儒，區區補綴於煨燼之餘，屹屹講求於壞亂之後，苟一言之當，一語之合，皆當視爲零璣斷璧，而保持之。其成書之存，足以供後人漁獵之求，平反之助，託乎經以傳，凡皆有先師之稱者也。吴寬、倪岳曰：『苟有益於經傳，何可廢也！』愚意不特鄭玄、杜預、何休、范寧之屬不當去，如漢之申培、韓嬰，魏之荀爽，唐之啖助，宋之石介等，俱當在經師之列。而凡建學者，必分經置室，各設俎豆其中，某室、某經、某師。某室、某經、某師，庶幾於《春官》『樂祖』之義，爲有當也。而其間明道之儒，如程、朱，則不當從廡下之班，宜升侑思、孟之下。前乎朱子之羅從彦、李侗，後乎朱子之黄幹，未有議之者。敬夫、東萊，朱子之友也，於友則得之，於師則不得；象山，朱子之所異也，於所異則得之，於正傳則不得。且也因新學之盛，而祔一象山；因濮議之同，而尊一歐陽脩。一時之論，或容有未愜者乎？吴澄可去也，何以不進金履祥？胡、陳並列也，何以竟遺吴與弼？若曹端、蔡清二人者，不得與於經師之列，則亦未爲悉當也。

大抵後世，尊理則畧經，談心則又廢理。古者與鄰國合，雖無師，猶師也。今一堂之中，不必皆合，多師何爲哉！孟子曰：『君子反經而已矣。』救心以理，救理以經，後世議釋奠之典者，慎勿易視經師焉。

皇后

嗚呼！虞德盛於潙汭，周道顯於舟梁，自古帝王之興，曷嘗不由内治哉？然彤史所載，恆鮮褒而多駁；極盛之世，亦九瑜而一瑕。若日暄雨潤，並著開天之容；乾君坤藏，終養陰德之晦。基命用昌，無御朝稱制之事；遭家不造，有坐漸待燼之風，千古爲烈矣。

高皇后與太祖興草萊，周歷艱危，倉卒懷中糗糒，至平定時出之，每爲動色，而嘗以其調護周曲之意，施之於君臣上下之間，所以時其喜怒，保其終始。大者如全文正之屢危，拯宋濂於瀕死，無失親賢之義，比之唐長孫之稱引房、魏，有過之，無不及也。又好讀朱子《小學》書，謂其言易曉，事易行，而人道無不備，可不謂神明自天者乎？

文皇后當南北戰鬭之後，躬自祇畏，惓惓於人才之難，顧無間新舊；諄諄於將士危苦，欲卹其存亡。鄧禹以『未嘗妄殺，必後世有興』者，此武寧之所以能大歛！

孝誠傳子及孫，磐石朝社，隆委股肱，使幼沖之主，尊師傅，舉賢才，阜民興學，为本朝極盛，視宋之元祐，何多讓焉！而未嘗有撤簾歸辟之迹。方厲色便殿，刃加振頸，責以不法，叩頭稱萬死。何其至誠如神，威於鈇鉞也！遺詔出於正統之七年，天實爲之。明年社飯，遂有學士慘死。祭酒囊頭之事，逡巡至北狩。

章聖之時，一廢靜慈，以太后胡與張后，不違先後之義。景帝欲立懷愍，汪后執不可，因是坐廢。憲宗立而感之，而錢皇后又數稱靜慈之賢也。夫后不幸而廢矣，而能卒復位號，不隕厥問，至兩朝興革之際，尤所難言。而恩意翔洽如此，則國朝內政之美，瑕也而愈見其粹，食也而益覩其光。雖吳后之廢，終身不復，而亦以六年保抱之恩，孝宗奉之無失禮，豈非不幸中之至幸乎？肅皇之廢張后，無譏焉。

神廟時，麟趾振振矣，而上猶穆然思穜稑之種，故事久而後舉，而中宮之恭儉仁恕，薦紳之士，猶能言之。玉典嚴閟，非草野所能縷數，獨以金川之變，馬后殉之；甲申之禍，先后亦殉之。珠沈玉碎，灼然以其身任宗廟社稷之重，使後先有耿光，而始終無愧色。迄於今，泣鼎湖之弓劍，旋悲桂殿之鬱攸。比之舜葬蒼梧，二妃不從；宋有國災，共姬徒死，尚未可同日而語也。以此終一代之后紀，顧不偉歟！

東宮

國朝家法之善，迥軼前代，而青宮之建，始終無越倫易樹之失，有致福後則之亨，故能出無喪匕，躍必在淵，父子之間，可謂毫髮無遺憾已。雖然，子能得諸父，而父不能得諸子；父子俱得已，而不能得諸天。或德成，而天下不能食其福；或穎見，而當世不能究其功。謂之何哉？

太祖元年正月，立皇太子，嘗伏讀聖訓，所以隆道德，重師儒，謹暬御，親依納麓，爲長世裕後之計，至深遠也。二十五年，懿文不祿，慨焉有長君之思，以三吾之一言而止，遂定嫡孫易世之事。此天運若茲，非貽厥之失也。成祖銳於廓清，一失言於漢庶，然卒建元子，使讒殄不行，控制有術。『沙河把滑』之語，雖出一時之報言，而樂安底定之兆，見於斯矣。獻陵出疢疾之餘，一年而崩，章帝繼之，天道之變而得通，亦人事之久而斯定哉！英、代之際，有難言者。黄竑獻天與之諛，舉朝中傳子之說，沂封未幾，而代儲旋隕。復辟之後，再耀前星。當其時，指畫而言天者，人百其喙。假令南宮未啓，賢后坐廢，徐正、盧忠之徒得售其姦，異蔓之瓜，何難一摘；　辭根之葉，未免飄飄，縱無燭斧之疑，或抱德昭之恨，有未可測者。而玉鉉再舉，龍文無恙；　金鑑經理，惠照益鮮，則伯叔娣姒之間，後先保護，有繾綣迴合之意焉。此前史之絕無而昭代之僅見也。憲廟悼恭中貫，而六歲之子，保抱自廢后，遂入昭德正儲位，開十八載太平之基，君臣協恭，海內殷阜，學士大夫洋洋灑灑擬於三代矣。日中必彗，論者猶致疑於天人之際焉。武宗乏嗣，强藩睥睨。世廟入承十二年，而哀沖卒。十八年，更立莊敬，甫行冠禮，越宿而殂。自是之後，裕、景二王，無所軒輊。羣臣之論安儲者，率得重譴。四十四年，乃欲禪位裕王，别居南京，激海瑞之疏，謂『人心恨不新其政』，蓋春秋高，惡聞其所諱也。神考之十年，皇長子生。十四年，輔臣始有冊立之請，逡巡至二十九年，乃得行之。其間爭待嫡，爭並封，爭出閣講學之先後，中外之牘，紛紜周章，亦多重譴。三十一年，緝妖言；　四十三年，起梃擊。三十日之令主，無日不在羣疑衆難之中，而卒不傷其孝慈之至性。然則《黄鵠》之歌，酒酣慷慨，覩美人而意盡。此意唯留侯知之，或未可偏爲外廷解也。熹宗之不爲宣孝，疑天之不可問，而聖孫之在外邸者，猶能踣起於戶牖之間。

神器已去，虞淵已沉，而三舍之駐景，非魯陽之力歟？　吾不能不揮淚云。

宮闈

弈者之思，盡於一局者也；　聖人之明，周於天下。苟其周於天下，故一局之勢未嘗同，而天下之變不相襲，以爲足於此而無患者，是不如一局之智也。高皇帝鑒元代流蕩之失，所以治宮中者獨嚴，自后妃以下，至嬪御女史，衣食、金錢、器用之供，不得以尺蹏自達於外。卽有病，以證取藥，醫者不得入宮。天子及親王，后妃、宮嬪，必慎選良家子而聘焉，戒勿受大臣進獻，至邃謐也。而其他所以儆寺人趣馬之屬，亦周詳而靡遺。洪武二十二年，詔六尚局官，服勞或五六載，歸其父母，從宜婚嫁，豈非義足以制，仁足以洽？立法如此，變何由生哉？然女德無極，往往出於周防之外者。若仁廟之時，卮酒爲禍，使草野有嘖言，史臣多諱筆。藉令所傳非訛，則仁廟不能正其終，甚於後世紅丸之事。郭氏不足避其道，異於曹妃詿誤之誅。昭后之賢爲容姦，宣宗之不討賊，非正始已。以我朝家法之善，不再傳而遘此，或齊東之語也。乳保之封，自宣宗始，然嘗語《蹇》義，以爲此功義，非私恩也，使如王聖縱恣，則朕不取。天順、成化間，遂爲故事，其子並歷文階矣。萬氏正嫡，彗拂召垣，孝穆蘭徵及期，而以痞告，待命籬壁間，非天祐隆準，則六年之中，喘息皆危地也。徙居永壽，逾月而薨，其得謂之命乎？世廟之封曹妃也，曰：『首啓淑祥，至金蓮之變；無所別白，出衽席之間』。就參夷之慘，所謂歡愛矣，而不能保其終，雖不謂之命，不可也。神考之時，中外列黄，門名滋堯母之疑，闕下有菀枯之集，言多載鬼，勢甚張弧，大獄屢興，國本幾廢。正人君子之支拄其間者，岌岌乎殆哉！以至天不祚賢，禍流再世，撤簾之勇無功，嘗藥之書有罪，不惜大行，而惜選侍，於議者何誅焉？客氏冒奉聖之封，比周逆璫，更爲禍本。矯殺光廟趙選侍，又譖裕妃，封閉宮墻，絶其水火，數日不食，匍伏承簷溜以死。宮中至以餅餌，偏置檐隙風縫，以備叵測。嗚呼！夫孰非椒宮桂殿、鞠衣翟闕之儔，而使之此極也？故事，有出意計之外者，莫親於宮庭咫尺之間，莫昵於筦簟燕笑之際。而暈珥爲孽，雖帝王不能保其始終，而況外焉者？九閽萬里，敦拇血指，擇人而嬉，事且百此者乎？所貴乎有周天下之明，而無狃於一局之變也。

外戚

長木之標，其勢必顛，則受患無全物焉，故歷代結婚，天家者鮮終。夫憑寵作威，以取覆敗，理固然矣，亦有暗昧之誅，由所處之危也。明興三百年，內治肅雍，始終無外戚之禍，而戚屬亦斤斤有以自全，非能擇無患而處之，所以處之者，得其道哉！高后無葭莩之屬，洪武初有所訪，欲官之，以后力辭而止。蓋開創之識，度越前古。漢明德之賢，不能退抑外家，徒戒其車如流水。而后謂『國家爵祿，以待賢能，非以私親戚。與其官非才，而使驕恣，不若厚其賜予，而使得保守』，所以示子孫者深遠矣。成祖以後，后妃不選公侯家，所以豫遠寵偪，全安帶礪也。當其時，徐赫一絓吏議，罪之如律，而諭張昶，以皇親不守法，罪比常人有加，至引開平、永城，以爲前鑑。以至公之心，爲謹始之道，豈不赫哉！孝誠福被三世，彭城兄弟醇謹，猶屢詔裁抑，弗使干預政議。英廟時，會昌侯子孫數十人，朱輴華轂，亦稍濫矣。然上每謂輔臣，『太后之心，正不以此爲慰』，又曰『太后聞之必不樂』，卒典禁兵，監國史，知經筵。元舅申伯之誼，曾不少替。前會昌而侯者，雖位至師傅，亦優游祿食，奉朝請而已。至此一變，慶雲、壽寧之襲侯，遂爲故事，而二張頗以招納罔利，中外側目，李夢陽所以有『三害六漸』之疏也。太祖之法，非功不侯，又皇親不與政。夫始靳一官，而繼以公侯，且凡爲公侯者，不得選后妃。公侯而后妃不可也，后妃而公侯乎哉？以與政不可也，姦法而病政乎哉？未幾，壽寧且昌國矣，侯進而公矣。嘉靖八年，乃以府部科道議，革外戚封爵世襲。十二年，因獄建昌而廢昌國，幾陷大逆，兄弟駢死。『有無妄之福，亦有無妄之禍』，信哉！自是之後，外戚無宰制之權，爲能推心向善，置於無過之地矣。神廟時，議者以青宫未定，輒致憾於掖庭外内之間，妄男子之棓、庸醫之藥，至今爲訟端焉。然鄭一紈絝子，無莽、憲之才，足以欺世而竊國。而士大夫之不幸，而爲防微杜漸之謀，無公孫禄、韓稜之名，而蒙鮑宣、欒恢之禍，逡巡以至於亡。禍之殖不自外戚，揆厥所由，未嘗不爲之怵惕也。

祥瑞

蓋聞洪水滔天與百獸率舞，並載《虞書》；大木斯拔與嘉禾合穎，同垂周史。此上世帝王紀事之例。至《春秋》，則災異之變，不一其書；慶瑞之符，皆削不録。豈非恐懼祇嚴、遏絶誣罔之意歟？故光武不納郡國之奏，何敞獨憂殿庭之祥；唐檀抑豫章之芝草，傅堅詆巴郡之黄龍。遠慮深識，卓乎可稱。國初，宋濂嘗勸太祖以得仁賢爲瑞，臻和豐爲祥，不必如前代植金莖以承液，誇嘉瑞以紀年。太祖曰：『頌不忘規，濂近之矣。』然河清甘露，史不絶書；神寶騶虞，代有其異。斯德之休明，類應駢至，固有隱之而彌章、麾之而益集者。至成祖卻周訥封禪之請，代宗罷壇井醴泉之薦，靡不以爲盛德之事焉。逮於世廟，馮翼孝德，肅恭明禋，嘉貺疊見。天顔既喜，而近臣之吮筆和墨、撣精湛思於玄宗祕殿之間者，殆無虚晷。一桃之墮，大宗伯請以告廟；兔鹿之產，宰相率百官上表稱賀。如廖道南之自敘：『甘露降顯陵，臣進《膏露頌》；泰神祈雪有應，臣進《靈雪頌》；黄河清靈寶，臣進《河清賦》，鄭州進《白鵲頌》；川撫獻白兔，臣進《白兔賦》；建撫獻白鹿，臣進《白鹿表》。』一時疆土諸臣，搜山採谷，極罝羅槎蘖之求。文士之能爲諛詞者，不惜金綺，爭招致之，希當上意。諸綰寶菜之印，佩鬼目之綬，轉相倣效，傳訛襲虛者，又不知其幾也。時獨海瑞言夭桃、藥丸之妄，桐棺待命，上手疏太息，竟持不下，曰『此物有比干之心』。是知英主，可以理格，彼紛紛者，謂之何哉！嘗記洪武五年，嘉瓜並蒂，生句容張穀賓之圃，以薦太廟，命詞臣作頌。未幾，穀賓坐事，兄弟駢死，人以爲必非王者之禎，殆一家妖也。又緯書言，甘露與爵錫相似，景星與格澤不殊，故曰瑞由人興，祥因德致。善乎唐太宗之言曰：『家給人足而無瑞，不害爲堯、舜；百姓愁怨而多瑞，不害爲桀、紂。後魏之世，吏焚連理木，煮白雉而食之，豈足爲至治乎？』『此石赤心，豈他石盡反』，可謂微中。『草木黄落，秋梨獨榮，陰陽不時，咎在臣等。』以武氏之暴，猶知重其士之言，以是益知爲人君，爲人臣者，其必不可不通《春秋》之義也。

國史

國之有史，顧不重歟？古者六史異名，職司殊事，螭頭柱下，爲紀事之始。東觀、蘭臺爲撰勅之區，稽文責實，研精覃思，莫不總括經緯，權輿得失，究當世之事，備百王之鑑。賈誼曰：『天子有過，史必書之。』史之義，不得不書過，不書過則死。自天子不得親觀，而後世乃以勳臣宰相領其局，使是非之公，迫於勢位之私，操刑賞以御筆舌，變朱墨以徇愛憎，故十流興而史職晦，丘里作而館閣輕矣。其後浸微，朝廷不能以一人之舉措，勝天下之手目，迺反藉是區區者，操尺蹏以與天下爭。爭之而不勝，則國脈之傷也；爭之而勝，亦國體之褻也。愚嘗謂宋人有史禍，而宋史之大綱不失；國朝無史禍，而國史之大義不伸。宋之正人君子，雖困頓屈折，猶得咳唾之力，使事之本末，見於數十年之後；國朝之文人墨士，率依違淟涊，不能以剛方之氣，使議之輕重，持於數十年之先。其必不可以無而無之者，遜帝也；景帝也，其必不可以有而有之者，睿皇也。葉仲惠有指斥之誅，而諸忠多曲筆；焦芳無穢史之削，而孝錄非鴻書。至明倫之典成，是謂非天子不議禮，天子乃自作史耳。以天子而下與操觚載筆之儔，爭一旦之命，所謂不勝而傷，勝而猶褻者也。故古之聖君，著不觀之義，隱隱存此一隙之地，以與清閒侍從之臣，而發其詩書筆墨之性。羅尊無與上，勢莫能加，而猶不敢侵焉，所以防微杜漸，以爲自樹之本也。齊崔杼弒其君，太史書而殺之，嗣書而死者二人，又書乃舍之。南史氏聞太史盡死，執簡以往，既書矣，乃還。天子之所不敢侵者此也，而後可以使後世之爲亂賊者，股栗舌噤而不敢動。若天子之威，止於天子，而又不侵一夫之權，世有敢於不畏天子者？其能畏天子之史乎？自是以降，其甚者，則爲《三朝要典》，羣敘小人之力，大肆其辭鋒舌劍，縱横排奡，使一時之爲名義者，既糜爛於斧鋸桁楊之下，而又欲其碓剉於點畫塗乙之間，三百年之元氣，至是銷鑠無餘矣。以思皇帝十七年之遏絕，故國破君死，而猶未足以亡，至留京之再伸此書，天下遂不復振。然則國史何事而可使小人操之，又使小人挾天子之勢，而歸其禍於天下乎？大其由來者漸已，故弇州曰：『國史之失職，未有甚於我朝者也。』國史廢興之禍，亦未有甚於我朝者也。

西廬文集補録

楊古募船引

楊古師語予曰：『吳門青松庵一苦行僧，棹小舟籧篨其中，沿洄城内外，遇浮胔露骸之無主者收之，焚瘞之，二十年不改，曰：「吾不忍其同體，爲鳶啄魚鼈嘬也。世豈無仁人，而或阻於不見聞；或見聞之矣，而或阻於力；或力克任之矣，而此不同敗葉飄絮，或因之以起詬攘。吾浮梗人也，無所疑畏，且積之久，人亦信之，故二十年得行其志。」余欣然慕之，輒對人言之。余所主漁翁普國實肥拙居士，感夢所成，以先師之願力，塔緣之不偶，忝廁其間。此事吾所應爲。吾不爲，使誰爲之者？獨不得數金爲買舴艋計，然此事不難其終，而難其始，且無望如茲僧之二十年，姑以歲計，以月計，積薪置甓，視力所能爲而爲之，其亦可哉！子爲我書緣起於冊，因識歲時，我將以自驗焉。』遂不辭而爲之書，稽首作讚曰：

苦行青松師，甚難世希有。一舟二十年，瘞骨骼無數。不作功勳想，回向淨佛土。世間多仁者，力行有所畏。我寧代之作，如彼親手援。楊古述是事，亦發如是願。潯南兩窣堵，慈善力所成。萍梗得其歸，諸上爲淨侶。楊古作是言，其心無央劫。我願我眼中，疾速見此事。』

募刻印金孝章所書淨住子懺引

南齊竟陵王蕭子良，撰《淨住》三卷，三十一門，王融爲之頌，蓋寶公《梁懺》之粉本也。語載柏庭序中。《梁懺》行而《淨住》鬱沈幾二千年。余自丱年，即爲刻梵筴單行之，使道俗依此著爲《八關儀式》，日日未果。今吳門金孝章兄，慨然惠以墨妙，洵爲法門奇寶，將謀精梓廣印以傳，俾名山望刹，咸得披瞻。文爲最古，事則從新。凡或見聞，幸生希有。西廬謹白。

募刻漁庵零碎襌引

漁庵老人平生蹤跡，半在湖濱，末後一段，其上足此山既爲之收拾，可謂無願弗酬矣。獨《零碎》一帙，塵余篋中，未及梓行，使真人之言抑而不發，此余之責也。然一時勝友，或親承謦欬，不相告報，則謂余有私焉者乎？爰勒短引，告諸同遊，用伸存歿之感，勿譚福利之事。西廬謹啓。

亭淥花卷跋

漁庵在兜率時，亭淥始以童子得侍，是後寓鑒止石門，未嘗不在。應對趨承，大有氣息，語錄所載，圍爐、雞鳴等話可見也。以病辭去，不見一二年，忽工畫筆。庭前柏樹，幻作千紅萬紫，又可見出爐金彈，無所不具，此亦亭滌之《零碎禪》也。丁酉病甚，賴此山爲之收拾，得歸首於漁庵之塔旁，枝葉盡而真實存。其終始離合之故，不亦大可慨歟！

亭滌未死時，以畫見贈，余以宋僧從青拒呂汲公事，作一小詩答之，相對大噱。沒後二年，此山出此卷見示，蓋渠平日撫掌自謂得意，而余未嘗一睹者也。余不知畫，而能知亭滌之所至乎？昔龍眠訪師不遇，掃素壁作墨竹一枝，師歸，脱泥屐横竪抹之。亭滌而在，見余此言，必痛遭其抹也，呵呵！

附録

附録一　東池詩集

東池初集　倡和

東池初集敘

陳忱

崇禎甲戌，予年甫二十，潛居南坰野寺。寺面平林，枕古墓，蕭條曠莽。篝燈夜讀，情與境會，輒動吟機。眠餐不廢者三年，茫然無得也。因自念日荒僻寡聞，而徒面壁無益，遂決策浪遊。歷豫章，經八閩，窮東西兩粵，復假道於楚，探三湘九澤，涉大江而歸。凡四易星霜，跋涉數千里。而其間逢名山大川，不無少有感發。至於結納邂逅以詩自名其家者，不可更僕。究其源委，亦無甚異也，爲之憮然。適膺時難，閉門掃軌者垂二紀，竟成皤皤貧叟，又苦病耳聾，須畫字，欲焚筆硯，舉世棄絕。乃湯子海林不擯斥，時得從遊。湯子至性過人，讀書學道，負經世之才，而亦遵養時晦，日事吟咏，築堂池上，以納遙山之翠，非其徒侶，莫得窺其藩籬。

庚子上巳後五日，木芍藥盛開池畔，遂集西溪、幻公諸子，晏笑終日，各賦近體，以紀清游。予始悟詩之不可無勝情也，向之屏居索處，與夫遊覽泛愛，皆無逗於機而移我情。今草堂非甲於天下名區，而空洞瀟灑足以寤歌，二三子豈過於四方賢豪，而無黄茅白葦習俗可蹈？故古人之盛事不乏，而蘭亭、竹林風流藴藉之可傳者，亦復寥寥。予安得復如曩時摛詞拾句，日從諸君子後，攄未竟之志？而回首三十年，茫茫隔世也。雖然世有湯子，地有草堂，所謂『出門無至友，動即到君家』矣。

默容居士陳忱題。

陳忱字遐心，號雁蕩

得踐去年約，閒中集亦難。清言寧負酒，避世不持竿。芳草春經歇，青山夢遂安。嘯歌猶未已，起坐在林端。

世運艱危際，君能賦遂初。林塘通客路，水木接僧廬。綠野曠無極，江蘺香已疎。飛飛花雨後，吹濕一牀書。

晴綠覆谿水，閒門逐此開。狎羣鷗嬾去，不速客頻來。夙契耽丘壑，遺音振草萊。坐中多白髮，那惜百深杯。

得此論文地，安能不一過。殘雲攜老衲，夜雨没新荷。詩體先除豔，林光遠注波。春風殊肯負，别去意如何？

吳楚原名心一，字敬夫，號西谿

有此偷閒地，幾忘行路難。養成魚散子，留取竹爲竿。話到鳥聲換，吟求韻腳安。但存傾倒意，重擬過蘇端。

避跡當村杪，爲時正夏初。言真清似晉，社歌結同廬。埜衲況相過，高吟不厭疎。所知情頗洽，歸抹絕交書。

竹木迴環際，蕭蕭一徑開。新鶯聽不足，好友約還來。人共矜山野，風微動草萊。眼看春已去，鯨飲莫停盃。

僧舍喜鄰近，看花取次過。有樓恰當岫，無水不栽荷。酷獨宜觴政，愁惟委逝波。詩成昧工拙，數問客如何。

李向榮字欣父，一字晉美，號雲門

山雨唫筇滑，尋春忘路難。呼僮先放鶴，倒屣已投竿。

沈旭字亦顛，舊字書聖

野雲隨處合，良會擇人難。詩擬從先輩，貧還問釣竿。乘時聊寄意，斯世敢求安。頗愛桑麻事，殷殷話幾端。

少陵居未定，正是亂離初。天寶年中事，澣花谿上廬〔一〕。憐君能寂寞，知我亦粗疎。春日無他好，唯求種樹書。

幽僻皆真意，柴門臨水開。吟成三徑寂，簾捲片帆來。舊業悲書史，浮名付草萊。臨池生逸想，興到不停盃。

花飛興尚在，燕引乳雛過。詩作黄初調，盃名慢卷荷。斜陽明遠照，感慨寄滄波。歸櫂臨流急，其如春色何。

【校記】

〔一〕『澣』，底本作『瀚』，據詩意改。

黄翰

白袷春遊爽，幽期踐不難。過谿纔一徑，穿竹已千竿。耕鑿風朴還，茆茨貧易安。到來生遠想，矯首望雲端。

一雨東皋足，紛紛花落初。隔雲呼野衲，看瀑憶匡廬。丘壑攜同癖，田園興不疎。醉吟香滿榻，隨意枕殘書。

五湖憐舊業，一望兩峯開。高會得如此，休吟歸去來。野芳看欲歇，春色徧蒿萊。世故何須問，當歌莫放杯。

南鄰容卜築，乘興卽相過。釣艇分烟雨，秋衣得芰荷。家貧惟悵望，天險足風波。恐負他年約，悠悠恨若何。

釋淨燈字千光，號幻雲

廬山今復社，同是十年心。感慨川途異，登臨草木深。遠山嘗寓目，曠野亦開襟。嘯傲風塵外，高懷寄古今。

釋清暉字祖兮

願結歲寒社，相期傾素心。隔花知夢冷，聲磬覺雲深。白眼舒長嘯，清風浣古襟。杜陵天寶後，懷抱亦猶今。

許峙字羽佳，號洪崖

谿樹沿堤綠，晴光曖素襟。論交慙懦骨，偕隱識同心。雨過花陰冷，春歸燕語深。永和年内事，感慨昔猶今。

潦倒尊前飲，相攜復論心。鶯聲萍外息，釣線雨初深。暝色通漁浦，松風落醉襟。平生山水癖，指點昔非今。

紀鎬字武京，號雍庵

相對各自慰，悠然懷古心。十年爲客倦，一臥落花深。把酒話幽事，長歌謝素襟。漁樵尋舊約，寂寞到如今。

湯有亮字孟明，一字海林，號天民

五湖烟雨棹，汗漫昔年心。涉世一帆遠，歸閒三徑深。茗柯浮石鼎，池草靜幽襟。放鶴招同隱，漁磯論古今。

埜樹含奇色，谿流自古心。壯懷悲劍短，高誼視琴深。剪韮同春夜，聯吟披素襟。遥知分袂後，清夢只如今。

張雋字文通，號西廬，别名僧願

愛君詩句好，真得古人心。溪影涵窗静，花香入座深。屢過同壞衲，傾底换塵衿。未覓蟲書涴，雕鐫使自今。

張肩字爾就，號弁樵

好尋濠濮勝，消此五湖心。芳草自青碧，春風爲淺深。投竿開藻影，展卷正衣衿。十畝閑閑地，耕桑無古今。

東池再集詩　分韻

東池再集小序

張　雋

鄭礪畫蘭，不著土石，言無地也；倪迂畫竹樹，不著人物，言無人也。吾嘗以二公爲已甚，故有『不信春和無故澤，自抔園土種山蘭』之句，爲鄭解也。元鎮居勝國之季，豈不知其前有玉潛、皋羽、霽山諸君子激揚慷慨，扶竪正氣；其盛有魯齋、仁山、白雲諸先生潛德淵心，丕承正脉？其爲人也，孰大於是？卽其身之所，與如揚、顧我丘等，彼唱此和，如塤如篪，夫獨非其儔歟？而謂無人，何哉？嗚呼！吾乃讀書而深悲之。『十畝之間兮，桑者閑閑兮，行與子還兮。』『十畝之外兮，桑者泄泄兮，行與子逝兮』，悲十畝之間有地而十畝之外無地也。『蒹葭蒼蒼，白露爲霜。所謂伊人，在水一方』、『蒹葭萋萋，白露未晞。所謂伊人，在水之湄』、『蒹葭采采，白露未已。所謂伊人，在水之涘』，悲有人而非其時，與無人同也。

庚子夏，西谿、雁蕩兩兄，邀余赴湯子海林之約。時池蓮盛開，紅芰白菰，不取於市而自足，悅然如世外。名僧勝友，各極動静之致，觴詠竟日，幾不復知此何地此何人也。可以釋鄭之悁、倪之隘，亦以廣吾讀《詩》者之志，而塞其悲。諸君子不幸際是，將亦相與督礪，爲第一流人物，無徒逃之酒壇騷坫而已，則於吾前之所稱，或不虛焉。是集也，於予爲初，於諸君子爲再，故題其卽席分韻之作曰『東池再詠』。

芬陀僧願敘。

張雋得君字

何處堪逃暑，方塘被綠雲。詩因同味合，客爲勝情分。柏鼎僧仍寂，郫筒日更醺。悠悠十畝外，樵獵得如君。

吴楚得陵字

好風如有意，當戶拂層層。柳葉藏鶯羽，藕花侵稻塍。臨觴勝得句，分坐喜同僧。瀼上蕭疎地，真堪娱少陵。

陳忱得山字

鄰漁已相識，徑自啓松關。事愛古人癖，身乘今日閒。澹香初拂水，涼靄遠浮山。谿口晚風亂，濕雲應載還。

釋淨燈得逢字

高懷如有託，敢不策孤笻。香濯林中暑，青搖谿上峯。卮言寧務簡，品水得相逢。蓮社能遵素，參盟在次宗。

張曾龍字御六　得幽字

咫尺東池上，新雲結舊遊。山何遥作雨，病欲更愁秋。叔夜名原懶，支公興自幽。靚粧歌古豔，漫解木蘭舟。

紀鎬得蒼字

雨歇東池晚，蒹葭影未蒼。杯浮荷氣澹，苔染墨花香。逸性同鷗嬾，新雲入坐涼。每因隨杖履，盡日得徜徉。

釋清暉得蓬字

寂歷高人隱，臨池草徑通。借書移釣艇，分夢憶郵筒。詩酒非無謂，登臨自不同。荷香吹滿榻，幽意惜飛蓬。

李向榮得家字

曲水通漁徑，雲開竹戶斜。青山經幾別，綠樹接鄰家。鷗嬾依萍影，觴流入藕花。一池涼雨過，垂釣足生涯。

沈旭因病不值，寄分蒿字

萬綠孤村罨，漁家市濁醪。怯憐今日會，獨臥故園蒿。夢識荷香靜，詩傳韻格高。正愁貧病裏，風雨滿江皋。

黄翰得歸字

苔竹自幽冷，况當池上磯。獨吟猶不厭，閒賞每忘歸。荷影杯中瀉，涼雲雨外飛。泠然疎磬遠，一水隔僧扉。

張道昇字仲曙，一字旦兮　得寒字

林樾不受暑，綠聲荷影殘。客能乘爽氣，詩以敘遊端。雲片吹簾密，杯香浣夢寒。遥知前日勝，應作此番看。

許峙得池字

晨興理短棹，爲惜故人期。隔岸柳陰亂，閑庭鳥下遲。竹□初過雨，香澹欲浮池。漫道東皋遠，時爲靜者知。

湯有亮得人字

夏木依門靜，蕭然亂後身。貧惟書史在，老遂性情真。泉石攜同好，漁樵總近鄰。涼歸池上早，爲有歲寒人。

東池三集詩

東池三集小敘

吴　楚

蘭亭修禊，千古美談。彼時晉室雖微，猶得偏安江左。似觴詠娱情，亦人世所恆有事，而癸丑以後，迄不再見。豈非良辰易邁，勝友難逢，大不靳以富貴啗庸愚，至於烟霞泉石之樂，雖賢達亦不輕予之乎！

東池初集，在庚子春仲暮，今且一而再，再而三矣。當此多壘，而吾黨數人獨得以嘯傲咏歌，爲日用嘗行之事，雖欲自遜於古人，而不得也。後之覽者，以余言爲何如？

西谿吴楚題。

張雋十四鹽　時以足病不赴

（見《石船詩稿》第五集《辛丑四月東池重招予病不赴以所分鹽字徵句率答》）

沈訥字靜生　三江

扶疎草木繞幽窗，又泛東池碧玉缸。竹繫清虚書个个，鳥随鍼砭語雙雙。萡蒿異散香千稔，嶽瀆同臨雪一腔。世路只今逋白髮，冷睨野馬驟空江。

陳忱二蕭

高陽舊侶不須招，柳色春深暗野橋。漫謂草萊多逸興，祇憐風雅久蕭條。山中人往呼裴迪，渡口風回載鄭樵。遺老自知耽酒癖，斜陽遮莫話前朝。

姚徵字玄升，一字石經　十二侵

地僻東皋憩隱林，藕塘初暖貯層陰。風披細柳青山夢，雨濕春禽碧草心。駕鶴不須投世好，攜鳩卻病理徽音。扶疎竹樹仝雲放，賦就伊人慰靜琴。

吳楚九青　时以兒病不值，及青韻遙分，而兒已遊泉下矣。深愧向隅，有傷雅集云。

銀觸蠻天風霧腥，又看蘭茁委空庭。窮途直下楊朱淚，求死頻占處士星。分得韻牌同玉律，遙知觴詠續蘭亭。羣賢醉後憑闌否，遠岫何如隔歲青。

庾明允字人皋　十三覃

陰陰柳色俯晴潭，竟日淹留事亦堪。山影借來開北牖，鐘聲聽罷到東庵。高蹤幸識林君復，礪志還師鄭所南。勝概古今期不負，且攜斗酒醉雙柑。

紀鎬十五刪　時目疾不值

新詩吟罷又重刪，春霽春陰日掩關。遯世欲尋千日醉，看花能復幾回閒。祗憐雲霧空高枕，未許風流到小山。猶憶東池佳勝處，斜陽七十二峯間。

黄翰四豪

東橋有信報江皋，還泛看花舊小舠。豈意亂離頻此會，敢因貧賤輙稱高。論交有道思端復，即事同吟擬謝陶。莫話故山薇蕨老，一春風雨夢空勞。

王廣龢字天倪　八唐

湖天雲淨遠峯明，新霽池塘竹樹清。勝集由來多感慨，芳樽相對若生平。情依苔石欲思隱，業在菰田且力耕。三徑時能延二仲，蔣生原不尚浮名。

沈旭十二文

田家烟火竹籬分，不掃林花絕世紛。春靜蘋洲浮亂水，風微麥隴散輕雲。淹留盡日寧關酒，感慨斯時莫論文。門外柳溪漁渚上，曾經幾度立斜曛。

許峙十三元

雨潤春塍綠滿郉，譚心時復款橫門。青鞵到處多幽興，白髮相逢感舊恩。高隱傳悲南宋蹟，奚囊句媿晚唐言。洛城花事驚誰譜，鸜鵒歸來細與論。

釋清暉十一尤

東池雨歇草光幽，桑柘閒閒不外求。霞影泛波花气濕，漁歌入浦野雲浮。時多感慨稱詩史，杯到淋漓署醉侯。隔水疎鐘催欲別，沾衣夕露麥新秋。

龔鼎銓字張仲　一先

春郊翠掩半晴天，野服孤筇到水邊。寂寞漫傷天寶後，風流還似永和年。花飛釣艇通漁渚，緑繞溪門種葑田。豈特朱陳敦夙好，竹林重得共高賢。

湯有亮六魚

漫疎草徑自攜鋤，取次旋迎竹外車。酒滿郫筒來墅店，錢留谿女送河魚。花雖經雨香猶在，身幸居貧興未疎。每過輒吟金石句，殷殷餘韻繞吾廬。

釋願桂字香谷　遙同西廬鹽字

爽氣西來撤曉簾，一番韻事又分占。勝情頓覺天開霽，交味無如水著鹽。卻寄酒瓢隨意飲，漫搜吟藁逐時添。風光滉瀁曾游處，想見新篁欲礙檐。

東池四集詩　分韻

東池四集小引

陳忱

高達夫賦南亭詩，以七夕爲牛女之事，『賢者何得謹其時』，意有所重也。東池無溢美，而清秋佳致，氣倍四時，林葉漸脱，白露始零，飄雲纖月，映徹杖几。於時不可無吟詠，况閏夕偶逢渚蓮未落，故卽事分題，與達夫之意異矣。

遐心陳忱題。

陳忱

閏七夕三肴

逢秋能置閏，莫問曆家淆。詩許新題僭，天於韻事教。暗香浮北渚，蒼靄散東郊。斜漢微雲掩，疎碪雙杵敲。梧宮徑幾度，星渚未全抛。漫誓他生願，還期此夕交。酒矜霜落候，文乞柳州鈔。庭樹露華滿，涼螢索解嘲。

東池蓮四豪

東池草堂臨東皋，娟娟花瀨如古濠。詞曲新填香十里，水痕夜漲秋半篙。綠聲欲動露初瀉，紅衣將墜風未高。日落且就碧筒飲，倡予和汝持霜螯。

張雋

閏七夕八齊

（見《石船詩稿》第五集）

東池蓮四支

（見《石船詩稿》第五集《東池蓮徵文字》）

吴楚

闰七夕十二侵　四言律

金井葉積，驚秋已深。月痕斜卦，河影西沉。動巧拙思，成離合音。題添稗史，密約重尋。

東池蓮九青

東池蓮花發遠馨，東池蓮葉何娉婷。蓮花半開那忍折，蓮葉遮日日色暝。君不見去年看花暑方熾，今年看花露又零。

姚徵

闰七夕四支

節届重申日，星分花甲支。天空人聚散，緣淺衫差池。玉杵飛霜淡，金英含露滋。乘槎浮客夢，强半委支離。

東池蓮十四鹽

水爲蠲疴味不鹽，君如曇隱息氛炎。平山掇座人忘暑，半月留賓泉亦廉。每愛緑波清致遠，會看紫瑞露華添。習池曾醉高陽酒，嵐鏡浮空處士占。

沈在字文兹

閏七夕六麻

高樓簾捲散殘霞，野樹烟銷碧漢斜。涼月照來先在水，彩雲飛去落誰家。新詩補詠應呼酒，故事隨人只祭茶。天上尚然多意外，它年可復駐仙槎。

東池蓮十四鹽

秋淡雲塘水，芙蕖直接檐。詩評初日媚，碧借遠山添。越女歌來折，吴宫睡未厭。谿翁乘晚霽，池上醉吟兼。

沈訥

閏七夕九青

碧落多情夜夜青，巧華曾繫五雲軿。愧無跨漢風乘便，留詢長安使客星。

東池蓮一先

孤爽秋方静，同人謁露蓮。色香千葉足，聲影一池偏。託體投初好，浮卮序欲然。相看靡定已，疎宕竹窗前。

黄翰

閨七夕三江

爽氣通秋閏，明河影自雙。疎砧虚夜月，落葉下寒江。幽夢偶然遂，新愁未易降。深閨兒女態，矜喜鬧紗窗。

東池蓮六魚

方塘湛深碧，野色媚芙蕖。緑裛雲痕靜，紅吹錦浪舒。天然明欲瀹，情與曉風疎。最愛臨軒坐，難忘聽雨初。秋聲通夢寐，涼靄潤琴書。粉墜驚閒鷺，香殘覆睡魚。碧筒酬客處，隱眠待秋餘。舊曲空矜豔，新歌漫譜漁。越谿人寂寞，南國思躊躇。醉濯苔磯晚，清唫意自如。

湯有亮

閏七夕七陽

埜樹遙峯盡夕陽，秋來何處不蒼蒼。雙星舊夢情如昨，銀漢今宵月更□。夙草亂螢無定影，露蓮吹粉有餘香。那堪料理愁中事，杯酒微吟託興長。

東池蓮一東

鄰塘閒覓種，偶植草堂東。菰葉漫思碧，蓼花能映紅。秋殘香在水，夜靜響因風。一枕新涼後，裁詩夕照中。

東池五集詩　壬寅七月六日分韻

東池第五集小序

張　雋

壬寅初秋，湯子復爲東池之集，緇白與者十數人，得詩若干首，聯爲小冊。追溯始事，迄今凡第五番，湯子志不怠，徵蒐彌切。嗟乎！蘭亭、金谷、九老、西園皆一見不再見，茲且再而三，三而四，四而五也，於古人爲已侈。其時承隆盛，華年豪氣，貴仕高名，求友四方，百里千里比肩，猶有死生之感、曠世之悲。今相與處喑聾之會，寄迹樵牧，曳履歌商，不致怪笑狂侮者幾希。而此一席之地，乃有十數人者，不出里巷，而成气類，猶且放言無忌，久要不忘，再而三，三而四，四而五，斯何等時、何等地，而有此厚幸，豈可不謂於造物爲已多？雖然，茲役也，潭公之靜深，而先期物化矣。晉美之曉暢，而委頓牀蓐矣。予時方有孫子之戚，見者爲之不歡。不與者如彼，與者如此，因逆計前此諸集，某某與，某某不與，一時欣戚離合之故，悵然如昨夢。獨湯子之志，久而益新，是則此十數人者之所恃爾也。

中秋後二日，僧願書。

張雋十五咸

客歲相期解葛衫，數奇往往寓題緘。重逢此日分餘坐，一見荷花爲解饞。亦有修眉催作句，獨憐紫綬列如杉。荻塘風試歸舟疾，翠蓋高擎當客帆。

陳忱一先

東池蓮葉尚田田，酒載殘陽烟水邊。期茗不來應有故，隔無幾日便如年。登堂誰讀三千卷，結社惟知十八賢。豈爲好奇頻集此，不禁忼慨渼陂前。

沈訥十灰

廿年消息盡推開，且向東池勸一盃。列石人從花下坐，清風天與竹間來。自知酩酊無非酒，誰測塵埃便是灰。迂路採蓮穿曲徑，側身何地不徘徊。

張翼字負青　十蒸

雲物秋來盡可憑，蘋州宜誦柳吳興。苔磯水靜觀垂釣，埜渡風生唱采菱。事訪古人還帶癖，詩編甲子始堪徵。應憐世故逢多難，短髮蕭蕭半是僧。

潘開甲字東陽，一字紅霞　十四鹽

綠滿秋畦翠滿簾，池塘此日快新瞻。河橋天上星回近，觴詠人間禊事添。韻選休文鹽再賦，詩推子美律尤嚴。悠然獨領濠梁趣，晚照渾忘沒短簷。

紀鎬九佳

此日欣同潘令偕，碧筒新破太常齋。攢眉酒對饒三弈，縮手韻分絕六牌。竹臂礙檐時自引，荷身侵稻不相排。醉餘狂客多留草，試與從容論古釵。

王廣穌六麻

一棹蒼茫溪路斜，楓林烟火隔漁家。風生遠涼病歸草，日落垂楊影帶鴉。但使隱淪懷故國，不須避地到天涯。草堂舊□留新詠〔一〕，把酒相看鬢盡華。

【校記】

〔一〕本句原六字，闕字符據七律平仄補。

黄翰十四寒

荻塘村老露漁灘，重訪鷗羣盟未寒。對酒祇談風月事，分題又感别離嘆。斯時應起鱸蓴興，有客新開蓮社端。漫采芙蓉遺遠道，所思今不在河干。

湯有亮〔一〕十三元

長堤疎柳古皴邨，每到秋來不閉門。若使素交成久别，縱然韻事亦銷魂。廚能供客唯菰米，荷散殘香寄雨痕。潦倒忘懷聊竟日，櫂歌聲起又黄昏。

【校記】

〔一〕『有』，底本脫，據人名補。

東池雅集後序

楊文熺

古人卽景留詩，如瀟湘、關中；逢辰讌集，如蘭亭、岳陽，皆取夫山川之勝，風物之美，而爲一郡光，未聞村落荒郊，亦有讌集留詩，如東池繼詠者乎！夫東池者，乃湯子海林養晦處也。在曹水之東，有方池焉，深及尋，有泉涓涓。時雨一至，魚之泳游，作皆龍門狀，爭躍。新柳護堤，奇花繞徑。當春和景淑、卉木敷暢時，而纖塵不飛，人跡罕到，儵然一世外真境也。海林吟咏於斯，幾不知有人世想。每遇良辰，必讌集，西廬諸君子者卽分韻唱和。時有弁言，且顏之曰初集、二集。推斯以往，其所集誠有莫可限量者矣。古之蘭亭，不是過也。

予惟天下未嘗無佳山水，特以不遇於人，擯弃於荒榛野蔓間者，指不勝屈。一旦而有遇焉，山爲之高，水爲之深；地以人勝，勝以人傳。若柳子厚之西山，向巨源之東河。又有高文大筆，以模寫其勝概，令千載後，使人追思跂慕，以不至其地爲恨。如東池者，豈非造物所留，以遺吾海林，而爲一邑光？誰謂荒郊村落，不足以勝概也？故雖未歷其境，而覩諸君子唱和詩，不覺甚有媿於心。予祖定軒，在東池東清嘉里，築桃源諸勝，建陽諸先生亦各有贈言，每懷輯志，而力有不能。今海林特能創築其際，而爲高人韻士之所遊企。其相去，誠何如也！故爲序。

栗山楊文熺書。

附錄二　二西遺詩　附浣愁草

二西遺詩敘

陳忱

庚子夏五，觀荷於東池，西廬、西谿皆以敘詩，讀之覺有秋氣蕭瑟、勝遊難再之慨。未幾難作，白首同所歸矣。生平著述，什不收一。予因點定，屬笠漁書之，以存兩先生一泓碧血也。嗟乎！蘇、李立身，迥若天淵，而『攜手河梁』之詩，千載猶同稱之。況丱角相知，盛名鼎峙，生不逢時，同仇忠憤，研影筆聲，唱酬日夕，及風霾烟市，殉骨西陵，死生存亡，寸步不離者，而殘編斷簡，豈能爲之分帙哉？

夫詩之玄思幽照同，風湍澗響異，亦在所感，而得之者何如耳？錄成，歸之東池。倘菡萏盛開時，兩先生或擎翠蓋，乘太乙舟，冉冉而下，未可知也。

時歲在柔兆敦牂蕤賓之月下澣三日，雁蕩山人題。

西廬詩集

張俌字文通，號西廬，又號僧願

鵬先遊三衢不歸

止水歸自銅井臥病詩以訊之

端居

哭友

又和春郊

讀孟樸苕中近詩和絲字三首

江村

讀白太傅集

哭孟樸

丙戌十二月廿九日刻孟樸詩成用前見贈韻紀事

題焚書坑

書桃花源記

（以上見《石船詩稿》第二集，其中，《丙戌十二月廿九日刻孟樸詩成用前見贈韻紀事》題作《丙戌臘月刻孟樸詩成用前見贈韻紀事》）

補野哭

（見《石船詩稿》第二集《補野哭三首》第一首）

柬誦孫

讀漢紀

（見《石船詩稿》第三集《讀漢紀九首》前八首）

新雨

題梅

（以上見《石船詩稿》第三集）

落葉和吳敬夫

（見《石船詩稿》第三集《落葉和敬夫》）

偶書

（見《石船詩稿》第三集《偶書二首》第二首）

讀西臺慟哭記

嘯翁手鈔見餉

金陵故宫遺香和閔湘人韻

（以上見《石船詩稿》第三集）

梅花渡

（見《石船詩稿》第三集《梅花渡二首》第一首）

鷓鴣溪

（見《石船詩稿》第三集《鷓鴣溪二首》第二首）

得魏耕錢纘曾詩刻

八懷

雒神

雜蒔

（以上見《石船詩稿》第三集）

讀溫寶忠先生手批心史

（見《石船詩稿》第三集《題溫寶忠先生手批心史》）

和誦孫三月十九日通暉樓作

（見《石船詩稿》第三集）

重和敬夫首夏

（見《石船詩稿》第四集《重和敬夫首夏二首》第一首）

題潘力田吳赤溟今樂府

（見《石船詩稿》第四集）

黃冊紙糊窗

（見《石船詩稿》第四集《黃冊紙糊窗四首》第一、三、四首）

追和石墩見慰葡萄篇

（見《石船詩稿》第四集）

西廬刻成句山以詩見訊依韻答之

（見《石船詩稿》第四集《西廬刻成句山詩見訊依韻答之四首》第一首）

西谿詩集

吴楚原名心，字敬夫，號西谿

詠塔院菊花

弱植經年苦自持，狂風淫雨不堪思。請看天意摧殘後，留得寒香有幾枝。

盡剪繁稠植素英，炎涼徧歷試堅貞。猶嫌未得藏身固，一到秋深有盛名。

落葉

心驚搖落夕陽間，依舊疎林逗遠山。寒意一庭人策杖，秋聲幾陣雁辭關。歸來縷縷爐烟細，綴就姍姍釣笠間。記得濃陰迷古渡，曾攜野客恣追攀。

無端哀響叩疎櫺，能使秋心滿洞庭。枯樹正疑難作賦，紀年安得遽生蓂。孤村幾曲停車問，細雨三更欹枕聽。莫放蘭亭題字字，恐教人去哭冬青。

衰草殘陽正素秋，不堪鬵栗又吹愁。數聲雨打前朝寺，一夜涼生逐客舟。槲有寒心聊綴影，桐無好句亦隨流。當知遲暮難逢醉，踏葉勞勞攜杖頭。

春齋書事

兀然枯坐一窗寒，料理春光有幾端。山鳥欲來抛卷聽，野花手植勸人看。滿頭白髮夜讀《易》，無數新愁書倚欄。意表奇聞訛亦好，不難輕信爲加餐。

植藕

苦逐奚奴莽若狂，家家奮臂探池塘。不知水簟涼生處，分得南軒幾陣香。

寒食哭母

荒烟漠漠鏁寒汀，冀得魂歸也勝形。寸草有心能解否，千行老淚一函經。

陳遐心冒雨過舍賦贈

欲俟春光好，晤君殊未能。翻因風甚厲，而有興堪乘。地僻鶯花晚，時危感慨增。前溪分手處，烟柳卦漁罾。

漫興

四十餘年一敝貂，更將何事課昏朝。夢惟還石策笻杖，暇則探僧過板橋。不爲借書幾逐客，幾時荷斧竟爲樵。新來佩得逃名訓，夙昔雄心已盡銷。

訪張懸度不值隨晤陳遐心云有遠行意感賦

攜杖竟何去，寂然與願違。臨流雙白板，謝客一青衣。同侶幸而遇，西歸音未稀。柳堤疑立久，佳處在斜暉。

新晴過塔院訪此山師

初試探春屐齒輕，山房位置喜新更。暫停夙昔愁時語，共作流連看水行。荒徑儘宜芳草綴，柳陰斜繫釣船横。歸途打點黄昏後，隔浦寥寥磬幾聲。

讀西臺慟哭記次非仲韻

符徵赤伏莽新催，銷盡西京禾黍哀。同是故人君獨慘，雪風正厲又登臺。
荒庭兩兩恰班荊，哭到神傷風雨生。一曲招魂人散後，潮聲拍岸數峯横。

金陵故宫遺香和閔湘人乙酉春，閔寓五自亂後得此，湘人詠以二絕

九廟三宫慘淡年，短笻拾翠踏峯烟。風流記得秦淮泛，掩映孤樓書滿船。
築室菰蘆結伴僧，縱觀雲起遠山平。書生急難慚無策，拂拭沉檀塑信陵。

買花次韻

朝來烟雨欲啼鵑，綠處餘紅綴遠天。未必江南春果盡，沙堤繫有賣花船。

貧居即事

賴得愁雲日日垂，似添屏障護荒籬。一廛斜倚招魂帛，滿篋深藏哭國詩。解下敝衣兒去服，借來瓶粟婦頻窺。意中空自成三徑，何處堪吟歸去詞。

曉起

露浥庭柯天氣清，荷香不待必風生。數來塔院鐘將歇，溷溷鄰雞又一聲。

誕日作

嚴霜烈烈覆枝新，欲集寒鴉繞數巡。極目神州無葬地，驚心華髮又生辰。短茆好護秋餘菊，稚子徐摘淵底綸。寥落自忻過往歲，豈云錐在未全貧。

挽嚴開止

老不忘天下，苕中君首推。新亭憂國淚，博浪報韓椎。世德孤孫守，貧家寡婦支。□□□□□，家祭告應知。用放翁語。

對雪

爲耽清景入，雖冷亦開簾。風定晚逾密，松欹勢反添。評難置一語，恨不卧千巖。豈待臨吟席，羞將寸鐵拈。

留别

無端歸思發深更，熟計俄嫌别太輕。感入心因文事重，愁隨俗爲歲除生。難忘雙杖疎籬話，豈竟孤舟五嶽行。豐草主人云『幾時雙杖出疎籬』，又云『那能五嶽放遊去』。剪燭安排知甚拙，碧翁囑草恐先成。常戲論事，皆天爲定稿，人特謄真。

題觀弈圖

荏苒浮生近百年，猶嫌老死最堪憐。滄桑若在一枰內，何事癡頑要學仙。

擊筑吟

黑雲低壓燕山紫，大半白虹飛不起。有聲有聲西入秦，刻商引羽別有神。主人擊節爲稱善，手指遲留顔色戰。莫教錯雜易水聲，易水聲中多不平。

久雨

淒淒風雨苦經旬，拚得高眠度過春。忘刻一生無處用，今朝且笑探梅人。

借寓報國寺

蕭蕭古寺至如家，亂後行蹤信可嗟。未拭殘碑酬弔古，先求隙地擬栽花。石橋俯瞰寒流淺，破壁高懸淡月斜。羞殺閨中𢌿已老，代裁嫁服倚窗紗。欲向風塵啄稻粱，豈能翰羽恣高翔。吞聲苦逐人行乞，循例羞於僧上堂。野意恨無山入畫，好懷除是醉爲鄉。深思報國名何據，只共寒鴉話夕陽。

哭幼女阿齡

殘藥一甌在，山妻雙眼枯。吞聲呼小字，錯記共朝晡。淡日愁天氣，頽顔衰老夫。諸兒堪自慰，感慨不能無。

遷居

偶逐寒鴉泊水村，雪風粧點莽乾坤。千竿翠竹新迎主，幾個閒人肯造門。岸曲儘堪維釣艇，檐低正好納朝暾。晚來塔院鐘聲徹，耿耿初心月理論。

仁叔至

怪底衡陽音問疎，對君勝接雁來書。人真蓄艾三年者，語可言潮七發如。漠漠寒灰生曉焰，飛飛倦翮借風梳。結茆何日能相並，早晚行吟一過渠。

讀溫寶忠先生手批心史

先生評此知何日，嚴霜夜飛鬼夜泣。蕭蕭數筆染行間，凜凜須眉呼或出。一朝江左咽胡笳，今古雷同慘無色。貞臣血淬劍花紫，幾人展卷毛髮立。我欲仍效先賢爲，函鐵沉淵稱雙璧。獨愁出時天又亂，空令世界增蕭瑟。

乞食

乞食昔賢事，追蹤慨在予。慚生辭畏吐，坐久願終虛。冒雨獨歸去，呼兒且讀書。籬邊培菊暇，隨便及園蔬。

附　浣愁草

李向榮字欣父，一字晉美，號雲門

夢遊雲門篇

崇禎癸未秋杪，予夢遊雲門，有胡僧留余，余笑，驚悟。頃風塵淹蹇，十餘年間，憔悴支離，予甚於昔，因妄念當真有此山，或可裹糧，恨未詢其進止程途，追惋作詩。

皇帝十六載，憶昔尚平治。年少志宏鋭，夢遊亦奇肆。石門峙雙闕，聳峭削寒翠。層嵐枕秋烟，青霞藏古寺。中有碧眼僧，招予留此地。予笑謝未能，驚寤書所異。片片青芙蓉，了了在胷次。迄今十四載，風雨晦乾坤。荊榛悲漢闕，路草泣王孫。追思舊遊地，嘆息惋夢魂。茫茫海宇大，或果有雲門。裹糧如可至，杖藜窮山邨。結瓢青峯顛，讀書蒼檜根。俯視白雲内，展臂招諸昆。嗟哉願未遂，千憂對緑樽。聊采以自稱，所志蓋有存。

貧交行

車轔轔，馬蕭蕭，與君原是貧時交。揚鞭掉臂不一顧，躪躪落日塵埃高。古人磊落重意氣，今人唅哨諱錢刀。歸來失意對妻子，羞讀乘車戴笠謠。

題周之冕畫松

黑地雲壓天崩摧，烈風急雨燕山來。玉河咽澀水聲斷，淒涼紅閣生莓苔。茂陵蓊郁青松好，銅盤辭後多蓬草。龍鱗虬髯飽樵斤，風枝雨葉長安道。何如周生畫裏松，風雷百尺勢穹崇。攫拏隱見厲冰雪，孤高不受秦人封。嗚呼！謝翱枉走空山麓，西臺血淚無人續。回首風霾日月黃，蘭亭山上冬青綠。

春冰

誰道春冰薄，應從曉後看。淺汀新草白，小澗落梅寒。親體全非易，朋情驗更難。東風吹玉斷，冷韻墜前灘。

寒夜聞犬

一片荒村月，中宵客夢驚。遙知橋上跡，已有踏霜行。

將進酒

秋風清，秋波明，綠雲釀酒玻璃傾。舉酒勸君君不飲，白髮向君頭上生。君不見，曹瞞未戕楊德祖，岑牟初賜禰鸚鵡。漁陽撾鼓未及終，姦雄神死筵前鼓。興亡零落何堪數，漳河銅雀幾堆土。啾啾小鳥泣松杉，長嘯一聲山月吐。

塞上曲

寒月關山白，孤鴻古戍清。昨來閨裏信，字字擣衣聲。

賦得丹楓不爲霜

不識秋楓意，空疑霜後丹。相思千樹老，感慨一林殘。鐘斷吴江冷，烟凝古寺寒。白頭人有淚，莫向夕陽看。

詠史

軍敗捐生古所難，屈身無復夢刀環。李陵當日真無策，不解驅胡入漢關。

乃所願

結箇茅庵未剪茨，地閑繞屋盡梅枝。朝來曝背鶯先喚，睡起葵花蝶未知。識字兒兼能種秫，安貧妻又解吟詩。醉來攜得知心友，共唱東坡赤壁詞。

寒夜懷友

動驚經歲別，懷意此宵深。湘水隔明月，秋風度遠砧。鴻孤天勢闊，霜重笛聲沉。感慨勞魂夢，尋君亦抱琴。

詠鏡

買鏡抱秦月，良人出漢關。終朝惟淚影，無復覩歡顔。

讀王景辰續慟哭記次蔡句山韻

欲傾東海洗鴻鈞，獨向滇南續此身。吉了尚能稱漢鳥，魯連豈是帝秦人。清萍午夜猶聞嘯，碧血千秋肯化燐。我輩徜徉俱是悮，殘形羞對舊冠巾。

石湖道中曉雪

何意輞川筆，湖山一夜開。舟分殘雪去，寒上小帆來。

往正信庵訪祖兮上人

扶醉拜奇石，已忘歸路遲。山僧不設茗，唯出袖中詩。

蘇堤春曉

紫陌遊人尚悄然，兩峯雲影六橋邊。鶯含曙色呼殘夢，湖斂晨光待畫船。沽酒市迷紅杏雨，賣花聲斷綠楊烟。半規殘月蘇姬墓，漠漠松楸正可憐。

謁岳鄂王墓

一自忠魂葬碧阿，匡山日月易消磨。生前有志惟驅敵，死後無人復渡河。馬角未生巡北輦，青松猶長向南柯。不須更怨秦丞相，今日興亡恨更多。

謁伍相國祠

吳山巀嵲江之濱，鵑花洗作吳山春。惟見荒祠悲夜月，不見吳王宫裏人。祠中相國伍奢子，志在報仇身不死。青萍淚灑蘆中人，紫簫聲裂吳中市。英雄覆楚平王歿，掃穴尋仇唯白骨。瞋目一叱江水愁，拊捶不記鞭三百。豈昧功成身退早，已拚血灑吳庭草。三年成碧鐲鏤青，夜半潮聲天地老。潮聲直撼越王臺，崩山摧岳勢奔雷。丹心千古惟餘怒，怨毒於人甚矣哉。傷心故國遊麋鹿，荒雲野草真堪哭。遥憶蘇臺歌舞人，一泓春水蘇堤綠。

漁父詞

棹入垂楊綠滿裾，滄浪歌罷哭三間。已知隆準同烏喙，老向淮陰只釣魚。

落花

寂寞春深戶久扃，傷心南國任飄零。和烟落去迷漁艇，帶雨飛來綴鶴翎。縱是馬嵬遺錦襪，誰爲蜀道泣淋鈴。三生石上空留夢，一夜東風兩鬢星。

購得舊冊籍紙有感

傷心黄籍换青蚨，新淚初湮舊縣符。棄置未灰秦政焰，收藏猶有酇侯無。村瓻釀熟和愁覆，山牖風寒帶恨糊。今日已無乾淨地，魚鱗留看漢輿圖。

古相思

楓殘落葉黃，霜重砧聲死。秋風吹白雲，飛墮寒潭水。

偶讀離騷

偶讀《離騷》罷，朝來淚泫然。欲消秋水劍，鑄作買山錢。

和此山和尚枯本吟

建院

乞得袈裟地半龕，斫茅結就小精藍。磨磚作鏡何人事，自讀《離騷》學雪庵。

營塔

漠漠斜陽落殘葉，亭亭雲影石幢寒。南村誰續齊諧史，應記蓮花遍瓦棺。

鑄像

莖草拈來便有光，天花雨處白雲香。丹心已向方蒲冷，不鑄湘累鑄法王。

鑿池

錫當卓處已流泉，欲浸明蟾淨浣烟。兩岸芙蓉秋色冷，朝來應盡化青蓮。

過補船邨

拾得匡山覆宋舟，不堪重補伴閒鷗。何如無底漁舠子，載卻青山到處浮。

讀大風歌

漢祖歸故鄉，拔劍歌大風。韓彭尚葅醢，猛士安能容。呂雉秉太阿，婦人制英雄。淋漓一盃酒，慷慨露心胷。歌曰守四方，心實憂深宮。

元旦

寒梅如有意，放白偏溪灣。積雪消胡塞，春風綠漢山。舊朋遺老盡，新曆紀年删。對鏡憐雙鬢，屠蘇借醉顔。

葡萄篇

張西廬有《葡萄》畫卷，爲宋遺民温日觀所作，年來亡佚，沈石墩作《蒲萄篇》以惋惜之。頃因石墩殉難，西廬追和其韻，以示同人，予亦同和云。

《雨淋鈴》歇啼猿斷，越嶺寒雲愁不散。三年碧血灑蒲桃，忠魂叫徹錢塘畔。醉來白眼罵胡髡，一椎魄褫祖龍半。嗚呼趙社唯冬青，英雄不忍登吳觀。荊榛一望鎖宫闈，古瓦生松青鼠竄。間氣由來鍾布衣，石墩姓字星光爛。鷫鸘霜冷哭青萍，嗟哉絶命猶揮翰。精衛叱裂石頭城，銜來欲補田横岸。野棠花發滿園陵，一盂麥飯誰爲薦。君親家國兩飄零，西廬亦復遭離亂。畫帙雕殘泣宋元，鼎彝無復珍秦漢。豈云神物終當化，愁對妻孥祇浩嘆。宣和翎羽最傷心〔二〕，春風一醉山僧换。況復國破《蘭亭》亡，追和新詞淚痕燦。一聲長嘯扶桑紅，陰雲寥廓東方旦。

【校記】

〔一〕『宣和』，底本下衍『宣和』二字，今删。

復和前韻

匡山宋祚風吹斷，六陵零落土花散。冬青花落越山白，烏飛啞啞蘭亭畔。耿耿丹衷不願生，涊君止得石墩半。卽許黃冠何處歸，首陽豈有餘宮觀。《蒲萄》遺失英雄亡，痛哭空山古猿竄。浩氣長留天地間，海可枯兮石可爛。秋風搔首故人篇，鱸魚釣罷悲張翰。出師淚灑杜陵詩，渡河呼斷黃龍岸。西臺開遍杜鵑花，謝翱肯負文山薦。興酣落筆和長吟，鮫珠錯落光零亂。千古夷齊一寸心，於今誰是錚錚漢。子胥已死蘇臺傾，越人笑樂吳人嘆。越臺不久鷓鴣飛，興亡瞬息如交換。嗟哉月落寒鐘漫，仰頭猶見星河燦。霜花滿地雞漸鳴，誰云長夜何時旦？

次張西廬韻詠東池

疎疎幽竹護寒花，雨漲東池綠漸加。數里白雲多野寺，一溪茅屋半漁家。鳥窺書架鳴催穀，鶴愛松陰立聽茶。種得香蘺藏釣艇，行吟不問楚江涯。

贈陳雁蕩

西臺寥落杜鵑春，東海徜徉且釣緡。賣醬偶驚譚《易》客，灌園喜共辟纑人。青鞵擬逐龍門癖，白首難辭杜甫貧。今日胡琴豈堪問，草堂百軸任沉淪。

讀退翁詩

麥飯淒涼對佛燈，何堪此日憶堯崩。悲時直欲賢秦檜，讀史今應恕李陵。嘔血已知皆是夢，傷心恨不昔爲僧。新詩誦罷知翁志，死著寒灰未肯冰。

黄宗維書葉韻成志喜時予新製《葉韻》三十章，選《詩韻》上下平，書其上

碎剪羊家白練裙，小窗片片落秋雲。青山影裏隨琴抱，黄鳥聲中對瀑分。天寶可能無李白，永和曾未有休文。書工事韻宜珍重，錦帙重熏辟蠹云。

東池初詠補和陳雁宕韻

山雨吟筇滑，尋春忘路難。呼僮先放鶴，倒屣已投竿。載酒同山簡，攜棋過謝安。眼驚疎放客，燕子語簷端。

殘磬僧趺後，名花蕊放初。此時來北廓，恨不挈西廬。時張西廬不與。竹靜茶聲細，風香簾影疎。永和差擬勝，爲有右軍書。

石爲秋雲種〔一〕，池目春草開。遠帆分綠去，老衲帶書來。濯足歌漁父，流觴藉野萊。慚予吟獨後，百罰敢辭杯。

尚餘幽興在，已許舟來過。最愛留鶯樹，還栽聽雨荷。溪風吹短袂，歸棹激清波。分手斜陽外，躊躇意若何。

【校記】

〔一〕底本「秋」前衍「秋」字，今刪。

東池再詠分得家字

野寺通漁徑，雲開石戶斜。青山經幾別，綠樹接鄰家。鷗臥依萍影，觴流入藕花。一池涼雨過，垂釣足生涯。

哭孫爰敘

晴霜木葉落紛紛，靜夜書聲隔岸聞。蕙草忽摧芳漸歇，斷橋流水哭殘雲。

半畝園秋集

結廬田舍外，曲水白雲長。半畝分秋色，雙扉對夕陽。樵歌和梵唄，僧課雜農桑。知有高人宿，曾堆書滿牀。

冬日見菊

木葉脱已盡，籬花何幸留。十年寥落客，今日更思秋。寒影夕陽淡，殘香凍雨收。古來矜晚節，不肯爲霜愁。

題故金將軍畫溪山高隱圖

憶昔欃槍當百六，日月陰霾天地覆。田單不守卽墨城，包胥誤向秦廷哭。嗟哉英雄頭已白，吞聲潛遯谿山麓。披襟示我刀箭瘢，小窗夜半寒燈綠。興酣泚筆托豪素，慘淡經營秋欲暮。咫尺千巖萬壑開，嶇嶔巀嵲皆含怒。零箋斷墨谿山寒，十年磈礧成峯巒。薊門殘葉今非故，猶記當年馬上看。

曉望

隔霜遥望野橋濱，漠漠寒烟徧棘荊。卻似雲林高士畫，空濛山水悄無人。

謁汾陽王祠

野老悲興復，荒村獨祠王。傾葵重戡亂，披莽再開唐。化遠桑爲紇，懷恩贖衣郎。風塵瞻黻冕，涕淚滿衣裳。

風雨遣愁

雨急沒平沙，風高亂落花。野橋鷗浪闊，茅屋燕泥斜。春盡愁能遣，杯乾酒□賒。步兵惟愛酒，長嘯足無涯。

東池三詠分得二冬

漠漠蒼苔舊有蹤，看花時復破雲封。一簾風散香初澹，半野烟收綠漸濃。石磴乍分新隕葉，板橋遲過老僧筇。殘春耒耜村村急，好鳥催詩又勸農。

靜聽寒濤枕古松，醉看落日亂遙峯。花從鄭谷詩中見，人向西臺記裏逢。野渚萍深經月雨，石林雲隔數聲鐘。閒來爲檢幽居課，新繞池邊竹幾重。

東池四詠

閏七夕分得二蕭

漫爲雙星幸，愁應倍此宵。或因前別近，更憶後逢遙。秋老疑聞雁，涼深怯渡橋。淚隨銀漢溢，怨逐碧梧飄。荷敗衣難瀑，更長月易消。撫時悲失閏，檢曆痛前朝。幸蜀空留逝，垂槎尚待潮。機□方寂歷，莖露久蕭條。孰謂天難挽，今知人可邀。葭灰豈終剩，覆酒問青霄。

東池蓮分得八庚

秋到寒林落葉驚，紅衣褪盡綠雲平。呼僮莫打枯荷葉，留待聯牀聽雨聲。

病中吴門晚歸

病骨逢難阻，歸舟遇晚行。片帆秋雨重，遠市□燈明。伏枕峯巒過，尋詩鴻雁鳴。最憐波浪闊，能使客心驚。

幽居

幽徑雲隔，閒堦綠侵。潛心闔戶，抱膝横琴。啼鳥不已，落花轉深。竹爐茶熟，鶴立松陰。

有感

子規啼罷復多愁，江總還家尚黑頭。堪嘆北朝庾開府，數莖白髮不禁秋。

病鶴

瘦骨頻憐影，卑棲亦塹羈。寧知鎩羽後，無復與雲期。

贈張閑鶴

水鏡浮沉照漸埋，客來有問輒稱佳。五言詩鏤青山骨，十載交明白水懷。雲嶺遍游憑葛屨，星壇曾夢度荊釵。爲憐蕙草芳洲盡，□向唫窗寫幾荄。

久別見舍妹各屬病後

弟妹天涯隔，沉痾幸兩存。相逢盡一哭，離亂只孤邨。家信同諮詢，衰容異夢魂。蕭蕭哀雁斷，江渚已黄昏。

讀史

丞相燕臺去不還，猶延宋祚浪濤間。書當快意須浮白，莫負英雄弔子山。

訪王天倪不值

蒼苔漠漠繞幽廬，江左風流舊業餘。一榻閒雲人不見，春風吹墮活人書。

讀橋頌齋詩

衣帶傳詞恨不窮，江城烟草哭秋風。無人舐血悲廬奕，有客偷屍葬信公。浩氣已還天壤外，丹心誰拾蠹餘中。寒窗讀罷燈頻綠，葉響霜堦落月空。

寄懷張西廬即用西廬鹽字韻

成都久不叩疎簾，言孝言忠罷所占。龍影孰能知是劍，虎形無復辨爲鹽。殘生病肺詩逾瘦，靜夜懷君雨更添。目斷明河惟可望，雙鳧何日下茅檐？

除夕復用前韻

索逋人去且垂簾，農事閒抄一歲占。村蠟未遵王氏臘，囊詩擬敵謝家鹽。梅花香裏顏頻改，商陸鑪中火數添。寄語春風好相惜，明朝先到草堂檐。

三和

臥擁殘書雪一簾，卜居閒讀楚騷占。千金駿骨誰求士，九折羊腸尚眠鹽。病裏論心交更切，歲除感遇酒頻添。何年得踐雲門約，瓢倚青松瀑卦檐。

大隄曲

堦下決明花，秋來爲霜死。《大隄》楊柳枝，摇蕩春風裏。春風摇蕩蕩柳花，隨君飄泊遊天涯。下堦自拾決明子，登樓望斷湘江水。將愁摇蕩託春風，愁重春風吹不起。

病中憶舍妹

涕淚天涯盡，關山娣妹疎。兩經衰病後，有幾十年餘。時因離亂，舍妹不來，已十年矣。

公無渡河

秦王觀日踏扶桑，驅神鞭石似箠羊。英雄尚畏風波惡，迴車不渡錢塘江。公乎公乎無渡河，亂流渡河奈公何。眼見鯨魚飽軀血，腸斷箜篌淚作歌。嗚呼！五侯七貴各成黨，清流白馬徒紛攘。茫茫巨浸陸已沉，曷不歸山欲何往？留雲待君君不果，終沒濁流計何左。箜篌欲碎不復彈，仰天搔首悲路難。枕書高臥忽惆悵，濤聲又在松梢上。

病中

東風太無賴，吹鬢欲成翁。春色短笻外，鶯聲高枕中。殘生詩漸送，老病藥能通。多少傷心事，浮雲已半空。

博浪沙

子房畏韓仇，劍渴秦王血。一椎震天地，青山驚欲裂。祖龍夜走褫其魄，野狐篝火呼陳涉。

西余山遊望

松杪聞僧語，行回磴入雲。石田開小築，花雨覆荒墳。清澗過橋得，殘鐘隔院分。高懷託天際，帆影亂斜曛。

病中月夜聞笛

竹梢風露半淒清，童子垂頭對藥鐺。瘦影不堪明月照，隔蹊又送斷腸聲。

初秋東池復集目病不赴遙和

誰於今日更言詩，風雅寥寥響漸衰。摩詰枉招人卧病，孟郊偃蹇爾懷思。想曾補石仝芟竹，遙羨臨風共舉巵。不識可能扶短策，烟蘿石磴再棲遲。

留别湯海林

狂飲吳門舊酒壚，肝腸意氣駭屠沽。黄金欲盡留書史，白刃難忘蹈石湖。已久謬推知己重，於今還有此人無。癡魂雖令心猶熱，苦雨幽窗慎莫呼。

留別許洪崖

十載交情似飲醇，鬖鬖白髮尚如新。黄金不惜酬貧士，白酒頻留待故人。好語□思惟有淚，深恩欲報已無身。寸心它日堪誰語，惟有殘螢亂野燐。

自題小像

相看還自笑，爾我孰爲真。把酒欲澆悶，攤書思掩貧。天意竟無謂，寒香老此身。藥畦草芟未，還問荷鋤人。

自挽

誰令唫詩致此身，戶生蛛網几生塵。心多憤懑何曾死，囊有篇章未是貧。封禪究爲天下累，玉樓不厭世間人。徜徉五市無人識，一死空賒二十春。

附錄三　張雋資料彙編

傳記

張雋，字文通，少有學行。倪元珙督學南畿，拔第一，益厲志聖賢之學。操行方嚴，繩趨矩步，學者翕然宗之，有經師、人師之目。著述甚富。綜括帝堯以來至明代事，跡年排月，次爲《三蔀略》，每蔀有二十紀。又以三蔀之年配之《易》卦，以興衰治亂，協爻象吉凶，作《象曆》；以五緯二十八宿分直卦爻，作《測象》。敘次理學諸儒，列爲八門，一一考其行事，著書作《與斯錄》，凡數百卷。居湖濱之吳漊，去南潯最近。莊氏刻史，羅列諸名士，置諸簡端，不問知與不知，雋亦廁名其間，遂坐死，年六十餘矣。

——潘檉章《松陵文獻》卷十《人物志》

張非仲，雋，一名僧願，一字文通，爲博士弟子員。於經史百家，無不得其旨趣，所與遊皆名彥。樓居積書甚富，手錄者千餘卷，擁列左右，己則坐臥其中。後爲莊氏所招，作有明理學諸人傳，其稿另錄出，名曰《與斯集》。禍未發時，已知其非，逃於僧舍，年已七十餘。丁母憂，煢然縞素。有詩云：『空樓獨夜雨牀牀，卻把平生細較量。災異日新憂患短，悲歌不足寤思長。曾無入巷哀王烈，徒有拋娘學范滂。好個《與斯》題目在，輕謳緩板赴排場。』就逮時談笑自若，與潘、吳諸人同死。所著有《西廬詩草》四卷。

——汪曰楨《南潯鎮志》卷三十七《志餘五》之《莊氏史案本末》

張非仲，諱雋，一字文通，别號西廬，世居吴江之涤溪。其曾祖聽濤，諱正，以孝友聞。贅吴漊馬氏，因家吴漊之儒林里。聽濤生慕椿，諱滋，鄉飲賓。慕椿生五嶽，諱鴻逵，擅文名，爲世碩儒。五嶽生西廬。西廬生而有文在其左股，曰『楊慎』，時已異之。比就外傅，穎悟不凡，讀書一日不忘。年十一，其傅謂慕椿曰：『是子非常人也！吾非其比矣。』因辭去。弱冠，補博士弟子員。未幾，元璐倪公衡文江南，拔置吴郡第一。公臨行語屬僚曰：『張某，吾觀其文，知其所學矣，惜無由與之往還，罄其所藴爲恨。』其所居遊，皆一時名賢，如張天如、楊維斗、章拙生諸先生輩，時爲唱和，稱道義交。其爲藝林所推重如此。至其品行端方，動循禮法，處己敬，接人恭，怠慢之容、乖戾之氣，終身未嘗形於辭色。

三困棘闈，遂絶意進取，集族之子姪與里之來學者而教。教人爲學，必誠以躬行實踐，不徒誦説已也。後講學於潯溪紀氏之秋卿第，從遊益衆。其經承西廬口授指畫者，爲文悉有法度可覩，如紀鎬、孫傒輩，俱表表一時。傒資邁衆，篤於爲學，其品行文章，自名不下古人。視世之名俊，無一當意者，獨傾心以事西廬。嘗謂人曰：『吾師之學殆如鐘然，叩之於大則大鳴，叩之於以小則小鳴。』斯言也，可謂善於形容西廬者矣！

室後有小樓三間，額曰『碧水閒居』。樓北有水閣，題其柱曰『一點殘山一行樹，半灣淺水半間樓』，爲讀書之所。

西廬早獲令子：長曰子亶，次曰子宜，三曰子安。能讀父書，先後蜚聲黌序。復不以家事累其父，以故西廬之居是室，目之所睹，手之所披，口之所吟，心之所存，無不舉而用之於書。以優遊無事之身，兼之穎敏絕倫之質，加之勇往精進之功，宜其於古今之書，自十三經、二十一史外，凡諸子百家、一切詩文之集，旁及浮屠、老氏、天文、地理、農圃、醫卜、齊諧，諸書無不必讀，讀而無不必記者也。昔子貢以『天縱』稱夫子，西廬之於書，殆亦有縱者乎？惜其不獲顯於世，措爲宏功大業，惟讀書於家，以化其鄉邑而已。其所著述有《三蔀略》，起帝堯二十一年甲子，終天啓七年丁卯，編年紀月，括前古得失之林，著於年月之下，爲三蔀。蔀二十紀。又約三蔀之年，分佈《易》卦。除去八純，自《屯》以至《未濟》，止用五十六卦，舉帝王治亂興亡，聖賢德業，晦貞佞消長之大，按之爻象，吉凶悔吝，曲而中，雜而不越，名曰《象曆》。據丹元子《步天圖》及京房以五星二十八宿分直卦爻之意，用二篇《序卦》，觀其始終離合，分刌節度，繫之以星垣，則歸舍東西朔南，森然就列，著《測象》。輯《古今經傳子史序略》，舉春秋以後二千餘年人物，定爲八門，曰宗儒，曰命世，曰本行，曰大節，曰高蹈，曰經傳，曰翼教，曰藝學，起子思子，終明馮從吾，凡四百三十九傳。更考具受業統系，支分派舉而圖之，若宗譜然，爲十卷，曰《與斯錄》。不始孔子，明不也。又有《九雒序》，因雒書九宮，諸餘推而廣之者也。至韻學，有《四三韻略篇論》；列先朝理學名儒，有《賣菜言》，以及序記贊跋雜文若干篇。居常喜吟詠，凡山巔水涯、鳥獸蟲魚，草木之華實與夫憂思夷懌，必寄於詩。已行世者，有《西廬詩集》五卷。筆無虛日，字法端楷，世所珍重。歲辛丑，臂膝疾作，皆勞於筆墨所致，而猶不輟，曰『吾仍於筆墨療之』，蓋其性然也。世之君子，聞西廬之名，思西廬之爲人，不以山川間阻，幸賜採擇。讀其書必有如遇之者。

——孫譽《一封書信引出『明史案』張雋佚作重要線索》http：//blog. sina. com. cn/s/blog_c99b60e60102vbec. html

張鴻逵，字公儀。吳江庠生。

張雋，字文通，又字飛仲，號西廬。蘇郡廩生。生時股有『楊慎』二字，人以爲升庵再世。幼穎悟，書一過目不再讀，終日把卷靜坐。上自經史，下逮百家，評閱殆遍。作詩瀟逸，古文詞成一家言。所著有《三蔀紀略》、《象曆》、《賣菜言》、《與斯錄》、《九宮編》等書，名重宇內。書法學臨川，雖起草亦字字端楷，一筆不苟。後以史案受刑，人咸惜之。

張思任，字子亶，西廬長子。吳江庠生，以父史案受刑。

張思伸，字子儀，西廬次子。烏程庠生，以父史案受刑。

——《儒林六都志》卷下《庠生》

張雋曰：『昆明先生，先子受業師也，與乃弟方壺先生，皆稱篤學。方壺登萬曆甲辰進士。先生卒困於子衿，所著《四書易經講義》、《性理精要》及他集錄甚多，茲特其一種云。』

——《古今經傳序略》補癸集莊憲臣《撮囊集序》附錄

陳寅清榴龕隨筆

張文通館於莊氏，草稿皆作細楷。時子相已死矣，張以有明一代理學諸儒無人作傳，故勉應之，亦不虞其至是也。聞其膝上有淡墨痕『成都楊慎』四字。

——汪曰楨《南潯鎮志》卷三十七《志餘五》

莊廷鑨，字子襄，先世吴江人。其祖始遷居烏程之南潯，家巨富。父允城，字君唯，貢生。生三子，廷鑨其長也。少患瘋疾，延良醫治之，謂疾愈當損目，試之果然，廷鑨遂妄以盲史自居。其家與故相國朱文肅公家鄰，因購得文肅《史概》未刻列傳稿本，乃招賓朋，羣爲增損修飾，而論斷仍署朱史氏。又續纂天啓、崇禎兩朝事，其中多指斥之語，名曰《明書輯略》。書成而廷鑨死，允城痛傷之，爲乞故禮部主事李令晳撰敘，列吴越名士十八人爲參閱。十八人者，歸安茅元銘、吴之銘、吴之鎔、令晳子礽燾、元銘子次萊，烏程吴楚、唐元樓、嚴雲起、蔣麟徵、韋全祐、全祐子一，吴江張雋、董二酉、吴炎、潘檉章，仁和陸圻，海寧查繼佐、范驤也。

——楊鳳苞《秋室集》卷五《記莊廷鑨史案本末》

費恭庵日記

潯中有貢生莊允城者，字君維，家富。長子子襄，名廷鑨，有才而瞽，欲以瞽史自居。購得此書稿，乃聘諸名士茅元銘、吳炎、吳楚、吳之銘、吳之鎔、張雋、唐元樓、嚴雲起、韋全祐、蔣麟徵、潘檉章，約十六七人，羣爲删潤論斷。

——汪曰楨《南潯鎮志》卷三十七《志餘五》

殳丹生貫齋遺集

吳江四子，張雋年最長，董二酉次之，吳炎又次之，潘檉章最少，皆博聞有才，棄諸生，以著述自娱。南潯瞽者莊（疑脱『廷』字）鑨，私輯明史，未成旋死。其父復招賓客續成之。有吳之榮者，舊苕中令，坐法罷官將去，挾之以要，賂於莊氏。莊氏不從，之榮慚而怒，上書告其事。事下所司窮治，辭連雋、炎、檉章。或勸之自爲計，笑不應，闔戶攝衣冠危坐，以待捕者。在獄賦詩相酬和，遂論磔，戮其同產昆弟子男年十五以上者，妻屬徙邊。二酉死二歲，未葬，剖棺剉其屍。妻子論如例，母年九十餘，死於途。雋，字文通，一名僧願；二酉，字誦孫；炎，字赤溟；檉章，字聖木，更字力田。籍其家，惟有書籍，而檉章家爲最多云。

——《（同治）蘇州府志》卷一百四十八《雜記》

參訂二十四人中，吴江董二酉死二歲，剖棺銼其屍。張雋投水死。胡某逃匿海濱爲僧。海昌查伊璜曾識拔吴六奇於未遇時，至是爲兩廣提督，遂奏免其罪。海昌范文白亦免，或謂並六奇救之也。烏程閔毅夫、仁和陸麗京已繫獄而得釋。其餘歸安茅元錫、吴之鏞、之銘，吴江潘檉章、吴炎等十人，並刻書鬻書者，同磔於杭之弼教坊。

——翁廣平《書湖州莊氏史獄》

吴江翁君小海，摹其鄉先輩計東、顧有孝、潘耒、吴兆騫四先生遺像郵示，謂之松陵四子。……前乎此，松陵四子爲董二酉、吴炎、潘檉章、張雋，皆罹莊史之禍，著作多不傳。由其無識而入患難，未可與後四子比矣。

——張雲璈《簡松草堂詩文集》卷十一《松陵四子遺像跋》

淩肇登，字開先，諸生。少穎悟，一目數行，工屬文。鼎革後，坐臥一樓，人罕見其面。少與張雋、潘檉章友善。時南潯莊氏私作明史，欲聘江浙名士爲參訂。肇登夫婦同夢盤盛西瓜十枚，共相嗟異。明日，雋等九人至，欲肇登列名，力卻之。後禍發，不及於難。

——翁廣平《平望志》上

蠅鬚館詩話

潯溪莊氏史案，自《亭林文集》載吴、潘二君之外，或言張非仲實與斯禍，然不見載紀。

——汪曰楨《南潯鎮志》卷三十八《志餘六》

淨孝……《枯木吟》一卷，附《和枯木吟》三卷。西廬僧願跋。和者正巖、南潛、張淨願……吴智明……凡二十三人。其中，張淨願，字夢誓；吴智明，字雪普。二人名字皆經刓改，蓋即張雋、吴炎也。

——汪曰楨《南潯鎮志》卷三十七《志餘五》

考《榴龕隨筆》，同時文人受禍除吴、潘外，可考者尚有蔣麟徵、張文通、張雋、董二酉、茅元銘、黎元寬、吴心一諸人。刻工之可考者曰湯達甫，刷匠之可考者曰李祥甫。

——王蘧常《顧炎武詩集彙注·汾州祭吴炎潘檉章二節士》

張雋文通

參閲名登野史亭，謗書酷甚腐遷刑。空王難贖多生劫，碧血湖堤走鬼磷。

——葉昌熾《藏書紀事詩》（二二六）

交游

先王父手評漢史二書向在家仲所逸之數年遍求不可獲張三文通忽覓取見歸深喜爲作歌

高篇卓犖懷吾祖，遭遇漢皇真好文。海虞之嚴維揚李，崛起振厲爲風雲。並時鼎列三史氏，西宮賜馬天下聞。每奏一篇上稱善，嫋蹄中使頒紛紜。投簪以來公漸老，昔者常爲賓客道。一生幸得史遷力，班椽遺書亦傾倒。少年讀書蘭若中，夜挾之眠晨諷早。初時枘鑿終耆然，如繭爲絲緒堪討。亦猶神禹鬟枝河，導歸滄溟波浩浩。古今神契竟何隔，俗士浮心苦難了。丹鉛捃遮五十年，三日不讀心如擣。嗚呼祖德猶可述，後來視之殊草草。酒卮羽化定非急，廚盡朝飛使人懊。變遷遂入張郎手，購以十千若琛寶。張郎十九攻先秦，霜蹄乍試今軼塵。舌鋒不卦田舍字，仿佛欲見淩雲人。有時白鳳入清曉，奇藻散作天花春。獨憐先世喪其寶，攜書歸我澤若新。芸香燈燼怳可識，怒蜺渴驥光斕璘。衛公錦袍魏公笏，舊觀頓復疑有神。發函長跪誦且泣，感君素氣干清旻。先公不亡腐史活，精采烏奕參星辰。飲君濁醪夜語快，文業盛衰非可循。眼前安用爾許物，龍門當世疇復珍。衣鮮馬怒競相笑，低頭霧坐皆其倫。《漢書》數行酒一斗，蘇子無乃君前身。唾壺不減漸離筑，別我東歸震澤濱。冷風拂衣醉眼闊，霜華一屋雞號晨。

久不晤文通矣寄憶四韻

豈曰無衣授，山齋空夕氛。看花隨菊嫩，聽雨及僧分。前日酒中句，杳如湖上雲。吴橙寒可剖，晴屐但須君。

——以上董斯張《静嘯齋存草》卷八《寒竽草》

孟樸到纔知文通病卻寄

快讀入茗詩，霜螯存一卮。如何秋盡日，未見汝來時。病理有深記，閒情誰復持。山心真不退，澤畔足玄芝。

——董斯張《静嘯齋存草》卷九《寒竽草》

張非仲示余《淨土詠》，乃瑪瑙寺主日觀筆，非仲要余和之，得二十章。

——董斯張《静嘯齋存草》卷十二《偈頌》

小學後序

金俊明

吾友張子文通、董子子舒師古正誼君子也，每欲刻《小學》、《近思》二書行世。十年前，文通已刻《近思》，更亂，板失，流通絕少，竊共惋惜。今子舒復募刻《小學》，用展夙懷，文通實佐厥成。

——《古今經傳序略》補戊集

芳節喜晴同孫孟樸張文通昆季登馬叔明巢閣用舊韻聯句

無地迎高屐，淳。相攜最上頭。晴香先到戶，明。落翠只憑樓。已快披襟句，翥。如臨送別舟。留君惟有酒，淳。數竹當行籌。明。

其二

渺然天外意，明。分取到雲巢。唱和遙同鶴，淳。綢繆近笑鷯。清余石鼎茗，翥。旨發蕙筵肴。偕隱前期在，明。棲枝不任嘲。淳。

其三

遠林猶宿雨，翥。極望轉佳哉。鷗影銜寒沒，明。蜂羣辨霽來。攀條思贈杖，淳。指笠當浮杯。此日留題處，翥。應無舊客猜。明。

其四

憑窗舒靜眺，帆葉似風鬟。淳。寄託成今昔，賡酬洽往還。明。同岑欣暫得，異鳥樂相關。雋。不厭湖山狎，披雲更一攀。明。

和文通贈董誦孫

兩家兄弟澹相于，芳草同懷玩未疎。九命自甘分受僕，五湖寧許署爲漁。時非辟穀虛前箸，跡偶窺園倍著書。我亦高冠長劍客，睹茲奇服念生初。

蓉城寓園班草聯句同張文通范聖孚浦客星限韻二首

其一

招邀曾未遠，明。高柳拂樽前。稍借看山興，雋。偕尋伐木篇。翾風雙小燕，泰。情雨一輕鳶。醉聽吟聲促，賓。先生欲姓邊。明。

其二

客裏欣同暇，明。剛憐蕙帶長。語多無雜味，雋。道廣亦居方。草坐古人意，泰。風歌賢者狂。新懷中夙好，賓。飲海見茲觴。明。

爲文通題趙心山遺墨

先生松陵人，名金，字淮獻。工醫善書，别號心山山人，與衡山諸公遊，所著有《浮休集》。

偶讀《浮休》見一斑，更從尺幅聽潺湲。自慚婚嫁身猶在，僅得逢君畫裏山。

——以上金俊明《耿庵詩稿》

禮三賢祠懷文通表兄

董二酉

舊祠當大路，幾度拜階前。老樹頹垣倚，空壕蔓草連。行人馳負擔，吾輩守遺編。幸有西廬在，儒宗未失傳。

——徐崧、張大純《百城烟水》卷四《吴江》

讀西臺慟哭記和張非翁

買得遺書墨半摧，招魂一曲有餘哀。春風竹徑人空閉，慟哭還登夢裏臺。

荒祠門破雜編荊，一片殘碑緑蘚生。哭盡兩臺天欲雪，孤舟人影大江横。

再和前韻

空山野廟短垣摧，風緊潮寒助客哀。日暮漁樵閑指點，無端白髮哭高臺。空有愁吟學楚荊，相看華髮滿頭生。男兒得遂酬恩志，匹馬西風一劍橫。

讀非翁石船存草有感

千秋歷落人，一二不能數。吾家有石船，逸事嗟未補。推窗讀君詩，嚼蘗心自苦。張墩續釣盟，忘年定餘許。

從非翁借書復用前韻

授經一幅絳紗垂，幾日南村蹋雨籬。賤子能排京氏《易》，高賢曾受遠公詩。精廬何處堪雙結，雁蕩他年約共窺。肯乞異書三百軸，不勞紙尾更批詞。

——以上董說《豐草菴詩集·西臺編》

張非翁爲余買書志感

感恩聊寄綠葵箋，重結他生文字緣。門外苦催賒藥券，人間誰假買書錢。空登西閣日相望，同在南村竟各天。萬卷子孫能永保，只教世世頌高賢。

錦邊蓮和非翁

五月汀洲别様妍，澹霞一縷晚涼天。證成白地元非染，改作烏絲好製箋。曲沼紅欄銷夏處，紵衣繡帶采香船。定□子夜添新詠，解得相思莫問憐。

——以上董説《豐草菴詩集·病孔雀編》

夢華潭卽事用非翁疎字韻

白荳花陰藥杵疎，閑忙爲曝舊藏書。浮名徒益九重障，草木曾參七不如。秋園縛帚難共掃，石壁纏藤合受梳。擬鑿小溪通釣艇，從教野史補河渠。

聞非翁卜居潯上復用前韻

一事猜君野計疎，樵船疊架載圖書。應憐山水苕溪好，得見移家畫裏如。蟹舍朱顏楓葉醉，松窗綠髮雪晴梳。木蘭製楫絲編纜，相望柴門鑿小渠。

——以上董說《豐草菴詩集·紅蕉編》

憶張非翁

歌勿歌，行路難。愁勿愁，芒屩穿。包腰浪跡自愉快，兒女不如山水賢。對面吞聲那可語，蜀道不在西南天。吳中高士張夫子，睽離十載情纏綿。借書不惜手鈔本，問疾兼憂買藥錢。往時寄贈兩吟軸，古松流水同澄鮮。一人知我死無恨，且研秋雨終殘年。

非翁擬遷潯上詩以促之

苕溪古寓公，詩筆例高秀。先生冰雪文，翠與晴峯鬬。杯擎西塢茶，花種秋籬豆。余將覓漁路，敲門問奇籀。

——以上董說《豐草菴詩集·登峯編》

題張文通先生古今經傳序略

讀《序略》者聽之，某世某年月日，慎勿疾馳，章句加深思。始皇帝三十四年，制可丞相斯。非醫藥、卜筮、種樹之書皆燒之。皆燒之，《六經》不絕如絲。故漢有京房，故吳有虞翻，故熙寧己酉孟冬望日，文同有《黄氏易圖後題》。故淳熙四年丁酉冬十月戊子，序《詩集傳》新安朱熹。《春秋》善惡並書，聖如天覆，無是非翁作《序略》，師仲尼。異同森列，人自知。敬識日，寓所悲。

弔古檜和張非翁

空遺鶴骨傲湖濱，忍逐飄搖陌上塵。還倚枯根結亭子，從今野老往來頻。

——以上董説《豐草菴詩集·臨蘭亭編》

書先君贈非翁長歌墨蹟圖

每欲搜羅舊文集、先人遺事，爲《高暉堂家語》一書。如東生、能始諸先生集中贈和之作，爲《詩文緣》；雲棲、憨山兩大師法語，爲《出世緣》；與閔康侯先生讎書討論諸文，爲《著述緣》；先人集中前後遊覽名勝諸詩，爲《山水緣》；先人手跋碑版舊文、名賢墨蹟諸文，爲《圖書緣》。清緣畢集，子孫永寶，甚善！恨病未就也。先大宗伯手評兩《漢書》真本落人間，非仲先生力購歸先人。先人手書長歌爲謝。非仲先生義甚高，《家語·圖書緣》，此爲冠矣。昔康侯先生家富藏書，天性嗜學，如劉伯倫之於酒，謬謂余讀書無經生習氣。辛壬已後，或徵奇字，或證異聞。尺書日走潯上，病甚猶强起寄書於余，論《同名録》二百餘字，言微細楷也。康翁於余家，殆有著述緣。而數年來，非仲先生授經南村，憐余愁病，則爲余買書，故《病孔雀編》載《志感詩》，有『萬卷子孫能永保，只教世世頌高賢』之句，非翁於余家，亦世有圖書緣矣！

——董説《豐草菴文集·文苑編》

余積詩三十年未有定稿非仲爲余刪正感而賦謝

孫　淳

正音墮蒼茫，大雅失其位。淫哇及怪唱，居然駭蒙穉。非無二三子，孤行自矜視。鍊字不鍊神，索之無餘思。古人去不還，今人復敗意。四聲雖尚存，六義已漸替。緊余薄弱質，空塵聖明世。秉識不及高，未肯守凡易。摛言不足程，未肯蹈嫵媚。氣鋭才莫追，心往口復滯。時倚枯藤吟，或向枕上囈。鬛非溫李儔，瘦與島郊類。愛我有奇賞，疾我多詬誶。悠悠衆口中，渺渺予懷寄。作賦三十年，未曾自刪薙。文章不祥物，無乃窮爲祟。屈指生平交，蘭心得其二。一以病著書，一以親不仕。相去三百里，鴻古有均嗜。澆胷討玉笈，遜志探金匱。大音振蕭朗，小言亦靈粹。讀書少所可，於我獨心契。敢云才力方，或以風尚配。天乎奪之速，造化若多忌。寥寥撫殘編，屢下故人淚。君來問我詩，亦念生死異。眼前無知者，千秋杳難俟。直筆奮丹鉛，重展二公志。一年辨一格，勿取齒牙利。心如天之蒼，萬物不能翳。我詩既不亡，我友亦不逝。磨礱以相成，德大未可既。感君無以酬，爲君溯其自。秋月許同輝，浮雲不輕比。披枝見木根，論事覈名義。五字鳴高寒，三山借鼓吹。全收物外權，一洗區中膩。遂令葑菲資，裒然及人次。行將藉品評，相與醒衆醉。誰曰聲音微，無關不朽事。

——上海圖書館藏孫淳《梅綰居詩選》

余自破楚門别王庭璧姚宗典金俊明張雋葉襄朱鶴齡顧有孝姜垓徐晟陳三島徐崧李炳歸苕溪草堂悵然有懷

秋風餞罷習家池，綺里先生歸路遲。滿眼羈孤留異域，故鄉門巷隔軍麾。鄰雞野鶩親朝夕，細菜辛盤逼歲時。遥望東吴音信絶，只應吟誦白頭詩。

——魏耕《雪翁詩集》卷十

送董處士歸湖濱序

勢榮者，人慕之；道榮者，人疑之。厭膏腴，欺紈縠，高車大蓋，誇耀州閭宗黨間，此勢榮也；身都儒雅，與時進退，抗顔千古之林，雄覽萬物之表，此道榮也。充於勢而詘於道，古人猶有塵垢軒裳、逃之寂寞之濱以爲快者，況乎乘危抵戲，苟竊旦夕之光，曜於蜩螗沸羹之中？此如操漏舟以試洪濤，策敗轅而上峻阪，方沉溺顛覆之不暇，又何榮辱之足云哉？

董次公、張西廬，處子之秀者也。先朝以高才生，困頓場屋；近乃沈研經術，著書自娱。西廬足不入州府，次公以井税至邑治，必訪余痦言，跫然足音，致足樂也。今年秋，余抱先子之戚，讀《禮》江灣草庵，次公拏舟來唁。流連晨夕，商榷古今。每至析疑領要，則油然以喜，又悄然以悲。喜者，喜吾道之不孤；悲者，悲歲月易徂，而修名之不立也。將歸湖濱，次公起曰：『子何以益我？』余告之曰：『子瞻有言：「人不可以苟富貴，亦不可以徒貧賤。」貧賤之樂，舍通經味道，曷尚焉？阮嗣宗、陶元亮居晉、宋之間，皆偃蹇不與世接，吾獨惜其未能聞道而徒以曠懷高致稱也。夫使二子者有志聖賢之學，則述作當日益進，又何暇逃名於麴蘖，放意於沈冥耶？今我與子以遯處之身，訓詁風雅，探索皇墳，亦既優柔而浸漬之矣。由此而升其堂，而嚌其胾，譬若登山然，不陟陘躋崿，弗可以止也。修之墨墨，寶之仡仡。視彼汩喪於詞章之末、聲利之場者，不過如甕中蠛蠓，經宿卽化耳，而豈以易吾樂哉！』次公曰：『旨哉，斯言！敢不夙夜加殖，以實子道榮之説。』遂抗手而別，並識此語諗西廬，用相警發焉。

——朱鶴齡《愚庵小集》卷八

月夜懷此山禪師兼寄張文通

周　安

憶昨投蓮社，相攜出虎谿。雲山忽間阻，月落雪川西。露下花逾白，松高鶴共棲。還驚臨照內，江海有征鼙。

——王士禛《感舊集》卷四

憤僧投池

孫俠，字商聲，張西廬先生高弟也。詩古文簡潔有法度。性孤冷，不喜諧俗。自康熙癸卯西廬遭變後，嘗謂：『斯文既喪，世無可交者。乃與此齷齪輩同其食息，不如無生。』故有『一生不得文章力，百里曾無臭味人』之句。

——鈕琇《觚賸》卷一《吳觚》

《韓文近》一編，孫俠撰。俠，字商聲，邑庠生，從吳江張雋學詩文，於昌黎頗恣探討。以窮憤無聊卒。

——嚴辰《（光緒）桐鄉縣誌》卷十九《藝文志》

和西廬先生

孫　俁

嗟哉！今人誰飲三斗墨，睥睨紈袴氣崢嶸。赤函綠帙非祕蹟，機杼乃能勞百靈。幽討書空倚閶闔，郵箋勒我如生兵。凡邢連屬籍，鄶楚羞尋盟。王郎酒酣謝高揖，短歌爲作蒼蠅聲。

葡萄篇奉慰西廬先生同嚴榮蔡潯作

按，《西廬集》有《追和石墩見慰葡萄篇》，後附石墩原詩，題云：『非仲藏宋溫日觀《葡萄卷》失去，歌以慰之。』考溫日觀，宋遺民，國亡竄浮屠

孫　俁

臨安風起黃臺摧，趙家綿瓞成飛灰，海神抱蔓宮梧哀。宮梧哀，海神怒，纍枝墜實捐秋露。柔條難固獨松根，斷藤不繫冬青樹。漢家博望從西來，遠攜羌植中土栽。世運千年一翻掌，玉津雨露悲蒿萊。阿誰圖出寸草心，蒙緇潑墨淋漓深。血淚泚筆何縱橫，縈絲繚繞蟠千尋。玉匣兮錦幖，百靈護兮呵神曹。昭陵《蘭亭》不得有，尤物來去誰能招。請君撫事莫太息，獨不見青門五色無遺跡。

——以上孫俁《商聲詩選》，抄本，上海圖書館藏

格軒遺書序

潘耒

吾邑固多人材，然有明三百年，其卓然可列於儒林文學者，蓋亦無幾，則科舉之學，驅之使然。滄桑以還，士之有才志者，多伏而不出，盡棄帖括家言，而肆力於學，於是學問文章彬彬可觀。一時隱君子，自先兄力田而外，若先師戴耘野、吳赤溟，及徐介白、張文通、王寅旭輩，皆以實學真品著聞。

——潘耒《遂初堂集·文集》卷六

沈皇玉，字玉汝，吳江之震澤鎮人……晚年寓潯之墨溪，與張雋、閔聲、張道岸稱石交。

——《南潯鎮志》卷十四《寓賢》

潘喜曾曰：『予與香谷師事寶雲。香谷少時手鈔《濟南詩選》，揣摩聲律。西廬先生見之曰：「子欲爲詩而讀此，不畏鳥附入腸乎？」因授以窮經探史之學，遂以詩鳴。寶雲嘗云：「詩文家有生死兩路，若走入死路，縱極工麗，亦翦彩之花耳。」嘗手評韋蘇州、陳後山詩，以教學者。故游兩先生門者，皆能自拔於風塵溷濁中，而香谷尤超然直上者也。』

——徐世昌《晚晴簃詩匯》卷一百九十五

蠅鬚館詩話

苕、霅之間，有白雲紀先生者，諱遠，字子深，又字白雲，世稱白雲先生。姚江謝洲年四歲時，即識先生。三年，從之，授唐詩。五年，先生教授他方。後三年，復從之遊。又五年，乃止，而先生亦隨没。先生幼奇慧，見賞於西廬張先生雋、豐草董先生說，後從西廬遊，盡得其讀書之法。年稍長，煜煜有文名，屢試郡縣，輒冠其羣。

——汪曰楨《南潯鎮志》卷四十《志餘八》

紀氏族譜

紀鎬，字武京，號亦山。縣學生。識見明卓，受業湖濱張西廬。時同里有構造逆史者，徵集文士，公以大義責之，杜門謝客。西廬被逮，公獨不與其禍。及張受戮，往取其屍，哭而殯之。

——汪曰楨《南潯鎮志》卷三十八《志餘六》

先君子餘素府君行略

紀　端

先君原諱永成，字遙集，一曰大韶。平日所師事者二人，一爲吳漊西廬張先生，一爲鷗鴣溪賓雲董先生。西廬先生踵王、宋之後，以理學爲己任。先王父亦山府君，暨先君子，咸受業焉……先君子曰：西廬師著《與斯錄》，自子思以來，下及有明王、宋諸儒，分爲宗儒、本行、命世、傳經、翼教、高蹈、大節、藝學八科，娓娓數萬餘言。其於理學一門，亦嘗側聞其論列矣。

——汪曰楨《南潯鎮志》卷三十九《志餘七》

南潯備志

甲申之冬，元趾來潯上，訪董若雨，寓居豐草庵。張西廬、孫孟樸皆與之訂交，臨別執盞聯句以贈，皆見三人集中。

——汪曰楨《南潯鎮志》卷三十五《志餘三》

著述及其他

庠生張西廬有《三蔀紀略》。《象曆》起自唐堯甲子，終於有明，以史事分值《易》卦三百八十四爻，若合符節。《與斯錄》歷敘古道學之統，始於漢，終於明。《九宫編》以洛書九效爲主，而以凡事之合於九數者配之。《賣菜言》係有明諸人列傳，共九十三篇。又《西廬詩集》。

——《儒林六都志》卷下《著述》

蠅鬚館詩話

《西廬文鈔》一冊，文僅四十餘首。所紀遺聞逸事亦少，今擇稍明晰者，著於篇。

——汪曰楨《南潯鎮志》卷三十八《志餘六》

《西廬詩集》一卷，存於清人鍾賢祿所編輯的《二西遺詩》中。

——《中國叢書綜録》

邑前輩張節士西廬先生雋遺著《石船詩稿》五集，都五卷，附《補遺》一卷。稿本，未刊。藏其裔孫念貽明良處，陳巢南去病曾得副墨，余從借觀過抄，從此天壤間有第三本矣。

中華民國九年十一月十一日，吴江勝溪柳棄疾記。

——柳亞子《石船詩稿（五集本）跋》

《西廬詩選》一卷，從吴陵陽維《漊上詩鈔》録出。西廬詩，余藏舊有《石船詩稿》五卷，《補遺》一卷，此本則吴氏所摘選也，存之以備一格。

中華民國十三年雙五節後一月，邑後學柳棄疾記。

——柳亞子《西廬詩選跋》

右《石船詩集》二集，吴江張西廬先生所著。先生字文通，又字非仲。明蘇州府學生。邃於理學，所著書甚多。余所見者，此書外，有吾師錄《西廬文集》若干卷。晚罹莊氏史稿禍，其書遂無人敢爲流傳。庚戌之春，肄業法校。有同學張君明良者，先生之裔孫也，覓得此集鈔本，欲倩人錄副。余遂浼同門曹君釗任其事。曹君應張求外，復寫得此本藏於家。朱竹垞《明詩綜》只錄《讀白太傅集》一首，且不敢言其得禍事，不足以愜讀者之心。培孫先生有選錄明季諸老遺詩之舉，因屬曹君出其所藏，以供采摭，而書其梗概於此。

戊午春日，長洲黄鈞。

——黄鈞《石船詩稿（二集本）跋》

《西廬文集》四卷，張儁撰。儁生年不詳……年已七十餘。所撰《西廬文集》四卷，輯入《二西遺書》，鈔本，上海圖書館藏……又有《石船詩稿》不分卷，鈔本，二册，陳去病批注，有白文『去病藏書』、陽文『校理祕文』及白文『蟠螭山民』等大方印，中國社會科學院文學研究所藏。前有陳去病識語云：『夫莊氏史獄，禍延匯溯，慘及無辜，仁人君子，莫不傷悼。而先生以垂白之叟，亦復躬被毒刑。』此指作者爲莊廷鑨史案之受害者。又謂此書爲詩藏之祕。書口印『東來義』字樣。石船主人目錄後跋語云：『吾詩自半巢後，有孟樸削本，名《石船存草》。石船在霞霧之麓，嘗寄跡焉。』詩分第一集至第五集，附補遺。目錄後自云：『詩自崇禎八年迄順治十八年。』末有陳去病題識云：『庚戌客杭州，沈思淵（穀）得此册於張念詒（明良），因舉以見詒，合誌之以拜。』張明良當是作者後人。《霞外攟屑》卷一載，所著又有《與斯集》無卷數、《西廬詩草》四卷。今未見傳。

——柯愈春《清人詩文集總目提要》（上）

《李羣玉詩集》三卷、《後集》五卷二冊，（唐）李羣玉撰。南宋臨安府陳宅書籍鋪刻本，清季振宜藏記，清道光三年黄丕烈手書題跋，清光緒二十二年、民國七年鄧邦述手書題記，民國元年翁斌孫、傅增湘手書題記，民國十七年柳詒徵閱記。鈐宋本、玉蘭堂、竹塢、辛夷館印、春草堂印、梅谿精舍、江左、乾學、徐健菴、張雋之印、一字文通、揚州季氏、御史振宜之印、吾道在滄洲、季振宜藏書、季振宜印、季滄葦圖書記、滄葦、馮新之印、良常馮靜觀藏書、良常馮氏汲古齋藏書、安麓邨藏書印、安岐之印、黄丕烈印、復翁、蕘夫、蕘翁、百宋一廛、碧雲羣玉之居、三松過眼、雙漚、平江黄氏藏書、嘉興忻虞卿氏三十年精力所聚、從吾所好、三李盦、披玉雲齋、羣碧居士、羣碧翁、羣碧樓印、邦述、正闇收藏、羣碧樓、羣碧廔、宋刻本、一笏齋、放情山水之間等印記。

《碧雲集》三卷二冊，（唐）李中撰。南宋臨安府陳宅書籍鋪刊本，清季振宜藏記，清道光三年黄丕烈手書題跋，道光七年居鍾、民國元年翁斌孫、九年及十一年鄧邦述手書題記，民國十七年柳詒徵閱記。鈐宋本、玉蘭堂、竹塢、辛夷館印、鐵研齋、春草堂印、乾學、徐建（筆者案：應爲『健』）菴、張雋之印、一字文通、滄葦、揚州季氏、御史振宜之印、季振宜印、季滄葦圖書記、季振宜藏書、滄葦、馮新之印、復初、良常馮靜觀藏書、良常馮氏汲古齋藏書、安麓邨藏書印、安岐之印、黄丕烈、黄丕烈印、蕘夫、復翁、屠鍾、三松過眼、平江黄氏藏書、碧雲羣玉之居、林下閒人、從吾所好、三李盦、披玉雲齋、羣碧居士、羣碧廔、羣碧樓、羣碧樓印、宋刻本、翁斌孫印等印記。

——以上湯蔓媛纂輯《傅斯年圖書館善本古籍題跋輯錄》第一册

《朱慶餘詩集》一卷，宋刊本。此南宋書棚本，卷末有『臨安府睦親坊陳宅經籍鋪印』一行。案席刻《唐百家詩》亦有是集，行款相同，而校勘字句此本實異……末有『泰興季振宜滄葦氏珍藏』一行，當是侍御手書書。卷首有『張雋之印』、『字文通』、『季振宜藏書』、『乾學』、『徐健庵』諸朱記。末又有『玉蘭堂』、『鐵研齋』、『梅溪精舍』、『辛夷館印』、『揚州季氏』、『御史振宜之印』諸朱記。

——《鐵琴銅劍樓藏書目錄》卷十九

瞿中溶《朱慶餘詩集》跋：『張文通，似是吴江人，復社中名彦也。余家藏其手劄數通，乃與金孝章者。癸未三月晦日，蕘翁出宋刻《朱慶餘詩集》相賞，見卷首有文通圖記，因附識册尾，亦足爲是書珍重也。萇生瞿中溶觀。』

——黄丕烈《士禮居藏書題跋記》卷五

宋余仁仲萬卷堂刊《禮記》二十卷，遞藏金元玉、安桂坡、張文通家。丙子夏，從元和陸氏散歸上海來青閣，書店懸值奇昂，無敢問鼎者。辛巳秋，王君欣夫自滬來告，此書已貶值爲滬幣兩萬五六千金，問有意收之否？余急馳函欣夫，許以二萬金，未幾得報，則先爲某估以一萬兩千金買去。此中消息固不難知，中心益怏怏不能平，而自嘆古緣之慳也。旋詗知此書爲王富晉所得，函招之，久不至。越歲壬午春，王某自滬返北京，過天津，始攜以見示，字畫流美，紙墨精良，洵宋刻上駟，索價之高，更逾於來青閣。余時絀於爲生，方斥去明板書百數十部，盡歸陳一甫丈，既得錢，乃不遑復計衣食，急持與王某成議，惟恐弗及，值當滬幣約五萬金。昔人割莊易《漢書》之舉，或尚不足以方余癡，而支硎山人『錢物可得，書不可得，雖費，當弗校』之言，實可謂先獲我心。余氏所刊《禮記》、《天祿琳琅》亦著錄一部，爲汲古閣舊藏，有『宋本』、『甲』印，今不知流落何所。此書舊裝精雅，無明以後收藏印記，或亦久貢天府，儲爲副本。晚近頒賜臣工，始歸陸氏。此固臆測之言，了無佐證，若詢之陸氏了孫，當不難得其究竟也。壬午三月二十四日雨後記。弢翁。

——周越然《言言齋古籍叢談》

余家藏之元本《閒居叢稿》，每半葉九行，每行十四字，白口，上下魚尾均下向，左右雙欄，前有元至正十年黃溍序，後有哀辭及墓誌文。收藏有『張雋之印』一印。目錄首葉有雋手跋云：『丙申十一月，得之錢生，云周恭肅公家藏舊物。』周恭肅卽周用，明吳江人，字行之，弘治進士，仕至吏部尚書，端亮有節概，卒謚恭肅。

——《古今經傳序略》補壬集

黃溍《順齋蒲先生文集序》文後，張雋曰：『右件予得自錢生，云周恭肅家舊物，楮墨完好，間有缺葉，已抄補。感其得失之，故爲著其序。』

《文祿堂訪書記》：『元刊《順齋先生閒居叢稿》張傕跋云：「丙申（順治十三年）十一月，得之錢生，云周恭肅家舊藏物。」』

——葉昌熾《藏書紀事詩》王欣夫補正

《宣德本〈周易參同契發揮〉題辭》：『《周易參同契發揮》三卷，《釋疑》一卷，宋俞琰著。此書明時有二刻：一正德本，依元至大三年嗣天師張與材本重雕，一即此本也……此本各家罕有著錄，惟《郘亭見知書目》有之，稱爲善本……書首有墨筆題「庚寅得之泉石居下」，鈐「張傕之印」，朱白文方印。上卷尾葉有墨筆題「康熙壬午如月得之葉季迪」，下鈐「陳之鼎印」，白文方印；「鉉齋」，朱文方印；「念祖堂藏書印」，朱文長印。每卷又有「金石山房」，朱文方印。《釋疑》尾葉有墨筆題「嘉慶丙子夢覺生觀於雲山草堂」。考張傕字非仲，一名僧儒，又字文通，吴江人。《蘇州府志》附《吴炎傳》，與潘檉章、吴炎等同死於南潯莊廷鑨案者。《南潯鎮志》稱其「樓居積書甚富，手錄者千餘卷」，爲明末吴中藏書家。庚寅爲順治七年，壬午爲康熙四十一年。葉氏亦吴江大姓，必自張氏流入葉氏，其餘不可考矣。此本爲世稀有，完美無缺。全書用朱筆點勘，蓋出文通手筆，尤足珍也。』

——沙元炳《志頤堂詩文集》

《中州集》十卷，金元好問輯，明弘治九年（一四九六）李瀚刻本。十二冊。十一行二十一字，黑口，四周雙邊。框高十八·六釐米，寬十二·六釐米。有『元本』、『北海曹氏蕙雪樓寶藏圖書印』、『張雋之印』、『曾在周叔弢處』等藏印。

——周一良主編《自莊嚴堪善本書影》集部下《中州甲集》書影附文

《東萊先生音注唐鑑》廿四卷，題承議郎行祕書省著作佐郎騎都尉賜緋魚袋臣范祖禹撰，朝奉郎行祕書省著作佐郎兼國史院編修官兼權禮部郎官臣呂祖謙注。前有范祖禹《唐鑑序》，元祐元年《進唐鑑表》，又同時《上太皇太后表》，唐傳世紀年圖二，明弘治十年白昂《重刊唐鑑序》。范氏原書本十二卷，晁氏《讀書志》作廿卷，疑十二之誤。此本作廿四卷，又不知分於何時。黑口，板每葉十八行，行十八字。收藏有『黃復之印』，白文方印；『習夫氏』，白文方印；『張雋之印』，朱白文方印；『一字文通』，白文方印。

——孫星衍《平津館鑒藏書籍記·補遺》

《近思錄》十四卷，宋朱熹、呂祖謙撰。明正德刊本，四冊。金孝章校，張文通舊藏。

——張元濟《涵芬樓燼餘書錄》卷八

『《石湖居士集》三十四卷，宋范成大撰』條云：『清順治九年董説寫本，十行二十一字。卷首有「壬辰若雨寫贈」六字。鈐張雋印記。』

——傅增湘訂補莫友芝《藏園訂補郘亭知見傳本書目》（三）

董若雨鈔本石湖居士集跋

傅增湘

余既於滬市收得明寫本，爲仁和王氏所藏，復於津市更覯此本，紙色黃黯，字跡潦草，有數卷兼作行書者，其中更多空闕之字，意其必據舊刊重寫，故斷爛之處悉仍其舊，而又克期蕆事，迫遽不及工書也。半葉十行，行二十一字，與滬市明鈔本正同。卷中有朱墨點校之筆。卷首有『壬辰若雨寫贈』六字，下鈐『張雋之印』。

——《藏園羣書題記》卷十四

《春秋纂言》十二卷，《總例》五卷，明抄本。張雋舊藏。元吳澂學。屬辭比事，《春秋》教也。昔唐啖助、趙匡集《春秋》傳，門人陸淳又類聚事辭，成《纂例》十卷。今澂既采摭諸家之言，各麗於經，乃分所異，合所同，仿《纂例》爲《總例》七篇。初一天道，次二人紀，次三嘉禮，次四賓禮，次五軍禮，次六凶禮，次七吉禮，例之綱七，例之目八十有八。凡《春秋》之例，禮失者書，出禮則入於法，故曰刑書也。事實辭文善惡畢見，聖人何容心哉！蓋渾渾如天道焉。嗚呼，其義微矣！而執謙自謂之竊取，區區末學，庸謂可得與聞乎？臨川吳澄序。

——陸心源《皕宋樓藏書志》卷九

祝允明《重刊王著作文集序》、《新刻震澤紀善錄序》文後，張雋自言：『雋結髮，先君子攜謁三賢祠，便欲得先生遺文而讀之，耿耿至今，迄未得也。偶閲《京兆集》，得此二序，去此又百年，二書已杳不可問，然見此序猶見書也。予是以有《序略》之錄，特置之丙集，以俟賨佑序跋焉。」

——《古今經傳序略》補丙集

過三賢祠憶張文通所刻王信伯先生集

徐崧

廟貌三回構，多由沈氏賢。蘋蘩稀客薦，香火仗僧傳。寺靜春啼鳥，村喧夜泊船。猶思吾友在，風雨葺遺編。

——徐崧、張大純《百城烟水》卷四